Danara deVries
Break my Silence

W0337627

Danara deVries

Break my Silence

Roman

PIPER

Mehr über unsere Autoren und Bücher:
www.piper.de

Wenn Ihnen dieser Roman gefallen hat, schreiben Sie uns unter Nennung des Titels »Break my Silence« an empfehlungen@piper.de, und wir empfehlen Ihnen gerne vergleichbare Bücher.

Achtung, dieses Buch enthält Themen wie selbstverletzendes Verhalten, Sucht und explizite Gewaltdarstellung.

ISBN 978-3-492-50323-5
© 2020 Piper Verlag GmbH, München
Litho: Lorenz & Zeller, Inning am Ammersee
Redaktion: Cornelia Franke
Covergestaltung: Traumstoff Buchdesign Traumstoff.at
Covermotiv: Bilder unter Lizenzierung von Shutterstock.com genutzt
Printed in Germany

*Für all jene, die sich durch schwere Zeiten kämpfen
und niemals aufgeben.*

Kapitel 1

Menschen machen mir Angst. Ich hasse es, mich durch eine große Ansammlung verschwitzter Körper durch die Straßen zu kämpfen. Hasse die unausweichliche Nähe, die mir von der Gesellschaft aufgezwungen wird. Hasse es, mich nicht zurückziehen zu können. Ihre Gedanken machen mir Angst, das, was hinter ihrer Stirn vor sich geht, wenn sie mich sehen. Was sie denken könnten, was sie ... tun könnten.

Nachts ist es anders. *Normale* Menschen befinden sich zuhause, bei ihren Liebsten, liegen in ihren Betten und tun eben ... *normale* Dinge. Erst dann wage ich mich raus. Gehe einkaufen, schlendere durch die Straßen, gehe in den Park. Es mag komisch klingen, aber das ist die Zeit, die ich wirklich genießen kann. Vierundzwanzig-Stunden-Läden sind deshalb für mich ein absoluter Segen. Ich kann meine Einkäufe erledigen und mich wieder zuhause verkriechen, ohne einer Menschenseele zu begegnen – bis auf den Kassierer natürlich, der nicht müde wird, mich fürsorglich immer wieder darauf hinzuweisen, dass ich nachts nicht alleine rausgehen soll. Es könnte etwas passieren.

Ich lächle jedes Mal und spule eine einstudierte Floskel ab. *Was soll schon passieren?* Ich spüre die beißende Ironie wie Peitschenschläge in meinem Nacken. Es ist ja schon so viel passiert, dass ich mich erst in dieses selbst gewählte Exil begeben habe. Ich hatte vor, mich nicht unterkriegen zu lassen, doch ich habe versagt. Die Menschenmenge bietet mir keinen Schutz mehr, denn dort ist es passiert. Dort wurde ich begrapscht, angefasst und war so sehr zwischen all den feiernden und tanzenden Leibern eingepfercht, dass ich mich den Berührungen nicht entziehen konnte. Den

Knall des Feuerwerks in jener Silvesternacht höre ich, wann immer ich die Augen schließe.

Deshalb ist die Nacht zu meinem Freund geworden.

Heute Nacht zwingt mich allerdings ein anderes Bedürfnis auf die Straße, das ich nicht mehr länger aufschieben kann. Mittlerweile habe ich nicht einmal mehr ein Paar saubere Socken. Ich muss waschen. Vor Monaten ist meine Waschmaschine kaputtgegangen. Klar, ich hätte mir ein neues Gerät über einen Onlinehändler bestellen können – so wie ich es mit allem tue, was ich zum Leben brauche – aber mein Erspartes ist aufgebraucht und … arbeiten kann ich nicht mehr. Die Wohnung gehört meiner Mutter, die mich finanziell unterstützt. Aber ich wage nicht, ihr die Kosten für eine Waschmaschine aufzubürden. Das Krankengeld reicht gerade so für das Nötigste. Also bleibt nur der Gang in den Waschsalon. Zwei Straßen weiter, kein großes Ding. Doch ich habe die halbe Nacht gebraucht, den Mut aufzubringen, mich überhaupt raus zu wagen. Natürlich ist es nichts anderes, als einkaufen zu gehen, nur mit dem winzigen Unterschied, dass ich mindestens eine Stunde, wenn nicht sogar länger, im Waschsalon verbringen MUSS. Ich kann nicht meinem Vier-Stufen-Plan folgen. Reingehen – Einkaufen – Rausgehen – nach Hause. Einkaufen ist zur Routine geworden, die ich mir über Monate hinweg antrainiert habe. Der Waschsalon ist eine neue Herausforderung, an die ich mich erst langsam herantasten muss. Und das will gut vorbereitet sein. Der gefüllte Wäschekorb steht seit Tagen als ständig präsente Mahnung vor der Wohnungstür. Jedes Mal, wenn ich in den Flur gehe, erblicke ich ihn und er erinnert mich daran, was ich erledigen muss. Und heute ist es so weit. Heute Nacht bringe ich die Kraft auf, zu gehen.

Als ich schließlich mit dem Korb unter dem Arm vor dem Laden stehe, kann ich mein Glück kaum fassen. Niemand da. Wirklich. Der Laden ist menschenleer. Ein breites Lächeln formt sich auf meinen Lippen und beschwingt trete ich ein. Ich atme den

Geruch frisch gewaschener Kleidung ein, es duftet nach Alpenveilchen und Sommerwiese. Das Kleingeld klimpert in meiner Jackentasche. Hoffentlich habe ich genug zusammenkratzen können. Hastig sehe ich mich um. Der Waschsalon ist nicht sehr groß. Zehn Maschinen auf der linken Seite nehmen die komplette Wand ein, davor eine große Sitzgruppe. Zwei Mehrsitzer stehen sich gegenüber, dazwischen ein niedriges Tischchen, wo eine gute Seele ein paar Zeitschriften, Plastikbecher und ein paar Flaschen Wasser bereitgestellt hat. Sieht einladend aus.

Auf der rechten Seite lacht mich ein wildes Sammelsurium an Plakaten an: Theatervorstellungen, Filmposter, Info-Plakate zum Tag der offenen Tür an der Universität … alles, was sich eben in der Stadt abspielt. Doch diese Veranstaltungen finden alle tagsüber statt und bedeuten große Menschenansammlungen – definitiv nichts für mich.

Ich suche mir die letzte Maschine in der Reihe aus und studiere die Anweisungen, die auf einem Schild über dem Gerät angebracht wurden. Aha, erst die Wäsche in die Maschine füllen, dann das Programm wählen und dann das Geld einwerfen. Die Maschine startet automatisch. Ich runzle die Stirn und überfliege die Anweisungen ein weiteres Mal.

»Und wie kommt das verdammte Pulver in die Maschine?«, murmele ich vor mich hin, kneife die Augen zusammen und konzentriere mich Wort für Wort auf die Anweisungen.

»Ist alles schon drin!«

Mein Herzschlag setzt für einen Moment aus und ich starre auf die Waschanweisungen, warte panisch darauf, dass es wieder gleichmäßig weiter schlägt. Doch das wilde Hämmern eine Sekunde später zerreißt mich förmlich. Mein Puls rast, heiße und kalte Schauer schießen über mein Rückgrat und mein Verstand schreit »FLUCHT!« Doch ich stehe wie angewurzelt da und kann mich nicht bewegen.

Der Typ – oh mein Gott! Es ist ein Typ! – steht neben mir, beugt sich vor und zeigt auf einen ausgeblichenen Satz am unteren Ende der Anweisungen. »Früher stand da mal eine Information dazu, ist aber zu verwaschen. Vermutlich weil immer wieder jemand mit seinen Fingern drüber tatscht.« Lässig schiebt er seinen Kopf in mein Blickfeld und grinst spitzbübisch. Er trägt eine graue Beanie-Mütze über einer Sonnenbrille. Unter der Mütze linsen ein paar blonde Haare hervor. Sein dunkler Bart ist kein richtiger Dreitagebart mehr, eher ein fünf- oder sieben-Tage-Bart. Dazu eine dunkle Sweatjacke und schwarze Jeans. Ein ganz normaler Typ eben. Und ich starre ihn an, als sei er sprichwörtlich vor mir aus dem Boden gewachsen. Was natürlich totaler Schwachsinn ist. Es ist nur so, dass ich seit Wochen kein Wort mit einem »echten« Menschen gewechselt habe. Ich weiß gar nicht mehr, wie meine Stimme klingt. Okay, hin und wieder habe ich mit meiner Mutter telefoniert, aber das zählt nicht. Denn als Gespräch kann man das, was wir im Augenblick unter Kommunikation verstehen, nicht bezeichnen. Ich fauche sie an, dass sie mich in Ruhe lassen soll, und sie weint. Tja. Irgendwann speise ich sie dann mit einer leeren Floskel ab. Ich bräuchte Zeit. Es ist gerade Mal sechs Monate her, noch viel zu früh, um mich aus meinem Schneckenhaus herauszuwagen.

Und dann steht plötzlich dieser Typ vor mir. Im Hochsommer. Mit einer Wollmütze. Und einer Sonnenbrille. Nachts. »Warum trägst du eine Sonnenbrille?«, frage ich und wundere mich ein wenig, dass meine Stimme noch genauso klingt, wie ich sie in Erinnerung habe. Ich hätte erwartet, dass sie nach der langen Zeit, in der ich ihre Benutzung verweigert habe, anders klingt. Viel rauer …

Der Typ starrt mich perplex an. Ich vermute es zumindest, da ich ja nicht hinter diese verdunkelten Brillengläser sehen kann. »Ähm«, erwidert er und greift sich an das Gestell. Er zögert, doch dann gibt er sich einen Ruck und nimmt die Brille ab. Zum Vorschein kommen blitzende, mich eifrig musternde Augen. »Du musst mich bestimmt für einen Perversen halten. Nachts mit Sonnenbrille rumzulaufen«, plappert er munter drauf los.

»Wir haben alle unsere Macken.« Ich zucke mit den Schultern und wende mich wieder meiner Wäsche zu. »Siehst nicht aus wie ein Perverser«, murmele ich abweisend und zähle das Geld ab, mit dem ich den Automaten füllen will.

Er lehnt sich lässig zu mir rüber. »Wie sieht denn ein Perverser aus?«

Meine Augen huschen wie von selbst zu ihm. Er beißt sich auf die Unterlippe und sieht mich abwartend an. Nur schwer kann ich mich von seinem Anblick losreißen. Es ist ja nicht so, dass ich noch nie einen Mann gesehen hätte. Nein, es ist eher so, dass ich nicht gesehen werden will. Also ergebe ich mich in die Vorstellung, wenn ich nicht hinsehe, sieht man mich nicht. Und dann bin ich sicher. Wie bescheuert das ist, weiß ich selbst, doch das ist meine Verteidigungsstrategie. »Nicht so«, entgegne ich einsilbig und wähle ein Programm.

»Aha!«, macht er. Für einen Atemzug hält er tatsächlich den Mund und mustert meine Programmwahl. »Das würde ich nicht tun.« Er greift nach meinem Handgelenk und hält mich gerade noch rechtzeitig davon ab, das Gerät einzuschalten.

»Wieso nicht?«, frage ich harsch und weiche zurück. Ich klinge viel abweisender, als ich eigentlich beabsichtigt habe. Nein, nicht abweisend, ich klinge regelrecht panisch und seine Reaktion zeigt, dass meine Worte genauso ankommen. Hastig lässt er mich los und hebt die Hände.

»Sorry«, entschuldigt er sich. »Wollte dir nicht zu nahetreten. Aber mit dem Programm hätten deine Sachen anschließend deiner Puppe gepasst.«

»Ich habe keine Puppen!«, entgegne ich. »Und jetzt lass mich in Ruhe meine Wäsche waschen.«

Er tritt zur Seite und gibt den Weg zu meiner Maschine frei. »Sorry, ich wollte nur helfen.«

»Du hilfst mir am meisten, wenn du mich einfach in Ruhe lässt.«

Er neigt den Kopf. »Hast du nicht gerne Gesellschaft?«

Ich schüttele den Kopf. »Klaro, oder? Ich gehe um zwei Uhr morgens in einen Waschsalon, weil hier so viel los ist …«

Er lacht leise. »Verständlich.«

»Also kannst du mich bitte in Ruhe lassen?« Ich starre ihn feindselig an und er weicht tatsächlich so lange zurück, bis ich zufrieden nicke. Erst dann studiere ich erneut die Programmwahl, doch aus den kryptischen Zeichen und den wenig hilfreichen Erklärungen werde ich nicht schlau. Genervt stöhne ich auf. Meine alte Maschine hatte genau zwei Einstellungen. Waschen und schleudern. Dann noch die Temperatur und gut ist. Um das vor mir liegende Display vernünftig bedienen zu können, braucht man vermutlich einen Abschluss in Ingenieurwissenschaften.

»Brauchst du vielleicht … Hilfe?«, wagt er einen zaghaften Vorstoß.

Ich seufze laut auf. »Hast du das schon öfter gemacht?«

Er zuckt mit den Schultern. »Hin und wieder …«

»Okay, was soll ich einstellen?«

Er tritt neben mich, gibt sich aber große Mühe, einen deutlichen Sicherheitsabstand einzuhalten. Außerdem sieht er mich so lange fragend an, bis ich ihm gestatte, näher zu kommen. Erst als ich nicke, schenkt er mir eine lächelnde Erwiderung und studiert konzertiert das Display. Lange braucht er nicht, bis er sich für ein Programm entschieden hat. »Geld ist drin?«, fragt er beiläufig.

Ich bejahe kurz angebunden, bevor er den Knopf drückt und die Maschine mit minimaler Verzögerung ihr Werk beginnt. Das Display blinkt und auf der Anzeige erscheint die Laufzeit.

»Zwei Stunden?«, jammere ich gequält.

Er lacht leise. »Hey, ich kann dir Gesellschaft leisten?«

Langsam drehe ich den Kopf und sehe ihn an. »Wenn du willst?«, fügt er auf meinen abweisenden Blick hinzu.

Ich schüttele den Kopf. »Eigentlich wäre es mir lieber, du würdest mich in Ruhe lassen.«

»Du magst wohl keine Menschen?«

Ich verneine erneut und gehe zur Sitzgruppe. Die Zeitschriften dort interessieren mich überhaupt nicht, trotzdem greife ich nach einer und klappe sie in der Mitte auf, um mich konzentriert einem Artikel über die neuen Sommerfarben zu widmen. Stinklangweilig, doch alle Male besser, als mich mit ihm unterhalten zu müssen.

Ich hasse diesen Zwang, die Stille mit sinnloser Plauderei zu füllen, nur, weil es sonst zu leise wäre. Nein, die Stille ist paradiesisch, nur das sanfte Rumpeln der Maschine, das gedämpfte Rascheln der Seiten beim Umblättern, das sonore Summen der Neonleuchten. Das ist himmlisch.

Und obwohl er sich ruhig seiner eigenen Wäsche widmet und sich dann möglichst weit von mir niederlässt, schweift mein Blick immer wieder über den Rand der Zeitschrift.

Mindestens eine Stunde sitzen wir uns schweigend gegenüber, jeder in eine Zeitschrift vertieft, und trotzdem nicht allein. Die Stille fühlt sich richtig an und nach einer Weile akzeptiere ich sogar die unfreiwillige Gesellschaft. Ich ertappe mich dabei, wie sogar hin und wieder meine Mundwinkel zucken, wenn ich verstohlen zu ihm hinüber schiele. In genau dem richtigen Moment blinzelt er zurück. Unsere Blicke kreuzen sich für eine Millisekunde, bevor jeder peinlich berührt wegsieht. Ich finde Gefallen an dem Spiel und wiederhole es alle paar Minuten. Den Artikel habe ich längst vergessen. Jedes Mal warte ich darauf, dass er lächelt, denn das sieht … süß aus. Ich mag es, wie seine Augen dabei funkeln. Ich werde sogar mutiger und sehe nicht weg, sobald er mich ertappt. Nein, ich warte, bis ich einen kurzen Blick auf seine Reaktion erhaschen kann.

Und dann lese ich einen Absatz, wiederhole das Spiel, genieße es und lese den Absatz noch einmal.

Viel zu früh piepst meine Maschine und beendet ihren Waschvorgang. Schade. Ich seufze enttäuscht, erhebe mich und wende ihm den Rücken zu, während ich meine noch feuchte Wäsche in den Korb räume.

»Sie haben hier auch Trockner«, meldet er sich aus dem Hintergrund. Überrascht fahre ich zusammen. Doch dieses Mal reagiere ich völlig anders. Mein Herzschlag beschleunigt sich nicht und ich verspüre keinen Fluchtreflex. Ich zucke mit den Schultern und schiebe diese Nicht-Reaktion auf die vergangenen zwei Stunden, in denen wir uns einträchtig gegenübersaßen und »spielten«.

Ich lächle. Hastig berühre ich mein Gesicht. Tatsächlich. Wenn man so lange wie ich nicht lächelt, könnte es passieren, dass die Muskeln vergessen, wie es funktioniert. Haben sie nicht und das bringt mich erneut zum Lächeln. Gelöst und ein wenig freudig, dass mein Körper tatsächlich noch weiß, wie es geht. Das gibt mir ein klein wenig Hoffnung, dass mein Zustand nicht ewig anhalten wird.

Eine Sekunde spiele ich mit dem Gedanken, auf seinen Vorschlag einzugehen, aber die Leere in meiner Jackentasche verhagelt mir seinen Vorschlag. Kein Kleingeld mehr da. »Das ist keine so gute Idee«, murmele ich und erhebe mich mit dem Wäschekorb. Er ist schwerer als vorhin, aber das macht nichts. Ich drehe mich um. Etwas verloren stehe ich vor ihm – er ist tatsächlich aufgestanden. Wozu? Um mir zu helfen? Mal ehrlich, einen Korb voll nasser Wäschen kann ich noch tragen. Dazu brauche ich keinen Ritter. Doch so wie er die Hände vorstreckt, scheint er tatsächlich etwas in der Art im Sinn gehabt zu haben. Mein Griff um die Plastikgriffe des Korbes verstärkt sich. Den gebe ich nicht her. Das ist mein Schutzschild.

Er zuckt mit den Schultern und lässt die Hände sinken. Irre ich mich oder wirkt er enttäuscht? Nun gut, für heute habe ich genug von Menschen. Ich nicke ihm kurz zu und will mich zum Gehen wenden, doch da hebt er erneut eine Hand und will mich zurückhalten. Doch bevor er mich berühren kann, fängt er meinen warnenden Blick auf und lässt die Hand sinken. Er seufzt.

»Sorry …«, murmelt er zerknirscht und reibt sich den Nacken. »Ich wollte … na ja, ich fand es nett mit dir.« Er lächelt mich unsicher an.

»Was?«, entgegne ich. »Wir haben doch gar nichts gemacht, wir haben nicht mal geredet.«

Sein Mundwinkel zuckt. »Eben, sehr nett. Sehr ruhig.«

Verwirrt hebe ich eine Augenbraue. »Ich … auch.«

Er nickt. »Ja, also … dann … man sieht sich.«

»Ich weiß nicht.« Mein Blick geht Richtung Ausgang. Vor zwei Stunden noch habe ich dem Ende des Waschgangs entgegengefiebert, doch jetzt fühlt es sich wie ein Abschied an und ich bin … traurig. Keine Ahnung, woher das kommt. Ich weiß nur, dass ich gerne noch etwas bleiben würde. Aber eine innere Stimme sagt mir, dass das totaler Irrsinn wäre. In der Wohnung bin ich sicher, hier nicht. In zwei, drei Stunden wird es hier nur so von Menschen wimmeln. Die Straßen werden überfüllt sein und der Rückweg wird einem Spießrutenlauf gleichen. Nein, ich muss gehen. »Auf Wiedersehen«, murmele ich und gehe ein paar Schritte Richtung Ausgang.

»Ich bin übrigens Jaxon!«, ruft er mir hinterher und ich bleibe stehen. Sein Name. Ich lasse ihn ein paar Mal über die Zunge gleiten. Namen bedeuten Macht, okay, er hat mir nur seinen Vornamen genannt. Mit seinem vollen Namen hätte ich nach ihm suchen können, hätte herausfinden können, wo er wohnt, wer er ist, ihn auf Facebook suchen können. Nur seinen Vornamen zu wissen war ein Zugeständnis, ohne mir zu viel Macht über ihn zu geben. Das war mehr als fair. Und genau deshalb drehe ich mich noch einmal um.

»Ich bin Enni«, antworte ich, als sei das die einzig mögliche Antwort. Aber natürlich steckt dahinter viel mehr. Ich schenke ihm etwas Wissen über mich. Ein wahnsinniger großer Schritt für jemanden, der praktisch nur als Adresse für den Postboten dient. E. Anderson, die merkwürdige Frau, die im dritten Stock eines Mehrfamilienhauses wohnt, die niemals rauskommt, die die Nachbarn nicht kennen, die vermutlich bereits seit Monaten tot in der Küche liegt. Und die niemand vermisst. Das bin ich. Doch jetzt bin ich etwas mehr. Jetzt bin ich Enni, die mit Jaxon im Waschsalon war. Und das fühlt sich ungewohnt gut an. Als ob diese Enni nicht mehr alleine ist.

Jaxon nickt. »Enni, war schön, dich kennenzulernen.«

Kapitel 2

Ich genieße die Stille in meiner Wohnung. Doch seit ein paar Tagen ist sie längst nicht mehr so angenehm. Sie fühlt sich tatsächlich leer an. Immer wieder ertappe ich mich dabei, wie ich an die Stunden im Waschsalon zurückdenke. An Jaxon, seine verstohlenen Blicke und daran, wie gut mir das gemeinsame Schweigen mit ihm gefallen hat. Ich hatte mich so gut an meinen neuen Tages- – Nacht? – Ablauf gewöhnt, dass er für mich zur Normalität geworden war. Durch das kurze Gespräch mit dem Typen, der nachts eine Sonnenbrille und eine Mütze in geschlossenen Räumen trägt, ist diese Schein-Normalität ins Wanken geraten.

Jaxon ist auf eine seltsame Weise zum Störfaktor dieser Normalität geworden. Was mir am meisten zu schaffen macht, ist die Tatsache, dass mir dieser Störfaktor gefällt. Auf der einen Seite fürchte ich mich davor, ihn noch einmal zu sehen, doch auf der anderen Seite … steht seit gestern wieder ein gefüllter Wäschekorb vor der Wohnungstür. Noch bin ich dabei, Mut für den Gang nach »draußen« zusammenzukratzen, doch der Korb beweist, dass ich es will. Und das früher als nötig. Bei meinem Lebensstil brauche ich nicht viel frische Kleidung. Die Wäsche von letzter Woche reicht mindestens noch ein paar Tage, trotzdem greife ich einen Tag später nach dem Wäschekorb, lasse ein wenig Kleingeld in meiner Jackentasche verschwinden und gehe raus.

Es ist das erste Mal seit einem halben Jahr, dass ich lächelnd, ja, regelrecht beschwingt die Treppen hinunterlaufe. Natürlich ist es Nacht, aber immerhin noch nicht Mitternacht. Ich bin meiner Zeit also weit voraus. Während ich die wenigen Straßen bis zum Waschsalon laufe, setzen sich hartnäckig ein paar Zweifel in meinem Hinterkopf fest. Wer sagt mir denn, dass Jaxon wirklich dort sein wird? Immerhin war ich nicht gerade freundlich und habe ihm immer wieder klargemacht, dass ich eigentlich alleine sein möchte. Meine Schritte verlangsamen sich, bis ich schließlich stehen bleibe. Das hell erleuchtete Schaufenster kann ich bereits sehen. Was, wenn das alles umsonst war und er nicht da ist? Bebend schließe ich die Augen. Rückschläge verkrafte ich im Augenblick nicht gut.

Mehrere Minuten stehe ich so da und beschränke mich aufs Atmen. Indem ich hier rumstehe, finde ich allerdings auch nicht heraus, ob Jaxon da ist oder nicht. Ich brauche nur über die Straße zu gehen. Ist er nicht da, kann ich ja einfach meine Wäsche waschen. Und wenn er da ist? Was dann? Soll ich dann reingehen? Ich weiß nicht, ob ich das schaffe. Aber einen Blick durch das Schaufenster? Das kann ich schaffen. Und dann sehe ich weiter. Klingt machbar.

Ich hole tief Luft, bekämpfe erfolgreich den Fluchtreflex und setze mich in Bewegung. Diese Panik ist anders als die, die mich in einer Menschenmenge befällt. Deshalb kann ich sie niederringen. Würden die Straßen belebt sein und ich müsste mich durch Fußgänger schlängeln, hätte ich den Kampf gegen meine Angst verloren. Doch über die Straße zu gehen und einen Blick ins Innere des Waschsalons zu wagen, kostet mich zwar eine Menge Überwindung, doch ich kann sie aufbringen.

Beflügelt vom Erfolg vergesse ich, was ich eigentlich vorhatte, drücke die Tür mit meinem Rücken auf und … drehe mich um. Der Waschsalon ist leer. Die Gewissheit ist wie ein Schlag ins Gesicht. Die Enttäuschung ist körperlich so stark, dass ich unter ihrer Last zusammensinke. Wie konnte ich auch erwarten, dass eine Gelegenheitsbekanntschaft wie Jaxon hier auf mich wartet. Unser zufälliges Aufeinandertreffen ist Tage her. Er konnte nicht wissen, dass ich mich freuen würde, ihn wiederzusehen. Wie dumm von mir.

Enttäuscht seufze ich auf und setze mich in Bewegung. Der Waschsalon ist leer. Auch kein anderer Besucher hat sich um elf

Uhr nachts hier her verirrt. Was soll's. Dann kann ich genau das tun, was ich vor einer Woche auch vorhatte: In aller Ruhe meine Wäsche waschen und wieder nach Hause gehen.

Ich gehe ganz nach hinten durch zu meiner Waschmaschine. Immerhin hat Jaxon mir erklärt, wie sie funktioniert. Den anderen traue ich nicht. Das ist natürlich lächerlich, trotzdem fühle ich mich ihr irgendwie verbunden. Mit Jaxon verbunden. In Einsamkeit versunken befülle ich die Maschine, stecke das Kleingeld in den Münzsammler und wähle das Programm. Doch bevor ich die Maschine starte, sehe ich mich hoffnungsvoll um. Keiner da, der mich vor der falschen Programmwahl retten könnte. Ich lese noch einmal über die Beschreibungen, passe meine Auswahl an – denn heute habe ich nur T-Shirts dabei, die sollte ich vielleicht nicht mit sechzig Grad waschen – und drücke den Startknopf.

Ich sehe der Maschine einen Augenblick dabei zu, wie sie ihre Arbeit verrichtet, und lasse mich dann erschöpft aufs Sofa fallen. Diesmal greife ich nicht nach einer Zeitschrift. Ist ja niemand da, den ich heimlich beobachten muss, bemerke ich säuerlich. Stattdessen lasse ich mich gemütlich in die Polster sinken, schließe die Augen und höre dem Rumpeln der Maschine zu. Die Geräusche erinnern mich automatisch an die mit Jaxon verbrachten zwei Stunden. Meine Gedanken treiben in seine Richtung. Wohlig seufzend lullen sie mich ein und ich gleite in den Schlaf.

Ich träume ein wildes Chaos aus Sonnenbrillen, Waschmaschinen und Sofas. Die dunklen Gläser schweben über mir, bedrohlich und groß. Doch statt Angst zu haben, greife ich danach und will sie anheben, will sehen, ob hinter den dunklen Gläsern in meinen Träumen auch funkelnde blaue Augen aufblitzen. Ich strecke die Hand danach aus und ertaste stoppelige Haut. Hastig ziehe ich mich wieder zurück und öffne die Augen. Eine riesige Sonnenbrille schwebt über mir, verkehrt herum.

Erschrocken fahre ich hoch und nur Jaxons Reaktion ist es zu verdanken, dass ich mir den Kopf nicht an seinem harten Kinn stoße. Es muss hart sein, so markant wie es geformt ist.

»Spinnst du!«, fauche ich erschrocken und setze mich seitlich hin. Irritiert reibe ich mir übers Gesicht. Jaxon hatte sich von hinten über mich gebeugt. »Warum hast du das gemacht?«

Er schiebt sich die Brille auf die Stirn und mustert mich belustigt. »Du hast deine Hand so niedlich ausgestreckt, dass ich dir etwas zum Anfassen geben wollte.«

»Und da fällt dir nichts Besseres ein, als deine Wange?« Ich klinge schnippisch und leicht angesäuert, doch nur, weil ich mich ertappt fühle. Auch wenn das total idiotisch ist, doch dort, wo seine Stoppeln meine Haut berührt haben, kribbelt es wohlig. Und das verwirrt mich. Schlimmer noch, es macht mir eine Heidenangst. Was passiert hier mit mir? In den letzten Monaten habe ich gelernt, mit den Panikattacken zu leben – ich bin zwar weit davon entfernt, sie zu besiegen und wieder ein normales Leben leben zu können, aber wir – die Panik und ich – haben uns arrangiert. Was Jaxon mit mir macht – unwissentlich, hoffe ich – ist etwas ganz Neues und ich weiß nicht, ob ich damit umgehen kann.

Er streicht sich versonnen über die Wange und zuckt mit den Schultern. »Ich bin ein spontaner Mensch, ich denke nicht nach. Mich hat einfach interessiert, wie du dich gibst, wenn du nicht mit deiner Angst kämpfst.«

Das sitzt. Zerknirscht kaue ich auf meiner Unterlippe herum. »Ich hab …«

»… ein Problem«, unterbricht Jaxon mich harsch. »Das merkt man. Du kannst ja nicht einmal auf dem gleichen Sofa sitzen, wie ich. Stimmt's?« Amüsiert hebt er eine Augenbraue und lässt sich neben mir aufs Sofa fallen.

Recht hat er. Das werde ich allerdings nicht zugeben. Allein schon, um ihm die Stirn zu bieten. Denn das ist es, was ich tue, wenn er in der Nähe ist. Er hat etwas an sich, dass mich reizt und ich kann gar nicht anders, als trotzig zu reagieren. Darüber vergesse ich, dass er so unverschämt in meine Privatsphäre eingedrungen ist. »Natürlich kann ich das!«

Jaxon lächelt. »Immerhin ein Anfang.«

»Anfang wovon?«

»Na ja.« Er legt den Kopf auf seinen Arm und mustert mich.

»Du bist hier, springst nicht auf und läufst auch nicht davon. Ein Anfang eben.«

Ich schnaube entrüstet. »Willst du mich etwa therapieren?«

»Vielleicht. Ich will herausfinden, warum so ein hübsches Mädchen wie du nachts in den Waschsalon geht.« Er findet mich hübsch? Himmel. Ich bin nicht hübsch. Ich bin nur ein rothaariger Freak, kaum genug Fleisch auf den Hüften und absolut untrainiert, mit einer Milliarde Sommersprossen im Gesicht und einem leichten Überbiss. Und er findet mich hübsch? Vielleicht sollten wir lieber darüber diskutieren, was mit ihm nicht stimmt.

»Weil meine Waschmaschine kaputt ist«, beantworte ich seine Frage. Bin ja nicht verrückt, mich mit ihm auf so eine Diskussion einzulassen.

»Nachts ... «, fügt er nachdrücklich hinzu.

Ich zucke mit den Schultern. »Da sind keine Menschen, die mir auf die Nerven gehen können?«, schlage ich vor.

»Ich bin hier.«

Ja, seufze ich innerlich. Er ist hier. »Warum bist du hier?«

»Wegen dir.«

»Mir? Aber du konntest doch nicht wissen, dass ich wiederkomme. Vielleicht hast du mich beim letzten Mal so verschreckt, sodass ich mir einen anderen Waschsalon suche?«

Jaxon schüttelt den Kopf. »Nein, das glaube ich nicht. Du hast gelächelt, also war ich nicht so schlimm. Ich wusste, dass du wiederkommen würdest. Die Frage war nur, wann. Also war ich jede Nacht der vergangenen Woche hier. Mein Gefühl hat mich nicht getäuscht.«

Ein Schauer jagt mir über den Rücken, eine Emotion, mit der ich noch viel weniger umgehen kann als mit seiner Offenbarung. Er war jede Nacht hier ... jede Nacht. Und ich hatte mir tatsächlich Sorgen gemacht, dass ich ihn vielleicht nie wiedersehen würde. »Warum wolltest du mich wiedersehen? Um mich zu analysieren?«

»Nein, ich will dich weder therapieren noch analysieren. Ich bin hier, weil ich dich sehen wollte.«

»Aber warum?«

Jaxon zuckt mit den Schultern. »Keine Ahnung. Ich mochte das Schweigen.«

»Ich auch«, entschlüpft es mir wie von selbst.

Jaxon lächelt. »Dann ist ja gut.«

Zwei Tage später bin ich wieder im Waschsalon. Jaxon wartet bereits auf mich. Beim Verabschieden hatten wir uns direkt verabredet, denn es kommt mir unfair vor, dass er jede Nacht hier auf mich wartet, wo er doch sicherlich etwas anderes zu tun hat.

»Musst du nicht arbeiten oder so?«, frage ich, als meine Maschine läuft und er dabei ist, seine Wäsche in die Trommel daneben zu stopfen, hauptsächlich schwarze T-Shirts und dunkle Hosen. Ich weise ihn nicht daraufhin, dass man Hosen und T-Shirts nicht zusammenwaschen sollte. Hat mir meine Mutter erklärt, als ich ihr gestern dann doch gebeichtet habe, dass meine Maschine kaputt ist. Schnell habe ich hinterhergeschoben, dass ich bereits zweimal in einem Waschsalon war. Daraufhin schwieg sie einen Moment betreten. Doch die darauffolgenden Worte machten mich sprachlos. »Ich bin sehr stolz auf dich, Enni.« Und dann erzählte sie mir planlos alles, was ihr so durch den Kopf ging. Übers Waschen. Ich ließ mich von ihrer Stimme einlullen und fühlte zum ersten Mal keinen Vorwurf in ihren Worten.

Jaxon will ich jetzt auch nicht belehren. Ich will einfach nur hier sein und die nächsten Stunden … genießen.

»Tu ich doch«, erwidert er, während er die Maschine startet.

»Inwiefern? Nachts bist du hier und tagsüber auf Arbeit? Irgendwann musst du doch mal schlafen.«

Jaxon lächelt zweideutig. »Ich arbeite jetzt.«

»Das verstehe ich nicht.«

»Musst du auch nicht. Meine Arbeit ist eher psychischer Natur. Ich war in den letzten Wochen etwas blockiert. Im Augenblick besteht meine Arbeit darin, auf andere Gedanken zu kommen. Und du bist perfekt. Deine Probleme lenken mich von meinen ab.«

Ich schnaube entrüstet. »Na toll. Ich bin also … was bin ich für dich? Zeitvertreib?«

Jaxon schüttelt den Kopf. »Du lenkst mich ab, das ist gut. Ich habe etwas mitgebracht«, murmelt er und verschwindet in der hintersten Ecke des Waschsalons. Der Laden ist schlauchförmig angelegt, im hinteren Bereich befinden sich zwei abzweigende Türen. Auf einer prangt ein *Privat*-Schild. Ich nehme an, sie ist sogar abgeschlossen. Die andere Tür führt in ein WC. Hinter dieser Tür verschwindet Jaxon und taucht kurze Zeit später mit einer Gitarre auf. Verwundert sehe ich auf das Instrument. Er muss sie versteckt haben, als er in den letzten Tagen auf mich gewartet hat.

»Was ist denn das?«, frage ich verdutzt und deute auf die Gitarre, als er sich neben mir niederlässt. Mittlerweile habe ich mich daran gewöhnt, dass er immer das Sofa wählt, auf dem ich bereits sitze, statt sich mir gegenüber niederzulassen. Ja, ich bemerke es nicht einmal mehr.

Jaxon grinst. »Eine Gitarre«, antwortet er vielsagend und zupft an den Saiten.

»Spielst du?«

Er zuckt mit den Schultern. »Ein wenig, manchmal. Um auf andere Gedanken zu kommen. Ich dachte, ich fülle die Stille mal mit etwas anderem als mit Schweigen. Zum Beispiel mit meinem grässlichen Geklimper.«

Ich muss unwillkürlich lächeln. »Ach komm, so schlecht kannst du doch gar nicht sein, wenn du extra deine Gitarre mitbringst.«

»Du hast mich noch nicht spielen gehört.«

Ich lehne mich zurück und sehe ihn erwartungsvoll an. »Na dann lass mal hören.«

Unsere dritte gemeinsame Nacht war wundervoll. Jaxon hat gespielt und ich habe ihm zugehört. Immer wieder hat er die Melodie verändert und ich ertappe mich dabei, wie ich darüber sinniere, ob er vielleicht doch etwas im Musikbereich macht. Okay, er sagt zwar, er würde nur hin und wieder spielen. Doch das, was er als »Geklimper« bezeichnet, ist atemberaubend schön. Zu Beginn dachte ich noch, ich kenne den Song einfach nicht, aber je mehr er spielt und die Melodie anpasst, sie verändert, neue

Passagen hinzufügt, desto sicherer bin ich mir, dass ich den Song gar nicht kennen kann … weil er gerade entsteht. Dieser Gedanke jagt mir einen wohligen Schauer über den Rücken.

»Sag mal«, murmele ich, als er eine Pause macht, und strecke mich wie eine Katze, die zu lange in der Sonne gelegen hat. Jaxon sieht auf und hebt fragend eine Augenbraue. Sein Blick ist verschleiert, so als würde er aus einer Trance erwachen und seine Umgebung gerade erst wieder wahrnehmen. »Komponierst du gerade?«

Statt einer Antwort setzt sich in seinem Mundwinkel ein Lächeln fest. Das war ja klar. »Ich dachte, du hast gar nichts mit Musik zu tun?«

Jaxon zuckt mit den Schultern. »Das habe ich nicht gesagt. Ich sagte nur, dass ich hin und wieder spiele. Du hast die Frage falsch gestellt.«

Das bringt mich zum Lachen. »Also bist du doch Musiker?«

Sein Lächeln wird hintergründig, scharfsinnig blitzen seine Augen. »Nein, ich würde gerne, aber dazu reichen meine Fähigkeiten nicht aus. Hör zu, Enni, ich erzähle dir, was ich mache, wenn du mir erzählst, weshalb man dich nachts hier trifft. Du könntest genauso gut tagsüber herkommen. Aber da sind dir ja zu viele Menschen. Also fürchtest du dich vor Menschen. Wieso?«

Meine Züge verhärten sich. »Tu das nicht …«, murmele ich erstickt und weiche seinem Blick aus. Jaxon will ein Spiel spielen. Aber ich kann nicht einfach so mit ihm Fragen und Antworten austauschen. Das würde bedeuten, dass ich über das sprechen müsste, was passiert ist, und das kann ich wirklich nicht. Jedes Mal, wenn ich an die eine Nacht denke, die mein Leben für immer verändert hat, gerate ich in Panik. Meine Stimme zu erheben, den Schmerz herauszuschreien, funktioniert nicht. Weil meine Stimme damals auch nicht gereicht hat. Niemand hat mich gehört, niemand hat mir geholfen.

Normalerweise ist meine Wohnung der Rückzugsort, aber ich bin nicht zu Hause. Daher bleibt meinem Gehirn nur, auf Durchzug zu schalten, um sich nicht mit der Vergangenheit auseinandersetzen zu müssen. Im Selbstschutzmodus legt es einfach ein Störrauschen über Jaxons Stimme und lässt meinen Blick in die Ferne schweifen. »Enni!«, höre ich Jaxon irgendwann. Seine Stimme klingt verzweifelt, so als ob er meinen Namen bereits mehrfach gerufen hätte. Ich fühle mein Herz heftig gegen meinen Brustkorb schlagen, mein Puls rast und dort, wo er mich hält, graben sich seine Daumen schmerzhaft in mein Fleisch. »Enni!« Langsam hebe ich das Kinn und sehe in seine Augen. Panik flackert in seinem Blick. »Was ist mit dir los?«

Meine Hände zittern und ich greife hastig nach seinem Hemd. Der dunkle Karostoff fühlt sich rau an, und doch gut. So angenehm, dass ich am liebsten meine Nase darin vergraben würde. Der Duft des Waschmittels muss dort intensiver sein und wird die Erinnerung an die entspannten Stunden im Waschsalon zurückbringen. »Enni?« Jaxons Stimme wird ruhiger, fragend, aber doch zurückhaltend, mit einem Hauch Sorge. Ich sehe ihn an und versuche mich an einem beruhigenden Lächeln, während sich mein Puls langsam normalisiert.

»Es ist etwas passiert, oder? Etwas, dass dich … verändert hat?« Ich kann ihm seine Fragen nicht verübeln, schließlich hatte ich gerade so etwas wie eine Panikattacke. Ich warte darauf, dass die Angst zurückkehrt, doch Jaxons fester Griff hält mich. Die Angst lauert nach wie vor in meinem Hinterkopf, aber seine Nähe hält sie davon ab, mich fortzureißen. Dankbar sehe ich ihn an und nicke. Zumindest eine winzige Form der Antwort.

»Können wir …?«, krächze ich eine verzweifelte Bitte, nicht weiter in mich zu dringen, nicht weiter nach Antworten zu bohren, auch wenn er noch so neugierig ist.

Jaxon schließt kurz die Augen und nickt. »Kein Frage-Antwort-Spiel. Okay. Du darfst mir Fragen stellen und ich verzichte auf eine Revanche, okay?«

»Ist das nicht unfair?«

»Nein, für mich ist es okay. Also frag, ehe ich einen Rückzieher mache.« Er lächelt herausfordernd, doch nicht mehr ganz so wie vor ein paar Minuten. Mir zuliebe übt er sich in Zurückhaltung, was wiederum mich dazu verleitet, seine Gutmütigkeit nicht auszunutzen.

»Warum komponierst du nicht zu Hause?« Eine Frage, die mir harmlos genug erscheint, um nicht sein Geheimnis zu ergründen. Er hat eines, das fühle ich. Warum sonst sollte er nachts herkommen? Dass er mich sehen will, ist nur eine Ausrede. Zumindest unser erstes Aufeinandertreffen war reiner Zufall. Warum genau er nachts und nicht am Tag seine Wäsche wäscht, das ist die Frage, die mich interessiert. Warum er immer noch diese lächerliche Wollmütze trägt. Und die Sonnenbrille. Das schreit förmlich danach, dass er nicht erkannt werden will. Und deshalb frage ich nicht danach. Ich respektiere sein Geheimnis, genauso wie er meines respektiert.

Jaxon lächelt vorsichtig. »Ich könnte erwischt werden … und die Atmosphäre inspiriert mich.«

Ich erinnere mich an die sanften Klänge, die mich in den Schlaf gewiegt haben und ich entspanne mich weiter. »Ein Waschsalon inspiriert dich?«, necke ich ihn, weil ich einfach nicht anders kann.

Statt einer Antwort sieht mich Jaxon lange und eindringlich an, so lange, bis mir ein wohliger Schauer über den Rücken läuft. »Nein«, erwidert er schließlich doch. »Nur die Gesellschaft.«

Das zaubert mir wie von Geisterhand ein schüchternes Lächeln auf die Lippen. Hitze steigt in meine Wangen und ich erröte. Verdammt! Ich bin doch kein Teenager, der auf so ein triviales Kompliment Hitzewallungen bekommt! »Spinner«, murmele ich und versuche, die Bedeutsamkeit seiner Bemerkung ins Lächerliche zu ziehen. Es ist mir peinlich! Hastig sehe ich auf, weil ich mich urplötzlich schäme. Ich sollte sein Kompliment genießen. Doch Jaxon stört es nicht, er betrachtet mich voller Zufriedenheit, streichelt meine Hand – wann hat er sich die denn genommen? – und genießt.

»Wenn du meinst.«

Kapitel 3

Drei Tage später habe ich keine Schmutzwäsche mehr. Geschweige denn Kleingeld. Ich finde es geradezu lächerlich, in den Waschsalon zu gehen, ohne einen gefüllten Korb, der mir den passenden Vorwand liefert. Allerdings kann ich nur dort Jaxon wiedersehen. Er wird da sein. Wir haben uns immer und immer wieder verabredet und schließlich wurde daraus ein Ritual. Er spielt, ich döse. Geredet haben wir kaum, weil Jaxon die meiste Zeit mit seiner Gitarre beschäftigt war. Das stört mich nicht. Reden will ich nicht, denn das würde unweigerlich dazu führen, dass das Trauma der Silvesternacht erneut Besitz von mir ergreift. Immer dann, wenn Jaxon mich ansieht, sehe ich die Fragen in seinen Augen. Deshalb habe ich mich auch von allen Menschen in meinem Umfeld zurückgezogen. Ihre mitleidigen Blicke ertrage ich einfach nicht mehr. Jaxons Nähe akzeptiere ich nur deshalb, weil er mir das Gefühl gibt, nicht reden zu müssen. Ich kann ihm zuhören … ihm und seinem – wie er es nennt – lächerlichen Geklimper. Und alles ist gut.

Vor dem Schaufenster merke ich, wie lächerlich ich mir vorkomme – ohne Wäschekorb. Ich will mich schon auf dem Absatz umdrehen und wieder gehen, doch da entdeckt er mich und winkt mir fröhlich lächelnd zu. Erwischt.

»Ich habe keine Schmutzwäsche mehr«, gebe ich zu. »Und auch kein Kleingeld mehr.«

Jaxon stopft gerade eine Jeans in die Trommel. »Das macht doch nichts. Wir können uns trotzdem hier treffen. Niemanden stört es, weil niemand hier ist. Oder hast du in den letzten Tagen andere Menschen gesehen?«

Ich schüttele den Kopf. Nachts um zwei gehen nur die Gestörten in einen Waschsalon. Das trifft vielleicht auf mich zu, nicht auf Jaxon. »Aber wenn dir das unangenehm ist«, fährt er ungerührt fort, »können wir uns vielleicht bei dir oder mir treffen?«

Unwillkürlich versteife ich mich. Jaxons Vorschlag ist eigentlich nur die logische Konsequenz. Hat man keine Dreckwäsche, kann man sich den Besuch in einem Waschsalon sparen. Allein der Gedanke, mit Jaxon in meiner Wohnung allein zu sein, lässt mich panisch zurückweichen. Obwohl ich ihn sehr mag, bin ich noch nicht bereit, meinen Rückzugsort mit ihm zu teilen … oder in seine Wohnung zu gehen. Unmöglich, das kann ich nicht. Eine fiese Stimme in meinem Kopf erinnert mich hämisch daran, dass ich seit unzähligen Nächten mit ihm hier im Waschsalon alleine war. Doch das ist etwas vollkommen anderes …

Mit einiger Verspätung bemerkt er die Bedeutung seiner unbedachten Worte. »Sorry, natürlich willst du nicht allein mit mir sein. Ich bin schließlich ein Perverser.«

Dass er eine Bemerkung aufgreift, die bei unserem ersten Treffen gefallen ist, bringt mich so sehr zum Lachen, dass ich meine Angst vergesse. »Wir haben noch nicht geklärt, wie ein Perverser aussieht!«

Jaxon schließt die Maschine, füttert sie mit Kleingeld und startet das Programm. »Na dann schieß mal los. Wie sieht für dich ein Perverser aus?«

Unwillkürlich erscheint das Bild eines der Angreifer aus der Silvesternacht vor meinem inneren Auge. Doch die Heiterkeit steckt mir noch in den Knochen, sodass das Bild ohne Panik erscheint. Lässig beschreibe ich ihn. »Dunkle, irre Augen, schwarzer Bart. Auf jeden Fall dunkles Haar, definitiv. Nicht so strohblond wie deine Strähnchen!« Ich grinse gelöst. Dass ich damit alle Männer dieses Aussehens unter Generalverdacht stelle, fällt mir erst mit einiger Verspätung auf.

Jaxon schiebt seine Mütze etwas nach oben und deutlich mehr Haare werden sichtbar. Die Beanie ist viel zu groß und hängt ihm bis in den Nacken. »Das ist doch kein Stroh!«, beschwert er sich mit gespielter Entrüstung.

»Mehr als die paar Strähnen, die unter diesem hässlichen Ding hervorgucken, habe ich ja noch nicht gesehen. Wieso trägst du eigentlich diese Mütze? Ist dir das nicht zu warm?«

Jaxon seufzt. »Viel zu warm. Aber …«

»Was aber?« In der Zwischenzeit haben wir auf dem Sofa Platz genommen. Meine Hand schnellt nach vorne. Ausgelöst durch das Lachen lugt die alte Enni hervor – das vorwitzige Ding, das ich vor der Silvesternacht war. Mit einem Ruck ziehe ich ihm die Wollmütze vom Kopf – und starre ihn geschockt an.

Blondes Haar fällt ihm in weichen Wellen bis auf die Schulter. Es hat keineswegs Ähnlichkeit mit Stroh. Es sieht so weich aus, dass ich gar nicht anders kann, als die Hand danach auszustrecken. Strähne für Strähne fällt ihm auf die Schulter. »Bist du irre?«, flüstert er heißer, doch er blitzt mich amüsiert an, während er sich eine Strähne hinters Ohr schiebt.

»Natürlich«, murmele ich und greife nach der Strähne, die ihm erneut über die Schultern fällt, als ob sie gegen seine Anordnung aufbegehrt. Locker wickle ich mir das Haar um den Finger. Sie fühlt sich unglaublich weich an. »Wieso versteckst du das denn?«

»Zu auffällig«, murmelt er und beobachtet meinen Finger. Befürchtet er etwa, dass ich ihn daran zu mir ziehen würde? Keine Sorge, ich habe nicht vor, ihn zu küssen … im Leben nicht. Ich wollte nur wissen, wie sich diese eine Strähne anfühlt.

»Auffällig?« Ich hebe den Kopf und suche seinen Blick. Die blonden Wellen umrahmen sein Gesicht und lassen ihn deutlich jünger wirken. Ich weiß nicht einmal, wie alt er wirklich ist. Vielleicht dreißig? Keine Ahnung. So, wie er jetzt vor mir sitzt, gäbe er das perfekte Christkind ab. Natürlich sind seine Wellen nicht ganz so kraus, eher natürlich sanft. Ich muss mir das Lachen verkneifen, doch Jaxon entgeht es nicht.

»Was?«, mustert er mich fragend.

»Ich dachte gerade, dass du ein wirklich hübsches Christkind abgeben würdest.«

Jaxon schmunzelt. »Noch ein Wort und ich lege dich übers Knie! Genau deshalb verstecke ich es. Nicht das irgend so ein

Christkind-Scout mich entdeckt und ich in ein paar Monaten im Nachthemd auf Weihnachtsmärkten trällern muss!«

Ich lasse die Strähne los und halte mir prustend den Bauch. »Du bist so ein Idiot!«

Jaxons Mundwinkel zucken, er betrachtet mich zufrieden, ohne in mein Lachen einzustimmen. »Das steht dir gut«, murmelt er leise.

Ich halte inne und sehe ihn fragend an.

»Das Lachen«, fügt er hinzu. »Seit wir uns treffen, habe ich das Gefühl, dass du häufiger lachst.«

Ich zucke mit den Schultern. »Das liegt nur an der Gesellschaft. Du bist so ein Idiot, dass ich gar nicht anders kann.«

»Gern geschehen.«

Bevor wir den Waschsalon verlassen, versteckt Jax seine Haare wieder fein säuberlich unter der Wollmütze. Zu allem Überfluss setzt er sich auch noch die Sonnenbrille auf und wirft mir ein völlig sinnfreies Grinsen zu.

»Es ist vier Uhr morgens. Kein Mensch ist auf den Straßen«, entgegne ich.

»Irrtum«, widerspricht er und deutet auf die Müllabfuhr. »Sie sind unterwegs und die Sonne geht auch bereits wieder auf. Genug Möglichkeiten …«

»Manchmal glaube ich, dass nicht ich diejenige bin, die einen gehörigen Dachschaden hat. Du bist genauso irre.«

Jaxon grinst blöde. »Ich habe nie etwas anderes behauptet. Darf ich dich nach Hause bringen?«, wirft er völlig unerwartet ein.

Meine Brust zieht sich schmerzlich zusammen und ich trete hastig den Rückzug an. Mental. Seitdem ich ihm die grässliche Mütze vom Kopf gezogen habe, ist etwas zwischen uns passiert. Ich habe ein kleines Stück seines Rätsels gelöst und das hat mich auf merkwürdige Weise mit ihm verbunden. Doch diese unbedeutende Frage drängt mich zurück. *Es ist nur Jaxon,* versuche ich mich zu beruhigen. *Ich kenne ihn, er ist nett, er mag mich und ich mag ihn. Warum also nicht?* Aber etwas hält mich mit aller Macht zurück.

Jaxon wartet geduldig. Vielleicht sieht er den inneren Kampf, den sein Vorschlag gegen meine Panik führt. Nach einer gefühlten Ewigkeit seufzt er und nickt traurig. Ich habe zu lange gezögert.

»Na vielleicht irgendwann. Ich würde mich besser fühlen, wenn ich dich nach Hause bringen dürfte.«

»Jaxon …«, entgegne ich leicht tadelnd, als ob er doch wissen müsste, dass ich nicht so einfach nachgeben kann. Er nickt verstehend.

»Die Straßen sind grässlich gefährlich«, fügt er mit einem Augenzwinkern hinzu. Doch das nimmt seinen Worten nicht die Schärfe. Wenn er wüsste, wie gefährlich. Aber es sind nicht die Straßen, es sind die Menschen, die mich zu diesem Nervenbündel gemacht haben, dass vor allem davonläuft und nur mit allergrößter Anstrengung rausgehen kann. Ich sage nichts und will mich schon zum Gehen wenden, als er plötzlich nach mir greift. Seine Hand umschließt meinen Arm und ich starre in Erwartung der nächsten Panikattacke auf seine Finger. Doch es passiert nichts. Stattdessen drehe ich mich zu ihm um und sehe ihn erwartungsvoll an.

»Kannst du mich vielleicht nach Hause bringen?«, fragt er. Seine Augen funkeln in der aufgehenden Sonne. »Die Straßen sind doch so gefährlich.«

Vollkommen durcheinander sehe ich ihn an. Er will mir doch nicht etwa weismachen, dass ein Mann von seiner Statur sich fürchten würde, alleine nach Hause zu gehen. Das Blitzen in seinen Augen ist Antwort genug. Er will mich erneut aus der Reserve locken. Ehe ich den Gedanken zu Ende geführt habe, verschießt mein Mund eine spitze Bemerkung. »Hast du etwa Angst?«

Jaxons Mundwinkel zucken amüsiert. »Schreckliche Angst«, imitiert er mich. »Bringst du mich nach Hause?« Er wackelt kokett mit den Augenbrauen. Laut lachend pruste ich los.

»Was denn? Fürchtet sich die Prinzessin etwa?«

Jaxons Miene gefriert. »Prinzessin?«

Ich grinse und deute auf seine Mütze. »Eindeutig Prinzessinnen-Style.« Mein Haar ist kurz und rostrot, etwas länger als sonst, denn Friseure sind nachts nicht aufzutreiben. Also muss ich sie so tragen, wie sie wachsen. Obwohl mich die paar Zentimeter, die sie seit meinem letzten Friseurbesuch im Winter letzten Jahres zugelegt haben, schon wieder stören. Ich mag mein Haar kurz, so kurz, dass sie zurückspringen, wenn ich mit den Fingern hindurch gleite. Jaxons Haar würde definitiv nicht zurückspringen, durch seine Wellen könnte ich stundenlang kämmen. Ich wüsste gerne, wie sich das anfühlt.

»Ich bin keine Prinzessin und du kein Flynn Ryder!«, gibt er angefressen zurück.

»Pah! Rapunzel. Ich wusste, dass ich dich schon mal gesehen habe! Du bist Rapunzel und deshalb trägst du Mütze und Brille. Du versteckst dich vor der bösen Hexe!«

Jaxon verzieht das Gesicht. »Du bist ein grässliches Biest.« Er wendet sich zum Gehen, den Wäschekorb mit seinen gereinigten Hosen vor sich hertragend. »Kommst du jetzt oder brauchst du einen Kniefall von mir?«

Eilig laufe ich ihm hinterher. Ich weiß überhaupt nicht, warum ich das tue, aber ihn so verärgert von dannen ziehen zu lassen, behagt mir nicht. Also gewähre ich ihm den Wunsch. »Nein, nein! Ich begleite die holde Dame zu ihrem Turm!«, entgegne ich lachend und schließe zu ihm auf.

Jaxon verdreht die Augen. »Ist auch nicht weit.«

Nervös sehe ich mich um. Allmählich wird es hell, sodass neben der Müllabfuhr die ersten Frühaufsteher aus ihren Betten kriechen und auf die Straße gehen. Jogger, die vor der Arbeit noch schnell eine Runde drehen wollen, Hundebesitzer, deren Fellknäuel auf Gassi gehen am Morgen besteht, Arbeiter, die zur Frühschicht müssen, Verkäufer, die die Auslagen neu bestücken müssen. Unzählige Berufsgruppen, die bald aufstehen und mir zwangsläufig begegnen werden.

»Zwei Straßen, dann bist du mich los.«

Jaxon hat recht, innerhalb von zehn Minuten haben wir sein Apartment erreicht. Er bleibt vor einem Hochhaus stehen. Beeindruckt sehe ich die Fassade hinauf. »Da wohnst du?«

Jaxon zuckt mit den Schultern und wirft einen Blick in das Gebäude. Der Pförtner hat ihn bereits entdeckt und kommt mit einem Schlüsselbund zur Eingangstür. Jaxons nächtliche Ausflüge sind nicht unbemerkt geblieben. »Ja.« Er hebt eine Hand und winkt dem grauhaarigen Mann zu. »Willst du mit raufkommen?«

Ich schlucke trocken. »Das ist keine so gute Idee«, murmele ich ausweichend und gehe ein paar Schritte zurück. Der Pförtner – ein freundlicher alter Herr mit weißem Schnauzer in einer dunkelgrauen Uniform – schließt mittlerweile die Tür auf. Er sieht überhaupt nicht gefährlich aus und ähnelt den Angreifern in keinster Weise. Aber ich kenne ihn nicht und … es behagt mir einfach nicht, jemandem zu begegnen. Ich müsste mich lange darauf vorbereiten und Jaxons Vorschlag kam einfach zu unerwartet.

»Ich kann nicht«, stammle ich und starre den Pförtner entsetzt an.

Jax folgt meinem Blick und verzieht entschuldigend das Gesicht. »Tut mir leid, Enni«, murmelt er. »Ich wollte dich nicht überrumpeln. Natürlich kannst du mit hochkommen, wenn du willst. Aber wenn du nicht mit mir alleine sein kannst, wäre ich dir auch nicht böse. Sicher willst du nach Hause. Es ist ja auch schon spät.« Mit ihm alleine sein? Fuck! Darüber habe ich gar nicht nachgedacht. Nur der Pförtner hat mir Angst gemacht. Mit Jaxon alleine zu sein … nicht. Das ist neu, so neu, dass ich automatisch den Rückzug antrete.

»Tut mir leid«, murmele ich, drehe mich auf dem Absatz um und flüchte. Ich höre gerade noch die verwunderte Frage des Pförtners, wo die »junge Dame« denn so eilig hinwolle. Jaxons Seufzen und seine Antwort kann ich trotzdem noch hören. »Es ist kompliziert, Aaron, sehr kompliziert.«

Kapitel 4

Heute Nacht hat Jaxon wieder seine Gitarre mitgebracht, ein wunderschönes Instrument mit einer glatt polierten Oberfläche, die geradezu dazu einlädt, sinnierend darüberzustreichen. Lächelnd schließe ich die Augen. »Soll ich für dich spielen?«, fragt Jaxon mit einem wissenden Lächeln in den Mundwinkeln und beginnt, an den Saiten zu zupfen. Ich fühle die Musik in dem dunklen Holz nachschwingen.

Ich nicke und lasse mich mit geschlossenen Augen in die Polster sinken. Da heute Nacht keiner von uns Wäsche dabei hat, ist es ungewohnt ruhig, kein monotones Rumpeln durchbricht die Stille.

Jaxon zupft an den Saiten und lässt einen Akkord erklingen. »Hat die Dame irgendwelche Wünsche?«

Meine Mundwinkel zucken, doch ich öffne die Augen nicht. Zu schön ist das Gefühl, das der Akkord in mir ausgelöst hat und ich fürchte, ich könnte es vertreiben, sobald ich die Augen öffne. »Etwas von dir«, murmele ich und kuschle mich tiefer in die Polster.

Jaxon lacht heiser. »Von mir gibt es nur störrisches Geklimper, nichts, was zum Träumen einlädt.«

Ich mache ein belustigtes Geräusch. »Riskier es einfach.«

»Schön, wie du willst.«

Als Jaxon das erste Mal für mich gespielt hat, war mir bereits bewusst, dass es überhaupt nicht darauf ankommt, was er spielt. Es sind die Gefühle, die er mit den sanften Klängen der Akustikgitarre transportiert, die mich sofort für ihn eingenommen haben. Es steckt so viel Emotion in jedem Akkord, dass der Song zu einer geballten Ladung Selbstoffenbarung wird. Schmerz gepaart mit Hingabe verschmelzen zu einem herzerweichenden Gemisch, dessen Klang sich tief in meine Seele gräbt … und sie heilt. Auf seine eigene wundersame Weise gibt Jaxons Musik meinem Schmerz eine Stimme, da wo meine Stimme zu schwach ist und schließlich versagt. Wo Worte nicht genug sind, das auszudrücken, was ich tief in meinem Inneren fühle. Was ich mir zu fühlen versagt habe, weil ich fürchte, unter der Last des Schmerzes zu zerbrechen.

Ich merke, wie sich hinter meinen geschlossenen Lidern Tränen sammeln und ich lasse sie fließen, während Jaxon spielt. Doch es fühlt sich richtig an, Jaxons Anwesenheit alleine lässt die Qual schon erträglicher werden. Nur seine Musik schafft es, den Schmerz tatsächlich zu heilen und eine große Last von meinen Schultern zu hieven. Befreit seufze ich auf und öffne die Augen.

Bestürzung durchzuckt mich, als ich Jaxons gequälten Gesichtsausdruck bemerke, doch er spielt weiter, beißt die Zähne zusammen und reiht einen Akkord an den nächsten. »Jaxon?« Verunsichert richte ich mich auf. »Was ist los?«

Er zuckt mit den Schultern, bricht mitten im Song ab und reibt sich die Knöchel. »Nichts. Ich brauche nur eine Pause, dann kann ich weiterspielen.«

»Hast du etwa Schmerzen?«, frage ich alarmiert und strecke zögernd die Hand nach ihm aus. Er macht eine wegwerfende Bewegung und schlägt einen Dreiklang an.

»Nicht der Rede wert. Wenn du mich spielen hören möchtest, dann spiele ich.« Er wiederholt die letzten drei Akkorde des Songs, während er die Zähne in die Unterlippe schlägt. Er hat so offensichtlich Schmerzen, dass ich hastig nach seiner Hand greife, um ihm am Weiterspielen zu hindern.

»Jaxon, was ist los?«

»Es ist nichts«, murrt er und macht dicht. Aber so leicht gebe ich nicht auf. Immerhin hat er mich Nacht für Nacht in diesen Waschsalon und somit aus meiner Einsamkeit gelockt.

»So wie du die Zähne zusammenbeißt, tut *nichts* aber schrecklich weh.«

Jaxons Mundwinkel zucken flüchtig. Er lässt die Gitarre sinken und stellt sie so auf den Boden, dass sie mit dem Hals am Sofa lehnt. Liebevoll streicht er über die Saiten, liebkost sie so innig, dass ich für den Bruchteil einer Sekunde ein Bild vor mir aufblitzen sehe: Jaxons Hände, wie sie über meine Wirbelsäule gleiten, sich in der Pofalte treffen und sie leicht auseinanderziehen. Hastig unterdrücke ich ein Stöhnen. Das Bild ist Teil einer Fantasie, die sich seit Wochen in meinem Hinterkopf manifestiert und mit seinen Händen verbunden ist. Hektisch löse ich den Blick von seinen Fingern und richte ihn in – wie ich glaube – sichere Gefilde. Doch weder Jaxons Augen noch seine Lippen sind sicher. Selbst der oberste Knopf seines Hemdes löst heftiges Verlangen in mir aus, nämlich ihn zu öffnen und zu überprüfen, ob das krause Brusthaar darunter die gleiche Farbe wie das Haar auf seinen Kopf hat.

Jaxon schweigt lange und hat meine Blicke nur deshalb nicht bemerkt, weil er ihn auf seine Hände gerichtet hält. Sonst wäre ich schon Opfer seiner liebevollen Neckereien geworden. Ich bezweifle, dass er überhaupt noch antworten wird und überlege bereits, was ich stattdessen sagen könnte, um die Situation zu entspannen, als er tief Luft holt und erzählt. »Meine Hände machen mir seit Monaten Probleme«, beginnt er leise und lenkt somit meinen Blick wieder auf seine Finger. »Ich kann spielen, aber nicht lange. Harte Riffs sind so gut wie gar nicht möglich, oder ein schnelles Powerplay. Dieses gehämmerte Dadadadada. Ganz zu schweigen von … meiner Arbeit.« Er legt Daumen und Zeigefinger aneinander und bewegt sie so, als würden sie das Rattern eines Maschinengewehres auf den Gitarrensaiten nachahmen. Mit gequältem Gesichtsausdruck unterbricht er die Vorführung. »Ich arbeite mit den … Händen.« Er unterbricht sich, als ob er Angst hätte, zu viel sagen.

»Warst du beim Arzt?«, frage ich. Mitfühlend lege ich eine Hand auf seine Schulter und drücke sie. Noch vor einer Woche hätte ich mich so etwas nicht getraut, nicht bei einem Fremden. Doch das ist Jaxon und meine Nähe scheint genau das zu sein, was er braucht. Traurig lächelnd hebt er den Kopf und sieht mich an.

»Bei unzähligen. Ich bekomme mehrmals wöchentlich Kortison in die Hände gespritzt, aber es hilft nicht wirklich. Von den Schmerzmitteln krieg ich Sodbrennen oder kotze im Strahl.« Er verzieht das Gesicht. »Die Ärzte haben mir striktes Trainingsverbot erteilt. Und wenn ich spielen will, funktioniert es nicht. Mir fehlt das Geschick, um wirklich gefühlvoll zu klingen«, fährt er wütend fort und ich befürchte schon, dass er die Gitarre packen und auf dem kleinen Tisch zerschmettern wird. Doch er kann sich beherrschen und beschränkt sich darauf, seine Hände immer wieder zur Faust zu schließen und wieder zu öffnen. »Meine Finger tun nicht das, was sie sollen. Im Augenblick sind sie mein größter Feind und das macht mich …«

»Wütend?«, schlage ich vor. Jaxon starrt mich verblüfft an, bevor er kaum merklich nickt.

»Ich fand dein Spiel sehr einnehmend. Mir hat es gefallen«, sage ich, um ihn etwas aufzuheitern. Doch Jaxon schnaubt nur. »Du hast ja keine Ahnung.«

»Na vielen Dank auch«, erwidere ich leicht pikiert. »Bin ich so ein schlechtes Publikum?«

Jaxon dreht sich zu mir und schüttelt den Kopf. »Nein, du bist das dankbarste Publikum, das sich so ein Wrack wie ich nur wünschen kann. Die Hingabe, mit der du meine Musik absorbierst, ist wie Balsam. Ich spiele gerne für dich und ich würde dir noch viel mehr geben.« Er knirscht zornig mit den Zähnen. »Aber diese verdammten Finger lassen mich nicht. Sie legen mich in Ketten und, egal, was ich versuche, ich kann sie nicht lösen!«

»Komm her«, sage ich einer Eingebung folgend und ziehe die Beine an. Ich falte sie unter meinem Körper und richte mich so weit auf, dass ich ihm fordernd meine Hände entgegenstrecken kann. Jaxon löst den Blick von seinen verkrampften Fingern und sieht zu mir. Zunächst bezweifle ich, ob er sich von mir helfen lassen wird, doch nach kurzem Zögern setzt er sich mir gegenüber und reicht mir seine Hände. Sie sind eiskalt, trotz der feuchten Hitze, die im Waschsalon herrscht. Außerdem ist es Juni, so kalte Hände sind … ungewöhnlich. Ich nehme seine Rechte, die, die der Gitarre so wundervolle Töne entlockt, in meine Handfläche und wandere zärtlich mit meinen Fingerkuppen über seine Handfläche. Ein Zittern durchläuft Jaxons Körper. »Tut es weh?«, frage ich vorsichtig und suche seine Augen. Jaxon holt hörbar Luft und schüttelt den Kopf.

»Darf ich?«, frage ich und berühre sanft ein Gelenk. »Ich kann versuchen, die Gelenke etwas zu lockern und die Durchblutung anzuregen.«

Jaxon prustet. »Bist du Physiotherapeutin oder so was?«

Ich zucke nur mit den Schultern. Obwohl er mit seiner Vermutung genau ins Schwarze getroffen hat, bin ich noch nicht bereit, ihm zu sagen, was ich beruflich mache – *gemacht habe.* Vor jener Nacht hatte ich einen Traum. Ich wollte mit Menschen arbeiten, in meiner eigenen, kleinen Praxis. Ich besitze ein ganzes Sammelsurium an Zertifikaten, mit denen ich die Wände schmücken könnte, wenn ich diesen Traum noch leben würde. Und darunter ist nicht nur ein Zertifikat, was mich als staatlich geprüfte Physiotherapeutin ausweist. Nein, vor fast einem Jahr habe ich eine Weiterbildung zur Gelenkschmerzbehandlung beendet. Jaxons Schmerzen könnten viele Ursachen haben, und ich muss äußerst vorsichtig sein. Aber über allem steht der Wunsch, ihm zu helfen.

»Sieht doch ein Blinder mit Krückstock, dass du total verkrampft bist. Darf ich? Ich höre auch sofort auf, wenn es dir unangenehm ist.« Jaxon hat mir mit seiner Gesellschaft und seiner unendlichen Geduld gezeigt, dass es noch einen Menschen auf diesem Planeten gibt, der sich um mich schert, auch wenn ich noch so vehement behaupte, niemanden zu brauchen. Ich rede mir seit Monaten ein, dass ich alleine damit klarkomme, doch dass dem nicht so ist, ist mir durch Jaxon klar geworden. Allein die Veränderung, die ich durch seine Anwesenheit durchgemacht habe, ist unglaublich. Ich bin ihm so dankbar wie noch nie einem Menschen zuvor. Und deshalb möchte ich ihm zumindest ein kleines Bisschen zurückgeben.

»Ich bin doch keine Pussy«, knurrt er mit zusammengebissenen

Zähnen. Ich sehe ihm an, dass er Schmerzen hat, er sie vor mir aber nicht zulassen will.

»Pussy?«, wiederhole ich, um die Schmerzen nicht anzusprechen.

Jaxon verzieht das Gesicht, er wirkt ungehalten und leicht reizbar. »Weichei, wenn dir das lieber ist. Da, wo ich verkehre, braucht man ein dickes Fell.«

Ich schmunzle. Er wirkt zu trotzig, als dass ich ihm den harten Kerl abkaufen würde. Unter der bissigen Antwort versteckt sich eine tiefe Qual. Er leidet darunter, nicht spielen zu können, und doch hat er mich in den letzten Wochen umsorgt und sich nicht anmerken lassen, wie schlecht es ihm tatsächlich ging. »Na mal sehen, wie hart du im Nehmen bist«, erwidere ich und ignoriere seine patzige Antwort. »Aber es ist wirklich wichtig, dass du mir sagst, wenn dir etwas nicht guttut. Okay?«

»Ich bin sehr wohl hart im Nehmen. Die neuen Schmerzmittel vertrage ich nur nicht so gut und …«

»… deshalb verzichtest du?« Ich horche auf.

Jaxon nickt.

»Seit wann? Vor ein paar Tagen konntest du noch relativ problemlos spielen.«

Jaxon zuckt mit den Schultern. »Da habe ich die Schmerzmittel ja auch noch genommen.«

»Du sagtest, du bekommst neben den Schmerzmitteln Kortison. Das kann auch verantwortlich für die Übelkeit sein und nicht die Schmerzmittel. Was sagt dein Arzt dazu?«

Jaxon knurrt unwillig. »Ich geh nicht mehr hin. Ich will den Mist nicht länger.«

Ich ziehe scharf die Luft ein. »Das solltest du nicht machen …«

Jaxon seufzt. »Er weiß nicht, was ich habe. Rheuma steht als Diagnose im Raum, ist aber noch nicht bestätigt. Sie jagen mir Spritzen in die Hände, die helfen, aber nicht sehr lange. Er sagt, ich soll die Hände benutzen, mit den Schmerzmitteln geht das auch, aber die vertrage ich nicht. Na vielleicht bin ich doch eine Pussy.«

Ich übergehe seinen Einwurf und wende mich seinen Fingern zu. Vorsichtig taste ich über die Handinnenfläche und berühre die Gelenke. »Hast du aktuell Entzündungen? Wie sind deine Werte?«

»Bist du jetzt etwa eine Ärztin?«, fragt er grimmig.

Ich löse mich von seiner Hand und blicke auf. »Ich bin vor allem jemand, der es nicht schlimmer machen will. Aber dazu muss ich wissen, wie deine Diagnose lautet. Haben sie die Entzündungswerte getestet?«

Jaxon zieht den Kopf ein. Fast erwarte ich, dass er mir seine Hand entzieht, doch er lässt sie auf meinem Schenkel liegen. Ein leichtes Kribbeln geht von seiner Berührung aus und breitet sich mit wohliger Wärme in mir aus. »Unter zehn«, murmelt er ausweichend.

»Okay … also keine aktuelle Entzündung. Und trotzdem Schmerzen … Das ist doch schon mal was. Wenn du willst, versuche ich die Gelenke etwas beweglicher zu machen. Aber das könnte etwas wehtun.«

Jaxons Augen werden groß. »Du bist Physiotherapeut, oder?«

Ich lächle. »Ergo. Aber nicht mehr. Im Augenblick … arbeite ich nicht.« Meine Augen suchen wie automatisiert seinen Blick, suchen Verständnis. Er kann ja nicht wissen, warum, weil ich … nicht darüber rede. Wenn ich nicht darüber spreche, kann ich so tun, als sei die Silvesternacht nicht passiert. Ich sehe die Fragen in seinen Augen, doch er stellt sie nicht. Er reagiert mit einem einzigen verstehenden Nicken. Sonst nichts. Hastig wende ich den Blick ab, bevor er mir unangenehm werden könnte, und konzentriere mich wieder auf seine Hand. Mit diesen Blicken, mögen sie auch noch so gefühlvoll und mitfühlend sein, kann ich nicht umgehen. Seine Schmerzen sind mir vertraut, die verstehe ich, da weiß ich, wo ich zugreifen muss.

Mit sanftem Druck löse ich ein Gelenk nach dem anderen. Jaxon atmet tief ein, doch er hält mich nicht auf. Ich grinse versteckt. Also doch ein harter Kerl?

»Die Schmerzen machen mich ziemlich mürbe. Ich schwanke zwischen ständigem Kotzen oder so starken Schmerzen und

Krämpfen, dass ich kaum spielen kann.« Jaxon seufzt. »Es ist nicht immer so schlimm. Das Ganze kommt schubweise. Es gibt Tage, da kann ich prima spielen.«

»So wie vor ein paar Tagen, als du«, ich hebe die Hände und mache mit zwei Fingern Zeichen in der Luft, »komponiert oder für mich gespielt hast?«

Jaxon nickt. »Aber diese Kälte da draußen tut mir nicht gut.« Seit ein paar Tagen regnet es. Die Temperaturen sind für Juni ungewöhnlich kalt. »Ich bin hin und hergerissen.« Er lacht höhnisch. »Noch habe ich mich nicht entschieden, in welcher Scheiße ich lieber bade. Wenn ich je wieder spielen will, muss ich mich wohl für die Kotzerei entscheiden. Vom Training ganz zu schweigen. Das Spielen soll eigentlich zur Auflockerung dienen.«

»Wohl kaum.« Ich streiche sanft über die Innenfläche seiner Hand, so lange, bis er wohlig seufzend die Augen schließt. »Soll ich weitermachen?«, frage ich lächelnd. Jaxons Antwort beschränkt sich auf ein kaum sichtbares Nicken. Mutig wage ich mich vor und massiere sanft seinen Zeigefinger. Er ist total verkrampft. Um die Gelenke haben sich deutlich spürbare Knötchen gebildet. Verhärtungen, die seine Bewegungsfreiheit einschränken. Ich verstärke den Druck darauf und warte gespannt, wie Jaxon reagiert. Er zieht scharf die Luft ein.

»Du kannst andere Schmerzmittel probieren. Oder Akupunktur, Physio ist eine Möglichkeit.«

»Ach?«, macht Jaxon und zieht herausfordernd eine Augenbraue hoch.

Ich lächle vielsagend. »Tut das weh?«

»Ja, und nein«, antwortet er. »Es fühlt sich gut an, ist aber nicht gerade angenehm.«

»Soll ich aufhören?«

Er schüttelt den Kopf. »Die Wärme deiner Hände tut gut. Mach weiter.«

Ermutigt durch seine Worte, nehme ich mir den nächsten Finger vor. Langsam arbeite ich mich daran entlang, bis er nach und nach seine Verkrampfung löst. Mit viel Geduld massiere ich mich durch die ganze Hand. Jaxons Kopf sinkt derweil auf die Lehne. Mit geschlossenen Augen gibt er sich meinen Berührungen hin. Schneller als mir lieb ist, erreiche ich seinen kleinen Finger. Doch ich will noch nicht aufhören. Es fühlt sich gut an, jemandem etwas zurückgeben zu können. Nein, nicht jemandem. Der Mann mir gegenüber ist kein Fremder mehr und wenn ich es mir recht überlege, würde ich so etwas für niemand anderen tun. Allein die Tatsache, dass ich ihn freiwillig anfasse – und dass er mich gewähren lässt – macht mich … glücklich? Mir fehlen die Worte, um dieses Gefühl zu beschreiben. Glücklich trifft es nicht annähernd. Nein, es ist das Gefühl, von jemandem gebraucht zu werden, etwas bewirken zu können, und sei es nur, Jaxons Schmerzen zu lindern.

Während ich mich durch seine Hände arbeite, dämmert er leicht weg, sinkt zur Seite und liegt irgendwann neben mir. Ich wage kaum, mich zu bewegen, aus Angst, Jaxon könne aufschrecken. Er wirkt gerade so entspannt und kein bisschen verkrampft, dass ich ihn einfach lasse. Besonders körperliche Nähe war mir in den letzten Monaten mehr als unangenehm. Doch bei Jaxon ist alles anders. Ich selbst habe ihm angeboten, ihn anzufassen und er hat es ohne Zögern akzeptiert. Dass er jetzt neben mir liegt, mit entspannten Gesichtszügen und ruhig atmend, haben meine Berührungen bewirkt. Und das ist ein schönes Gefühl. Seine Nähe fühlt sich weder falsch noch befremdlich an, einfach nur gut.

Seine bereits »behandelte« Hand liegt ruhig auf meinem Oberschenkel, genau dort, wo ich sie vor Minuten abgelegt habe, um mich dann der anderen zu widmen. Irgendwann hebt Jaxon ein Lid und sieht mich fragend an. »Alles okay?«, murmelt er verschlafen, so als habe er gerade erst bemerkt, dass er neben mir liegt. Ich sitze neben ihm auf der Kante des Polsters, sein Oberkörper berührt seitlich mein Bein, sein Kopf liegt auf der Armlehne des Sofas und er hat seine behandelte Hand als Stütze unter den Kopf geschoben. Er will sich erheben, doch ich drücke ihn sanft zurück. »Bleib liegen.«

Fragend sieht er mich an. »Ist dir das nicht ... unangenehm?«

Warum sollte es? Es ist nur Jaxon. »Nein. Ich mag es. Und du?« Er schüttelt nur lächelnd den Kopf und ich verschränke meine Finger mit den seinen. Kurz zuckt er zusammen, entspannt sich aber sofort wieder. »Tut es noch weh?«, frage ich.

»Ein bisschen«, murmelt er. »Ich habe mehr Schmerzen erwartet, aber da ist kaum noch etwas.«

»Also war es hilfreich?«, frage ich, und streichle mit dem Daumen über seinen Handrücken. Jaxon seufzt wohlig. »Besser als Sex«, entweicht ihm. Er versteift sich und öffnet hastig seine Augen. Entsetzt sieht er mich an, so als wäre er sich nicht sicher, ob er die Worte gerade gesagt oder nur laut gedacht hätte. »Ähm«, macht er verlegen, entzieht mir seine Hand und reibt sich den Nacken. »Das soll natürlich nicht heißen, dass Sex nicht gut wäre, erst recht mit dir, aber das ist natürlich nur so dahingesagt und Sex hatte ich schon lange nicht mehr, also habe ich praktisch gesehen gar keine Vergleichsmöglichkeiten ...«, stammelt er und wird knallrot. Er seufzt gequält auf und schlägt hastig die Hand vors Gesicht.

Ich lache leise und beuge mich vor, um in sein Versteck zu lunzen. »Das muss dir doch nicht peinlich sein. Das ist das größte Kompliment, das ich in den letzten Monaten erhalten habe.«

Jaxon schiebt die Finger auseinander und blinzelt mich verstohlen an. Langsam lässt er die Hand sinken. Sein Blick intensiviert sich, so als hätte jemand in der Bildbearbeitung den Kontrast auf Maximum eingestellt ... und noch ein bisschen darüber hinaus. Seine Augen sind fast unmenschlich blau. Einer Eingebung folgend greife ich nach dem Saum seiner Mütze und ziehe sie ihm von Kopf. Sein Haar fällt ihm auf die Schultern. Ermutigt durch seine Nähe versenke ich die Finger an seiner Schläfe und lasse sie sanft durch die Strähnen gleiten. Jaxon seufzt wohlig auf und schmiegt sich in meine Hand.

»Darf ich?«, frage ich mit einiger Verzögerung. Die Frage ist so überflüssig wie ein Regenschirm im Juni, sie kommt zu spät, zu unpassend und droht, die Stimmung zu zerstören. Jaxon richtet sich auf, setzt sich mir gegenüber und greift nach meiner Hand. Langsam beugt er sich darüber und setzt vorsichtige Küsse auf meine Fingerknöchel. Mir entweicht ein wohliges Seufzen. Seine Mähne rahmt seine Züge ein und in diesem Augenblick gleicht er einem leibhaftigen Engel.

»Du, liebste Enni, darfst alles mit mir tun, was dir in den Sinn kommt.« Seine Lider senken sich erneut, als er einen weiteren Kuss auf meinem Handrücken platziert. Sanfte Wellen durchlaufen meinen Körper, richten die feinen Härchen auf meinem Arm auf und lassen mich erschauern. Jaxons Augen blitzen mich unter halb gesenkten Lidern verheißungsvoll an.

»Was machst du da?« Alles in mir schreit auf, dass ich mich gerade von ihm berühren lasse. Dass sein Blick nichts Gutes bedeutet. Dass er Hintergedanken hat. Doch die Gefühle für ihn lassen diese Gedanken nicht greifbar werden. Sie entgleiten mir, noch bevor ich sie richtig erfassen kann. Wie ein kalter Hauch, eine Erinnerung an etwas, was einmal gewesen war, aber nun nicht mehr wichtig ist. Nur noch der Mann vor mir zählt. Seine Berührungen sind so viel schöner als der Schrecken der Vergangenheit.

»Ich locke dich aus deinem Schneckenhaus«, murmelt er und richtet sich wieder auf. Jaxon fährt sich durchs Haar und steckt es hinter den Ohren fest.

Ich lache leise. »Und? Bin ich schon rausgekommen?« Eine Strähne fällt ihm locker über die Schulter. Sie sieht so verführerisch aus, dass ich mich nicht zurückhalten kann und danach greife. Selbst wenn ich gewollt hätte, ich hätte meine Finger niemals kontrollieren können. Ich schlinge sie mir um den Finger. Jaxon lässt mich gewähren und lächelt zufrieden. Er gibt sich größte Mühe stillzuhalten. Doch sein Atem beschleunigt sich und sein Lächeln wirkt verkrampft.

»Hast du Schmerzen?«, frage ich alarmiert.

Er schüttelt hastig den Kopf. »Nicht solche.«

»Was für Schmerzen dann?«, frage ich verständnislos.

»Oh, Enni«, murmelt Jaxon, legt eine Hand an meine Wange und streichelt verträumt mein Kinn. »Ich will dich unbedingt küssen, aber ich traue mich nicht, weil ich Angst habe, dich verschrecken zu können. Dir wehzutun, weil ich nicht geduldig genug bin, tut mir unglaublich weh. Dagegen verblassen die Schmerzen in meinen Händen.«

»Du willst mich küssen?«, stammle ich und weiche einen Zentimeter zurück.

»Ja, aber nur, wenn du willst.«

Ich schlucke hart. Mein Blick fällt auf seine Lippen. Weich geschwungen und doch nicht unmännlich. Manchmal ein wenig schmal, wenn er konzentriert spielt, und manchmal blutleer, weil er sie so fest aufeinanderpresst, da er die Schmerzen nicht anders ertragen kann. Ich ertappe mich dabei, wie ich mich frage, wie sie wohl schmecken würden. Jemand in meinem Hinterkopf – ich glaube, sie nennt sich Panik – warnt mich, dass ich, wenn ich meinem Instinkt jetzt folge, etwas lostrete, was ich nicht wieder beenden kann. Doch ich kämpfe die Stimme nieder. Was, wenn ich nie wieder jemanden würde lieben können, nur weil diese Männer mir etwas angetan haben? Jaxon kann nichts dafür und er hat sich so unendlich viel Mühe gegeben, mein Vertrauen zu gewinnen. Er leidet meinetwegen, erträgt für mich Schmerzen, weil er für mich spielen will, damit ich mich entspanne. Wie könnte ich so jemandem nicht vertrauen?

Ich ertappe mich dabei, wie ich mich frage, ob ich ihm nur etwas zurückgeben will. Praktisch als Wiedergutmachung. Doch das wäre falsch. Jaxon würde nicht wollen, dass ich ihn küsse, nur weil er sich um mich bemüht. Er würde nur das wollen, was ich auch will.

Wie von selbst beuge ich mich vor, schließe die Augen und gehe noch weiter vor. Ich weiß in etwa, wo sich seine Lippen befinden, doch ich kann nicht hinsehen, aus Angst, vielleicht zurückzuweichen oder nicht genug Mut aufzubringen. Doch als meine Lippen etwas Sanftes und sehr Weiches berühren, weiß ich, dass ich genug Mut habe. Seine Lippen fühlen sich unglaublich zart an, als sie die meinen hauchzart streifen. Da ist kein Drängen, kein Fordern, nur eine sanfte rücksichtsvolle Berührung. Das Gefühl, welches von Jaxons Berührung ausgeht, breitet sich wie ein Lauffeuer in meinem Körper aus. Als würde Jaxons Feuer eine dreihundert Meter hohe Mauer aus Eis einreißen. Und ich stehe nackt und schutzlos dahinter. Unfähig, etwas gegen ihn und sein Feuer zu unternehmen, beobachte ich mit wachsender Besorgnis, was seine Berührungen anrichten. Hauchzart zerschmelzen sie meinen Schutzwall und treten eine Lawine aus glühend heißem Verlangen los.

Keuchend weiche ich zurück und starre schockiert auf Jaxons Lippen. Hastig berühre ich meine eigenen. Sie sind so empfindlich, dass selbst die Berührung meiner eigenen Fingerkuppen ein wohliges Kribbeln auslöst, welches Flammen durch meinen Körper sendet. In meiner Mitte pulsiert ein Feuerball, und er brennt nur für Jaxon. Verdammt. Ich bin so was von verloren.

Jaxons Mundwinkel kräuseln sich zu einem Lächeln, überheblich und wissend. Er sieht so aus, als hätte er genau gewusst, was sein Kuss in mir auslöst. Ich starre fassungslos auf seine Lippen und kämpfe den Drang nieder, mich erneut auf ihn zu stürzen. So bin ich nicht … mehr. Jaxon würde erwarten, dass ich mit ihm schlafe und das kann ich … nicht. *Noch nicht*, flüstert die Stimme neu entfachten Verlangens in meinem Hinterkopf und lacht hämisch auf. *Es ist nur eine Frage der Zeit, bis er dich weich gekocht hat.*

»Sag was«, platzt es aus mir heraus. Entweder ich benutze meinen Mund zum reden oder … um ihn noch einmal zu küssen.

In Jaxons Mundwinkel zuckt ein Lächeln. »Ich hätte dich nicht für so mutig gehalten.« Er beißt sich auf die Unterlippe. Eigentlich ist die Bewegung absolut unerotisch, noch gestern wäre sie das gewesen. Doch mit dem Nachklang seines Kusses auf meinen Lippen und dem damit verbundenen Wissen, was er noch alles tun könnte, wird aus der simplen Bewegung etwas Unwiderstehliches.

»Mutig? Ich kann sehr mutig sein.«

Jaxon streckt seine Hand aus und streift sanft über meine Unterlippe. Ich bin unfähig, mich ihm zu entziehen. Wenn ich wenigstens etwas von der alten Panik verspüren würde, aber Jaxon hat sie mit seinen Küssen verscheucht. Er hat noch viel mehr getan. Mein Schutzwall ist dahin und sobald er sich auch nur nähert, sind meine Nerven erwartungsvoll gespannt. Jede einzelne Zelle in mir sehnt sich danach, von ihm berührt zu werden. Überwältigt von dem Verlangen weiche ich zurück.

»Doch nicht so mutig?«, neckt er mich und nimmt seine Hand von meinem Gesicht. Er wirkt nicht enttäuscht, eher so zufrieden, als hätte er ein wildes Tier gefangen und den ersten Schritt zur Zähmung erfolgreich hinter sich gebracht. »Was willst du tun?«, fragt er mich, beugt sich lächelnd vor und mustert mich neugierig.

Mein Blick richtet sich erneut auf die vorwitzige Strähne, die ihm erneut ins Gesicht fällt. Ich nehme sie in die Hand und liebkose sie. Entweder die Strähne, oder ich würde meine Hände an seine Wangen legen und ihn küssen. Sein Haar scheint mir eine unverfängliche Alternative zu sein. »Ich würde … meine Hände gerne durch dein Haar gleiten lassen«, murmele ich.

Jaxons Augen werden groß. »Das …«, stammelt er, »ist überraschend. Keine Küsse? Oder vielleicht …«

Ich schüttele hastig den Kopf. Mich überkommt der Wunsch, ihn anfassen zu wollen. Jede Faser von ihm zu berühren, zu schmecken. Doch das kann ich noch nicht. Sein Haar ist auch ein Teil von ihm, aber es ist irgendwie neutral. Jaxon nickt.

»Darfst du. Aber nicht jetzt.« Sein Blick gleitet zur Uhr, die über den Waschmaschinen hängt. »Es ist schon zu spät. Vielleicht … bei mir?«

Ich schlucke trocken. Das hatte ich befürchtet. »Wir können zu mir gehen, gemeinsam frühstücken und dann kannst du alles mit mir machen, was du willst. Ohne Verpflichtungen?«

Ich atme tief durch. Der Vorschlag klingt verlockend, doch ich kann unmöglich in seine Wohnung gehen. Das wäre ein riesiger Schritt für mich. Das bedeutet unweigerlich, dass ich irgendwann bei Tag nach Hause gehen müsste. Auf der Straße würden sich Menschen befinden, sehr viele Menschen. »Vielleicht heute Abend«, murmele ich ausweichend und wende den Blick ab. Mein Herzschlag beschleunigt sich, doch nicht wegen der prickelnden

Vorfreude, nein, die Panik macht mir erneut einen Strich durch die Pläne. »Ich weiß nicht, ob ich das kann …«

Jaxons Fingerknöchel legt sich unter mein Kinn. Mit Nachdruck zwingt er mich, ihn anzusehen. Ich gebe ihm nach. Die Berührung fühlt sich zu gut an und macht mich weich, verdrängt erneut die Panik. »Hast du Angst?«

Ich nicke, füge aber ein entschuldigendes Lächeln hinzu. Jaxon erwidert es. »Das brauchst du nicht. Du kannst dich bei mir absolut sicher fühlen. Ich werde das sein, was du zulässt, was du willst, was du dir wünschst. Oder soll ich zu dir kommen?«

Hastig schüttele ich den Kopf. »Können wir uns nicht hier treffen?«

Jaxon atmet tief ein, greift nach seiner Mütze und verstaut sein Haar wieder darunter. »Könnten wir. Doch bei dir oder mir wäre es gemütlicher. Sei mutig, Enni. Sag mir, was du willst.«

Mutig war ich schon lange nicht mehr. Doch Jaxon lockt die alte Enni hervor. Sein Lächeln bewirkt, dass sie ihren Kopf hinter dem Schleier der Panik hervorsteckt, spöttisch grinst und mich mit ihren Worten schockiert. »Bei dir, ich will stundenlang dein Haar kämmen.«

Jaxon beißt sich erneut auf die Unterlippe und starrt mich an. Sein Blick schürt das Verlangen. »Das wird die größte Herausforderung des Jahrzehnts für mich.«

»Wieso?«, fragt die alte Enni und steckt die vorwitzige Strähne unter seine Mütze.

»Ich müsste mich stundenlang damit beschäftigen, was ich alles mit dir anstellen könnte und es doch nicht tun darf.«

Ich atme hörbar ein. »Schaffst du das?«

Jaxon beugt sich vor und küsst mich auf die Nasenspitze. »Für dich würde ich diese Qualen sogar ein ganzes Jahrzehnt auf mich nehmen. Nur für dich.«

Überwältigt von seinen Worten nicke ich. »Okay.«

Jaxon grinst. »Dann ist es abgemacht. Du morgen Abend bei mir. Vor Mitternacht. Oder soll ich dich hier abholen?«

»Angst, dass ich kneife?«

Jaxon zuckt mit den Schultern. »Wirst du?«

Ich lege den Kopf schräg und mustere ihn. »Vielleicht. Wenn ich den ganzen Tag darüber nachdenke, könnte es sein, dass ich in Panik gerate und …«

»Hör zu.« Jaxon greift nach meinen Händen. »Wenn du vor Mitternacht nicht bei mir bist, treffen wir uns einfach wieder hier. Du entscheidest. Okay?« Zärtlich umschließt er meine Finger und lächelt mich behutsam an. Wie könnte ich diesem Blick widerstehen.

Ich nicke. »Okay.«

Jaxon küsst meine Knöchel ein letztes Mal. »Sei stark, Enni.«

Kapitel 5

»Du gehst einfach bis zum Waschsalon und dann entscheidest du, ob du weitergehst oder nicht!« Mit diesen Worten hat mich Jaxon gestern Nacht verabschiedet und ich habe tatsächlich geglaubt, dass ich es schaffe. »Geh rein oder geh weiter. Es ist deine Entscheidung.« Unsere Wohnungen liegen in den entgegengesetzten Richtungen zum Waschsalon. Zwei Straßen weiter wohnt Jaxon in einem Apartmenthaus. Eine sehr gehobene Unterkunft im Vergleich zu meiner kleinen schmuddeligen Wohnung in einem Altbau. Zwei Zimmer, Küche, Bad. Das ist mein Reich.

In den letzten Monaten habe ich meine Wohnung so gut wie nicht verlassen, doch seit ich Jaxon kenne, gehe ich häufiger raus. Wenn auch ausschließlich nachts. »Vielleicht bist du ja ein Vampir«, hat er noch gemutmaßt.

»Ich trinke doch kein Blut!«, habe ich mich vehement gewehrt.

»Noch nicht!« Die Erinnerung an das Funkeln in seinen Augen lässt mich wie von selbst weitergehen. Ich weiß, wo er wohnt, doch er hat keine Ahnung, wo mein Altbau liegt. Ich kann mich also immer noch in meine eigenen vier Wände zurückziehen und ihn vergessen. Doch das erscheint mir so absurd, dass mich allein die Vorstellung zurückschrecken lässt. Jaxon nie wiederzusehen, weil ich mich fürchte? Nein! Wovor fürchte ich mich denn? Davor, dass er mich küsst? Nein! Ich mag seine Küsse. Davor, dass er mich anfasst? Er hatte so viele Möglichkeiten, dass der Gedanke an ein solches Verhalten vollkommen absurd ist. Außerdem hat er gesagt, er kocht was. Er kocht was!

Ich muss unwillkürlich grinsen. Der einzige Mensch, der jemals für mich gekocht hat, war meine Mutter. Sie würde es wieder machen, wenn ich sie darum bitte. Doch ich ertrage ihre Verzweiflung nicht mehr. Sie hat keine Ahnung, was mir passiert ist. Ich habe versucht mir einzureden, dass sie mir nur helfen will, doch mit ihrer ständigen Fragerei hat sie genau das Gegenteil erreicht. Sie war nicht gerade einfühlsam. Ihre Verzweiflung kam mir egoistisch vor. Sie ist verzweifelt wegen dem, was mir passiert ist? Ja und was ist mit mir? Ich bin verzweifelt, am Boden, ein seelisches Wrack! Seit Monaten balanciere ich am Rand eines Kraters und drohte mehrmals, abzustürzen und darin zu versinken. Aber ich soll mir Gedanken um ihre Gefühle machen? Mir fehlt die Kraft dafür. Deshalb habe ich sie ausgeschlossen. Ich habe alle ausgeschlossen.

Außer Merry. Sie war wenigstens so rücksichtsvoll und hat sich zurückgezogen, mir aber die Möglichkeit zum Reden eingeräumt. Sie ruft nicht ständig an, fragt nicht andauernd, wie es mir geht, aber trotzdem weiß ich, dass ihre Tür immer offensteht. Und jetzt habe ich Jaxon.

»Gute Abend«, begrüßt mich der Pförtner. Er trägt eine dunkelgrüne Uniform mit goldenen Knöpfen.

Ich schlucke hart und trete ein Stück zurück. Seine blauen Augen funkeln mich unter den dichten weißen Brauen amüsiert an. »Sind Sie Enni?«

Mein Kinn antwortet automatisch mit einem knappen Nicken.

»Mr. Powers hat Sie bereits angekündigt. Er sagte auch, dass Sie ein wenig schreckhaft sind.« Er lächelt mich freundlich an und hebt seine weiß behandschuhten Hände in einer entwaffnenden Geste. »Aber vor mir brauchen Sie keine Angst zu haben, ich bin Aaron«, sagt er, als ob das alles erklären würde. Sein britischer Akzent ist deutlich hörbar.

»Sind Sie Brite?«, entschlüpft mir eine Frage, bevor ich über ihren Sinn nachdenken kann. Den Mann nach seiner Nationalität zu fragen, ist das Einzige, was mir auf die Schnelle einfällt. Zugegeben, er wirkt sogar auf mich sehr vertrauensselig. Mit einzelnen Menschen habe ich kaum ein Problem. Zudem wirkt Aaron mit seinen grauen Haaren und den Lachfalten um die Augen sehr rechtschaffen. Er ist mindestens siebzig Jahre alt und birgt absolut keine Gefahr in sich.

Aaron lächelt. »Eingebürgert, aber den Akzent habe ich mir erhalten. Die Royal Apartmenthouse Company hat ihren Sitz in London. Sie unterhält hier in Hamburg mehrere Apartmenthäuser für gehobene Ansprüche und dazu gehört auch ein *Gatekeeper*. Mr. Powers wollte, dass ich Sie persönlich in Empfang nehme und nach oben begleite.«

»Mr. Powers?« Der Name sagt mir überhaupt nichts, aber offensichtlich ist das Jaxons Nachname. Sollte ich mich darüber wundern, dass der Pförtner ihm den Wunsch tatsächlich erfüllt? War Jaxon ... irgendwie wichtig oder macht das Aaron, weil ich so verkorkst bin und Jaxon sichergehen wollte, dass ich keinen Rückzieher mache, wenn ich es schon einmal bis hierher geschafft habe? Mich beschleicht ein ungutes Gefühl.

»Jaxon Powers. Sie kennen ihn nicht?« Das Gefühl wird deutlicher, doch ich kann es nicht richtig greifen. Weil Aaron mich nach oben begleiten soll? Ich weiß es nicht, also gebe ich die einzige Antwort, die infrage kommt.

»Ja, ich kenne ihn.« Sozusagen. Es fehlt nicht viel und Aaron hätte mich verscheucht. Ohne mir wirklich über meine Reaktion bewusst zu sein, verschließe ich mich und trete den Rückzug an. Es liegt nicht an Aaron, eher an der Tatsache, dass ich das Gefühl habe, Jaxon sei mehr als nur ein Mann, den ich in einem Waschsalon kennen und mögen gelernt habe. Jemand, der sich um mich sorgt, der mich aus meinem Schneckenhaus lockt, der mich ... küsst. Und für mich kochen will. Der Gedanke lässt mich innehalten. *Sei mutig, Enni.* Oh, ich will wieder mutig sein. Ich habe die eingeschüchterte, ängstliche Enni so satt. Das Mädchen, das sich in ihrer Wohnung verkriecht, Netflix frönt, Bücher liest und ab und zu zum Waschen in einen 24h-Waschsalon geht. Ich will nicht mehr dieses weltfremde Wesen sein, will mich nicht länger den Folgen dieser einen Nacht unterordnen. Also fasse ich mir ein Herz und wage den Sprung ins kalte Wasser.

Aaron scheint diese Veränderung in mir sofort bemerkt zu

haben, denn seine Mundwinkel zucken erfreut. Aufmerksam hält er mir seinen Ellenbogen hin. Zu meiner Überraschung entlockt mir die Geste ein winziges Lächeln und ich nehme seine Einladung an, hake mich bei ihm unter und lasse mich von ihm ins Gebäude geleiten.

»Kommen Sie, Ms. Enni, ich bringe Sie rauf.«

»Hat er Angst, dass ich davonlaufe?«, frage ich Aaron im Fahrstuhl. Die Stille ist mir unangenehm, er ist nicht wie Jaxon. Aaron sieht mich so erwartungsvoll an, dass ich einfach irgendetwas fragen muss. Gehaltloser Small Talk eben.

»Nein«, antwortet Aaron, nimmt einen Schlüssel, steckt ihn in einen dafür vorgesehenen Schlitz am Bedienfeld und gibt einen langen Code ein. »Aber Sie kommen nicht einfach so ins Penthouse. Dazu braucht man einen Code und den Schlüssel.« Er zieht den Schlüssel aus dem Schlitz und zeigt ihn mir mit blitzenden Augen. »Ich bin also gezwungen, den Fahrstuhl für Sie zu aktivieren.«

Meine Panik wird größer. Langsam lehne ich mich gegen die Wand des Fahrstuhls und starre auf das Bedienfeld. Die Anzeige zählt die Stockwerke hoch. Jaxon wohnt im Penthouse. Im Penthouse. Kein normaler Mensch wohnt im Penthouse. Nur Superstars … oder Rockstars. Ich erinnere mich an seine Worte. Er spielt nur noch manchmal. Der Grund ist mir bekannt. Seine Hände machen Probleme. Nicht, dass ich mich in der Musikszene auskenne, wenn überhaupt höre ich Radio und da laufen sowieso nur die aktuellen Charts. Zudem bin ich kein Konzertgänger. Menschenmengen und so. Jax kann also durchaus einer Band angehören, ohne dass ich je von ihm gehört habe. Der Gedanke, er könne berühmt sein, schreckt mich dermaßen ab, dass ich vom Fluchtgedanken beherrscht, einen Ausweg suche. Ich kann mich unmöglich mit ihm treffen, wenn er berühmt ist. Oh Gott!

Mein Blick wandert zur Fahrstuhltür und ich weiß, wenn sich mir noch eine Chance bietet, davonzulaufen, würde ich sie nutzen. *Scheiße, das Penthouse.* Meine Anspannung steigt, als der Fahrstuhl nach oben gleitet. Die Nerven sind bis zum Zerreißen gespannt, als er mit einem leisen Pling im fünften Stockwerk anhält. Das kann unmöglich das Penthouse sein. In meiner Vorstellung befinden sich Penthouses mindestens im fünfundzwanzigsten Stock. Mein Verstand hat sich in die Vorstellung geflüchtet, noch etwas mehr Zeit für die Ausarbeitung eines Fluchtplanes zu haben. Dieser wird jäh zerstört, als der Fahrstuhl anhält. Ich sehe nur die sich öffnenden Türen und damit meine Chance, das Weite zu suchen, schwinden. Ich will mich mit niemandem treffen, der irgendwie nicht normal ist. »Normal« im Sinne von »gewöhnlich«. Jaxons Leben klingt kompliziert.

Ohne dass ich ihn und sein Leben wirklich kenne, stecke ich ihn in eine Schublade. Man kennt das ja. Ich könnte mich dafür selbst ohrfeigen, aber ich kann nichts gegen diese Gedanken machen. Mir wird klar, dass ich ihn überhaupt nicht kenne, vielleicht gibt es für das Penthouse ja eine plausible Erklärung. Er sagte ja nicht direkt, dass er ein superreicher Rockstar sei, oder? *Ja*, hält mein Verstand dagegen, *er ist in einer Boygroup!* Meine Mundwinkel zucken. Das wiederum glaube ich wirklich nicht. Oder seine Eltern sind Superreiche? Warum dann der Waschsalon? Himmel. Das alles klingt viel zu kompliziert und kompliziert kann ich gerade nicht gebrauchen. Dafür bin ich selbst zu verkorkst.

Hastig trete ich aus dem Fahrstuhl und sehe mich gehetzt nach einem Fluchtweg um. Treppenhaus, fünf Stockwerke runterhasten, Ausgang suchen und bloß weg hier. Doch statt wie erwartet in einem Flur zu stehen, blicke ich auf eine große weiße Ledercouch. Meine Augen weiten sich angstvoll. Der Fahrstuhl endet in einem Wohnzimmer? Ich seufze theatralisch auf. Ich habe eindeutig zu wenig Filme mit Superreichen gesehen, sonst hätte ich so etwas natürlich erwartet. Egal, auch hier MUSS es eine Tür zum Treppenhaus geben. Allein die Brandschutzverordnung fordert so etwas. Doch auf die Schnelle kann ich den Fluchtweg nicht finden.

»Aaron, sind Sie das?« Jaxons Stimme dringt aus dem Inneren der Wohnung. Vermutlich werkelt er wie versprochen in der

Küche. An unserem Abendessen. Na ja, wohl eher an unserem Mitternachtsimbiss. Aber so weit kann ich es nicht kommen lassen. Sitze ich ihm erst einmal gegenüber, lullen mich sein Lächeln und sein Verständnis ein und jeder Gedanke an Flucht schwindet dahin wie der letzte Schnee unter den ersten Strahlen der Frühlingssonne. Wenn ich keinen Fluchtweg finden kann, werde ich eben mit Aaron wieder nach unten fahren. Hastig drehe ich mich um und sehe gerade noch, wie sich die Fahrstuhltüren vor meinen Augen schließen.

»Viel Spaß, Miss!« Aaron winkt mir fröhlich durch den sich schließenden Spalt zu. Panik macht sich in mir breit. Eine eisige Faust klammert sich um mein Herz und es beschleunigt hektisch. Wild hämmert es gegen die Umklammerung, deren eisige Klauen sich jetzt auch meiner Lungen bemächtigen. Ich ringe um Atmen und sehe mich wie ein gejagtes Tier in Todesangst nach einem letzten Fluchtweg um. Gehetzt setze ich meine Suche nach der Tür zum Treppenhaus fort, laufe nach links, nur um festzustellen, dass sich da keine Tür befindet, sondern ein langer Flur und über keiner der Türen befindet sich das grüne Zeichen für Fluchtweg. Ich wage nicht, eine der Türen zu öffnen, aus Angst, gleich im Schlafzimmer zu stehen. Also wende ich mich nach rechts, aber dort entdecke ich nur eine lange Fensterfront. Mein Blick wandert an der Fensterfront entlang und die atemberaubende Aussicht lässt meine Fluchtgedanken für eine Sekunde lang verschwinden. Die Schönheit der schimmernden Lichter Hamburgs hüllt mich ein. Ich kann fast bis zur Philly sehen, auf deren Dach eine Positionsleuchte blinkt.

»Ich dachte, du magst vielleicht indisch!«

Mein Herzschlag hat sich gerade etwas beruhigt, als Jaxon neben mich tritt, sich die Hände mit einem Geschirrtuch reinigt und meinem Blick folgt. Heute trägt er keine Mütze. Er hat sich die blonden Haare zu einem zweckmäßigen *Man Bun* zusammengebunden, trägt ein dunkles T-Shirt mit einem AC/DC-Aufdruck und eine Jogginghose, die ihm locker auf den schlanken Hüften hängt. Shirt und Hose sind mit einer Vielzahl von Mehlresten verziert und auf seinen Schenkeln prangen handförmige mehlige Abdrücke.

»Indisch? Was kochst du?« Sobald Jaxon aufgetaucht ist, schwindet die Panik, als sei er die Sonne, die mit ihrer Hitze das Eis der Klaue um mein Herz zerschmelzen lässt. Ach was, Jaxon strahlt so hell wie eine Supernova. Eis hat in seiner Gegenwart keine Chance. Ich hoffe nur, dass er nicht die zerstörerische Kraft dieses kosmischen Leuchtfeuers hat. Anstelle der Panik verspüre ich jetzt etwas anderes, etwas viel Aufregenderes. Seine Nähe beschwört eine tiefe Sehnsucht in meinen Inneren. Im Waschsalon habe ich bereits davon kosten dürfen, doch hier in seinen vier Wänden, wo uns niemand erwischen kann, wo wir ganz ungestört sind, bekommt dieses Gefühl eine tiefere Bedeutung.

»Dhal und Naan«, murmelt er und folgt meinem Blick nach draußen. Jaxon lächelt, legt seinen Arm um meine Schulter und drückt mich an sich. Ich nehme den Geruch von frisch Gebackenem wahr, darüber eine zarte Knoblauchnote, und der Geschmack von gebratenen Zwiebeln breitet sich auf meiner Zunge aus. Dazu Jaxons Nähe. Ein verführerisches Gemisch. Es fühlt sich nach Geborgenheit und Zuhause an. Irgendetwas öffnet sich wie von selbst in mir, will ihn einlassen, verlangt brennend danach, die Leere und die Kälte meines Herzens mit ihm zu füllen. Doch ich kann nicht. Dieser geschützte Kokon, den Jaxon allein durch seine Anwesenheit und den Duft frisch gekochtem Essen verbreitet, hätte ich vor einem halben Jahr gebraucht. Jetzt ist es zu spät.

Das Bewusstsein, was ich gebraucht hätte und nicht bekommen habe, erschlägt mich. Zu viel ist passiert, um die Vergangenheit einfach ruhen zu lassen und sich in ein neues Abenteuer zu stürzen. Hastig weiche ich zurück und suche nach einem Fluchtweg. Der Fahrstuhl müsste längst wieder unten sein. Ihn zu rufen und abzuwarten, bis er wieder oben ist, dauert zu lange. Bis dahin hat Jaxon mich erneut eingefangen.

»Enni?« Irritiert verfolgt er meine Schritte. »Alles okay?«

Ich schüttele hastig den Kopf. »Ich kann nicht bleiben. Ich muss gehen … bitte … wo geht es zu den Treppen?«

Jaxons Stirn legt sich in besorgte Falten. »Was ist los? Es ist alles in Ordnung. Du brauchst keine Angst zu haben. Ich werde dir bestimmt nicht wehtun oder über dich herfallen, falls du das befürchtest.«

Verstört halte ich inne. »Nein, das ist es nicht«, murmele ich ausweichend. »Du gibst zu viel.«

»Zuviel?«

»Das hier alles«, ich umschließe den Raum, die Wohnung, ihn mit einer einzigen Handbewegung. »Ich hätte das alles viel früher gebraucht und mir wird klar, dass ich …«

Lautes Piepsen unterbricht mich. Was ist das denn?

»Scheiße!« Jaxons Augen weiten sich panisch. Hastig dreht er sich auf dem Absatz um und stürmt an mir vorbei in die Richtung, aus der ich vor ein paar Minuten seine Stimme vernommen habe.

»Der Rauchmelder!«, ruft er aus der Küche und ich folge ihm eilig. Als ich die Küche betrete, empfängt mich eine dichte, schwarze Wolke.

»Was soll ich tun?«, frage ich in den dichten Dunst hinein. Ich erkenne Jaxons Umriss am Herd, wie er Etwas von der Platte zieht und mit lautem Scheppern in die Spüle befördert. Ich will ihn noch warnen, nicht das Wasser aufzudrehen, doch da höre ich es auch schon zischen. Eine weitere Dunstwolke steigt von der Spüle auf und hüllt ihn ein.

»Schalt den Rauchmelder aus!«, ruft Jaxon mir zu. »Tür raus, rechts. Die Rauchmelder sind elektronisch miteinander verbunden. Nimm die Klappe ab und gib folgenden Code ein! Beeil dich, sonst wird die Feuerwehr alarmiert. Das Apartmenthaus ist direkt mit der Leitstelle der Feuerwehr verbunden. Wenn man nicht innerhalb einer vorgegebenen Zeit die Rauchmelder deaktiviert, wird die Feuerwehr losgeschickt.« Hastig folge ich seinen Anweisungen, bis ich einen Nummernblock und etliche aufgeregt rot blinkende Lichter vor mir sehe.

»Diktier' mir den Code!«, rufe ich Jaxon zu.

»549683«, antwortet er, hastet an mir vorbei und macht sich an der Fensterfront zu schaffen.

Ich halte mir den Ärmel vor Mund und Nase, während ich versuche, den Nummernblock zu entziffern und den Code einzugeben. »Bist du sicher, dass nichts brennt? Wenn du die Fenster öffnest, könnte es sonst zu einer Stichflamme kommen.«

»Nein, alles gut.«

Konzentriert tippe ich den Code ein und atme erleichtert auf, als alle Lichter auf grün umspringen. Über dem Nummernblock erkenne ich eine Zeitanzeige, die heruntergezählt hat und jetzt bei zwanzig Sekunden stehen geblieben ist. Puhh, das war knapp. Auch wenn nichts passiert ist, bin ich nicht gerade darauf erpicht, einer Horde maskierter Feuerwehrmänner gegenüberzustehen, während Jaxon erklärt, wie es zu dem Alarm gekommen ist.

Während mein Adrenalinspiegel langsam wieder abfällt, wende ich mich Jaxon zu. Er hat mittlerweile das Oberlicht geöffnet, doch viel gebracht hat das noch nicht. Der Rauch verzieht sich nur langsam.

»Was ist überhaupt passiert?«, frage ich, als sich mir ein Schemen nähert, den ich dank seines dunklen Shirts als Jaxon identifiziere. Er stößt ein leises Lachen aus.

»Du bist passiert, Enni«, antwortet er, fasst mich bei der Hand und zieht mich in die Küche.

»Was soll denn das heißen *Ich bin passiert?*«, frage ich den Schemen vor mir und folge ihm ratlos in die Küche. Mittlerweile weiß ich ja, wo sie zu finden ist, auch wenn das Apartment so groß ist, dass man sich hier sicherlich problemlos verlaufen könnte. Kopfschüttelnd folge ich Jaxon durch den Nebel.

»Wann immer du auftauchst, vergesse ich alles um mich herum«, antwortet Jaxon und deutet auf eine geschwärzte Pfanne in der Spüle. »Das sollte unser Abendessen werden. Na ja«, er knirscht mit den Zähnen. »Zumindest die Beilage.«

Ich beuge mich über den Herd und inspiziere den Inhalt eines Topfes. Eine Luftblase platzt in dem rötlichen Brei auf. Angewidert nehme ich den Kochlöffel und rühre einmal durch die klebrige Masse. »Und was sollte das werden?« Der Kochlöffel kratzt über den Topfboden, die Masse ist eindeutig angebrannt.

Ich hebe mithilfe des Löffels eine Portion des Breies heraus und rieche daran.

»Linsen«, murmelt Jaxon. »Oder Dhal, indisches Linsencurry, sozusagen.«

»Riecht … angebrannt«, antworte ich.

»Ach was«, winkt Jaxon ab. »Das ist nur der Geruch in der Küche …«

Ich verziehe skeptisch die Nase. »Sieht total zerkocht aus.«

»Das muss so«, verteidigt Jaxon seine Kochkünste und probiert seine Kreation. Angewidert verzieht er das Gesicht. »Puhh, aber so sollte das nicht schmecken.«

Ich nehme ihm den Löffel ab und koste selbst. Die Kombination aus Linsen, Tomaten und Kokosmilch schmecke ich deutlich heraus. »Es könnte schmecken, wenn da nicht der herbe Nachgeschmack wäre … nach angebrannten Linsen.«

»Wir können den Geschmack mit angebranntem Brot kombinieren? Oder noch etwas Knoblauch. Das merkt eh keiner bei dem Geruch hier.« Jaxon grinst mich entwaffnend an.

»Nicht wirklich«, murmele ich. »Pizza?«

Jaxon nickt niedergeschlagen. »Sorry, ich wollte für dich kochen, aber das ging wohl nach hinten los. Stattdessen fürchte ich, dass nicht mal 'ne Pizza hier schmecken wird.«

»Egal. Das da sieht doch ganz essbar aus, oder?« Der Nebel hat sich etwas gelichtet und gibt den Blick auf einen bereits ansehnlichen Stapel Pfannenbrote preis. Sie sind zwar auch etwas angekohlt, aber sehen auf jeden Fall genießbarer als der schwarze Klumpen in der Spüle aus.

»Nicht wirklich, die sind innen noch roh. Ich hab den Dreh noch nicht raus.«

Ich lächle. »Trotzdem danke. Ich weiß das zu schätzen.« Irgendwie habe ich das Gefühl, mich bei Jaxon zumindest für den Versuch bedanken zu müssen. Auch wenn weder das Essen noch die Wohnung erträglich sind, bin ich auf eine seltsame Weise ergriffen. Ich denke nicht länger über ihn und das Apartment nach, noch über meine Beziehung zu ihm. Oder fühle mich von dem bedroht, was sich zwischen uns entwickeln könnte. Im Augenblick möchte ich mich einfach nur bei ihm bedanken. Und zwar nicht nur mit Worten.

Ich stelle mich auf die Zehenspitzen, halte mich an seiner Schulter fest und drücke ihm einen Kuss auf die Wange. »Danke für die besten zerkochten Linsen und das leckerste angebrannte Brot der Welt.«

»Lach nur. Ich hab's verdient.«

Einträchtig sitzen wir auf dem Fußboden in Jaxons mittlerweile rauchfreier Küche und teilen uns eine Dose Fisch in Tomatensoße.

»Nein, die ist wirklich lecker«, widerspreche ich. »Und kein bisschen angebrannt.«

Jaxon schnaubt und taucht ein Stück verkohltes Naan in die Tomatensoße. Angewidert verzieht er das Gesicht. »Stimmt, Konservierungsstoffe und der künstliche Tomatengeschmack lassen gar nichts anderes übrig. Dagegen haben feine Röstaromen keine Chance.«

»Bist du etwa so ein Öko?«

Jaxon knabbert an dem aufgeweichten und verbrannten Brot. »Ja und nein. Ich versuche, auf einen gesunden Lebensstil zu achten.« Nachdrücklich hebt er seine Hand und wackelt mit den Fingern. »Deswegen. Kein Fleisch, wenig Kohlenhydrate, ausschließlich Gemüse und Pseudogetreide. Das soll den Schmerzen entgegenwirken.« Er meint seine Hände. Heute scheint er keine Schmerzen zu haben, sonst würde er sie zumindest nicht so bewegen können. Keine Spur von Verkrampfungen.

»Und hilft es?«

Jaxon zuckt mit den Schultern. »Keine Ahnung. Aber Alkohol und Fleisch machen es nicht gerade besser. Und ich ziehe diese Diät ja noch nicht lange durch. Falls es tatsächlich Rheuma ist, wird es über einen Zeitraum von mehreren Wochen besser werden. Laut Arzt.« Er deutet ins Wohnzimmer. »Die Reste meiner regelmäßigen Orgien kannst du im Wandschrank bestaunen. Ich habe zu lange zu viel getrunken und das rächt sich jetzt. Der Arzt meint,

Entgiftung braucht Zeit. Wenn dir also nach was Stärkerem als Tonic ist, musst du es nur sagen.«

»Ich trinke nicht.«

»Schlechte Erfahrung?«

Meine Antwort sollte ruhig und sachlich klingen, doch ich schaffe es nicht, die Emotionen zu unterdrücken. Wäre ich in der Silvesternacht nüchtern gewesen, hätte ich mich vielleicht wehren können. Leider funktionieren auch Jahre lang antrainierte Reflexe bei einem Alkoholspiegel von Zwei-Komma-Null-Promille nicht wirklich. Was ich zunächst für lockeres Flirten und Antanzen gehalten habe, hat sich schnell in das Trauma verwandelt, durch das ich in die Einsamkeit geflüchtet bin. Alkoholisierte Frauen sind leichte Opfer, immer in Stimmung für ein bisschen körperliche Zudringlichkeiten und niemals abgeneigt, so die Meinung der Angreifer. Es waren drei. Damals verlor ich nicht nur mein Selbstbewusstsein, sondern auch meine Stimme. Die Enni, die ich vor dieser Nacht gewesen war, hätte Jaxon vielleicht erzählt, was passiert war. Vielleicht sogar noch die Enni danach, aber die Heutige schweigt. Weil Worte nichts brachten, NEIN hieß nicht länger NEIN und egal, wie laut ich geschrien habe, niemand hat mich erhört.

Hastig wende ich den Blick ab und schiebe die Tonic-Flasche hin und her.

»Enni? Was ist los?« Die Besorgnis in Jaxons Frage will ich gar nicht hören. Ich habe schon zu viel gesagt, ohne überhaupt den Mund aufgemacht zu haben.

»Ich glaube, ich sollte jetzt gehen«, murmele ich ausweichend und kämpfe mich auf die Beine, glätte meine Jeans und sehe mich nach meiner Jacke um. Ich glaube, ich habe sie im Wohnzimmer gelassen.

»Nein, wieso? Enni, warte! Was ist denn überhaupt los? Ich verstehe dich nicht. In der einen Minute plauderst du mit mir und in der anderen machst du dicht. Habe ich etwas Falsches gesagt? Enni, rede mit mir!«

Ich kann nicht. Wenn ich hierbleibe, wird Jaxon weitere Fragen stellen und irgendwann werde ich seinem Charme erliegen. Gerade erst habe ich mich ein wenig gefangen, den Mut aufgebracht, jemandem erneut Vertrauen zu schenken. Ich habe zu große Angst, dass die Geister der Vergangenheit meine neu gewonnene Freiheit zerstören und ich wieder in einem Käfig aus Panikattacken und Selbstzweifeln verrotte. Ich lebe wieder, und das will ich mir auf gar keinen Fall kaputtmachen. Ich will die Vergangenheit in mir verschließen, nie wieder daran erinnert werden. Reden funktioniert nicht und reißt nur vernarbte Wunden auf. Ich will das alles nicht noch einmal durchmachen müssen. Ich will weiterhin totschweigen, dass überhaupt jemals etwas passiert ist.

Meine Jacke liegt auf Jaxons großer weißer Ledercouch. Nicht, dass ich sie brauchen würde, die Nacht ist lau und warm. Jaxon folgt mir, ich kann ihn ächzen und stöhnen hören, als er sich vom Küchenboden hochkämpft. Seine Gelenke knacken deutlich hörbar. Ich verziehe das Gesicht. Von wegen keine Schmerzen.

»Ist es wegen … der Sache?«, fragt er leise, als er hinter mich tritt. Ich schlinge die Arme um meinen Oberkörper und blicke stur auf das nächtliche Hamburg. Die Stadt schläft nie. Schon gar nicht im Sommer. Straßenlärm, das Rumoren der Stadt, das unterschwellige Pulsieren von Leben. Ich spüre Jaxons Nähe. Seine Hände schweben über meinen Schultern, verharren dort, als sei er sich nicht sicher, ob er mich berühren darf. Ich atme tief durch. Jaxon bin ich keine Antwort schuldig, aber aus irgendeinem Grund will ich ihm erklären, warum ich mich so verhalte. Er hat mir Vertrauen geschenkt, mich in sein Leben gelassen, obwohl er doch so viel zu verbergen hat. Ich will ihn nicht mit Plattitüden abspeisen und doch versagt meine Stimme erneut. Hastig drehe ich mich zu ihm um, sehe in seine blauen Augen, sein aufmunterndes Lächeln und fühle, wie sich die eisige Klaue um meine Brust etwas löst. Ich wusste ja nicht einmal, dass sie da war, bis sein Lächeln etwas an ihr zerrt.

Langsam nicke ich. Jaxon schließt kurz die Augen und nickt. »Okay«, murmelt er, hebt seine Hand und fährt mit dem Daumen über meine feuchten Wangen. Irritiert blinzle ich. Ich habe gar nicht bemerkt, dass ich zu weinen angefangen habe. »Wie kann ich dir helfen?«

Irritiert sehe ich ihn an. »Helfen? Wieso willst du mir helfen? Du kennst mich doch noch nicht einmal richtig.«

Jaxons Mundwinkel zucken. »Aber ich will dich kennenlernen, Enni. Ich mag dich und die Person, die hinter diesem seltsamen Verhalten steckt, die, die manchmal hervorkommt. Ich glaube, du bist jemand, mit dem man Pferde stehlen kann.« Er lacht unsicher. »Soll ich … darf ich dich … würde es vielleicht helfen, wenn ich dich festhalte?« Er deutet auf meine Arme, die ich wie einen Schutzwall um meinen Körper geschlungen habe.

Diese eine, vorsichtig formulierte Frage lässt all meine Mauern einstürzen. Das Eis schmilzt, Dämme brechen und ich finde mich in Jaxons schützender Umarmung wieder. Seine Stärke rettet mich davor, endgültig den Halt zu verlieren. Ich weine die Tränen, die schon vor Monaten hätten fließen sollen, trommle wütend gegen seine Brust und finde mich schließlich schluchzend neben ihm kauernd auf dem Sofa wieder. Er hält mich noch immer, streichelt sanft über meinen Rücken und summt leise eine Melodie. Sein T-Shirt ist komplett von meinen Tränen durchnässt, zerknüllt von meiner Verzweiflung, mich an ihm festzuhalten, um nicht von der Flut der Gefühle davon gerissen zu werden. Doch Jaxon hält mich stur fest, er ist einfach nur da und trotzt dem Ansturm mit unüberwindlicher Gelassenheit. Er sagt nichts, er gibt mir nur Nähe und ist mein Fels gegen die Sturmflut an Tränen.

Schlussendlich liege ich in seinen Armen und lausche seiner Stimme. Aus der Melodie ist ein kleiner Song entstanden. Wie von selbst fügen sich Worte und Klänge zusammen, ein trauriges Lied über den Verlust, über Schmerz und Qual, tief verborgen in einer – meiner – Seele. Jaxon singt von den Wunden, die diese Pein hinterlässt. Und selbst wenn diese irgendwann heilen, werden unvorstellbare Narben zurückbleiben.

»Das ist schön«, murmele ich leise. Sein Brustkorb hebt sich sanft, während er singt. »Du solltest öfter singen.«

»Nur für dich«, seufzt er und drückt mir einen Kuss aufs Haar. Meine Finger verkrampfen sich in seinem Shirt. Die Wärme, die sich in mir ausbreitet, ist unvorstellbar. Hinzu kommt ein ganz kleines bisschen Stolz. Dieses Lied ist nur für mich. Ergriffen schließe ich die Augen und schmiege mich an ihn.

»Es tut mir leid, dass ich so … ausgeflippt bin«, entschuldige ich mich, doch Jaxon schüttelt den Kopf. Ich fühle nur die Bewegung.

»Macht nichts. Willst du über die Sache reden?«

Ich hole tief Luft. »Heißt es jetzt so? Die Sache?«

Jaxon zuckt mit den Schultern. »›Die Angst, die dich beherrscht‹ ist definitiv zu lang. Beim Namen nennen kannst du es nicht, ohne wegzurennen. Also nennen wir es ›Die Sache‹.«

Ich nicke beklommen, spüre einen dicken Kloß im Hals. Wir. Doch Jaxons Nähe umfängt mich mit Wärme und lässt nicht zu, dass die Panik erneut um sich greift.

»Willst du reden?«

Ich schüttele den Kopf. »Nein.«

»Du musst …«, beginnt er, doch hält sich dann zurück.

»Warum? Bisher habe ich auch nicht darüber gesprochen. Ich werde nie wieder darüber reden. Nie WIEDER!«, begehre ich auf und will gegen seine Brust trommeln, doch Jaxon pflückt meine Hand mühelos aus der Luft und legt sie sich wieder auf die Brust.

Sanft legt er seinen Finger unter mein Kinn und zwingt mich mit höflichem Nachdruck, ihn anzusehen. Sein intensiver Blick raubt mir jeden Gedanken an die Silvesternacht. »Es ist okay, Enni. Weine, schreie, tobe, brülle. Lass den Schmerz einfach raus. Du musst nicht reden. Falls du aber doch willst, bin ich da und höre zu. Okay?«

Ich atme tief durch. Die Worte dringen wie durch einen dichten Schleier zu mir hindurch, doch ich verstehe sie nicht, ich sehe nur noch Jaxons Lippen und frage mich, wie sie sich wohl anfühlen würden. Ich habe so viele Tränen geweint, dass ich wie flüssiges Glas in seinen Armen hänge. Jaxon hat meinen Ausbruch durchgestanden und er ist auch jetzt da, um den Scherbenhaufen wieder zusammenzufügen. Er beobachtet mich und beißt sich dabei so provokant auf die Unterlippe, dass eine winzige Flamme in meinem Inneren auflodert – und sie brennt nur für ihn.

Ich schließe die Augen und konzentriere mich mit wachsender Sehnsucht auf diese Flamme. Sie ist noch schwach, aber sie wird stärker werden, da bin ich mir sicher. Ein Lächeln legt sich auf meine Lippen.

Als ich meine Augen wieder öffne, strahlen Jaxons Augen wie zwei Leuchtfeuer in der Dunkelheit. »Was?«, fragt er. Seine Mundwinkel zucken.

»Kannst du mich vielleicht … küssen?«, wage ich einen mutigen Vorstoß. Die Flamme lodert kräftig in meinem Magen auf, ähnelt der, die Jaxons Berührung im Waschsalon ausgelöst hat.

Jaxons Lippen verziehen sich zu einem neckenden Lächeln. »Keine Angst?«

Ich schüttele den Kopf, beuge mich ihm langsam entgegen. »Nicht vor dir.«

Jaxon lächelt noch einmal, bevor er seine Lippen langsam auf die meinen senkt. Er tut das mit solcher Geduld und Ehrfurcht, dass mir ein drängender Seufzer entweicht. Langsam hebt er mein Kinn an und streicht mit seiner Zungenspitze vorsichtig über meine Unterlippe, gleitet sanft zwischen meine Lippen. Ich seufze erleichtert auf, als er eindringt. Ein Zittern durchläuft seinen Körper, während seine Zunge mich mit aller Sorgfalt erkundet. Er lässt keinen Millimeter aus und küsst mich mit fühlbarer Zurückhaltung. Es fällt ihm schwer, aber er gibt dem Drang nicht nach. Ich bin überwältigt von seiner Selbstbeherrschung und gebe mich ihm hin, öffne mich ihm in dem Wissen, dass er mir niemals wehtun würde. Jaxon würde mich nie überrumpeln, mich nie überwältigen und mich niemals benutzen. Bei ihm fühle ich mich endlich wieder vollständig.

Die Erkenntnis lässt auch die letzte Barriere dahinschmelzen. Seufzend vor Erleichterung zerfließe ich unter seinen Küssen. Jaxon fühlt instinktiv, wie ich mich ihm öffne, schiebt mich leicht von sich und drängt mich auf den Rücken. Ich lasse es geschehen, bin Wachs in seinen Händen. Die Flamme in meinem Inneren schwillt zu einem lodernden Waldbrand an und als Jax sich über mich schiebt, schlinge ich gierig die Beine um seine Hüften und ziehe ihn näher zu mir. Ich will ihn so nah bei mir spüren, wie noch nie einen Mann zuvor, will ihn fühlen, ihm alles geben, ohne Zurückhaltung, will wieder die stürmische und impulsive Enni sein, die ich einst war. Verspielt und glücklich, ohne die Altlasten einer einzigen, verhängnisvollen Nacht.

Jaxon löst sich schließlich von mir. Ich gebe ein widerwilliges Geräusch von mir, doch er reagiert nicht darauf und sieht mich durchdringend an. »Was ist denn in dich gefahren?«, murmelt er und setzt einen Kuss auf mein Kinn. »So stürmisch kenne ich dich gar nicht.«

Ich schlinge die Arme um seinen Hals und will ihn wieder zu mir ziehen, will mit seiner Hitze die Gefühle jener Nacht verbrennen. Instinktiv fühle ich, dass das falsch ist. Jaxon kann meine Ängste nicht zerstören und das, was ich hier tue, ist nur eine andere Art der Flucht. »Enni!«, murmelt er und streichelt mein Kinn. »Was tust du hier?«

Fühlen! Das ist die Antwort. Ich will wieder fühlen und Jaxon gibt mir die einmalige Chance, mich endlich wieder vollständig zu fühlen. Wie eine Ertrinkende greife ich nach ihm und halte mich an ihm fest. »Ich will, dass du mit mir schläfst!«, keuche ich und ziehe ihn zu mir. Jaxon starrt mich fassungslos an. Ein wenig entsetzt weicht er zurück, löst mit sanftem Nachdruck meine Hände von seinem Nacken. Ich will das nicht, doch seiner Kraft habe ich nicht viel entgegenzusetzen.

»Liebend gerne, Enni. Aber du bist nicht du selbst.« Vorsichtig rutscht er zur Seite und nimmt meine Hände in die seinen.

»Du gibst mir einen Korb?«, keuche ich. Ich bin ja selbst noch ganz entsetzt darüber, dass ich ihn überhaupt darum gebeten habe, mit mir zu schlafen. Aber noch viel entsetzter bin ich darüber, dass er mich zurückweist.

Jaxon legt sich neben mich, schiebt sich seinen gefalteten Arm als Stütze unter den Kopf und mustert mich besorgt. »Niemals würde ich dir einen Korb geben.« Er beugt sich vor und küsst mich auf die Stirn. »Aber du befindest dich in einem zu aufgelösten Zustand. Wenn ich mir dir schlafe, dann nur, wenn du kein nervliches Wrack bist.«

Fassungslos sehe ich ihn an. »Das … stimmt nicht!«, wehre ich mich und schiebe ihn von mir. Doch Jaxons schwerer Körper ruht wie ein Fels auf den Polstern. Wütend trommle ich auf seine Brust. Er weicht etwas zurück und lässt mir genug Raum, liegt neben mir, ohne mich einzuengen und akzeptiert meine Wut. Ich könnte jederzeit von der Couch klettern und gehen. »Du bist ein Arsch!«, fauche ich und schiebe schmollend die Unterlippe vor.

Jaxon lächelt. »Sei ruhig wütend, das wäre ich auch, wenn man mich so zurückweist. Aber mir fällt es genauso schwer, mich zurückzuhalten. Du bist reizend, wenn du so sauertöpfisch dreinschaust.«

Ich schnaube wütend. »Warum tust du es dann? Ich will es und du willst es auch!«

Jaxon seufzt. »Weil das nicht echt wäre. Wenn wir jetzt miteinanderschlafen, würde ich dich nur verlieren.«

»Das stimmt doch nicht«, stammle ich. Doch im gleichen Atemzug wird mir klar, dass Jaxon recht haben könnte. Ich will bei ihm sein, ihn fühlen, ihn spüren, mit ihm … reden? Ernsthaft? Nein! Ich kann unmöglich über die Sache reden. Aber andererseits weiß ich auch nicht, was Jaxon von mir erwartet. »Was muss ich tun?«

Jaxon seufzt. »Das weiß ich auch nicht. Du musst nicht darüber sprechen, wenn du es nicht willst. Ich werde dich nicht dazu zwingen. Ich weiß nur, dass Sex nicht helfen wird.«

»Aber …«, will ich widersprechen, doch Jaxon legt mir zärtlich seinen Finger auf die Lippen.

»Schhhht. Das bedeutet nicht, dass ich nicht mit dir schlafen will. Ich will nur, dass du mir vertraust, dass du weißt, wer ich bin, dass ich weiß, wer du bist. Ich will dich einfach nur nicht verlieren.«

Ich schließe die Augen und nicke. Ich verstehe Jaxon und

schätze, mit seiner Zurückhaltung tut er genau das Richtige. »Und was tun wir stattdessen?«

Jaxon lacht, nimmt meine Hand und verschränkt die Finger mit den meinen. »Ein Film? Kuscheln? Knutschen?«

»Ach, knutschen ist erlaubt?«

»Wenn du es magst?«

»Und wie.«

Kapitel 6

Jax will den Grund für meine Panikattacken herausfinden, er will mich in seinem Leben haben. Stück für Stück lerne ich ihn kennen und trotzdem hat er mir noch nichts über sich erzählt. Ich hätte ihn googeln können. Dank dem Pförtner kenne ich seinen Namen, denn Klingelschilder gibt es in dem Gebäude nicht. Die komplette Kommunikation – ja sogar die Post – läuft über den Pförtner. Aber ich habe mich dagegen entschieden, Jaxons Namen einer Suchmaschine anzuvertrauen. Ich will ihm die Chance geben, persönlich mit mir zu reden. Wenn er so weit ist, sich mir zu öffnen. Er hat Geduld mit mir. Es ist nur fair, ihm die gleiche Zeit einzuräumen.

Seit ein paar Tagen komme ich jede Nacht zu ihm. Wir sehen Filme, diskutieren bis zum Erbrechen die einzelnen Szenen, wodurch wir immer wieder anhalten müssen. Manchmal brauchen wir Stunden für einen einzigen Film. Aber genau so mögen wir es. Wir wollen reden, uns kennenlernen und vom Hundertsten ins Tausendste kommen. Streamingportale sind ein Segen. Zum einen können wir jederzeit stoppen und zum anderen gibt es unzählige billige Trashfilme. Die stehen ganz oben auf unsere Liste. Apropos Liste. Jax hat eine Hitliste aller Filme angefertigt, die er mir unbedingt zeigen will. Selbstredend dass sich nur wenige Blockbuster in seiner Auswahl befinden. Wir werden ewig beschäftigt sein.

Kochen tut er nicht mehr, dafür studieren wir gemeinsam die Speisekarten verschiedener Lieferdienste. Das hat allerdings zur Folge, dass ich nicht erst Mitternacht bei ihm auftauchen kann. Nein, mit sanfter Gewalt hat er mich dazu gebracht, am Tag rauszugehen. Nicht gerade zur Rush Hour, wenn die Straßen regelrecht überquellen. Aber immerhin danach. Er lässt mir die Wahl. Ich könne am Nachmittag zu ihm kommen oder aber ab zwanzig Uhr. Beides Tageszeiten, an denen nicht wirklich viel los ist.

Ich habe mich für abends entschieden. Eigentlich wollte ich nachmittags zu ihm gehen, weil … ich so mehr Zeit mit ihm verbringen kann. Aber ich habe es nicht geschafft und niedergeschlagen gewartet, bis es dunkel wurde. Verdammt. Vielleicht schaffe ich es ja morgen. Doch dieser kleine Rückschlag hat mir wieder einmal gezeigt, dass ich wohl nie aus diesem Loch herauskommen werde.

Jaxon hat mir bereits einmal angeboten, bei ihm zu schlafen. In seinem Bett, er wolle die Couch nehmen. Aber davor bin ich regelrecht geflüchtet und er ließ mich gehen. Ich weiß nicht, ob ich überhaupt ein Auge zubekäme in dem Wissen, dass er nebenan schläft und ich nicht … zu ihm dürfte. Das ist doch irre! Noch vor ein paar Wochen hat mich allein der Gedanke an einen Menschen in meiner Nähe in die Flucht getrieben. Und jetzt beschleunigt sich mein Herzschlag beim Gedanken ausgerechnet an einen Mann!

Jaxon meint es ernst. Er gibt mir Nähe und Geborgenheit, aber keinen Sex. Mittlerweile ist mir klar geworden, dass er recht hatte. Als ich vor ein paar Tagen zu Hause ankam, wurde mir erst so richtig bewusst, was ich da eigentlich von ihm verlangt hatte. Eine schnelle Nummer ohne Gefühl, nur um mich vor den Emotionen zu verschließen. Ein Schritt in die völlig falsche Richtung, der mich womöglich von Jaxon entfernt hätte. Gott, wie ich beginne, diesen Mann zu schätzen. Ich würde es nicht ertragen, ihn durch meine eigene Dummheit zu verlieren. Wir beide sind eine explosive Mischung. Eine falsche Bewegung und das zarte Gerüst beginnender Freundschaft könnte in sich zusammenstürzen. Ich hege meine Zweifel, ob sich einer von uns aus diesem Scherbenhaufen wie Phönix aus der Asche erheben könnte. Ich zumindest bin viel zu fragil, um Jaxons Verlust verkraften zu können. Bei ihm bin ich mir noch nicht sicher. Jaxon ist ein Rätsel. Verspielt und immer zu Dummheiten aufgelegt, aber auf der anderen Seite auch sehr launisch, bedingt durch die Medikamente und die Schmerzen. Deswegen habe ich ihm heute auch etwas mitgebracht, was ihm hoffentlich helfen wird.

Heute Abend ist es sogar noch hell. Zwanzig Uhr ist noch nicht richtig dunkel und es ist Juni. Warum also sollen die Menschen in ihren Wohnungen hocken, wenn vor der Haustür das Leben pulsiert. Mich hat es einige Überwindung gekostet. Ich bin bereits schweißgebadet, als ich am Waschsalon vorbeikomme, und das liegt nicht an der Hitze. Irgendwie vermisse ich die ruhigen Stunden dort drinnen, trotzdem erscheint es mir wie ein Triumph, an ihm vorbeigehen zu können und mir selbst zu sagen, dass ich zu Jaxon gehe. Ja, verdammt! Ich gehe zu Jaxon und es ist noch immer Tag!

Lächelnd trage ich den großen Karton vor mir her und kann mich sogar zu ein paar freundlichen Worten durchringen, als mir Aaron die Tür öffnet. Der alte Pförtner erkennt mich schon von Weitem und begrüßt mich herzlich. Ich habe mich an ihn gewöhnt und bin ihm gegenüber nicht länger … abweisend. Manche Menschen mögen mich als eingebildet oder hochnäsig empfinden, aber mir fällt es wahnsinnig schwer, mit jemandem zu reden oder gar ein Gespräch zu beginnen. Aaron verhält sich mir gegenüber wie ein echter Gentleman, er begleitet mich bis zum Aufzug und öffnet ihn für mich. »Bitte verzeihen Sie, aber heute begleite ich Sie nicht nach oben.« Er verbeugt sich entschuldigend. »Aber ich denke, mittlerweile werden Sie nicht mehr weglaufen, oder?« Er zwinkert mir zu, als er sich wieder aufrichtet. Bedeutet das etwa, er hat mich doch nur begleitet, weil Jaxon Angst hatte, ich könne fliehen? Mistkerl, aber auf eine fürsorgliche Weise. Er hat mich belogen. Der Gedanke ist wie ein Stich, doch die fürsorgliche Note mildert ihn ab. Ein unangenehmer Nachgeschmack bleibt mir trotzdem im Gedächtnis haften.

Meine Lippen pressen sich aufeinander. »Nein, heute nicht.«

Aaron verabschiedet sich, als sich die Türen schließen und wünscht mir einen schönen Abend. Den werde ich haben, da bin ich mir sicher. Ich wippe nervös – und doch voller Vorfreude – auf meinen Fußballen herum, kratze mir mit dem Fußrücken an der Wade und trete unruhig von einem Fuß auf den anderen. Noch vor einer Woche wäre ich die Nervosität in Person gewesen, wenn auch nur der Postbote geklingelt hätte und nicht wie auf dem Zettel am Briefkasten angemerkt, meine Pakete beim Nachbarn abgegeben hätte. Dort hole sich sie dann für gewöhnlich am nächsten Tag ab. Damit ich keinem Fremden begegnen muss, von dem ich mich bedroht fühle. Mein Nachbar ist ein älterer Herr im Stil von Aaron, ein Gentleman, dessen freundliches und zuvorkommendes Verhalten keine negativen Gedanken aufkommen lässt. Ihm vertraue ich.

Das leise Pling des Fahrstuhls reißt mich aus den Gedanken.

»Ich weiß nicht, Jaxon. Was sagen denn die Ärzte?«, höre ich eine mir fremde Stimme, als ich aus dem Aufzug trete. Jaxon ist nicht alleine. Mein Puls beginnt zu rasen. Hastig schließe ich die Augen und konzentriere mich auf die Atmung. Egal, wer bei Jaxon ist, er würde niemals zulassen, dass mir etwas passiert. Dieser Jemand ist ein Freund, sonst wäre er nicht hier. Es kann nur ein Freund sein.

»Ich kann trainieren und kämpfen, du brauchst auf diese verdammten Quacksalber keinen Cent geben, Vince.« Jaxon klingt ziemlich angepisst.

Jemand seufzt. *Wer ist Vince?* Vielleicht sollte ich einfach wieder gehen … ich drehe mich um und will in den Fahrstuhl flüchten, doch ich habe zu lange gezögert. Die Aufzugtüren schließen sich vor meinen Augen.

»Mir wäre es lieber, wenn ich eine medizinisch fundierte Meinung zu deinen Händen hätte. Ich kann den Kampf absagen und du konzentrierst dich die nächsten Monate nur auf deine Heilung. Ich will nicht, dass du etwas riskierst und dann womöglich alles verlierst, nur weil wir zu ungeduldig waren.«

»Ich bin fit«, knurrt Jaxon. Er klingt wie ein zorniger Rottweiler, der einen Eindringling aus seinem Revier vertreiben will. Es ist nur eine Frage der Zeit, bis er auf Vince losgeht. Das wäre gar nicht gut. Wer immer dieser Vince ist, es ist offensichtlich, dass er etwas zu sagen hat. Wenn Jaxon ihn rauswirft, wird er sich nur unnötig in Schwierigkeiten bringen. Diese Seite an Jaxon ist mir völlig unbekannt. Mir gegenüber war er immer freundlich und liebenswert. Also fasse ich mir ein Herz und gehe in die Richtung, aus der die Stimmen der beiden Männer kommen. Vielleicht wird meine Gegenwart Jaxon etwas besänftigen.

»Ich verschiebe den Kampf, das ist kein großes Ding. So etwas kommt vor. Indem du zurücktrittst, kriegt jemand anderes die Chance. Und dir wird man nächstes Jahr wieder einen Titelkampf einräumen, das kann ich, wenn du willst, auch schriftlich arrangieren. Dann hast du Sicherheit und kriegst endlich den Kopf frei. Mit den Schmerzen bist du –« Instinktiv weiß ich, dass Vinces Vorschlag bei Jaxon nicht gut ankommen wird.

Mein Verstand arbeitet derweil auf Hochtouren und reimt sich so Einiges zusammen. Jaxon kämpft. Also doch kein berühmter Rockstar? Und Vince ist sein … Manager? Ein Wort schwebt wie in Leuchtbuchstaben gemeißelt über allem: *Kämpfe. Jaxon kämpft … mit seinen Händen. Oh mein Gott.* Ich habe seine Schmerzen vor Augen, seine Krämpfe und kann mir in etwa vorstellen, was er tut. Es gibt nicht viele Sportarten, die Kämpfe beinhalten. Jaxon boxt. Vielleicht hätte ich doch mal googeln sollen. Mein Blick schweift zu den Bildern, die im Wohnzimmer verteilt an den Wänden hängen. Stilvolle Schwarz-Weiß-Fotografien von Boxhandschuhen, Kämpfen und dem Ring. Natürlich, ich bin so von ihm geblendet gewesen, dass ich diese Hinweise nicht früher gesehen habe. Ich hielt die Bilder für stilvollen Wandschmuck. Ich schlucke heftig und fasse mir ein Herz, mich zu erkennen zu geben. So mutig ich mich eben noch gefühlt habe, so klein und unbedeutend komme ich mir jetzt vor. Vince redete von einem Titelkampf. Jaxon muss also berühmt sein. Berühmt und begehrt … Mein Puls macht jedem Sportwagen Konkurrenz, von 0 auf 180 in unter zehn Sekunden.

»Spinnst du? Ich kann kämpfen … ich bin topfit, buch das Trainingslager und ich kriege den Kampf im Oktober hin – Enni!«, ruft Jaxon, als er mich sieht. Meine Augen zucken unruhig hin und her. Offensichtlich bin ich, während mein Verstand sich mit der Lösung des Rätsels um Jaxon Powers beschäftigt hat, in die Küche gegangen, wo Jax und sein Bekannter sich an der Theke gegenüberstehen und eine widerlich grüne Brühe trinken. Mir hat er auch schon versucht, einen dieser Weizengras-Smoothies unterzujubeln, aber allein die Farbe ließ mich angewidert das Gesicht verziehen. Ich hätte die Männer eher mit einem Bier in der Hand erwartet. Der Smoothie wirkt ungefähr so, als wolle Jaxon Vince ganz schnell wieder loswerden … oder ihm von seinem gesunden Lebensstil überzeugen. Damit er ihn kämpfen lässt. Langsam ergibt sich vor meinem inneren Auge ein schlüssiges Bild. Jaxon will so dringend trainieren, dass er alles dafür tun würde. Alles. Aber warum?

Jaxons Züge hellen sich auf, als er mich begrüßt. »Komm her, Babe«, flötet er und streckt die Arme nach mir aus. *Babe?* Stocksteif gehe ich zu ihm und lasse Vince dabei keine Sekunde aus den Augen. Er ist der typische schmierige Autoverkäufertyp, Gebrauchtwagen. Gepflegt, aber auf eine überzogene Weise. Als ob er seinen Erfolg zur Schau stellen will. Der Anzug sitzt gut, das Haar ist kurz und akkurat geschnitten, der grau melierte Vollbart ordentlich getrimmt. Selbst das Hemd sitzt perfekt und spannt nicht über dem gewölbten Bauch.

»Enni ist eine Freundin und … meine …«, Jaxon sucht einige Sekunden nach dem richtigen Wort. Seine Züge machen eine deutlich sichtbare Veränderung durch. Zunächst scheint er zu überlegen, wie er mich Vince vorstellen soll, doch dann blitzt eine Idee hinter seinen Pupillen auf. Mein Puls beschleunigt sich noch einmal, getrieben von einer dunklen Vorahnung. »… meine Physiotherapeutin.« Mir bleibt das Herz stehen. Von 200 auf 0, direkte Vollbremsung. Jaxon sieht mich flehend an, mitzumachen. Physiotherapeutin? Spinnt er? Er weiß doch, dass ich nicht arbeite. Doch ihm zuliebe verzichte ich auf die Richtigstellung. Im Prinzip hat Jaxon ja nicht gelogen. Nur ein ganz kleines Bisschen die Wahrheit zurechtgebogen. Schließlich bin ich Physiotherapeutin, nur eben nicht seine.

»Oh«, macht Vince und betrachtet mich erneut, diesmal mit anderen, hochgradig interessierten Augen. »Und sie kommt abends her, um ...?« Ich kann Vince ansehen, dass er Jaxon nicht glaubt, dass er seinen verzweifelten Versuch, ihn von seiner Kampftauglichkeit zu überzeugen, durchschaut. Das kann ich so nicht auf mir sitzen lassen. Jaxon ist mir zu wichtig, als dass ich ihm nicht mit einer kleinen Notlüge aus der Patsche helfen würde.

»Natürlich«, erwidere ich mit schwankender Stimme. *Verdammt!* Wenn ich überzeugend sein will, muss ich selbstsicherer klingen, als das kleine Piepsstimmchen, welches sich fast automatisch einschleicht, wenn ich urplötzlich Fremden gegenüberstehe und mich unterhalten soll. Der einzige Grund, warum ich noch nicht hektisch nach einer Fluchtmöglichkeit suche, ist der, dass ich Jaxon vertraue und mich hier auskenne. Außerdem ist Vince allein.

Ich räuspere mich und setze erneut an. »Natürlich, nach der Arbeit.« Ich deute auf den Karton. »Ich wollte Jaxon nur schnell den Sand vorbeibringen.«

Vince sieht mich zweifelnd an. »Sand? Zum Backe-Backe-Kuchen spielen?«

Jax rollt mit den Augen. »Vince ...«, ermahnt er ihn.

»Im Prinzip schon«, erwidere ich lächelnd. Jetzt befinde ich mich in meinem Element und werde selbstsicherer. »Aber das hier ist ein spezieller Sand. Man erhitzt ihn im Backofen und dann spielt man tatsächlich mit ihm. Jaxon soll die Hände in den Sand stecken und ihn durch die Finger gleiten lassen. Die Wärme wird ihm guttun.«

Vince klappt der Unterkiefer herunter und er starrt mich nicht weniger verblüfft an als Jaxon. Dieser jedoch hat sich schneller gefangen und schenkt mir ein flüchtiges Lächeln. Er beißt sich auf die Unterlippe und nickt zufrieden.

»Das klingt ... gut«, erwidert Vince und klopft Jaxon auf die Schultern. »Mit Enni kann also nichts mehr schiefgehen?«

Jaxon grinst. »Nein, mit Enni geht nichts schief. Sie hat meine Hände voll im Griff.«

»Perfekt. Okay, du hast mich überzeugt. Dann buche ich das

Trainingslager und sorge dafür, dass Becki noch ein Zimmer für sie auftreibt. Die Wohnung müsste eigentlich groß genug sein.«

»Zimmer?«, fragt Jaxon entsetzt. Seine Gesichtszüge machen eine dramatische Wendung durch. Gerade hat er noch breit gegrinst, als Vince das Trainingslager abgesegnet hat, doch jetzt entgleisen seine Züge. Er sieht erst mich an und dann Vince. Wobei er Vince am liebsten zerfleischen würde.

Vince lächelt zweischneidig. »Na deine gute Fee muss uns doch begleiten. Und dafür braucht sie ein Zimmer. Sie kann ja wohl kaum in deinem Bett schlafen, oder?« Vince grinst anzüglich.

»Nein«, murmelt Jaxon zerknirscht. »Kann sie nicht.«

Fassungslos sehe ich von Jaxon zu Vince und erneut zu Jaxon. Was zur Hölle geht hier vor? »Euch begleiten?«, stammle ich.

»Na klar, Herzchen! Du kümmerst dich um Jaxons Hände, damit er das Trainingslager durchsteht und am 10. Oktober den Titelkampf bestreiten kann. Halbschwergewicht. Du weißt doch, wer Jaxon Powers ist, oder?«

Titelkampf? Oh verdammt! Und Jaxon soll ihn bestreiten, mit diesen Händen. Mein Jaxon? Der Typ, den ich in einem Waschsalon kennengelernt habe? Ich sehe ihn an, mustere ihn in einem völlig neuen Licht, stelle ihn mir vor, wie er mit nacktem Oberkörper und in Shorts im Ring steht, schweißgebadet, Wasser fließt über seine Haut und mir wird heiß. Verdammt, das Bild passt so entsetzlich gut, dass sich mein Magen krampfhaft zusammenzieht. Jaxons Mundwinkel heben sich zu einem entschuldigenden Lächeln, während er sich nervös den Nacken reibt. »Sorry«, formt er mit den Lippen. Mein Herzschlag beschleunigt sich rasant, als mir klar wird, was Vince meint. Er will, dass ich Jaxon begleite … Das Bild vor meinem inneren Auge verschwimmt, als der Boden unter meinen Füßen wegsackt, und ich lasse den schweren Karton gerade noch rechtzeitig auf die Theke sinken, um nicht unter seinem Gewicht zusammenzubrechen. Hastig greife ich nach der Kante der Arbeitsplatte und lehne mich haltsuchend dagegen.

»Ich kann dich nicht begleiten«, stammle ich atemlos. Die alte Angst kehrt mit voller Wucht zurück, packt mich am Schopf und zerrt mich zurück in das Loch. »Ich kann nicht …« Meine Stimme ist nur noch ein zartes Hauchen, ohne Kraft und Substanz.

»Ach was«, winkt Vince ab. »Wir würden all deine Ausgaben übernehmen, dich sozialversicherungspflichtig anstellen und das Einkommen dürfte auch nicht so schlecht sein.« Ich nehme ihn wie durch einen dichten Schleier wahr. Die Aufzählung der Vorzüge klingt blechern und hohl. Natürlich könnte mein Konto eine Finanzspritze vertragen. Doch ich bezweifle überhaupt, dass ich es schaffen würde, in ein Taxi zu steigen. Von Menschenmengen wie bei einem Boxkampf ganz zu schweigen.

Vince sieht mich nicht einmal an, so als würde es überhaupt nicht infrage kommen, dass ich sein Angebot ausschlage. Er hat nur den Titelkampf im Kopf. Zufrieden klatscht er die Hände ineinander. »Dann wäre das also geklärt. Wenn Enni uns begleitet, kann Jaxon das Trainingslager bestreiten. Aber Vorsicht, Junge. Bevor du in den Ring steigst, will ich, dass du durchgecheckt wirst. Und das beinhaltet auch weiterhin Arztbesuche. Ich bin heute nur hier, weil mich dein Doc angerufen hat. Termine werden wahrgenommen, haben wir uns verstanden?«

Jaxon nickt zerknirscht.

Vince lächelt. »Das klingt für mich nach dem perfekten Arrangement! Was sagst du, junge Dame?«

Mein Kinn zuckt herum und ich sehe Vince. Doch er sieht mich nicht. Seine Augen gleiten durch mich hindurch, als sei ich nur eine Technikkomponente, die zum reibungslosen Ablauf eines Trainingslagers nötig ist. Vielleicht tue ich ihm auch unrecht, doch er hat mich mit seinem Vorschlag so überrumpelt, dass ich unfähig bin, entsprechend darauf zu reagieren. Ich muss antworten, denn, wenn ich es nicht tue, wird mein Schweigen als Zustimmung gewertet.

Jaxon greift nach meinen Händen und zieht so meine Aufmerksamkeit auf sich. Wie in Trance wende ich mich wieder ihm zu. Er sieht mich durchdringend an, greift nach einer Strähne und schiebt sie mir hinters Ohr. Dabei lächelt er mich aufmunternd an. Meine Mundwinkel reagieren prompt und erwidern sein Lächeln. An

Vince gewandt, fährt er fort. »Vielleicht sollte ich mit Enni persönlich sprechen, bevor sie so eine wichtige Entscheidung treffen kann.«

»Was gibt es da lange zu überlegen?«, entgegnet Vince genervt. Er hat bereits entschieden, sowohl für mich, als auch für Jaxon. »Du kannst mit Jaxon ein paar Wochen in ein Trainingslager gehen und kriegst Freikarten für den Titelkampf. Sie wird live am Ring stehen dürfen, direkt bei Willi. Wer kriegt schon jemals so eine Chance?« *Niemand*, schreit es in mir. Schon gar keine kleine Physiotherapeutin wie ich. Aber ich will so eine Chance gar nicht. Ich wollte nur Jaxon helfen.

»Enni ist ein wenig … scheu.« Jaxon drückt meine Hand, hält mich fest und ist mein Anker. Aber er fixiert mich fest in der Realität. »Das mit dem Ring können wir uns ja noch überlegen. Ansonsten würdest du nicht viele Menschen zu sehen bekommen«, sagt er einfühlsam. »Du kannst die meiste Zeit in der Wohnung bleiben. Wir sorgen dafür, dass du sicher bist, okay?«

»Scheu? Aber …?«

»Vincent, bitte«, beschwört Jaxon ihn und wendet sich wieder mir zu. »Das Trainingslager hat die beste Security. Und den Kampf kannst du dir von der Kabine aus ansehen. Dir wird nichts passieren. Du kannst alle vorher kennenlernen. Überleg es dir, bitte.« *Du weißt, wie viel mir das bedeutet.* Er sagt die Worte nicht direkt, sie stehen ihm praktisch auf die Stirn tätowiert. Dazu sein einfühlsamer Blick. Ich vertraue ihm, weiß, dass er niemals zulassen würde, dass mir etwas passiert. Bei ihm fühle ich mich beschützt und so umsorgt, dass ich dem Drang, einfach Ja zu sagen, spontan nachgeben würde. Wenn er mich so ansieht, kann ich unmöglich Nein sagen. Doch wieder einmal versagt mir die Stimme und ich sage nichts. Vielleicht ist es auch besser so. Ich bei einem Boxkampf? Unvorstellbar.

»Ohne sie wird das nicht funktionieren«, murmelt Vince. »Du kannst nicht kämpfen, wenn du Schmerzen hast. Dir fehlt die Konzentration, du wirst unaufmerksam und steckst zu viele Schläge ein. Wozu das führt, haben wir ja bereits gesehen«, fügt er vorwurfsvoll hinzu.

»Vince«, knurrt Jaxon. »Meinst du eigentlich, dass ich das nicht selbst entscheiden kann? Ich kann kämpfen und brauche nicht das Go meines Managers oder eines Arztes. Du vergisst, dass du bei MIR angestellt bist!«

»Sorry, Kumpel. Ich tue genau das, wofür du mich bezahlst. In erster Linie kümmere ich mich darum, dass du erfolgreich bist. Und das bist du nicht, wenn du dich zugrunde richtest, nur weil du glaubst, nie wieder eine Chance zu haben, wenn du dich jetzt schonst. Alles zu seiner Zeit. Wenn du für immer ausfällst, haben wir ein echtes Problem. Enni kommt mit, kümmert sich um deine Hände oder das Trainingslager sowie der Titelkampf sind gestorben. Deine Entscheidung.«

»VINCE!«, ruft Jaxon zornig. »Bitte setz Enni nicht so unter Druck.« Er lässt meine Hand los und wendet sich seinem Manager zu. Mich fröstelt sofort, als er mich loslässt. »Hör zu, ich mach dir einen Vorschlag.« Jaxon atmet tief durch und versucht, möglichst ruhig und sachlich zu klingen. Doch unter der Oberfläche dieser brüchigen Selbstbeherrschung brodelt es. Er verkrampft die Hände, sein Kinn zittert und doch fährt er so ruhig fort, als ob ihm das alles nichts ausmachen würde. »Ich rede in aller Ruhe mit Enni und in ein paar Tagen teile ich dir ihre Entscheidung mit, okay?«

Vince verzieht säuerlich das Gesicht. »Ich muss ...«

»Ich weiß, du hast Deadlines und alle wollen wissen, wie es um mich steht. Es wird funktionieren. Aber was auf gar keinen Fall funktioniert, ist, wenn Enni nicht aus freien Stücken mitgeht.«

»Uns bleibt immer noch die Option, den Kampf abzusagen und deine Titeloption auf nächstes Jahr zu verschieben. Bei deiner Ranglistenplatzierung ist das kein Problem ...«

Jaxon ringt seinen Ärger nieder. »Morgen, Vince, okay? Morgen.«

»Es tut mir leid. Vince ist manchmal ein echter Arsch, aber er managed mich von Anfang an. Ihm habe ich meinen Erfolg zu verdanken. Er holt die besten Kämpfe ran, hat mich aufgebaut. Ich stehe in seiner Schuld.«

Vince ist gegangen. Besser gesagt: Er ist gegangen worden. Jaxon hat ihn ziemlich wirsch hinauskomplementiert und immer energischer um ein paar Tage Bedenkzeit gebeten. Dann hat er mich auf der Couch platziert, sich mir gegenüber hingesetzt, mich in eine Decke gewickelt und mich lange schweigend angesehen.

»Du hättest es mir sagen müssen«, murmele ich und sehe Jaxon vorwurfsvoll an. Zerknirscht senkt er den Blick und nickt.

»Es tut mir leid, aber ich hatte Angst, dass ich dich verschrecke, wenn du erfährst, wer ich bin. Also habe ich lieber geschwiegen und dir nur von der Musik erzählt. Mir erschien es so … sicherer.« Seine Mundwinkel zucken amüsiert. »Im Übrigen fand ich es total erfrischend, mal nicht angehimmelt zu werden. Und da du offensichtlich keine Ahnung hattest, wer ich eigentlich bin, wollte ich es gerne dabei belassen – zumindest eine Weile.«

»Tu das nie wieder«, murmele ich. »Mich anzulügen, meine ich. Aaron hat mich belogen und in den Fahrstuhl gelockt, du hast mich über deine wahre Identität belogen und jetzt das hier. Es war nicht fair. Du weißt, dass ich mich niemals auf dich eingelassen hätte, wenn ich gewusst hätte, dass du berühmt bist.« Ich schlage mir die Hand vor den Kopf. Oh, ich bin so blöd. Natürlich wusste ich, dass er berühmt ist, ich habe es zumindest geahnt. Die Sonnenbrille und die lächerliche Mütze waren Hinweise genug. »Ist Jaxon Powers überhaupt dein richtiger Name?«

Jax schüttelt den Kopf. Meine Augenbraue zuckt nach oben. »Künstlername«, erklärt er. »Mit richtigem Namen heiße ich …«, drohend hebt er einen Zeigefinger, »… wehe du lachst. Ich möchte nie wieder so angesprochen werden. Für dich und alle Welt bin ich Jax, klar?«

Ich nicke eifrig und halte gespannt den Atem an, wage nicht, mich zu bewegen, aus Angst, er könne sich anders entscheiden.

»Kraft«, murmelt er. »Sascha Kraft.«

Das Lachen will aus mir herausplatzen, doch ich schlucke es gerade noch rechtzeitig herunter. »Ernsthaft?«

Jax nickt gequält. »Vince hat damals mit dem Künstlernamen angefangen und ich war hellauf begeistert. Jax wurde ich schon immer genannt. Wir haben meinen Spitznamen die Übersetzung meines Nachnamens hinzugefügt. Fertig.«

Ich sehe ihn lange und durchdringend an, bevor ich lächle. »Danke.«

Jaxon nickt. »Kannst du mir verzeihen?«

Ich schneide eine Grimasse. Der Blick, den er mir jetzt zuwirft, ist es zu verdanken, dass ich hier bin, dass ich nicht fortgelaufen bin ... und dass ich ihm nie lange böse sein kann. Ich nicke zögerlich. »Trotzdem weiß ich nicht, ob ich dich begleiten kann. In dieses Trainingslager.«

Jaxon nimmt meine Hände und seufzt. »Du weißt, wie viel mir das Spielen bedeutet. Ich könnte auf das Kämpfen verzichten, aber ich muss nur noch diesen einen Titelkampf gewinnen, dann höre ich auf. Versprochen. Dann kann ich Musik machen, studieren, besser werden. Das Boxen kann mir das alles ermöglichen. Mit den Kämpfen verdiene ich genug Geld, um endlich meinen Traum leben zu können. Aber ich will dich auch auf gar keinen Fall unter Druck setzen.« Jaxon fährt sich müde durchs Gesicht. »Ich werde so oder so kämpfen, ob mit oder ohne deine Hilfe. Doch wenn du mich begleitest, könnte ich tatsächlich gewinnen. Du kennst meine Hände und ihre Macken, und danach kann ich mein Geld mit Werbung einnehmen. Ich muss es nur noch einmal tun.«

Dieser eine Satz treibt mir einerseits die Tränen in die Augen und auf der anderen Seite würde ich ihm am liebsten eine Ohrfeige geben. Von wegen, er will mich nicht unter Druck setzen. Selbst wenn er das immer wieder sagt und er es selbst vielleicht sogar glaubt, fühle ich mich durch das Wissen, dass ich ihm helfen könnte, wie ein in die Enge getriebenes Tier. Jaxon weiß doch um meine Panikattacken. Er kennt meine Macken, meine Ängste. Wie kann er auch nur einen Gedanken daran verschwenden, dass ich ihn begleiten könnte! Egal, wer er ist, egal, dass er Schmerzen hat, dort werden Menschen sein, viele Menschen. Ich sehe mich schon eingepfercht in einer Menge, ohne die Möglichkeit der Flucht. Wie eine Gefangene. Die Panik bemächtigt sich meiner erneut, droht mich wieder zu verschlingen. Die Angst benebelt meinen Verstand und ich will nur noch hier weg.

Hastig springe ich auf, orientiere mich gehetzt und suche schon nach einem Fluchtweg, doch Jax greift beherzt nach meinen Händen und hält mich sanft fest

»Enni, bitte. Denk wenigstens darüber nach. Es würde mir sehr viel bedeuten.« Er zieht mich in seine Arme und drückt mich an sich. Ohne viel Gegenwehr lasse ich es geschehen. Ich bin viel zu erschöpft. »Bitte lauf nicht gleich davon. Ich will dich auf gar keinen Fall unter Druck setzen, aber du kannst es schaffen. Du hast in den letzten Wochen so viel erreicht …«

»Ich kann nicht … dort werden Menschen sein …«

»… und nebenbei bemerkt ein riesiges Security-Team. Du könntest vorher alle kennenlernen. Jeder würde um deine Probleme wissen …«

»Bist du irre? Dann halten mich alle für eine Spinnerin.«

Jaxons Mundwinkel zucken. »Wäre es dir lieber, sie würden nichts wissen?«, stichelt er und trifft dabei empfindlich mein Ehrgefühl.

»Auf jeden Fall. Sollen sie mich für deine schüchterne Physio-Tante halten. Das geht schon in Ordnung.«

Er schiebt mich etwas von sich und mustert mich. »Heißt das … du kommst mit? Nur ins Trainingslager? Und dann sehen wir weiter?«

Ich würge den dicken Kloß in meinem Hals herunter. »Ich überlege es mir«, bringe ich eine platte Erwiderung zustande. Nein, ich kann nicht. Ich kann unmöglich mitkommen. In meinem Zuhause, bei Jaxon und im Waschsalon fühle ich mich sicher. Das ist meine Komfortzone. Ständig fremden Menschen zu begegnen, immer und immer wieder, nein, diese Belastungsprobe könnte ich nicht aushalten. Doch irgendwie tut er mir leid, sodass ich nicht ablehnen kann. Zumindest nicht sofort.

»Du denkst darüber nach?«

»Vielleicht. Wie lange würde so ein Trainingslager dauern? Wie lange wärst du weg?«

Er winkt ab. »Ein paar Wochen. Der Kampf ist am 10. Oktober.«

Oh Gott! Ich habe sofort Bilder von riesigen Menschenmengen vor Augen! Das erinnert mich auf dramatische Weise an die Silvesternacht. Doch Jaxon würde so oder so gehen. Wir könnten telefonieren, aber das wäre nicht das Gleiche. Das klingt vielleicht etwas selbstsüchtig, aber die Vorstellung, ihn nicht sehen zu können, ist fast noch schlimmer, als ein paar Menschen zu begegnen.

Und dann schwebt über all meinen Ängsten noch Jaxons Traum, spielen zu können. Sein Strahlen, wenn er in die Saiten greift, springt auf mich über und vertreibt die Angst. Seine Krankheit ist in den letzten Tagen zurückgegangen – ob dank mir oder weil der Schub sowieso nachließ, sei mal dahingestellt. Immer wieder habe ich mich seinen Fingern gewidmet und sie massiert, vor dem Fernseher oder wenn wir einfach nur die Nähe des anderen genießen. Er konnte mir immer wieder vorspielen und das hat mir gezeigt, wie viel ihm die Musik bedeutet, und was sie mit mir macht. Ihm helfen zu können, gibt mir unglaublich viel zurück. »Ich werde es mir überlegen. Aber ich muss darüber nachdenken.«

»Enni«, versucht Jaxon mich behutsam zu überzeugen. »Ich glaube, das Trainingslager kannst du schaffen. Dort sind nur ein paar Menschen. Und den Kampf siehst du dir von der Kabine aus an …«

Ich seufze und kuschele mich an ihn. »Ich weiß, ich überlege es mir, okay?«, weiche ich ihm erneut aus und bin mir doch sicher, dass ich ihm eine Absage erteilen muss. Nur nicht jetzt. Ist es selbstsüchtig, sein Strahlen noch ein wenig länger genießen zu wollen? Jaxon glaubt, dass ich ihn begleiten will, obwohl ich noch nichts gesagt habe. Er scheint so glücklich, dass ich mich ohrfeigen könnte. Es ist grausam, ihn auch nur eine Minute länger in dem Glauben zu lassen, und doch will ich ihm nicht der Illusion berauben.

»In Ordnung«, murmelt er und küsst mich auf die Stirn. »Wollen wir den Sand mal ausprobieren? Ich bin gespannt, wie er wirkt.«

Natürlich habe ich ihm später nicht gesagt, dass ich ihn nicht begleiten kann. Ich hatte es schlussendlich völlig vergessen.

Kapitel 7

Meistens schlafe ich am Vormittag bis in den späten Nachmittag hinein. Normalerweise stört mich niemand. Weil ich mit gnadenloser Rücksichtslosigkeit alle Menschen verscheucht habe, die sich um mich kümmern. Angefangen hat es mit meiner Mutter. Sie wollte sich so sehr um mich kümmern, dass mich ihre Fürsorge regelrecht erdrückte. Erst habe ich sie noch reingelassen, weil das schlechte Gewissen größer war als die Panikattacken. Aber als ihre Fragen nicht aufhörten, habe ich die Wohnungstür einfach nicht mehr geöffnet. Einmal war sie sogar mit der Polizei hier, doch die Beamten haben sich geweigert, die Tür aufzubrechen, nachdem ich ihnen versichert habe, dass es mir gut ginge und ich im Vollbesitz meiner geistigen Fähigkeiten sei.

Mittlerweile ruft sie nur noch an. Manchmal. Dann hebe ich ab und höre mir an, was sie zu sagen hat. Ab und zu ringe ich mich sogar zu einer Antwort durch, doch sobald sie damit anfängt, dass ich mir Hilfe suchen soll, dass ich endlich sagen soll, was passiert ist, lege ich auf. Und das ist noch das Beste, was ihr passieren kann. Vor Wochen noch habe ich sie angeschrien.

Vor Jaxon – pah! Ich teile mein Leben jetzt in ein »vor Jaxon« und ein »nach Jaxon« ein! – fehlte mir die Kraft zum Schreien. Der Schlafmangel machte sich bemerkbar. Doch seit ich Jaxon kenne, wird es besser. Seit ein paar Tagen telefoniere ich wieder mit ihr. Irgendjemandem musste ich von seinem Missgeschick in der Küche erzählen. Mom hat vor Glück geweint.

In den letzten Tagen war ich sogar glücklich. Doch Vinces Ultimatum wirft einen Schatten auf meine Seifenblase. Ich kann Jaxon unmöglich begleiten. Ich schwanke zwischen Schweißausbrüchen, Angstzuständen und dem Wunsch, bei Jaxon zu sein. Jede Minute in seiner Nähe zu verbringen, seine Schmerzen zu lindern, sein Geklimper zu hören, seine blöden Sticheleien auszuhalten … sein Lächeln. Nicht mal seine Lügen, aus der Not heraus entstanden, trüben mein Glücksgefühl. Wenn ich an ihn denke, zieht sich mein Herz auf eine wohlige Weise zusammen, und ich merke erst, wie dämlich ich grinse, als ich mein Spiegelbild in der Glasfront meiner Wohnungstür sehe. Langsam berühre ich meine Lippen, fahre bedächtig die Konturen nach. Mir blickt eine sehr traurige, junge Frau entgegen. Die roten Haare reichen ihr bis fast ans Kinn und müssten dringend geschnitten werden. Sommersprossen zieren ihre Nase. In ihren graugrünen Augen glimmt so etwas wie ein zarter Funke Hoffnung darauf, dass es einen Ausweg aus dieser endlosen Finsternis gibt. Ein strahlendes Licht, noch nicht so hell, aber es wächst und schlägt seine unnachgiebigen Wurzeln in mein Herz, klammert sich dort fest und verlangt hartnäckig nach Nahrung. Jaxon ist diese Nahrung. Ohne dass ich es bemerkt habe, ist er in mein Herz eingedrungen und hat sich dort festgesetzt. Und jetzt blickt mir dieses Licht, dieser Funke Hoffnung, durch meine eigenen Augen entgegen. Jaxon, dieser verdammte Mistkerl.

Und dann kam Vince und sein bescheuertes Ultimatum. Enni oder kein Trainingslager, kein Titelkampf. Die einmalige Chance … ich lache höhnisch auf. Diese einmalige Chance wird mein Untergang sein.

Mit einem verzweifelten Lächeln und mich über den schwarzen Humor des Schicksals beschwerend, betrete ich am Morgen nach jenem Abend mit Vinces Ultimatum meine Wohnung. Und bleibe stocksteif stehen. Jeglicher Funken Glück verfliegt, als ich einen Brief auf dem Boden vor meinen Füßen liegen sehe. Die Anwesenheit dieses Kuverts reißt mich von den Beinen, sprichwörtlich. Wie kann das sein? Ich habe jeden Menschen aus meinem Leben verbannt, um in Selbstmitleid zu zerfließen. Habe jeden, der es wagte, sich mir zu nähern, erst angeschrien, dann angefleht. Wer könnte mir Post schicken?

Minutenlang hocke ich vor dem Eindringling, bis ich endlich nach dem Kuvert greife. Entweder ich öffne es, lese, was sie von mir wollen, oder ich werfe es weg. Doch dazu müsste ich es ebenfalls in die Hand nehmen und wenn ich es schon einmal angefasst habe, kann ich es ja auch öffnen. Mit diesem Gedanken schaffe ich es, den Brief aufzureißen. Hastig überfliege ich die Worte. Eiskalte Wut verknotet mir den Magen, gemischt mit nackter Angst.

Merlinda. Der einzige Mensch, dem ich mich je anvertraut habe, hat mich hintergangen. Der Brief stammt von einer Polizeiinspektion in Köln. Man lädt mich ein, die Aussage von Frau Merlinda Bornemann zu bestätigen. Gequält schließe ich die Augen. Was hast du nur getan?

Dem offiziellen Schreiben – eher Vorladung – ist eine persönliche Notiz beigefügt. Ungewöhnlich. Ich nehme sie mit zittrigen Fingern zur Hand und überfliege die Worte. Merry entschuldigt sich dafür, eine Aussage bei der Polizei zu den Vorfällen in der Silvesternacht gemacht zu haben, aber sie sehe sich dazu verpflichtet, da ich mich zurückgezogen habe und nicht darüber reden will. Nur reden würde mir helfen und ich könne mehrere Täter identifizieren.

Fassungslos lasse ich die Hände sinken. »Ich liebe dich, Merry« unterzeichnet sie ihren Verrat. Wütend pfeffere ich die Notiz gegen die Wand. Wenn sie mich lieben würde, dann hätte sie so etwas nie getan! Dann hätte sie meinem Wunsch entsprechend geschwiegen. Ich fühle mich verraten und missbraucht, zum zweiten Mal. Merry.

Das Telefon klingelt. Ich habe keine Kraft, aufzustehen und abzuheben. Im Augenblick ist mir weder nach Reden noch nach Schreien. Die Fähigkeit, mich aufzulehnen, habe ich in jener schicksalhaften Nacht für immer verloren. Ich war mal so stolz und frei und glücklich. Diese Männer haben mir all das genommen und jetzt bin ich beherrscht von der Angst, was sie mir noch alles nehmen könnten, wenn ich beschließe, nicht länger zu schweigen. Sie haben bereits meine Würde, meine Selbstachtung, meine Selbstsicherheit, meine Stimme. Wenn »Nein« nicht länger ein Nein ist, wenn Worte und auch verzweifelte Befreiungsversuche nicht länger etwas bewirken, dann bleibt nicht mehr viel übrig. Wenn aus Menschen Monster werden, ist die Menschlichkeit zerstört. Selbst beim Opfer.

Ich will mich nicht als Opfer sehen, doch in den letzten Monaten war ich genau das. Ein schwaches, ängstliches Wesen. Dank einer kaputten Waschmaschine habe ich mir ein Stück Leben zurückerkämpft, doch dieser winzige Sieg schmilzt dahin wie der letzte Rest Schnee in strahlendem Sonnenschein. Ich falle zurück in das schwärzeste Loch. Nie wieder werde ich daraus hervorkommen. Ich will nur noch versinken.

Zwei lange Tage verlasse ich das Bett nicht. Wie ich überhaupt dahingekommen bin, weiß ich nicht. Vermutlich war es mir auf den kalten Dielen irgendwann zu unangenehm. Der Fluch des Altbaus. Selbst im Hochsommer immer zu kalt. Nachrichtensendungen, Hartz IV-TV und Talkshows, all das konsumiere ich ohne nachzudenken. Hauptsache, ich kann mich berieseln lassen und muss nicht über diesen Brief sinnieren, der die Erinnerungen an die Silvesternacht erneut an die Oberfläche zerrt. Die Vorladung ist auf den 20. Juli datiert. Sogar eine Uhrzeit haben sie mir mitgeteilt, wann ich in Köln erscheinen soll. Im Leben nicht!

Irgendwann hämmert jemand gegen meine Tür. Merry. Sie weint und fleht und schreit. »Du musst mit mir reden!«, verlangt sie, doch ich weigere mich standhaft, ihr die Tür zu öffnen. Genauso wie ich ihre Telefonanrufe ignoriert habe. Doch Merry verharrt vor meiner Tür. Sie sagt, sie bleibt so lange, bis ich sie reinlasse und mit ihr über die Vorladung rede. Sie sei nach Hamburg gezogen und würde für mich da sein, wenn ich es zuließe. Ich kann sehr stur sein und gebe nicht nach. Wenn ich doch nur in meinem Kampf gegen die Panikattacken genauso stur wäre.

Schließlich geht Merry doch. Vermutlich weil sie nach einem halben Tag vor meiner Tür mal auf die Toilette muss, weil es dunkel wird, ist mir egal. Ich will nur, dass sie mich alle in Ruhe lassen. Am liebsten würde ich verschwinden. Mich einfach in Luft auflösen, weg aus meiner Wohnung, aus Hamburg … Und da fällt mir das Trainingslager – wo auch immer das stattfinden wird – wieder ein. Zwei Tage lang habe ich nicht an Vinces' Vorschlag gedacht, zwei lange Tage beherrschte mich der Gedanke an diese verdammte Vorladung und dabei ist die Lösung all meiner Probleme so einfach. Ich muss verschwinden. Wenn ich Jaxon begleite, wird mich niemand finden. Merry nicht, die Polizei nicht, niemand.

Zwei, nein, drei Tage nachdem ich Jaxons Apartment verlassen habe, stehe ich wieder vor seiner Tür, mit gepackten Koffern – und ich habe nicht vor zurückzukehren.

Kapitel 8

»Enni?«, stammelt Jaxon. Mehr bringt er nicht heraus. Er steht vor dem Fahrstuhl und beobachtet fassungslos, wie ich zwei riesige Koffer aus dem Aufzug hieve. »Was machst du da?«

Ich drehe mich nicht zu ihm um, habe zu viel Angst, ihm in die Augen zu sehen. Schließlich habe ich mich drei Tage lang nicht bei ihm gemeldet, habe nicht angerufen, war nicht im Waschsalon. »Ich habe gepackt!« Meine Stimme soll freudig klingen, aber selbst in meinen Ohren klingen die Worte aufgesetzt und hohl.

»Nein, das meine ich nicht«, murmelt Jaxon und legt seine Hände auf meine Schultern. »Wo warst du?« Ich erwarte, dass er mich umdreht. Hastig schließe ich die Augen, will ihn nicht ansehen, aus Angst und Scham. Ich hätte anrufen müssen, ich bin es ihm schuldig. Hier mit gepackten Koffern aufzutauchen ist irgendwie seltsam.

»Packen?«, erkläre ich mein Fernbleiben.

Jaxon räuspert sich. »Drei Tage lang?«

»Na ja«, ich deute auf die Koffer. »Da ist so Einiges drin. Immerhin dauert dein Trainingslager ja viele Wochen und …«

Der Griff an meinen Schultern verstärkt sich und er wirbelt mich schwungvoll herum. »Hättest du nicht anrufen können? Verdammt, ich habe mir Sorgen gemacht! Dass du mir meine Notlügen nicht verzeihst. Es tut mir so leid. Ich werde dich nie wieder anschwindeln. Nicht einmal, wenn es nur zu deinem Besten ist.«

Ich funkele ihn an. Eigentlich will ich nicht böse auf ihn sein, aber seine Beteuerungen scheinen mir als ideale Ablenkung für mein seltsames Verhalten. »Das will ich auch hoffen.«

Jaxon steigt auf meinen Ablenkungsversuch ein. »Ich war im

Waschsalon, nächtelang. Ich habe gehofft, dass du wenigstens dort auftauchst. Nichts! Und dann stehst du einfach hier! Mit gepackten Koffern?!« Er sieht mich verzweifelt an, will mich schütteln, ja, er macht sogar Anstalten, zögerlich an meinen Schultern zu rütteln. Doch dann lässt er mich so hastig los, als hätte er sich verbrannt. Jax atmet tief durch und tritt zurück, gibt mir damit die Gelegenheit, ihn eingehender zu betrachten. Er sieht nicht gut aus. Wirkt völlig übermüdet, ausgezehrt und abgekämpft. Das schlechte Gewissen nagt an mir.

»Ich –«, stottere ich und wende den Blick ab.

»Was ist passiert?«, fragt er eindringlich. Jaxon entscheidet sich gegen den Abstand, überbrückt die Distanz und greift nach meinem Kinn. Mit Nachdruck zwingt er mich, ihn anzusehen.

»Ich brauchte Zeit, um mich zu entscheiden. Und … hier bin ich.« Ich kann ihm ja schlecht sagen, warum ich mich nicht gemeldet habe oder warum ich jetzt hier bin.

»Du weißt schon, dass ich dir noch gar nicht gesagt habe, wann das Trainingslager startet, oder?«

Verdutzt sehe ich ihn an. Erst dann wird mir klar, dass er recht hat. Oh, erwischt. »Wann startet es denn …?«, frage ich zögerlich.

Jaxon schüttelt den Kopf. »Du bist mir echt 'ne Nummer, Enni. In einer Woche, frühestens!«

»Ähm …«, stammle ich erneut. Jetzt wirkt es noch seltsamer, dass ich gleich mit Sack und Pack bei ihm aufgetaucht bin. »Ich dachte, es geht … bald los?«, starte ich einen weiteren Versuch.

Jaxon schüttelt den Kopf. »Du bist irre. Wenn du wenigstens ein Mal angerufen hättest, um mir deine Entscheidung mitzuteilen, dann hätte ich dir sagen können, dass wir erst Mitte Juli einen Platz haben und du alle Zeit der Welt hast, meinen Trainer und die anderen kennenzulernen. Aber nein! Du musst ja für drei Tage von der Bildfläche verschwinden, um dann plötzlich vor meiner Tür zu stehen! Weißt du, was für Ängste ich ausgestanden habe? Ich war so kurz davor, die Polizei zu rufen! Herrgott noch mal, Enni! Ich weiß nicht einmal, wo du wohnst! Was, wenn du verletzt in deiner Wohnung gelegen hättest …« Jaxon wendet sich hastig um, fährt sich durchs Haar und stöhnt laut auf. Heute trägt er sie offen, ein deutlicheres Zeichen für seine flatternden Nerven gibt es kaum. Er hat sich weder rasiert noch geduscht.

»Tut mir leid«, murmele ich und lasse den Kopf hängen. Jaxon hat recht, aber mehr als mich zu entschuldigen, schaffe ich nicht.

Langsam dreht er sich um und sieht mich kopfschüttelnd an. »Du machst mich fertig, echt ...«

»Man sieht's«, murmele ich.

Jaxons Mundwinkel zucken. »Das ist alles deine Schuld. Du und deine Macken!«

»Willst du mich denn dann wirklich noch dabeihaben?«

Jaxon schüttelt den Kopf. »Ich weiß nicht, ob es das Richtige für dich ist. Du bist launisch, sprunghaft, unzuverlässig ...«

»Du machst doch jetzt keinen Rückzieher?«, frage ich und kann die Verzweiflung nicht gänzlich aus meiner Stimme verbannen. Wenn Jaxon mich jetzt nicht dabeihaben will, ist alles verloren. Dann muss ich in meine Wohnung zurück, vor deren Tür Merry sicherlich schon sitzt und darauf wartet, dass ich einknicke. »Der Kampf bedeutet dir alles. Also komme ich mit und versuche, meine Macken irgendwie zu kontrollieren. Es wird langsam Zeit, dass ich wieder unter Menschen gehe. Im Übrigen halte ich es sowieso nicht aus, länger auf dich zu verzichten.« Das ist so ziemlich das Einzige, was nicht gelogen ist. Dass ich nicht auf Jaxon verzichten kann, ist zwar nur der zweitwichtigste Grund, weshalb ich ihn begleiten muss, aber Punkt eins muss ja nicht unbedingt erwähnt werden.

Jaxons Mundwinkel kräuseln sich. »Ist das so?«

Ich nicke heftig, hoffe, überzeugend zu wirken. »Wenn du bei mir bist, kriege ich das hin.«

Jaxon grinst. »Das klingt jetzt aber sehr schnulzig.«

Ich schnaube entrüstet. »Wäre es dir lieber, ich würde heulen und toben und ... wegrennen?«

»Du bist bereits davongelaufen«, erinnert er mich.

Mir entweicht ein Seufzer. »Ich weiß, manchmal kann ich nicht dagegen ankommen. Ich habe drei Tage gebraucht, um herzukommen. Mir wurde erst sehr viel später klar, dass ich es sicherlich bereuen würde, dich einfach gehen zu lassen.«

Zärtlich greift er nach meinem Kinn und hebt es sanft an. »Ich weiß«, murmelt er. »Du hast bereits so oft bewiesen, dass du dich deinen Ängsten stellen und sie besiegen kannst. Du bist so viel stärker, als du glaubst. Die geborene Kämpferin.« Ich kann mich gerade noch zusammenreißen, um nicht höhnisch aufzulachen. Stattdessen konzentriere ich mich auf seine Lippen, genieße jedes gehauchte Wort. Seine Stimme klingt tief und rau und lässt mir Schauer über den Rücken rieseln. Das er mit dieser Stimme über meine Vorzüge spricht, lässt sie noch angenehmer über meine Haut gleiten. Oh Gott, ich habe seine Berührungen so vermisst! »Mach weiter, das klingt gut.« Und es ist so weit von der Wahrheit entfernt, wie es nur geht.

Jaxons Mundwinkel zucken, als er sich vorbeugt und sein Atem meine Unterlippe streift. Ich seufze auf, seine Lippen lösen die Anspannung und durchfluten mich mit Wärme.

»Schön bist du auch, und unglaublich sinnlich, sexy, und so stark. Du bist leidenschaftlich und temperamentvoll ...« Ich überbrücke die wenigen Zentimeter, die mich noch von seinen Lippen trennen und küsse ihn, benutze ihn, um nicht länger an die verdammte Vorladung denken zu müssen. Jax reagiert sofort, öffnet sich mir und heißt mich mit einem sehnsüchtigen Seufzen willkommen. Ich verstehe das als Einladung und erkunde mutig seinen Mund. Am Rande meines Bewusstseins nehme ich wahr, wie sich seine Hände in meinem Haar vergraben und er mich enger an sich heranzieht.

»Ist das meine Belohnung?«

»Wofür?«, lallt Jaxon, trunken von meinen Küssen.

»Dass ich hier bin«, murmele ich. Jaxon zieht mich enger an sich. »Weil ich es einfach nicht ohne dich aushalte. Ich bin absolut selbstsüchtig.« Jaxons Nähe macht mich redselig, als hätte ich zu viel Alkohol intus und gebe dadurch das Geheimnis preis. Dieses Mal ist es keine Stichelei, nur die reine Wahrheit und er ahnt nicht, dass ich erneut flüchte. »Ich könnte nicht so lange auf dich verzichten.«

»Ist das ein definitives Ja?«

»Es ist ein definitives *Ich stelle mich mit deiner Hilfe meinen Ängsten.*« Während Jaxon mich glücklich an sich zieht, rasen meine Gedanken in eine völlig falsche Richtung. Jaxon glaubt, ich sei stark. Aber das ist nur seine Wunschvorstellung. In Wahrheit fliehe ich erneut. Heute habe ich nicht gewonnen. Obwohl ich meine Wohnung verlassen und zu ihm gegangen bin, fliehe ich erneut. Er glaubt, ich wolle gemeinsam mit ihm kämpfen. Klar, durch ihn stehe ich nicht länger alleine da. Aber in Wirklichkeit belüge ich uns beide.

Mit einem mulmigen Gefühl lasse ich mich von ihm halten und schwöre bei meiner Seele, dass ich nie wieder ein Wort über diese eine Nacht verlieren werde. Nie wieder!

»Ich fass es nicht, dass ich dem zugestimmt habe.« Eingehüllt in eine warme Decke, liege ich auf Jaxons Couch. Meine Füße ruhen auf seinen Oberschenkeln, während er meine Zehen massiert. Seine Finger wirken kräftig und sind dank der Massage mit dem heißen Sand beweglich. Bis vor drei Tagen benutzte Jax den Sand täglich. Meine erste Anordnung war, dass er das sofort nachholen soll.

»Das wird toll, versprochen.« Jaxon strahlt wie ein Honigkuchenpferd. Seine warmen Hände gleiten durch meine nackten Zehen. »Du brauchst keine Angst haben, wir haben in dem Trainingslager eine hervorragende Security. Wenn du willst, kann ich dafür sorgen, dass Vince einen Bodyguard für dich organisiert, während ich trainiere. Keiner wird an dich herankommen.« Seine Worte erinnern mich jäh daran, dass ich eine Sache noch einmal ansprechen wollte. Wo wir gerade beim Lügen sind. Ich verziehe das Gesicht.

»Du hättest mir sagen müssen, dass du … von deiner Arbeit erzählen müssen.«

Jaxon seufzt. »Ja, du hast recht. Aber es ist nicht leicht. Ich wollte es dir ja sagen, aber ich habe einfach noch auf den richtigen Zeitpunkt gewartet. Hätte ich im Waschsalon sagen sollen: *Ach hör mal, Enni, ich boxe im Halbschwergewicht und bereite mich aktuell auf einen Titelkampf im Oktober vor. Ich hoffe, du hast kein Problem damit?* Du wärst schreiend davongelaufen.«

Meine Mundwinkel zucken unwillkürlich. »Stimmt, zu recht. Wenn ich gewusst hätte, dass du boxt, hätte ich mich nie in deine Wohnung getraut.«

»Du weißt, dass das nicht meine Wohnung ist. Und das Boxen ist kein großes Ding«, weicht Jaxon aus und widmet sich wieder meinen eiskalten Zehen. »Ich habe mich als Kind nur eben gerne geprügelt und mein Vater fand, er müsse meine Aggressionen in geordnete Bahnen leiten. Das ist alles.«

Ich beuge mich vor und vergrabe meine Hand in seinem Haar. In seiner Wohnung trägt er keine Mütze. Seine blonden Locken hat er in einem lockeren Pferdeschwanz erfolglos zu bändigen versucht. Doch je weiter der Abend fortschreitet, desto mehr Strähnen lösen sich aus dem strengen Zopf und ringeln sich um sein Gesicht. »Und wie boxt du mit den Zotteln?«

Jaxon verzieht das Gesicht und kneift mich in den Zeh. Ich quietsche auf, aber nicht vor Schmerz, Himmel, bin ich kitzelig! »Man macht keine Witze über jemanden, der die Macht hat!« Jaxons Griff um mein Fußgelenk verfestigt sich und er bearbeitet meine Fußsohle mit hauchzarten Berührungen, sodass ich mich jammernd winde.

»Gnade! Bitte!«, flehe ich. »Ich meinte natürlich: Ohne Mütze siehst du viel besser aus.«

Jaxon hebt den Kopf, seine Augen weiten sich minimal. »Okay, ich gewähre dir Gnade, aber nur, wenn du mir erzählst, was du mit der schüchternen Enni gemacht hast? Und wo kommt dieses herzliche Lachen her?«

Ich muss kichern. »Verschluckt hab ich sie!«

Jaxon beugt sich ernst vor und deutet mit dem Finger auf mich herab. »Gib sie wieder her, sonst muss ich sie aus dir herauskitzeln!«

»Niemals!«, entgegne ich im Brustton der Überzeugung.

»Oh, das wirst du bereuen!«, ruft Jaxon und stürzt sich johlend auf mich.

Zwei Stunden Trashfilm löschen jegliches schnulzige Gehabe wieder aus. Popcorn und Sharknado! Ich liebe Haifilme. Jedes noch so abartige Gemetzel versetzt mich in Hochstimmung. Und als Jaxon mir seine Sammlung, die von der weiße Hai 1 – X bis hin zu MEG reicht, habe ich mich sofort in ihn verliebt. Jawohl! Doch als ich Sharknado entdeckt habe, war es um mich geschehen.

»Was? Du kennst Sharknado noch nicht? Oh, das wird toll!«, ruft er begeistert und legt den Film ein. »Das müssen wir ändern!«

Irgendwann während des Films hat er es sich auf meinem Schoß bequem gemacht. Jaxon ist erschöpft. Die letzten Tage haben ihm zugesetzt und ich bin schuld. Ich hingegen wollte mich nicht hinlegen, da ich keine Sekunde dieses herrlichen Trashfilms verpassen wollte. Jaxons Kopf ruht auf meinem Schoß und ich spiele mit seinem Haar. Er hat sich so gedreht, dass er den Film sehen und trotzdem dösen kann. Ich löse derweil Strähne für Strähne und kämme immer wieder mit meinen Fingern durch sein Haar.

»Weißt du, Enni«, murmelt er irgendwann, »ich glaube, ich bin genau das, was du brauchst. Du brauchst jemanden, für den du die Verantwortung übernehmen kannst, den du bemuttern kannst … der dich von deinen eigenen Problemen ablenkt«, kommt es gedämpft von meinem Oberschenkel. Jaxon hat so ziemlich ins Schwarze getroffen. Durch ihn habe ich praktisch keine Zeit mehr, mich mit meinen Ängsten auseinanderzusetzen. Zum Beispiel der Vorladung.

»Und dafür gibst du dich freiwillig her?«

»Ist kein sonderlich großes Opfer«, murmelt er.

»Und wenn ich im Trainingslager austicke, weil ich zu viel Angst habe? Was dann?«

Jaxon seufzt. »Das ist meine Arbeit. Ich bin Profi-Boxer, ich kann nichts anderes. Für Musik bin ich nicht gut genug, mir fehlen die Ausbildung und das Geld, um sie nachzuholen. Das Boxen ist das Einzige, worin ich schon immer gut war. Die Hände sind mein Kapital, ich brauche sie. Und du musst dafür sorgen, dass sie den Kampf überstehen und ich danach noch spielen kann.«

»Vince sagt, ihr könntet den Titelkampf verschieben …«

»Das ist keine Lösung. Nächstes Jahr wird man mich vergessen haben. Ich muss jetzt kämpfen, weil ich jetzt bekannt bin. Jetzt habe ich die Titelkampf-Option. Wenn ich ein Jahr ausfalle, war's das. Dann habe ich 'nen dicken Hintern, untrainierte Muskeln und bin außer Form. Ich muss das jetzt durchziehen, mir Werbeverträge sichern und dann zurücktreten. Vielleicht noch ein, zwei Kämpfe als Weltmeister und dann kann ich abtreten. So der Plan.«

»Und wenn das alles nicht funktioniert, deine Hände nicht mitmachen, und du –« ... *verlierst?* Ich wage nicht, den Gedanken laut auszusprechen, doch Jaxon weiß auch so, worauf ich hinauswill.

Jaxon atmet tief durch, seine Schultern verkrampfen sich. Mit diesem Thema bewege ich mich auf ein gefährliches Pflaster. Jaxon beugt sich vor, greift nach der Fernbedienung und hält den Film an. Dann legt er sich wieder auf meinen Oberschenkel und fährt ruhig fort, ohne mich jedoch anzusehen. »Ich werde nicht verlieren. Egal, wie oft ich mit diesen Händen gekämpft habe, ich habe nicht einmal verloren. Der letzte Kampf war entsetzlich knapp. Wir wollten über zwölf Runden gehen, einfach weil es das ist, wofür die Leute bezahlt haben. Man schlägt den Gegner nicht einfach K.O. Die Leute wollen über die Länge gehen und nicht bei fünfzig Prozent nach Hause geschickt werden. Aber es ging nicht und so entschieden wir – Willi und ich – dass ich Tom K.O. schlagen muss oder selbst verliere, weil mich die Schmerzen unaufmerksam machen. Ein gut gesetzter Punch und das war's, verstehst du?«

Ich nicke, doch das kann Jaxon nicht sehen. Er redet weiter und während er spricht, löst sich die Anspannung in seinen Schultern. »Also musste ich den Punch setzen um mich zu retten. Vince war sauer, aber es ging nicht anders. Er sieht vor allem den wirtschaftlichen Aspekt. Zwölf Runden bringen letztlich mehr Kohle. Doch er denkt natürlich auch an meine Gesundheit. Immerhin verdient er nur, wenn ich fit bleibe.« Jaxon hebt eine Hand und wackelt mit den Fingern vor meinem Gesicht herum. »Doch das hier ist die einzige Lösung. Ich muss das in den Griff kriegen, den Kampf im Oktober gewinnen oder ich kann mich gleich erschießen.« Er lacht trocken auf und dreht sich auf meinen Oberschenkeln so um, dass er mich ansehen kann. »Es ist wie mit deinen Panikattacken. Krieg sie in den Griff oder verrotte in Selbstmitleid.«

Durch dieses Statement stockt mir kurzfristig der Atem. Es klingt knallhart, frei nach dem Motto »Friss oder stirb!«, aber genauso ist es doch, oder? So hart es auch klingen mag, entweder ich komme damit zurecht oder ich ertrinke. Und das will ich nicht. Ich will nie wieder in diese Dunkelheit zurück. Ich nicke verstehend. »Klingt hart …«

»Ist es auch, verdammt hart. Aber es ist alternativlos«, frotzelt er.

»Das Wort gibt es gar nicht. Es gibt zu allem eine Alternative und wenn es Nichtstun ist«, erwidere ich starrköpfig.

Jaxon lacht. »Ist das wirklich eine Alternative? Nichtstun bedeutet Versagen.«

»Wäre das so schlimm? Ist es das, was du in dem Jahr Auszeit sehen würdest? Versagen?«

Jaxon hebt die Hände. »Ja!« Dann vergräbt er die Finger in meinem Haar und zieht mich zu sich herunter. »Also machen wir es gemeinsam, okay?«

»Was? Rumknutschen?«

Jaxon lächelt. »Das auch.«

Als der Film endet ist es kurz vor Sonnenaufgang. Jaxon hat sich zur Seite gedreht und schläft auf der Couch. Vorsichtig schiebe ich seine Füße von meinem Oberschenkel und erhebe mich, suche nach einer Decke, mit der ich ihn zudecken kann. Ich beuge mich vorsichtig über ihn, schiebe ihm die gelösten Strähnen hinters Ohr und küsse ihn auf die Stirn. Jaxon murmelt im Schlaf. Scheiße, sieht er niedlich aus. Friedlich und ohne Anspannung, jünger, als er eigentlich ist.

Das wäre der Moment, in dem ich nach Hause gehen sollte. Doch da kann ich ja nicht wieder hin. Müde bin ich allerdings auch nicht. Also nehme ich mir seinen Laptop, klappe ihn auf und setze mich auf die andere Seite der L-förmigen Sofalandschaft. So wie ich jetzt sitze, kann ich den Sonnenaufgang beobachten.

Ich starte eine Suchmaschine und atme tief durch, sage mir, dass es ja nichts macht, jetzt nach seinem Namen zu suchen. Er ist berühmt, na und? Was soll schon großartig passieren? Ich will wissen, wann Jaxon Geburtstag hat, wer zu seiner Familie gehört und … ob er eine Freundin hat. Natürlich nicht, denn sonst hätte er mich ja wohl kaum geküsst, oder?

Fast augenblicklich, nachdem ich seinen Namen in die Suchmaschine eingegeben habe, erscheinen Bilder von Jaxon und seinem Trainer Wilhelm Steinbach. Bilder mit Jaxon in Siegerpose, wie er einen reich verzierten Gürtel hochreißt, Vince, der ihm auf die Schulter klopft, doch eines haben alle Bilder gemeinsam. Jaxon mit nacktem Oberkörper und roten Boxhandschuhen. Ich schlucke hart. Mit den streng an den Kopf geflochtenen Haaren hätte ich ihn fast nicht erkannt, dazu das verschwitzte Gesicht. Nur der Ausdruck seiner Augen ist der gleiche. Ein frecher Junge Mitte, bis Ende zwanzig. Dem Aussehen nach. Doch ich will es genauer wissen und klicke seinen Wikipedia-Eintrag an. Wow, er hat einen eigenen Wikipedia-Eintrag. Wie cool! Geboren ist er am 24. Januar in einem kleinen Kaff im Saarland, das kein Mensch kennt. Daneben steht sein beruflicher Werdegang, eine Ausbildung steht da nicht, nur eine lange Liste von Erfolgen. Er ist deutscher Meister im Halbschwergewicht, und Nr. 4 der Weltrangliste seiner Gewichtsklasse. Ich kenne mich ja absolut nicht aus, aber das klingt schon ziemlich cool.

Ich überfliege den Eintrag, bis ich zu der Passage über sein Privatleben komme. Seine Freundin heißt – hieß? – Viktoria, mehr steht da nicht. Kein Foto, kein Hinweis auf eine Trennung. Okay. Das habe ich erwartet und doch nicht. Mir jucken die Finger, Viktorias Namen in die Suchmaschine einzugeben, doch ich lasse es bleiben. Das ist ein Punkt seines Privatlebens, den ich nicht über Google herausfinden will. Er sollte mir selbst sagen, mit wem er liiert war und ob die Beziehung noch besteht.

Hastig klappe ich den Laptop zu. Ich könnte schlafen gehen,

die Couch ist allerdings schon besetzt. Ich seufze theatralisch auf. Niemals wollte ich in Jaxons Bett schlafen. NIEMALS! Doch da er nie müde wurde, mir seine Matratze anzubieten, beschließe ich, das Angebot anzunehmen. Auch wenn ich sicherlich kein Auge zubekommen werde.

Doch sobald mein Kopf das Kissen berührt, hüllt mich sein Geruch in einen wohlig warmen Kokon ein. Nicht lange, und ich schließe die Augen, schlafe so tief und fest wie seit Langem nicht mehr.

Kapitel 9

Langsam gleite ich aus dem Schlaf. So behutsam, als würde ich auf den sanften Wellen eines Ozeans dahintreiben und gemächlich an die Oberfläche schweben. Geräusche dringen an mein Ohr, ein gepresster Fluch. Eine Schranktür wird geöffnet und wieder geschlossen. Jemand sucht etwas.

Ich gähne und öffne die Augen. Mein Verstand kann noch nicht richtig einordnen, wo ich mich befinde. Nicht in meiner Wohnung, so viel ist sicher. Denn die weiße Schrankfront, die sich vor mir erhebt, hat absolut keine Ähnlichkeit mit meinen IKEA-Möbeln. Die Front ist so auf Hochglanz poliert, dass ich mich darin spiegeln könnte. Ich blinzele verschlafen, als ich eine Bewegung vor den Schranktüren wahrnehme. Etwas wandert vor mir auf und ab. Ich kneife die Augen zusammen und blinzle erneut. Die weiße Fläche bewegt sich, wandert vor mir auf und ab und stößt erneut einen Fluch aus. »Verdammt, wo hab ich nur dieses bescheuerte T-Shirt!« Jaxon? Ich reibe mir die Augen und strenge mich an, den Blick zu fokussieren. Die Stimme kommt nun von weiter unten und stößt einen deutlich saftigeren Fluch aus.

Ich muss grinsen. Das ist Jaxon und … er bückt sich gerade, durchwühlt Regalbretter weiter unten. Ich richte mich etwas auf und als mein Blick auf seinen Rücken fällt, wird mir schlagartig klar, dass Jaxon nackt ist. Korrigiere, er trägt nur ein Handtuch. Ich habe Männer schon immer bewundert, die lässig mit einem Handtuch um die Hüften geschlungen beispielsweise durch Fenster springen können. Im Fernsehen ist so etwas natürlich möglich, aber in der Realität ist ein um die Hüfte geschlungenes Handtuch eine äußerst delikate Angelegenheit. Viel zu locker, um sich damit hinzuhocken. Ein Grinsen huscht über meine Züge. Selbstverständlich will ich Jaxon nicht in Verlegenheit bringen, ich will nur eine Theorie überprüfen. Wie fest sitzt so ein Handtuch eigentlich wirklich?

Langsam, damit meine Bewegungen nicht durch Matratzenquietschen verraten werden, beuge ich mich vor, greife einen verführerisch aussehenden Zipfel und halte ihn einfach fest. Völlig unverfänglich. Wenn sich Jaxon jetzt erhebt, bleibt der Zipfel an meinem Finger hängen und …

Jaxon richtet sich fluchend auf und das Handtuch segelt zu Boden. Touché. Theorie überprüft. Die Dinger sind weder für gewagte Fenstersprünge noch für morgendliche Suchaktionen geeignet. Ich lasse hastig den Zipfel los und lehne mich – den Ausblick auf Jaxons entblößte Kehrseite genießend – zurück.

Ein »Ups!« kann ich mir nicht verkneifen. Vermutlich hätte er nicht einmal bemerkt, dass ich an dem kleinen Malheur nicht ganz unschuldig war, wenn ich meinen Mund gehalten hätte. Aber das will ich nicht. Ich will, dass Jaxon weiß, dass ich seinen Po gesehen habe und ich will, dass er weiß, dass er mir gefällt. Sein Hintern ist einfach köstlich. Knackige Pobacken, die regelrecht dazu einladen, einmal fest die Hand darin zu verkrallen. Ha! Eine weitere Theorie, deren Überprüfung ich vertagen muss.

»Enni!«, keucht Jaxon. Er dreht sich allerdings nicht um, sondern kneift nur die Backen zusammen und weiß dabei gar nicht, was er damit bei mir anrichtet. Der Drang, ihn zu berühren, steigt exponentiell an.

»Was?«, flöte ich unschuldig und richte mich auf, sodass ich mit dem Rücken am Kopfteil des Bettes lehne.

»Ist das der Dank dafür, dass ich dich in meinem Bett schlafen lasse?«, murmelt er und bückt sich, um nach dem Handtuch zu greifen.

Meine Zähne graben sich tief in die Unterlippe, als sich Jaxons Muskeln unter meinen Blicken anspannen. Ich konzentriere mich ganz auf das köstliche Spiel, unfähig zu antworten. Meine Aufmerksamkeit wird von der Perfektion vor meinen Augen angezogen. Der schlagfertige Kommentar, mit dem ich eigentlich kontern wollte, bleibt mir im Hals stecken. Vielmehr stellt mein Gehirn jegliche Aktivität ein und richtet alle Sinne auf Jaxons Körper aus. In den letzten Wochen habe ich bereits an ihn gelehnt dagesessen und konnte die Kraft seiner Muskeln spüren, als er mich festgehalten oder an sich gedrückt hat. Aber das Bild, welches ich von ihm hatte, ändert sich rapide, als er sich umdreht und sich das Handtuch schützend vor die Mitte hält. Viel zu tief, denn der Einblick, den er mir gewährt, ist verführerisch. Der leichte Haaransatz unter seinem Bauchnabel weist mir die Richtung.

Ich schlucke trocken. »Ähm«, ist alles, was mir in der Situation an geistreichen Erwiderungen einfällt. Hastig richte ich meinen Blick in sichere Gefilde – auf seinen Mund. Nein, halt, noch höher! Doch mir entgeht nicht, dass seine Mundwinkel sich zu einem äußerst spöttischen und wissenden Lächeln zusammenziehen. Und als ich seine Augen erreiche, blitzt mir reine Schadenfreude entgegen. Hättest du mal nicht an dem Handtuch gezogen, dann wäre dir die Schmach erspart geblieben!

Pah! Der Zipfel war zu verführerisch.

»Na?«, setzt Jaxon zu einer Erwiderung an. »Ist das alles, was dir dazu einfällt?« Jaxon setzt sich zu mir aufs Bett, bedeckt nur das Nötigste und beugt sich leicht nach vorne. Mein Blick fällt automatisch auf seinen leicht behaarten Oberschenkel, auf die makellose Hüfte, die schlanke Taille. Hastig ziehe ich mir das Laken bis zur Nasenspitze und verkrieche mich unter der Decke.

»Kannst du dir vielleicht etwas anziehen?«, murmele ich ausweichend und sinke noch etwas tiefer.

Jaxon grinst teuflisch. »Ich denk nicht mal dran. Jetzt auf einmal ist es dir peinlich, mich nackt zu sehen? Aber vorhin warst du noch ganz versessen drauf, oder?«

Mir entweicht ein entrüstetes Schnauben. »Nudist!«

Jaxon lacht. »Ich habe absolut keine Probleme, nackt rumzulaufen. Wie sieht es mir dir aus, liebste Enni? Bist du verklemmt? Warum schläfst du dann in meinem Bett?«, wechselt er abrupt das Thema.

»Na weil die Couch schon belegt war«, weiche ich aus.

Jaxons Mundwinkel kräuseln sich so niedlich, dass kleine Grübchen an seinen Wangen entstehen. »Falsche Antwort. Normalerweise gehst du nach Hause, selbst wenn ich schlafe. Also? Warum hast du dich heute Nacht dagegen entschieden?«

Erwischt! Meine Notlüge droht mir auf die Füße zufallen. Dass mir meine Freundin vor der Wohnungstür auflauert und sie plant, mich zu einer polizeilichen Befragung zu schleppen, soll Jax definitiv nicht wissen. Außerdem, da bin ich mir ziemlich sicher, hat Merry noch viel mehr vor. Zum Beispiel einen Psychologen aufzusuchen. Höchstwahrscheinlich hat sie den Termin bereits ausgemacht. Ich knirsche unwillig mit den Zähnen. Als ob ich mich mit so einem Quacksalber unterhalten würde? »Weil ich unsere Beziehung auf eine neue Ebene heben will?«, schlage ich ausweichend vor. Die Ausrede klingt plausibel. »Du hast gesagt, dass ich in deinem Bett schlafen kann, schon vergessen?«

Jaxon mustert mich misstrauisch und ich muss mich zwingen, ihm nur in die Augen zu sehen. Was sich als ziemlich schwierig erweist, da mein Blick von seinem Sixpack magisch angezogen wird. Er ist durchtrainiert, natürlich, er boxt, aber nicht so kräftig, dass es überzogen wirkt. Einfach nur ein wirklich wunderschöner Mann mit einem atemberaubenden Körper. Und ich liege in seinem Bett! Ah! Ich sollte aufspringen, meine Sachen packen und schreiend davonlaufen.

»Enni, du hast noch nie in meinem Bett geschlafen«, murmelt er argwöhnisch. »Was soll das? Planst du etwa immer noch, mit mir zu schlafen?«

Ich schlucke trocken und schüttele hastig den Kopf.

Jaxon seufzt bedauernd. »Schade, das hätte durchaus funktionieren können.« Er saugt die Unterlippe zwischen seinen Zähnen ein. »Du trägst mein T-Shirt«, murmelt er. »Zeig mal, ob es das Iron Maiden-Shirt ist, was ich so verzweifelt suche.«

Ich habe mir heute Morgen einfach wahllos ein Shirt aus seinem Schrank gegriffen, denn ich wollte nicht erst meine Koffer hier reinzerren und riskieren, dass ich ihn bei dem Lärm wecke – um mich dann erklären zu müssen, warum ich bei ihm schlafen muss und nicht in meine Wohnung zurückkehren kann. Ob ich das gesuchte Shirt anhabe, weiß ich nicht. Es war ja dunkel! Aber ich werde auch nicht die Decke lupfen und nachsehen. Hastig kralle ich die Finger in den Bezug, nur für alle Fälle. Nicht das Jaxon auf die Idee kommt, und mir die Decke wegzieht. »Nein, habe ich nicht«, füge ich sicherheitshalber noch hinzu.

Jaxon legt den Kopf schief. »Lügnerin.« Blitzschnell greift er zu und zieht mir die Decke weg.

»Pah!«, macht er und gemeinsam starren wir auf das gesuchte Shirt. Der blaue Schriftzug der Band prangt auf meiner Brust.

»Sorry«, murmele ich entschuldigend.

Jaxons Blick intensiviert sich, er beugt sich vor und leckt sich die Lippen, während er keck an der Decke zieht und mich Zentimeter für Zentimeter entblößt. »Das verlangt Satisfaktion!«

»Was?«, stammle ich. Jaxons Blick jagt mir eine Kaskade Schauer über den Rücken, einer folgt dem anderen, wie ein nicht enden wollendes Stakkato rollen sie über meine Haut.

Jaxon verdreht die Augen ob meiner Unwissenheit. »Satisfaktion? Wiedergutmachung! Eine alte, aber verbotene Form des Duells«, erklärt er.

»Häh?«

Er grinst schelmisch und deutet auf meine Brust. »Das T-Shirt. Du kannst nicht einfach das Iron Maiden-Shirt anziehen. Das geht nicht. Dieses T-Shirt ist tabu. Von mir aus lauf nackt rum, aber Iron Maiden … No-Go!« Sein Gesichtsausdruck wird ernst und er springt auf. »Wage es ja nicht, dich zu bewegen. Ich ziehe mir fix was über und dann bist du fällig!«

Ich schlucke trocken, als er sich hastig erhebt, das Handtuch fallen lässt und mir erneut seinen nackten Hintern zuwendet, um sich eine Unterhose aus dem Schrank zu fischen. Herrlich! Der Anblick ist so hinreißend, dass ich völlig vergesse, ihn nach der Art der Wiedergutmachung zu fragen. Vielleicht plant er ja etwas mit deutlich mehr Körpereinsatz? Ich verrenke den Hals und hoffe darauf, einen Blick auf Jaxons Sixpack oder etwas tiefer erhaschen zu können, aber er dreht sich so geschickt, dass mir weitere Einblicke verwehrt bleiben.

Hastig schlüpft er in die Unterhose, greift wahllos nach dem obersten T-Shirt, streift es sich über und hüpft zu mir ins Bett. Die Matratze federt unter seinem Aufprall und ich werde ein Stück in die Höhe geschleudert.

»Ah!«, quietsche ich und lande prustend auf meinem Hinterteil. Jaxon setzt sich vor mich und sieht mich auffordernd an.

»Halte dich bereit!«, johlt er. Als ich wieder lande, sehe ich ihn erst kichernd, dann verständnislos an, als er zu keiner Antwort ansetzt, sondern nur auffordernd seine Faust vorstreckt.

»Was genau hast du vor?«

»Ein Duell, sagte ich doch.« Die Ernsthaftigkeit seines Gesichtsausdruckes verleitet mich dazu, mich ihm gegenüberzusetzen, auch wenn ich keine Ahnung habe, was er von mir will, ahme ich seine Haltung nach. Jaxon nickt zufrieden.

»Auf drei!«

»Auf drei was?!«

»Schnick ...«, beginnt er grinsend und hebt seine Faust leicht an. Jetzt geht mir ein Licht auf und ich erwidere sein Grinsen.

»Aber ohne Brunnen!«, entweicht es mir. Ich hasse Brunnen, wann immer man was Gutes hat, Brunnen schlägt sie alle!

»Nur Weicheier spielen ohne Brunnen!«, widerspricht er. »Schnack ...«, fährt er, ohne eine Miene zu verziehen, fort.

Ich rolle mit den Augen. »Worum spielen wir? Das sollten wir doch vorher zumindest abklären, oder?«

»Um die Ehre«, knurrt Jaxon. »Sch ...«

»Stopp! Was genau heißt um die Ehre?«

Lauernd beugt er sich vor, die Faust noch immer angehoben und mustert mich durchdringend. »Wenn ich gewinne, sagst du mir, warum du wirklich hier bist.«

Ich schlucke hart. Das kann er unmöglich von mir verlangen. »Jax«, murmele ich leise und sehe ihn flehend an. »Das ist ...«

Zärtlich greift er nach meinem Kinn, jegliche Fröhlichkeit ist aus seinem Gesicht gewichen. »Enni, ich merke doch, dass etwas nicht stimmt. Was ist los?« Ich nicke lediglich.

»Bitte … zwing mich nicht, es dir zu sagen. Ich kann nicht …«

Jax greift nach meinen Händen und drückt sie liebevoll. Zärtlich setzt er einen Kuss nach dem anderen auf meine Fingerknöchel. »Ich würde dich niemals zu Irgendetwas zwingen. Du brauchst mir nichts zu erzählen, schon gar nicht, wenn du es nicht willst. Wenn du reden willst, bin ich hier.« Tränen sammeln sich in meinen Augen. Das Letzte, was ich sehe, bevor mein Blick verschwimmt, ist nichts als Zuneigung in seinen Augen.

»Aber bevor wir hier in endloser Heulerei versinken, müssen wir noch unser Duell ausfechten!« Jax drückt ein letztes Mal meine Hände und lässt mich dann los. Ich lache schniefend. »In Ordnung.«

»Also«, fährt er fort und reicht mir ein Taschentuch, damit ich mir, während er die Regeln feststeckt, die Nase putzen kann. Er versucht zwar, die gleiche Fröhlichkeit anklingen zu lassen, aber sie wirkt ein wenig angekratzt, nicht mehr ganz so lebhaft. »Wenn ich gewinne … und du hierbleibst … musst du dich an ein paar Regeln halten. Ich habe Termine, muss ja jetzt zum Arzt, wenn ich ins Trainingslager will, ab und zu einkaufen. Immerhin essen hier dann zwei Leute und du hast einen ziemlich gesunden Appetit.«

Ich sehe an mir herunter. »Mein Bauch ist absolut flach!«

Jaxon fährt ungerührt fort. »Du wirst mich bei meinen Terminen begleiten, wirst mit mir tagsüber rausgehen. Da ich annehme, dass du nicht ganz freiwillig hier bist und du mit ins Trainingslager sollst, müssen wir an deinen Panikattacken arbeiten. Dort werden ein paar Menschen sein. Ich finde, du solltest dich langsam steigern.«

Ich schlucke trocken. »Muss das sein? Rausgehen? Am Tag?«

Jaxon nickt ernst. »Das oder du solltest dich dem stellen, was so fürchterlich ist, dass du … lieber in meinem Bett schläfst, als nach Hause zurückzugehen.«

Ich knurre unwillig. Am liebsten würde ich ihm sein triumphales Grinsen aus dem Gesicht wischen. »In Ordnung. Deal.«

»Und was fordert die Dame, wenn sie gewinnt? Soll ich vielleicht für dich kochen?«

»Danke, ich verzichte. Der Geruch nach verbranntem Brot hängt mir immer noch in den Haaren!«

Jaxon deutet auf seine zu einem *Man Bun* gebundenen Haare. »Frag mich mal!«

Meine Augen werden groß, der Knubbel war mir gar nicht aufgefallen. »Was ist das denn?« Ich deute auf die gebändigte Masse und verziehe das Gesicht.

»Frisch gewaschen«, knurrt er. »Wenn ich nicht will, dass ich aussehe, als hätte ich in einer Steckdose rumgepopelt, muss ich sie fest zusammenbinden. Sonst stehen sie in alle Richtungen ab …«

Lachend kippe ich um. »Das halt ich nicht aus! Das ist ja oberpeinlich! Wie eine Mülltüte!«

Jaxon verzieht das Gesicht. »Oberpeinlich ist nur dein kindisches Verhalten. Du führst dich auf wie ein Teenager. Was ist also nun? Schnickschnackschnuck oder muss ich anderweitig Revanche fordern? Beispielsweise beim Duell mit Kochlöffeln?«

Ich gackere begeistert. »Kochlöffel?«

»Das Tragen von Hieb- und Stichwaffen ist in der Öffentlichkeit verboten. Ich kann dich also nur zu einem Duell mit Kochlöffeln im Morgengrauen auffordern!«

»Hör auf!«, bettele ich um Gnade. Mein Bauch ist vor lauter Lachen ein Knäul aus schmerzenden Muskeln.

Jaxon lächelt milde auf mich hinunter. »Was willst du, Enni, wenn du gewinnst?«

Jetzt ist es an mir zu grinsen. Jaxon verwehrt mir Sex. Nicht zu Unrecht, aber ich kann mir zumindest etwas von ihm stehlen, was ihn vielleicht dazu treibt, seine Meinung irgendwann zu überdenken. Okay, ich muss zugeben, dass Sex mit mir und meiner Vorgeschichte vielleicht nicht die beste Entscheidung ist, aber ich will ihn spüren, so sehr, dass ich von diesem Gedanken regelrecht besessen bin. Ich spitze die Lippen und beuge mich vor.

»Ein Kuss«, hauche ich ihm ins Ohr. »Einen richtigen, so wie im Waschsalon. Mit Zunge!«

Jaxon fährt zurück. »Mit Zunge? Oh! Du kleines Biest! Du weißt gar nicht, worauf du dich einlässt. Mit Zunge … sie ist verrückt!«, frotzelt er.

Ich beiße mir lächelnd auf die Lippen, kann ihn fast schon spüren. Die Erinnerung an seinen Kuss hat sich mir jedenfalls in die Haut gebrannt. »Deal?«, frage ich, bevor ich meine Lippen berühre, um erneut das heiße Kribbeln zu spüren.

Jaxon nickt. »Deal!«

Nur in T-Shirt und Unterhose sitzen wir uns auf Jaxons Bett gegenüber und starren uns mit unerbittlicher Miene an.

»Bereit?«, fragt Jaxon und zieht in alter Western-Manier die Nase hoch. Er nimmt das »Duell« sehr ernst. Meine Mundwinkel kräuseln sich verräterisch.

»Ist Chuck Norris jemals nicht bereit? Ich bin immer bereit!«, erwidere ich ernst.

»Schnick!«, beginnt er.

»Schnack!«, nehme ich seine Herausforderung auf, hebe die Faust.

»Schnuck!«

Gespannt starren wir auf unsere Hände. Papier schlägt Stein. »Hah!«, krähe ich triumphal und spitze die Lippen. »Und denk an die Zunge!«

»Best of three!«, kontert Jaxon. »Nimm das weg, das ist ja ekelig!«

Ich lache grölend und setze mich in Position. »Du bist so was von geliefert!«

»Pah! Nicht reden, fighten!«

Nach der zweiten Runde halte ich eine Faust hin und Jaxon formt hastig eine Schere, entscheidet sich aber in allerletzter Sekunde für den Brunnen. Den Brunnen! Wie kann er nur!

»Das ist jetzt nicht dein Ernst!«, gifte ich ihn an.

»Was denn?«, spielt er das Unschuldslamm. »Der Brunnen gehört genauso zum Spiel wie Stein, Papier, Schere!«

»Brunnen haben wir ausgeschlossen. Übrigens ist der nur was für Weicheier, für diejenigen, die bei dem Spiel auf Nummer sichergehen wollen. Ich hätte dich eher als den risikofreudigen Typen eingeschätzt.«

Jaxon schnaubt unwillig. »Ich bin risikofreudig.«

»Ach, gib's doch zu. Du hast keine Lust auf knutschen!«, reize ich ihn und hoffe, ihn damit aus der Reserve locken zu können.

Zufrieden sehe ich dabei zu, wie ihm die Fassung entgleitet und er auf meinen Mund starrt. Sein Blick reicht aus, um mir wohlige Schauer über den Rücken zu jagen, und plötzlich wird mir bewusst, wie sehr ich ihn mag.

»Ich habe keine Lust auf knutschen?«, äfft mich Jaxon nach. »Du … Luder … Okay, ohne Brunnen, aber der Punkt zählt. Damit steht es 1:1, der Nächste, der gewinnt, gewinnt das Spiel. Deal?«

Ich schneide eine Grimasse. Jaxon nimmt es nicht so genau mit der Fairness, was mich ziemlich stört. »Den Regeln entsprechend dürftest du den Punkt nicht bekommen …«, setze ich an und ernte einen gelangweilten Blick von ihm.

»Spießer!«

Ich schnaube entrüstet. »Spielverderber!«

Jaxon rollt mit den Augen, aber er gibt nicht nach. Durch und durch Sturkopf, tut er lieber so, als ob er meine Bemerkung zum Ändern der Regeln nicht gehört hat. »Also sag schon. Deal?«

»Ja, okay. Deal. Mit dir spiele ich nicht noch mal! Du baust die Regeln so um, wie sie dir in den Kram passen!«

Jaxon lächelt hintergründig. Um sein Ziel zu erreichen, passt er gerne mal die Umstände an. »Schnick …«, beginnt er und ich steige ohne zu Zögern ein. Wenn er die Regeln zu seinen Gunsten anpasst, muss ich eben so gewinnen.

In der dritten Runde formt Jaxon eine Schere und ich einen Stein. Fassungslos starre ich auf unsere Hände. Ich brauche ein paar Sekunden, bis ich begreife, was gerade passiert ist. Stein schlägt Schere! Mein Siegesgeheul setzt Sekunden später ein, während Jaxon sein Pech noch immer nicht fassen kann.

»Best of … five?«, versucht er verzweifelt, sich aus der Affäre zu ziehen. Doch diesmal lasse ich seine Regeländerung nicht gelten, und wenn ich handgreiflich werden muss, um meinen Sieg notfalls durchzudrücken. Mit Kitzeln, bis er sich geschlagen windet.

»Oh nein! Ich habe gewonnen und du musst mich jetzt küssen!« Ich beiße mir auf die Unterlippe und setze mich kerzengerade hin, die Augen halb geschlossen. Jaxon schneidet eine Grimasse.

»Vor dem Frühstück? Ohne Zähneputzen? Mit Mundgulli?«, versucht er, seinen Kuss unattraktiv zu machen. Aber das spielt alles keine Rolle. Ich will ihn spüren, wenn schon nicht in mir, dann zumindest auf meinen Lippen. Als meine Mitte daraufhin zu pulsieren beginnt und sich alles in mir sehnsuchtsvoll nach ihm zusammenzieht, verscheuche ich hastig den Gedanken. Ein Kuss jedoch ist in Ordnung. Ein Kuss unter … Freunden. Dass das gelogen ist, ist mir absolut klar. Aber wenn ich den Gedanken weiterverfolge, würde ich mir eingestehen, dass ich mit Jaxon zusammen bin. Doch dafür bin ich noch nicht bereit, auch wenn mir meine Gefühle etwas anderes sagen.

»Mir völlig egal!«, entgegne ich im Brustton der Überzeugung. »Küss mich.«

Jaxon murrt so bedrohlich, dass ich erschrocken ein Stück zurückweiche und mir die Worte im Hals stecken bleiben. »Machst du etwa einen Rückzieher?«, neckt er mich. Ich habe das Gefühl, dass er absolut nicht mehr unwillig ist, seinen Einsatz sogar ein bisschen genießt. Nein, einen Rückzieher würde ich nie machen, aber ich verspüre gerade doch ein wenig Angst vor mir selbst. Über meinen Wagemut, der mir in den letzten Monaten abhandengekommen ist und jetzt auf einmal mit aller Macht zurückkehrt.

Jaxon erhebt sich auf alle Viere, krabbelt über mich, während ich mich um Fassung ringend zurückschiebe, bis ich die Lehne des Kopfteiles an meinen Schultern spüre. Jaxon beißt sich auf die Unterlippe und gleitet mit seinen Augen über meinen Körper, bleibt einen Augenblick zu lange an meinen Brüsten hängen, die sich unter dem Iron Maiden-Schriftzug deutlich abheben. Er kostet jeden Moment aus. Ich habe bereits das Gefühl, nackt vor ihm zu liegen, winde mich unter seinen Blicken, spüre das sehnsuchtsvolle Verlangen, das seine Augen einer glühenden Spur gleich über meinen Körper ziehen. Das Shirt ist etwas hochgerutscht und gewährt ihm einen kurzen Einblick auf den Bund des Höschens. Jaxons Mundwinkel zucken und ich werde puterrot. Morgen, nehme ich mir felsenfest vor, wähle ich etwas anderes als ein pinkfarbenes Hello-Kitty-Modell.

»Du siehst zum Anbeißen in meinem Iron-Maiden-Shirt aus. Die Kombination mit dem rosa Höschen ist äußerst delikat. Ich verfüge, dass du nie mehr etwas anderes tragen sollst.«

»Du verfügst?«, hauche ich spöttisch. Meine Augen kleben an seinen Lippen, die sich mir unaufhörlich nähern.

»Mh, ja. Ich will sehen, wie du vor mir herumwackelst und es kaum bis über deinen Po reicht, sodass ich immer wieder dein Höschen sehen kann. Ja, genau das will ich sehen.«

»Bist du irre? Ich laufe hier doch nicht halb nackt rum!

»Aber von mir einen Kuss fordern, was?« Seine Zunge streicht lasziv über seine Unterlippe und ich schlucke trocken. Meine Eigene klebt mir förmlich am Gaumen. Na das wird ein ziemlich staubiger Kuss werden.

»Enni«, knurrt Jaxon. »Jetzt hör endlich auf, fortzulaufen.« Mir stockt der Atem. Der Fluchtweg ist mir sowieso verwehrt. In meinem Rücken die Lehne, über mir Jaxon und links und rechts neben mir seine kräftigen Arme. Wenn ich mich auch nur einen Zentimeter bewege, würde ich ihn berühren und mich an ihm verbrennen.

Um mich nicht länger mit den Folgen direkten Körperkontakts zu beschäftigen, öffne ich die Lippen für eine passende Erwiderung, einen trotzigen Konter, doch Jaxon beugt sich blitzschnell nach vorne und zerteilt mit überraschender Sanftheit meine Lippen. Zunächst will ich zurückweichen, da er mich mit seiner plötzlichen Bewegung überrumpelt hat, aber dann betätigt seine Zunge irgendeinen verborgenen Schalter und ich zerfließe, werde unter seinen Küssen zu Wachs.

Mir entweicht ein genüssliches Seufzen, als er damit beginnt, gründlich meinen Mund zu erkunden. Seine Hand hält meinen Kopf, seine andere fixiert mich an der Hüfte, um mich an weiterem Zurückweichen zu hindern. Doch das ist völlig unnötig. Seine Lippen und Berührungen erschaffen einen Kokon aus Lust und Hingabe, dem ich mich nicht entziehen will. Ich höre mich leidenschaftlich stöhnen, seinen Namen hauchen, als er mir ein wenig Raum zum Atmen lässt, doch nur, um die nächste Kuss-Runde einzuläuten.

Jaxon küsst mich so ausdauernd, dass ich nichts mehr wahrnehme außer ihn und seine Lippen. Seine Hände, seinen Duft, nur noch ihn. Und irgendwann finde ich mich unter ihm wieder. Jaxon liegt halb auf mir, hat sein Knie über meinen Oberschenkel geschoben, seine Hände in meinem Haar vergraben und seine Zähne knabbern zärtlich an meiner Unterlippe, seine Zunge gleitet erneut in mich hinein und ich gleite unter seinen kundigen Berührungen in seine Umarmung.

Zwanzig Minuten später tauche ich aus der Traumwelt, die Jaxons Lippen und Berührungen um mich herum erschaffen haben, wieder auf. Ich fühle mich gesättigt und doch hungrig auf mehr. Seine Küsse haben ein Feuer entfacht, das mit einfachen Berührungen längst nicht mehr zu stillen ist. Ich will ihn, sehnsüchtiger denn je. Will ihn dort spüren, wo ich glaubte, niemals wieder jemanden hinlassen zu können. Ich will, dass Jaxon derjenige ist, der die Erinnerungen an diese grausige Nacht vertreibt, und neue erschafft. Bessere Erinnerungen, die den Schmerz auslöschen und nichts als Freuden zurücklassen.

»Ich denke, ich habe meine Schuld bezahlt, oder?«, raunt er an meinem Ohr und setzt ein paar zärtliche Küsse auf die empfindliche Haut an meinem Nacken.

»Ich muss darüber nachdenken«, murmele ich wie in Trance. Vielleicht bekomme ich ihn dazu, weiterzugehen, wenn ich ihn etwas reize. Ich quietsche auf, als Jaxon statt einer Antwort seine Zähne sanft in mein Fleisch gräbt.

»Ernsthaft? Ich sterbe vor Hunger. Entweder wir stehen auf

und ich mache uns was zum Frühstück … oder ich muss gleich zum Dessert übergehen.« Er zieht sanft an meinem Ohrläppchen.

»Gegen ein Dessert habe ich nichts einzuwenden.«

Jaxon stöhnt gequält auf. »Wenn du damit meinst, ob ich meine Entscheidung, mit dir zu schlafen, überdenke, dann muss ich dir leider sagen, dass dem nicht so ist. Ich würde deinen Zustand niemals ausnutzen, indem ich einfach über dich herfalle.«

»Wie ist denn mein Zustand?«

Jaxon stützt sich auf seinen Arm und mustert mich. »Sag du es mir.«

»Du weißt, dass ich das nicht kann.« Wir sind uns so nahe, trotzdem schaffe ich mit einem Mal Distanz.

Jaxon bemerkt meinen Rückzug und greift ein. Sanft legt er einen Daumen unter mein Kinn und zwingt mich, ihn anzusehen. »Eben. Du gehst nicht raus, du gehst mittlerweile nicht einmal mehr in deine Wohnung. Versteh mich nicht falsch, ich liebe deine Gesellschaft. Aber was auch immer mit dir nicht stimmt, wir sollten das Problem beseitigen, bevor wir … intimer werden. Und glaube mir, ich würde nichts lieber als das tun. Aber wenn ich jetzt mit dir schlafe, richten wir beide womöglich größeren Schaden an, als … bereits besteht.« Jaxon streichelt sanft mein Kinn. »Okay?«

Ich nicke.

Jaxon lächelt. »Wir können ja trotzdem rumknutschen. Für mich wird es nur sehr schwer, dir auch weiterhin zu widerstehen und den Gentleman zu geben. Gib's zu, das magst du ganz besonders?«

Mit einer einzigen flapsigen Bemerkung schafft er es, mühelos meine Sorgen in den Hintergrund zu drängen. Er reißt die Mauer, die ich im Begriff war, zu errichten, wieder ein, lässt nicht zu, dass ich mich erneut von ihm entferne. Mein Lächeln kehrt zurück. »Ich liebe es, wenn du dich windest!«

»Du genießt meine Qualen, du kleines Luder …« Jaxon legt seinen Arm um meine Taille und vergräbt seine Nase in meinem Nacken. »Das verlangt nach einer Strafe!« Seine Zunge gleitet zärtlich über mein Schlüsselbein und entfacht wohlige Schauer. Als er jedoch seine Zähne einsetzt und sanft an meiner Haut knabbert, quietsche ich erschrocken auf und versuche, ihn wegzudrücken. Jaxon verstärkt seinen Griff und knurrt.

»Ich sollte dir einfach den Hintern versohlen, aber dann, fürchte ich, war's das mit meiner Selbstbeherrschung. Dein Hintern in diesem Höschen wäre ein köstlicher Anblick!« Jaxon richtet sich etwas auf und mustert mich neckisch. »Wie er sich vor mir erhebt, ich erst mit der Hand sanft deine Pobacken knete, bevor ich kräftig zuschlage, dir einen Schrei entlocke und dann meinen wunderbar roten Abdruck mit sanften Küssen benetze!«

Mir fährt ein wohliger Stich direkt zwischen die Beine. »Das wagst du nicht!«, wehre ich mich, will zornig klingen, doch mir entweicht nur ein erregtes Keuchen.

Jaxons Mundwinkel zucken wissend. »Nur ein winzig kleiner Blick, ein kurzer, kräftiger Hieb …«

Hastig richte ich mich auf und ziehe mir das T-Shirt über die Knie, während Jaxon den Kopf schräg legt und unter meine Oberschenkel schielt. Ich beiße mir auf die Innenseite meiner Lippen, weil ich sonst laut loslachen würde, und das passt in dieser Situation überhaupt nicht. »Dafür, dass du eigentlich nicht mit mir schlafen willst, schlägst du ganz schön gewagte Dinge vor.«

Jaxon grinst und springt aus dem Bett. »Das dient nur zur Motivationssteigerung.«

Will er mich etwa so lange anheizen, bis ich vor Verlangen nach ihm schier verbrenne? Und meine Vergangenheit vor ihm ausbreite, mich ihm öffne und er über mich hinwegfegen kann, wie ein Orkan? Kann ich das? Kann ich mich je wieder einem anderen Menschen so weit nähern, ihm vertrauen, dass so etwas möglich ist. Keine Ahnung. Also schlucke ich die Worte herunter, hole stattdessen mit der Faust aus und boxe ihn gegen die Schulter. Jaxon sieht mich eine halbe Sekunde lauernd an, bevor er lachend zur Seite kippt. Keine Ahnung, ob er enttäuscht ist.

»Mach Frühstück, du Hornochse!«, schmettere ich ihm wütend entgegen. Natürlich bin ich nicht wirklich wütend, eher panisch, mit welcher Leichtigkeit er mich aus der Reserve lockt, und geschmeichelt. Er hätte problemlos mit mir schlafen, seine Triebe befriedigen können. Aber das hat er nicht getan. Er will mich nicht einfach nur benutzen, er will mich behalten. Der Gedanke reicht aus, um mich wohlig erschauern zu lassen. Er will nicht nur meinen Körper, er will mich komplett. Meine Seele, meine Wunden, meine Vergangenheit … meine Zukunft.

Und das alles nur, weil ich die Finger nicht von seinem Handtuch lassen konnte!

Kapitel 10

Jaxon summt eine leichte Melodie, während er die Eier wendet. Immer wieder gleitet mein Blick zu ihm. Der Anblick seines breiten Rückens jagt mir Schauer über die Haut. Das Bild, welches ich von ihm habe, seit ich ihn so dicht über mir gespürt habe, hat sich in den letzten Minuten grundlegend verändert. Ich kann die Veränderung nicht in Worte fassen, ich weiß nur, dass ich es genossen habe, seine Kraft zu fühlen. Und noch etwas anderes ist passiert. Mein Vertrauen zu ihm ist gewachsen. Ich wusste nicht, dass das überhaupt noch möglich ist.

Jaxon wirft mir über die Schulter einen Blick zu. »Mund zu, sonst kommen Fliegen rein!«, neckt er mich schmunzelnd. »Du gaffst.«

Mir klappt der Mund zu und ich erwidere grimmig seinen Blick. »Pass du lieber auf, dass unser Frühstück nicht anbrennt. Ich habe keine Lust auf einen weiteren Rauchmelder-Test.«

Jaxon verzieht das Gesicht. »Touché.« Er wendet sich wieder den Eiern zu und rührt konzentriert durch die Pfanne. »Im Kühlschrank ist keine Marmelade mehr. Du musst Neue aus dem Vorratsschrank holen«, weist er mich an und deutet mit dem Pfannenwender auf einen schlanken Schrank zu seiner Linken, ganz am Ende der Küchenzeile. Ich öffne die Tür und mustere neugierig den Inhalt. »Meine Mom hat sie selbst gekocht. Nimm die frische Erdbeermarmelade raus.«

Im Innern des Schranks finde ich neben unzähligen Konserven in Griffhöhe die Erdbeermarmelade in alten, bereits gebrauchten Gläsern. Eine Welle der Fürsorge spült über mich hinweg. Eine Fürsorge, die ich abgelehnt habe, die ich nicht wollte und die ich nun nicht länger bekomme. Hastig würge ich den Klos herunter und nehme das Glas aus dem Schrank. *Reiß dich zusammen, Enni, es ist nur ein Glas Marmelade!*

»Besuchst du deine Eltern oft?«, frage ich so beiläufig wie möglich. Mein Herz zieht sich zurück und schlägt eine mentale Tür vor mir zu. Ich könnte das auch alles haben, aber … es ist eben kompliziert.

Jaxon rumort in der Küche, während ich das Glas zum Tisch trage, um es möglichst schnell wieder loszuwerden. »Nicht wirklich«, weicht er aus. Ich horche auf. Wieso das denn?

»Keine Zeit?«, weiche ich dem Offensichtlichen aus.

Jaxon zuckt mit den Schultern und hebt die Pfanne vom Herd. Ich kümmere mich derweil um den Toast. »Das auch, jetzt hätte ich Zeit, aber ich mache einen großen Bogen um meine Eltern.« Irgendwie habe ich eine leise Vermutung, warum das so ist. Seine Hände. Jede Mutter, meine eingeschlossen, merkt, wenn ihr Kind von irgendetwas belastet ist. Sei es eine Erkrankung oder ein Vorfall, über den es nicht sprechen mag. Er will nicht mit seinen Eltern über sein Problem reden und ich verspüre keine Lust, mir die mitleidigen Blicke meiner Mutter zu geben. Obwohl ich sie über alles liebe. Und trotzdem kann ich es nicht ändern.

»Du solltest sie anrufen«, starte ich einen halbherzigen Versuch. »Mit ihnen reden …«

Jaxon lässt die Pfanne sinken und sieht mich durchdringend an. »Und du? Wann hast du das letzte Mal mit deinen Eltern gesprochen?«

»Das ist nicht der Punkt«, weiche ich aus.

»Oh doch«, murrt Jaxon bissig. »Das ist genau der Punkt. Du redest nicht mit deiner Mutter über dein Problem und ich will nicht mit meinen Eltern reden. Wir weichen ihnen aus.«

»Das ist …«

»… falsch, ich weiß. Warum tust du es? Warum rufst du nicht an?«

»Ich habe«, entgegne ich und klinge dabei ein kleines Bisschen stolz, »ihr von deinen Kochkünsten vorgeschwärmt.«

Jaxon verzieht das Gesicht. »Na toll! Wenn ich Blödsinn mache, kannst du wieder mit deiner Mutter reden …«

Ich verschweige, dass sie über meinen Anruf sehr glücklich war. So glücklich, dass sie geweint hat. Automatisch war ich in Abwehrhaltung gegangen, denn immer, wenn sie weint, folgen Vorwürfe, warum ich mir nicht professionelle Hilfe suche. Sie kenne da einen Psychologen und sie habe mein Problem bereits mit ihm diskutiert. Er sei der Meinung … Bämm! Spätestens dann pflege ich aufzulegen. Mein »Problem« ist ganz allein meine Sache. Ich will mit niemandem darüber reden, will die Dämonen einfach unter tonnenweise Zeit vergraben. Doch insgeheim ist mir völlig klar, dass sie sich – egal in welches Loch ich sie werfe – immer wieder hervorkämpfen werden. Und das lässt mich so wütend auf meine Mutter werden. Weil sie sie bei jedem Gespräch erbarmungslos aus diesem Loch zerrt. Doch bei unserem letzten Gespräch war es anders. Sie hat sich dankbar in die Belanglosigkeiten geflüchtet, die ich ihr angeboten habe, und wir haben uns tatsächlich miteinander unterhalten. »Ein Anfang, oder?«

»Ja, ein Anfang.« Jaxon sieht mich einen Augenblick zu lange an, als ob er etwas sagen will, aber er entscheidet sich schließlich dagegen und nimmt stattdessen die Pfeffermühle. Er verteilt eine großzügige Portion daraus auf dem Rührei. Wir mögen es beide gerne scharf. »Und jetzt lass uns essen. Ich sterbe vor Hunger!«

»Du weißt aber schon, dass Ei, gerade das Eigelb, überhaupt nicht gut für deine Hände ist, oder? Da sind mindestens zehn Eier drin und du solltest maximal zwei pro Woche essen.« Er wirft mir einen grimmigen Blick zu.

»Klugscheißer kriegen nichts ab!« Ich winke lächelnd ab, während Jaxon einhändig nach der schweren gusseisernen Pfanne greift.

»Du kannst auf das Eigelb verzichten, Eiweiß ist okay.«

»Das ist doch das Beste! Ich will mir nicht jede Lebensfreude verwehren. Ei ohne Eigelb ist … bähh!« Mit der anderen Hand schnappt er sich die Pfeffermühle und macht sich auf den Weg Richtung Esstisch, den ich bereits gedeckt habe. Toast, Marmelade, Butter, Senf – der darf bei keinem Rührei der Welt bei mir fehlen –, Besteck, frisch gepresster Orangensaft und starker Kaffee aus einer waschechten Espressokanne. Jaxon hat nicht einmal eine Kaffeemaschine. Als ich ihn nach einem schlichten Filterautomaten gefragt habe, durfte ich mir einen mehrminütigen Vortrag über die Umweltfreundlichkeit von Kaffeefiltern anhören. Manchmal entpuppt er sich als richtiger Öko!

Schlussendlich mahlte ich artig Bohnen mit der Handmühle, füllte einen Aluminiumfilter mit Kaffeemehl und schraubte die wundervolle Kanne zusammen und stellte sie auf den Herd. Belohnt wurde ich mit köstlichem Duft nach frischem Kaffee. Die erste Tasse genehmigten wir uns bereits am Herd stehend und ich bin überzeugt. Nie wieder Filterkaffee!

Lautes Scheppern und ein unterdrückter Fluch reißen mich aus den Gedanken. Ich fahre auf dem Absatz herum.

Das Rührei hat sich quer über das Parkett verteilt, die Pfanne liegt umgestülpt mitten in dem dottergelben Minenfeld, wie eine Tretmine, die bei Kontakt in die Luft geht. Nur mit dem Unterschied, dass sie bereits explodiert ist und ihre gelbe Pracht in einem unförmigen Kreis um sich herum verteilt hat. Jaxon hockt stöhnend mitten in diesem Rund und presst sich beide Hände zwischen die Oberschenkel.

Ohne einen Gedanken an unser ruiniertes Frühstück zu verschwenden, stürze ich zu ihm. »Jax, was ist passiert?« Ich sinke neben ihm zu Boden, trete auf klebriges Rührei, verteile es auf dem Parkett. Im Augenblick ist die Sauerei völlige Nebensache. Jax' Körper zittert vor Anspannung und ich fürchte, wenn ich ihn anfasse, könnte er explodieren, genau wie die Rühreibombe. Meine Hand verharrt in der Luft, unschlüssig, ob ich ihn anfassen soll.

»Nichts.« Das Wort kommt ihm als gepresstes Pfeifen über die Lippen. Er quetscht sie so fest aufeinander, dass nur ein blutleerer Strich zu sehen ist. Die Hände drückt er mit aller Kraft zwischen die Schenkel, sein Kinn zittert, die Brust hebt und senkt sich schnell und er kneift die Lider fest zusammen. Tränen seiner Qual sammeln sich in den Augenwinkeln. *Nichts* würde wohl kaum so eine allumfassende körperliche Reaktion hervorrufen. Er hat Schmerzen, ziemlich starke sogar.

Ich atme tief durch und berühre ihn vorsichtig an der Schulter. »Jax?«, versuche ich, zu ihm durchdringen. Manchmal können Schmerzen tatsächlich so stark sein, dass man seine unmittelbare Umgebung nicht mehr wahrnimmt und nur noch in der Bewältigung des Schmerzes existiert. Alles andere verschwimmt hinter einem dichten Vorhang. Ich habe es selbst erlebt, nicht mit körperlichen Schmerzen, aber mit seelischen.

Er beißt die Zähne zusammen und zwingt sich zu einem gequälten Lächeln. »Das war's wohl mit meinem legendären Rührei.«

Ich erwidere sein Lächeln vorsichtig. Er flüchtet sich in Banalitäten, nur um sich nicht mit dem Schmerz zu beschäftigen. »War sowieso ungesund«, entgegne ich und greife sacht nach seinem Arm, ziehe eine Hand vorsichtig aus der Umklammerung seiner Schenkel. »Zeig mal her«, murmele ich. Langsam kommt seine Rechte zum Vorschein. Die Finger sind zu einer Klaue gebogen. Sie zittern, als würden sie mit aller Kraft einen unsichtbaren Tennisball zerdrücken wollen. Jaxon stöhnt leise, als sein Blick auf die verformte Hand fällt. Er versucht, sie zu öffnen, aber es funktioniert nicht. Die Sehnen und Muskeln verkrampfen sich, ziehen sich zusammen und halten den Tennisball fest. Es ist, als wären Muskeln, Sehnen und Knochen schockgefroren. Als ich vorsichtig über seine Handinnenfläche streiche, zieht er scharf die Luft ein. »Tut das weh?«

Jaxon räuspert sich. »Schrecklich.«

Ich mustere ihn besorgt, erwarte fast, ihn spöttisch grinsen zu sehen, aber er meint es ernst. »Okay.« Vorsichtig teste ich die Beweglichkeit seiner Gelenke, biege den Daumen etwas nach außen, aber Jaxon entweicht ein so entsetzlicher Laut, dass ich es sofort bleiben lasse. »Sand?«, schlage ich vor.

»Keine Ahnung«, murmelt er kraftlos. Jaxon lässt sich inmitten des Rühreidramas nieder, presst sich den Arm gegen den Leib und wiegt sich vor und zurück. »Mir ist schlecht«, keucht er, schluckt und fährt fort. »Manchmal hilft Wärme, manchmal nicht. Ich weiß es erst, wenn ich es ausprobiert habe. Die Chancen stehen gut, genau das Falsche zu erwischen und es nur noch schlimmer zu machen.« Er klingt müde und niedergeschlagen und scheint kein Interesse daran zu haben, sich zu erheben. Okay, eins nach dem anderen. Auf dem kalten Boden sitzend kann ich ihm sowieso nicht helfen.

»Okay. Aber bevor wir überhaupt was machen, solltest du dich auf die Couch legen und dann ...« Jaxon knurrt unwillig, er scheint sogar zu wenig Kraft zum Widersprechen zu haben. Meine Besorgnis steigt. Normalerweise hat er immer einen flotten Spruch auf der Zunge. Selbst starke Schmerzen halten ihn nicht von dummen Sprüchen ab. Aber dieses Mal ist es anders. Seine ganze Kraft scheint für die Bewältigung des Schmerzes draufzugehen. Als ich meine Hände unter seine Achseln schieben will, hilft er nur spärlich mit. Meine untrainierten Muskeln schaffen es nur mit größter Mühe, ihn in eine halbwegs aufrechte Position zu manövrieren. Gerade als er steht, klingelt das Telefon. Ich verziehe genervt das Gesicht.

»Das war ja wieder Mal klar!«, kommentiere ich die ersten Gitarrenriffs von AC/DCs Thunderstruck.

Jaxons Mundwinkel zucken. »Meinst du den Klingelton oder das Klingeln an sich?«

»Beides«, entgegne ich. Tatsächlich bin ich sogar erleichtert, dass er seinen Humor nicht ganz eingebüßt hat. Die Schmerzen sind also auf ein erträgliches Maß abgeschwollen. Ich helfe ihm über das Rührei-Massaker hinweg und deute auf die Couch, während im Hintergrund Angus Young die Saiten malträtiert. »Schaffst du es alleine bis dahin?«

Jaxon schnaubt belustigt. »Natürlich, Schwester Enni!«

»Wenn schon Doktor Anderson!«

»Magst du Doktorspiele?«

Ich kann mich gerade noch so zurückhalten und ihm keine Kopfnuss verpassen. »Fordere mich ja nicht heraus«, entgegne ich und sehe mich nach der Quelle der harten Sounds um. »Wenn überhaupt kannst du mich mit Doktor Frankenstein anreden.«

Jaxon lässt sich auf der Couch nieder. »Hast du etwa vor, mir wichtige Körperteile abzunehmen?«

Ich schmunzle und fische das Telefon aus den Polstern eines Sessels, der gegenüber der Couch steht. »Nur die nicht benötigten!«

Jaxon schnappt nach Luft, doch er kommt nicht mehr dazu, einen passenden Kommentar abzugeben, da ich ihm das Telefon reiche. Hilflos starrt er das Gerät an und deutet mit dem Kinn auf seine Hände. »Geht nicht.«

Mein Lächeln gefriert und plötzlich wird mir klar, warum er zusammengebrochen ist. »Beide?«

Jaxon zuckt mit den Schultern, nun ja, er versucht es zumindest. Es bleibt bei der winzigen Bewegung, die seine verkrampften Hände zulassen. »Jep, beide, bis hoch zu den Schultern. Alles steif.«

»Scheiße«, entfährt es mir und ich will ans Telefon gehen. Doch noch bevor ich die entsprechende Taste gedrückt habe, gibt mir Jaxon mit einem Kopfnicken zu verstehen, dass er rangehen will.

»Halt es mir einfach ans Ohr«, sagt er ungeduldig.

»Bitte?«

»Enni, mach einfach. Okay?«

»Wie du willst.« Jaxon hat Schmerzen, Hunger und ein Telefon am Ohr, weshalb ich mir Mühe gebe, meinen Unmut über seinen Tonfall zu verbergen. Bevor er etwas erwidern kann, drücke ich den grünen Knopf und halte ihm das Gerät ans Ohr.

»Ja?«, meldet er sich kurz angebunden und schiebt sich die Hände unter die Achseln. Wenn ich die Freisprechfunktion aktiviere, könnte ich, während er telefoniert, den Sand anwärmen. Ich drücke die entsprechende Taste und will das Telefon auf dem Tisch vor ihm legen, doch Jaxon schüttelt den Kopf. Er will, dass ich es ihm ans Ohr halte. Okay … Leicht angesäuert rolle ich mit den Augen.

»Hey, Jax.« Die Stimme kommt mir bekannt vor.

»Hey, Vince«, begrüßt Jaxon seinen Manager.

»Na, wie geht's, Kumpel? Was machen die Hände und deine kleine Physio-Mieze?«, erklingt Vincent Hickmanns Stimme über den Lautsprecher. Mir entweicht ein entrüstetes Schnauben. *Physio-Mieze?* Jaxon winkt grinsend ab – zumindest versucht er es. Doch sobald er die Hände unter den wärmenden Achseln hervorholt, scheint der Schmerz mit voller Wucht zurückzukehren. Also versteckt er sie wieder.

»Enni geht's sehr gut. Sie kann dich übrigens gerade hören!«

»Verdammt!«, flucht Vincent. Jaxon grinst breit. »Sorry, Enni. Ich wollte dir nicht zu nahetreten.«

»Kein Problem«, murmele ich, immer noch gereizt. Physio-Mieze?! Also wenn das seine Meinung über den Beruf ist, sollte er sie dringend überdenken. Die Physio-Mieze ist nämlich hier, um seinem Star bei seinem Problem zu helfen. Ich verkneife mir, meine Gedanken laut auszusprechen. So ein Arsch!

»Sorry noch mal, Enni! Trifft sich gut, dass ich euch beide dran habe. Also wie geht's den Händen, Enni?« Jaxons Augenbrauen ziehen sich unwirsch zusammen und er schüttelt heftig den Kopf. Was genau er mir damit sagen will, kapiere ich nicht sofort. Fragend sehe ich ihn an, bevor er mit den Augen rollt und selbst antwortet.

»Den Händen geht's perfekt. Alles prima, Vince!«

Ist er jetzt wahnsinnig geworden?! Den Händen geht's überhaupt nicht gut! Ich will gerade widersprechen, als Jax heftig den Kopf schüttelt. Was hat er vor? Es ist doch wohl offensichtlich, dass er so unmöglich trainieren kann. Eindringlich sehe ich ihn an und zeige ihm einen Vogel. *Spinnst du?*

Jaxon verzieht das Gesicht.

»Na das ist ja wunderbar. Becki hat es so hingekriegt, dass wir die Ferienwohnung bekommen. Also keine Hotelgäste, die euch stören. Und du, Enni, kannst dich also jederzeit um ihn kümmern. Bis auf Willi seid ihr völlig ungestört.« Vince lacht dreckig. Na super! Vince denkt scheinbar, dass Jaxon und ich etwas miteinander haben? Nun ja, ich würde lügen, wenn ich nicht bemerkt hätte, dass das, was sich da zwischen uns entwickelt, weit über eine gewöhnliche Freundschaft hinausgeht. Ich meine, wir sind doch nicht zusammen, oder … doch? Mist. Okay, nicht weiter drüber nachdenken.

»Das ist nett von dir, Vince«, entgegne ich. »Aber Jaxon und ich sind nicht zusammen.« Jaxon sieht mich leicht angefressen an. Oh, anscheinend sieht er das völlig anders. Dass Vince es ebenfalls anders sieht, entnehme ich seiner Antwort.

»Nun, Enni. Für die Crew seid ihr das. Ich kann dich zwar als Physiotherapeutin bezahlen, aber wenn der Crew gegenüber bekannt wird, dass ich eine Physiotherapeutin für Jaxon beschäftige, wirft das Fragen auf, die ich niemandem beantworten will. Intern wissen nur Willi und ich Bescheid. Selbst die Promoter haben keine Ahnung. Wird bekannt, dass Jax Probleme hat, will keiner mehr gegen ihn kämpfen und das können wir uns nicht leisten. Also bist du seine Freundin oder das Ganze funktioniert nicht.«

Ich atme tief ein. Als ich nicht antwortete, sieht sich Vince dazu veranlasst, weitere Erklärungen hinzuzufügen. »Jaxon wird am 10. Oktober gegen den amtierenden WBO-Weltmeister Luis Armstrong antreten. Ich kann nicht riskieren, dass solche brisanten Informationen an die Öffentlichkeit gelangen. Die Einnahmen des Promoters hängen von den Sportwetten ab, Jaxon muss gut dastehen. Ich will ihn nicht als Underdog rausbringen. Also muss ich den Kreis der Mitwisser so klein wie möglich halten. Sein Trainer, du und ich, sowie die Ärzte, sonst niemand.« Vinces Lachen erklingt durch den Lautsprecher. »Macht nicht so ein Gesicht.« Er kann uns ja gar nicht sehen, trotzdem blicken Jax und ich gleichermaßen betroffen drein. »Alles wird gut gehen. Jax hat noch nicht einmal verloren seit seiner Profizeit.« Vince lacht. »27:0, du weißt, was das bedeutet, Junge?«

Jax lacht. »Oh ja, Dynamite.« An mich gewandt fügt er hinzu. »Mike Tyson hat seinen Weltmeisterschaftskampf gegen Berbick '86 mit 27 Siegen bekommen. Diese Zahl ist magisch!« Jaxons Augen glühen trotz der Schmerzen. Bis vor Kurzem habe ich noch geglaubt, er würde nur boxen, weil er sich damit das Geld für das Studium verdient, aber nein, ihm macht es wohl auch irgendwie Spaß.

»Und du hast noch nicht einmal verloren? Auch nicht wegen der Hände?«

Jaxon schüttelt den Kopf. »Zähne zusammenbeißen geht dank Gebissschutz prima, also nein. Hab's schnell zu Ende gebracht.« Er sieht mich eindringlich an, braucht nicht hinzuzufügen, dass er seitdem zu Hause hockt.

»Da Jaxons Hände okay sind, hat ja auch niemand Anlass zur Sorge, oder?«, schaltet sich Vince wieder ein. »Er kann doch trainieren, Enni, oder?«

Jaxon sieht mich mit seinen großen blauen Augen an. Ich glaube, er würde sich sogar vor mir auf den Boden werfen und mir flehend die Hände entgegenstrecken – wenn er denn könnte – um mich zu einer positiven Antwort zu bringen. Pah! Im Interesse seiner Gesundheit müsste ich Vince die Wahrheit sagen. Rheuma – und so wie sich seine Hände verhalten, gehe ich fest davon aus, dass es Rheuma ist – ist sehr tückisch. Die Krankheit geht schubweise vonstatten. Es könnte ihm Monatelang gut gehen, aber die Schmerzen könnten ihn auch im Ring mitten im Kampf erwischen. Und das wäre ganz sicher nicht in Vinces Interesse. Doch sobald ich den Mund aufmachen und Vince die Wahrheit sagen will, trifft mich Jaxons flehender Blick. Er zerhackt meine Entschlossenheit in mundgerechte Stücke. Als ich antworte, gehorcht meine Zunge Jaxons Willen. »Nein, alles bestens, Vince. Wir waren gerade dabei, zu frühstücken.« Jaxon nickt lächelnd und mir klappt schockiert der Mund zu. Das habe ich nicht wirklich gerade gesagt, oder? So viel zum Thema »Beziehung leugnen«. Das ging ja wohl gehörig nach hinten los.

»Oh, ihr frühstückt zusammen. Interessant«, antwortet Vince lauernd. »Sollte da doch etwas sein, von dem ich wissen müsste? Wollt ihr vielleicht doch eine Suite mit Wellnessbereich statt der langweiligen Ferienwohnung? Ich wette, Becki kann da etwas einrichten?«

Ich schnaube entrüstet. Meine Reaktion gilt eher meinen Worten als Vinces Vermutung. »Schieb dir deine Vermutungen sonst wohin, Vince!«, knurre ich bissig. Vinces Lachen klingt durch den Lautsprecher.

»Oh, da ist wohl jemand angefressen?«

»Nur hungrig, Vince, nur hungrig.« Jaxons warnender Blick trifft mich und ich verschränke bockig die Arme vor der Brust. Ich mag es überhaupt nicht, für Jaxons Lügen eingespannt zu werden.

»Na dann lass ich euch Turteltäubchen mal frühstücken. Ehe sie ihren Zorn noch an meinem Goldjungen auslässt, was?« Vince verabschiedet sich mit einem anzüglichen Lachen und den Worten, Jaxon morgen beim Arzt zu sehen zu wollen. »Wenn ich es einrichten kann, bin ich da. Es geht um deine Kampftauglichkeit, bevor ich nicht das Go habe, geht es für keinen von uns ins Trainingslager!«

»Tschüss, Vince!«, flötet Jaxon und gibt mir mit einem Nicken zu verstehen, dass ich das Gespräch beenden soll. Nichts lieber als das! Zeit, Jaxon endlich den Kopf zu waschen!

Das Rührei ist vergessen. Wütend baue ich mich vor Jaxon auf und stemme die Hände in die Hüften. »Sag mal, spinnst du!? Du kannst unmöglich trainieren! Selbst ein blinder Arzt sieht, was mit dir los ist! Es ist sogar fraglich, ob du überhaupt je wieder in den Ring steigen kannst mit so einer Krankheit. Zu kämpfen wäre unverantwortlich! Du kriegst ja nicht einmal deine Hände auf!«

Jaxon ist nicht der Typ, der sich von mir eine Standpauke halten lässt. Eigentlich war ich die letzten Monate auch nicht der Typ, doch sein Verhalten bringt mich dermaßen aus der Fassung, dass ich mich völlig vergesse. Ich habe sogar meine Panikattacken vergessen, als ich mit Vince gesprochen habe. Wenn ich ehrlich bin, kam durch Jaxons Lügen und meinen darauf folgenden Zorn die alte Enni hervor. Und auch sie ist es jetzt, die ihn zurecht weist. Für seine Lügen, seine Unverfrorenheit und seinen Mangel an Rechtsempfinden. »Wenn du ehrlich bist, wird er dir viel besser helfen können. Du lässt Vince ins offene Messer rennen. Ich habe ja keine Ahnung vom Boxsport, aber Weltmeisterkampf klingt nach viel Geld, das im Spiel ist.«

Jaxon winkt ab, beziehungsweise versucht er es. Die Geste verraucht bereits im Ansatz. »Ach was, bis morgen sind meine Hände wieder in Ordnung. Ich brauche nur ein paar Stunden deiner liebevollen Fürsorge!« Er schenkt mir einen Schlafzimmerblick und klimpert mit den Wimpern. Die Situation ist ernst, doch so wie er da sitzt – die Hände unter die Achseln gepresst, einen Hundeblick aufgesetzt und mich unterwürfig anhimmelnd – kann ich gar nicht anders, als wieder weich zu werden.

»Idiot!«, murre ich, weil er mich so leicht manipulieren kann.

Jaxon grinst triumphal und lehnt sich zurück in die Polster. »Ach, ich bin gerne dein Idiot«, seufzt er und legt den Kopf erschöpft auf die Lehne. Seine Lider senken sich und er atmet tief ein und aus. Mein Zorn schmilzt bei diesem Anblick dahin. Ich kann nichts gegen den Beschützerinstinkt tun, der in mir erwacht, sobald es um Jaxon geht. Geht es ihm schlecht, lasse ich alles stehen und liegen. Dann zählt nur noch ein Gedanke: Tu, was in deiner Macht steht, um Jaxon zu helfen. Die Macht, die er damit über mich hat, ängstigt mich ein wenig. Heißt das im Umkehrschluss, dass er sich nur wissentlich in Gefahr begeben muss, damit ich tue, was er will? Egal, ich kann nicht dagegen ankommen und setze mich neben ihn auf die Couch. Zärtlich streiche ich ihm eine Strähne aus der Stirn, die sich aus seinem Zopf gelöst hat, und schiebe sie ihm hinters Ohr.

Jaxon dreht mir den Kopf zu und lächelt mich erschöpft an. »Sorry, dass ich dich dazu gezwungen habe, Vince anzulügen.«

Ich verziehe das Gesicht, als ob ich auf eine Zitrone gebissen habe. »Ich weiß nicht, was ich schlimmer finden soll. Dass ich Vince belogen habe, oder dass du dich selbst belügst. Das mit deinen Händen ist ernst.« Ich stütze den Kopf auf die Lehne und sehe ihn nachdenklich an. »Und was, wenn deine Hände morgen immer noch steif sind?«

»Werden sie nicht«, antwortet Jaxon und dreht sich etwas zu mir. Er sieht ziemlich überzeugt aus.

»Wie kommst du denn da drauf?«

»Na ja, du bist da und du weißt, was zu tun ist. Also werde ich morgen zum Arzt gehen und ihn von meiner Kampftauglichkeit überzeugen. Und du hast Vince nicht belogen!«

Ich schnaube empört. »Na du hast ja ziemliches Vertrauen in meine Fähigkeiten.«

»Du brauchst eigentlich nicht viel mehr tun, als hierzubleiben.« Ich kräusle die Nase und lege ihm prüfend eine Hand auf die Stirn. Jaxon tut mir gut. Seine Nähe schenkt mir die nötige Kraft, endlich wieder an das Gute zu glauben. Er gibt mir das Vertrauen, das ich brauche, um wieder unter Menschen zu gehen. Den Glauben, dass dort draußen nicht nur Bedrohungen auf mich warten. Ich könnte noch so viel mehr zulassen, mich mehr öffnen … ihm erzählen, was damals wirklich passiert ist und warum ich mich manchmal so abweisend verhalte. Aber ich kann nicht. In solchen Momenten, gerade wenn er so verletzlich ist wie jetzt, wird mir schlagartig bewusst, dass ich stark sein kann. Wenn nicht für mich, dann für einen anderen Menschen. Trotzdem kann ich sein Geständnis nicht so stehen lassen, denn das würde bedeuten, dass ich mich auf Emotionalität einließe und dann wäre ich plötzlich wieder verletzlich. Die Angst, dass mir wieder jemand wehtun könnte, lässt mich seine Bemerkung ins Lächerliche ziehen.

»Also Fieber hast du nicht«, weiche ich ihm aus. Jaxon verzieht das Gesicht.

»Nein, ich habe Schmerzen. Können wir also dein Ding mit dem Sand machen, bitte?«

Mein »Ding« mit dem Sand geht komplett nach hinten los. Ich hätte es wissen müssen. Jaxon gehört in ein Krankenhaus und nicht in die heimische Küche, wo er von mir verlangt, Doktorspielchen zu spielen. Die Schmerzen sind mittlerweile so stark, dass sie auf seinen Gleichgewichtssinn einwirken. Ihm ist schlecht und er kann sich nur mit Mühe auf den Beinen halten.

»Herrgott!«, fluche ich am frühen Nachmittag, als er sich an der Kloschüssel festklammert und die Reste des Abendessens herauswürgt. »Schmerzmittel?«, schlage ich in einer Pause vor, während ich ihm die verklebten Haare aus der Stirn streiche.

»Tabletten helfen nicht, wenn ich sie im Klo runterspüle!«, stößt er gepresst hervor und ergibt sich der nächsten Attacke. Seine Arme sind so kalt und taub, dass sich langsam aber sicher Verzweiflung bei mir bemerkbar macht.

»Stimmt, soll ich dich vielleicht nicht doch ins Krankenhaus fahren?«

Jaxon lässt sich erschöpft auf der Fußmatte nieder und lehnt sich gegen die Verkleidung der Duschkabine. »Du willst rausgehen? Am helllichten Tag?« Er funkelt mich spöttisch an.

»Du glaubst, ich könnte es nicht?« Ich bin erleichtert, dass er immer noch seinen Humor hat, auch wenn mir die Entwicklung nicht gefällt. Die Schmerzen sind eine Sache, aber die Übelkeit … »Und wenn du dir einen Magen-Darm-Infekt eingefangen hast?«

Jaxon schüttelt den Kopf. »Woher denn? Ich habe die Wohnung genauso wenig verlassen wie du. Nein, das kommt alles von den Schmerzen.«

»Ist das denn normal?«

Er winkelt die Beine an und lehnt den Kopf gegen die Verkleidung. »Nope. Nicht so heftig. Hilf mir hoch, wir kühlen jetzt.«

»Nein, wenn ich dir jetzt aufhelfe, fahre ich dich ins Krankenhaus.« Herausfordernd schiebe ich die Unterlippe vor und sehe ihn starrsinnig an.

Jaxon ist im Begriff, aufzustehen, er wartet nur noch auf meine Unterstützung. Doch als die ausbleibt, verharrt er mitten in der Bewegung und sieht mich auffordernd an. Doch als ich auch dann immer noch sitzen bleibe, stößt er einen verzweifelten Ton aus. »Du … gerade du? … willst mich ins Krankenhaus fahren?« Er beugt sich leicht vor und schenkt mir einen belustigten Blick. Ich bin erstaunt, dass er nicht nach vorne kippt und auf mich fällt. Keine Ahnung, wie wir das Knäul aus verkrampften Armen und Beinen wieder entwirren sollen, wenn nur fünfzig Prozent der Beteiligten sich bewegen können.

»Ja, ich!«, entgegne ich selbstsicher.

Jaxon lacht gequält auf. Der Laut ist eine Mischung aus Schmerzensschrei, Belustigung und Unglauben. »Du müsstest mich in die Notaufnahme bringen, in einem Hamburger Krankenhaus, am Wochenende. Dort wird es vor Menschen nur so wimmeln. Du müsstest dich an einem überfüllten Tresen mit genervten Müttern, hustenden Kleinkindern und … allen möglichen anderen Menschen herumschlagen. Bist du dazu bereit?«

Mir wird übel. Ich glaube, mir ist sogar mehr zum Kotzen zumute als Jaxon. Doch allein seine Aneinanderreihung von Menschen lässt mich stur werden. So lange sich dort keine Männer südländischer Herkunft befinden, ist mir alles recht. Außerdem …

»Sieh es als perfekte Übung für dein Boxding!«, entgegne ich selbstsicher. Ich klinge zwar weniger überzeugend, als ich eigentlich klingen wollte, aber Jaxon ist von seinen Schmerzen so abgelenkt, dass er es glücklicherweise nicht bemerkt.

»So, das Boxding, auf das du mich unbedingt begleiten willst … weil du nicht in deine Wohnung willst. Meinst du das?« Verdammt. Der Schmerz hat seinen Verstand noch nicht genug betäubt.

»Ach vergiss es«, knurre ich unwillig, erhebe mich und will ihn schon in seinem Elend alleine lassen. Nicht, dass ich in meine Wohnung zurückkehren könnte, aber ich kann ihn zumindest im Badezimmer hocken lassen. Ich bin mir sicher, dass er eine ganze Weile brauchen wird, bis er auf den Beinen steht.

»Enni, sorry, so war das nicht gemeint«, jammert er. Ich bleibe in der Tür stehen und schließe die Augen, höre praktisch Merrys Rufe.

»Du hast versprochen, nicht nachzufragen, mich nicht damit zu quälen. Ich habe gewonnen. Hast du das schon vergessen?« Unser Duell liegt eine halbe Ewigkeit zurück, und doch ist es erst wenige Stunden her. Doch in der Zwischenzeit hat sich alles verändert. Noch heute Morgen hätte ich Stein und Bein geschworen, nie wieder einen Fuß in eine Menschenmenge setzen zu wollen, es sei denn auf besagten Boxveranstaltungen. Und jetzt bettele ich regelrecht darum, Jaxon in eine überfüllte Notaufnahme zu bringen. Verblüffend, was dieser Mann mit mir anstellt.

Jaxon seufzt. »Ja, okay. Stimmt, war unfair.«

Langsam drehe ich mich wieder zu ihm um. »Notaufnahme und du verspottest mich nicht mehr, wenn ich dir helfen will?«

Jaxon nickt reuig und streckt vorsichtig seine völlig taube Hand in meine Richtung. »Deal?«

Vorsichtig ergreife ich seine Hand und schlage ein. »Deal.«

Kapitel 11

Ich kann nicht glauben, dass ich tatsächlich in einer Menschenmenge stehe. Jaxon hat recht behalten. Die Notaufnahme im St. Georg ist wie erwartet brechend voll. Doch entgegen meiner Erwartungen fühle ich nichts. Keine Panikattacke. Okay, keine ist gelogen. Sie lauert in meinem Hinterkopf und wartet nur darauf, zuzuschlagen. Aber etwas anderes, viel Größeres, hält sie in Schach. Es ist die Sorge um Jaxon, die mich solche verrückten Dinge tun lässt, die mich davon abhält, mir stundenlang all das Schreckliche auszumalen, was hier passieren könnte. Hier sind so viele Menschen. Jeder von ihnen könnte ein potenzieller Angreifer sein. Okay, die vielen Mütter mit hustenden und schniefenden Kindern gehören nicht zu ihnen. Genauso wenig der Vater, der seinen fast erwachsenen Sohn begleitet. Die Art, wie er seinen Arm hält, deutete auf einen Knochenbruch hin. Oder die Frau, die ihren Ehemann begleitet, der offensichtlich Probleme mit dem Blutdruck hat. So viele Menschen, und keiner beachtet mich. Sie sind alle mit ihren eigenen Problemen beschäftigt. »Enni?«, murmelt Jaxon an meiner Seite. Meine Mundwinkel zucken. Genau wie ich.

»Alles okay?«, fragt er fürsorglich. Dabei bin ich es doch, die sich um ihn kümmern sollte.

»Ja, alles okay. Gehen wir zur Anmeldung und lassen einen Arzt einen Blick auf deine Hände werfen.« Jaxon richtet sich etwas auf. Er hat sich von mir seine Beanie aufsetzen lassen. Sorgfältig habe ich jedes Haar unter dem alten Stoff verborgen. Ich habe ihm sogar in seine Lederjacke helfen müssen. Nicht zu vergessen die Schuhe. Und dann durfte ich seinen Jeep durch die Straßen

Hamburgs steuern. Autofahren geht mit seinen Händen natürlich genauso wenig.

Automatisch greife ich nach seinem Arm und will ihn Richtung Anmeldung ziehen. Ich bin vorsichtig, weil ich ihm nicht noch zusätzliche Schmerzen zufügen will. Doch Jaxon bewegt sich nicht. Stocksteif bleibt er mitten im Gang stehen und sieht mich an – lächelnd. »Ich glaube, das ist nicht nötig«, murmelt er. Seine andere Hand – die, an deren Arm ich nicht vorsichtig ziehe – greift nach mir und zieht mich an sich. Fassungslos folge ich seinen fließenden Bewegungen und lasse mich widerstandslos in eine Umarmung ziehen. Jax legt mir einen Arm um die Schulter und drückt mich an sich. Ich spüre seinen festen und kräftigen Herzschlag, direkt an meiner Brust. »Das hast du wirklich toll gemacht«, murmelt er in mein Haar. »Bitte sei nicht böse.«

Böse? Warum sollte ich böse sein? Und dann dämmert es mir langsam. Die Gewissheit wird immer stärker, je länger seine Hände über meinen Rücken wandern. Seine Hände, die eigentlich steif und taub sein sollten. Die Gedanken rasen wie Autos in einem Formel-1-Rennen an meinem inneren Auge vorbei. Noch bin ich zu schockiert, um ihre Bedeutung zu erfassen, weigere mich, dass zu denken, was hier gerade passiert ist. Oh nein, ich rede nicht von einer spontanen Wunderheilung à la Jesus.

Jaxon wird nervös. Zurecht. In mir brodelt der Zorn, vorgeführt und manipuliert worden zu sein. Er nimmt mich – mit seinen eigentlich tauben Händen – bei den Schultern und hält mich so, dass ich ihn ansehen kann. »Enni? Alles okay?«

»Ich soll nicht böse sein?«, fauche ich. All meinen unterdrückten Zorn lege ich in diese wenigen Worte. Jaxon zuckt unter ihrer Wucht zusammen. »Du hast einen Anfall vorgetäuscht, hast gekotzt, hast mich dazu gebracht, dich quer durch die Stadt in ein Krankenhaus zu bringen … und hast es tatsächlich so aussehen lassen, als ob es meine Idee war … du hast mich manipuliert! Du hast meine Hilfsbereitschaft ausgenutzt und mich dazu gebracht, dir deine verdammten Schuhe anzuziehen!« Jaxon funkelt mich amüsiert an, was mich nur noch wütender werden lässt. »Verdammt! Du hast mich sogar das bescheuerte Telefon halten und Vince anlügen lassen!«, zerre ich auch den Rest dieses beschissenen Vormittags hervor. Jaxon zuckt entschuldigend mit den Schultern. Diesmal klappt es hervorragend. Kein Schmerzenslaut dringt ihm über die Lippen.

»Verdammt!«, fluche ich leise. »Du hast es sogar geschafft, in die Kloschüssel zu reihern?!«

Jaxons Mundwinkel verbreitern sich zu einem genüsslichen Lächeln. »War ich überzeugend?« Erbost starre ich ihn an. Er hat tatsächlich die Unverfrorenheit, mich nach seinen Leistungen zu fragen. Scheiße, ja! Er war verdammt überzeugend. Ich hatte so große Angst um ihn, dass ich all meine eigenen Ängste in eine Kiste gepackt, sie unters Bett geschoben und vergessen habe. Ich schnaube wütend und verschränke die Arme vor der Brust, was gar nicht so einfach ist, wenn man an eine Männerbrust gedrückt wird. »Lass mich los!«, schimpfe ich, gebe den Versuch, die Arme zu verschränken auf, und hämmere ihm stattdessen gegen das Brustbein. Jetzt, wo er ja genesen ist, muss ich auch keine Rücksicht mehr auf ihn nehmen.

»Enni!«, murmelt Jaxon zärtlich, ignoriert meine Hiebe und zieht mich einfach wieder an sich. »Ich wollte dir beweisen, dass du es schaffen kannst, wenn es drauf ankommt. Dass du stark genug bist, deine Panikattacken in den Griff zu bekommen. Und siehe da – wir stehen hier, mitten in dieser Menschenmenge und du beschimpfst mich, statt fortzulaufen. Ich finde, meine Vorstellung hat den maximalen Erfolg gehabt.«

Ich schnaube entrüstet. »Du bist so ein Arsch!« Mein Zorn auf ihn ist nach wie vor vorhanden, allerdings muss ich zugeben, dass er recht hat. Verstohlen schiele ich an ihm vorbei, beobachte die Menschen, die um uns herumlaufen, uns missmutige Blicke zuwerfen, weil wir mitten im Gang stehen. Aber keiner von ihnen gleicht den Blicken, die meine Seele fürs Leben gebrandmarkt haben. Wenn überhaupt sind die Blicke der Passanten genervt.

»Siehst du«, murmelt Jaxon, legt seine Hand an mein Kinn und fährt mit dem beweglichen Daumen die Kontur meines Gesichts nach. »Alles in Ordnung.« Die Zärtlichkeit in seinen Worten raubt mir den Atem. Er hebt sanft meinen Kopf, legt seine andere Hand in mein Kreuz und zieht mich noch enger an sich. Sanft beißt er sich auf die Unterlippe, gleitet mit seinen Augen über mein Gesicht und bleibt schließlich an meinen Lippen hängen. »Du bist absolut hinreißend, wenn du wütend bist.«

»Arsch«, murmele ich. Jaxons Mundwinkel zucken. Er beugt leicht meinen Kopf, schließt die Augen und nähert sich mir mit verführerischer Langsamkeit. Mir entweicht ein Seufzen und ich schließe die Augen. Erst als sich unsere Lippen berühren und er mich sanft und hingebungsvoll in aller Öffentlichkeit küsst, fällt die Anspannung gänzlich von mir ab. Ich gebe mich dem intensiven Gefühl seiner Lippen auf den meinen hin, genieße seine Nähe und das Bewusstsein, dass da jemand ist, der meine Ängste genauso gut kennt wie ich.

Als wir uns schließlich voneinander lösen, ist mein Zorn ein ganz kleines bisschen verraucht. Ich würde niemals zugeben, dass seine Aktion möglicherweise gerechtfertigt war. Von Überwinden kann in meinem Fall keine Rede sein. Die Panik lauert wie ein Monster in der Dunkelheit. Selbst jetzt spüre ich ihre Anwesenheit, sehe, wie mich ihre gelbglühenden Augen anstarren. Uns trennt nur ein dünner Schleier Selbstbeherrschung. Ein Schritt in die falsche Richtung und sie packt mich erneut. Doch Jaxons List hat mir gezeigt, dass ich stärker bin als dieses lauernde Monster.

Mein knurrender Magen zerrt eine andere Bestie an die Oberfläche. In den letzten nervenaufreibenden Stunden habe ich völlig ausgeblendet, wie hungrig ich eigentlich bin. Die Prioritäten lagen eindeutig bei Jax. Doch jetzt, wo sich der Anfall als Lüge entpuppt, verlangt mein knurrender Magen nach Aufmerksamkeit. Und die versprengten Überreste von Jaxons Rührei erinnern mich daran, dass in seiner Wohnung nur trockener Toast und eine langwierige Putzaktion auf uns warten.

»Deine Absichten, mich aus der Wohnung zu bekommen, in

allen Ehren«, murre ich und verdränge dabei das penetrante Knurren meines Magens, »aber du hast unser Frühstück ruiniert.«

Jaxon beugt sich zu mir. »Ich hatte nie vor, in der Wohnung mit dir zu frühstücken. Nein, diese Aktion hatte nicht nur den Zweck, dir zu zeigen, wozu du fähig bist. Ich wollte auch mit dir im Park frühstücken, bei herrlichstem Sonnenschein.« Er gibt mir einen Stups auf die Nase. »Diese Blässe ist zwar ganz niedlich, aber ich bin davon überzeugt, dass dir Sommersprossen und eine leichte Bräune viel besser stehen würden.«

»Willst du etwa, dass ich einen Sonnenbrand kriege?« Ich deute auf meine kupferfarbenen Haare. »Rote Haare und Sonne vertragen sich in aller Regel nicht miteinander.«

Jaxon schüttelt den Kopf, nimmt meine Hand und legt sie in seine Armbeuge. Er dreht sich mit mir auf dem Absatz um. »Ich kaufe dir einen Hut«, antwortet er und führt mich zum Ausgang. Menschen kommen uns entgegen und nehmen meine ganze Aufmerksamkeit in Anspruch. Sie strömen wie eine nicht enden wollende Flutwelle in die Notaufnahme. Ich kann nichts dagegen tun, dass mein Blick hektisch von einem Gesicht zum anderen hetzt. Wie auf Autopilot suche ich nach Anzeichen einer Bedrohung, suche nach DEM Gesicht, dass für mich die ultimative Gefahr bedeutet. Suche nach DEN Augen, die mich in meinen schlimmsten Albträumen heimsuchen. Natürlich finde ich sie nicht.

»Enni«, murmelt Jaxon und tätschelt beruhigend meine Hand. »Es ist alles in Ordnung. Niemand wird dir etwas tun.« Natürlich finde ich hin und wieder südländische Augen, grimmig zusammengekniffene Brauen, ein dunkles, bärtiges Kinn. Jedes Mal schnellt mein Puls in die Höhe. Jaxons Nähe hilft, aber er schafft es nicht, dass ich mich entspanne. Erst, als wir ins Freie treten, löst sich die Anspannung und ich atme erleichtert auf. Ein lauter Seufzer entweicht mir.

»Ich könnte fast auf die Idee kommen, du hast Klaustrophobie. Doch in Fahrstühlen verhältst du dich ganz normal. Was ist es, was dich so aus der Fassung bringt?« Jaxon versucht beiläufig zu klingen, doch die Frage nach dem »Warum?« schwingt deutlich mit.

»Nicht was, wer«, sage ich schlicht und weiß selbst nicht, warum ich es tue. Diese drei Worte geben so viel mehr preis, als ich in den letzten Monaten gesagt habe. Der erste Kontakt mit so vielen Menschen auf einmal hat mich an den Rand der psychischen Erschöpfung gebracht. Ach was, Jaxons verdammte Aktion hat mich so aus der Fassung gebracht, dass ich meine Antwort nicht genug abgewogen habe. Hastig sehe ich auf und suche in seinen entspannten Zügen nach einem Zeichen, dass er mich verstanden hat.

»Erzähl es mir«, verlangt er sanft.

»Dunkle Augen, bärtiges Gesicht, südländischer Typ«, murmele ich. Warum auch immer ich das sage. Noch nie hat jemand so direkt nach den Angreifern gefragt. Es hat keinen Sinn, länger das Aussehen der Angreifer zu leugnen. Ich habe sie Jax gegenüber ja bereits beschrieben, als er nach meinem inneren Bild eines Perversen gefragt hat.

»Aha«, ist seine schlichte Antwort. Er fragt nicht weiter nach, nicht nach dem, was passiert ist. Stattdessen setzt er ein spöttisches Grinsen auf und vertreibt damit den Dämon. »Dann werden wir italienische Restaurants wohl meiden müssen. Türken auch, Marokkaner, eben alles, was so aussieht. Wusstest du, dass die Chinesen zum Frühstück Suppe essen? Mit Nudeln?«

Fasziniert sehe ich ihn an und schüttele lediglich den Kopf. »Na, macht auch nichts. Jedenfalls sind Chinesen das Einzige, was nicht deinem ultimativen Feindbild entspricht. Wie der Zufall es will, kenne ich hier einen grandiosen Chinesen. Hast du Lust auf Chinesisch?« Jaxon plappert. Er füllt meinen Kopf mit Alltäglichem, macht sich in meinen Gedanken breit, sodass kein Platz mehr für die Silvesternacht bleibt.

Es ist bereits früher Nachmittag, die Sonne scheint und ich bin überwältigt von der Masse an Eindrücken. So viele Menschen, so viel Leben. Es pulsiert in den Straßen und ich klebe an Jaxons

Arm und lasse mich von ihm entführen. Er schafft um mich herum eine kleine Blase der Sicherheit, führt mich durch die Straßen und achtet penibel darauf, dass mir niemand zu nahe kommt. Leider ist es bereits so spät, dass alle Restaurants in die Mittagspause gegangen sind und wir nur noch etwas Essbares bei einem Straßenverkauf ergattern können. Wir warten so lange, bis niemand ansteht. Erst dann wagen wir uns vor. Jaxon tut das mit einer Selbstverständlichkeit, die kein Nachfragen erfordert. Er weiß, was mich aus der Fassung bringt, und deshalb meidet er es. Mir wird erst sehr viel später klar, warum wir eine zusätzliche Runde um den Springbrunnen geschlendert sind.

Zum Essen lassen wir uns im Park nieder. Dort ist genug Platz. Ich kann problemlos alles überblicken und ausreichend Abstand zu anderen Menschen halten. Schließlich sitzen wir uns im Gras gegenüber und verzehren gemütlich die erstandenen gebratenen Nudeln. Wir schweigen einträchtig, genießen die Stille des anderen und essen. Und ich bin entspannt. Mir wird mit jeder vergehenden Minute bewusster, dass das Leben draußen keine Gefahren für mich birgt. Zumindest nicht im Park, nicht im Krankenhaus und nicht in der Öffentlichkeit. Wenn ich Abstand halte, bleiben meine Dämonen in der Dunkelheit.

»Und, wie ist es?«, fragt Jaxon nach einer gefühlten Ewigkeit. Er hat sich im Gras ausgestreckt, die Hände hinter dem Kopf verschränkt und die Sonnenbrille tief ins Gesicht gezogen. Auf die verzichtet er draußen genauso wenig wie auf die Beanie. Die Sonnenbrille nimmt man ihm ja noch ab, schließlich ist es Juli. Aber die Mütze? Er wirkt damit auffälliger, als wenn er auf sie verzichten würde.

»Och«, mache ich und lege mich neben ihn, weiche dabei geschickt den leeren Pappschachteln aus, die wir ins Gras gestellt haben. »Mir gefällt's. Es ist bestimmt schon mehr als sechs Monate her, dass ich das letzte Mal in der Sonne gesessen habe.« Ich tippe gegen seine Stirn. »Warum du allerdings diese lächerliche Mütze trägst …«

Jaxon knurrt abweisend. »Schlechte Erfahrungen, genau wie du.«

»Angst, angesprochen zu werden?«

Er zuckt abweisend die Schultern. »Mir reicht genau ein Groupie, um mir die Laune zu verhageln. Und ich wette, du hast genauso wenig Lust auf eine Bekanntschaft mit weiblichen Fans.«

»Stehen Mädchen auf Boxer?«

Jaxon lacht laut auf. »Du wirst schon noch merken, wie bekannt ich wirklich bin. Nach dem Arzttermin stelle ich dir Willi vor. Und dann kannst du dir eine Meinung über mich in der Öffentlichkeit bilden.« Die Meinung hätte ich mir lieber heute als morgen gebildet. Mir Gedanken über Jaxon zu machen, lenkt mich zumindest etwas von den Menschenmassen auf den Straßen ab, durch die wir uns auf dem Rückweg zu seinem Auto fädeln mussten.

Ich schiebe die Unterlippe vor und mustere ihn kritisch, beschließe, meine Vermutungen einfach laut auszusprechen. »Du musst ja schon 'ne ziemlich große Nummer sein, wenn du mit Mütze und Sonnenbrille in der Öffentlichkeit herumläufst. Und das im Sommer.«

Jaxons Mundwinkel zucken. »Einmal einen Vorfall mit einem enthusiastischen Groupie gehabt und du siehst das etwas anders.« Ich werfe mich neben ihm ins Gras und betrachte ihn neugierig.

»Erzähl!«

Jaxon prustet. »Im Leben nicht würde ich dir von dem halb nackten Mädchen erzählen, dass mich in der Öffentlichkeit angesprungen hat.« Er dreht sich auf die Seite und schiebt sich die Sonnenbrille bis auf die Nasenspitze, damit er mich in natura betrachten kann. Meine Augen werden groß, als er fortfährt. »Sie hatte sogar ihr eigenes Kamerateam dabei. Die Schlagzeile flimmert mir manchmal in meinen Träumen noch über die Netzhaut. Jaxon Powers und Pornosternchen Viktoria Kandinsky.« Er zeichnet die unsichtbare Schlagzeile in der Luft nach. »Sind sie das neue Traumpaar am Promi-Himmel?« Der Name entgeht mir nicht. Viktoria. Ich erinnere mich flüchtig an den Wikipedia-Eintrag.

»Im Ernst?«, japse ich. Jaxon nickt.

»Als ich ihr eine Abfuhr erteilt habe, wurde es erst so richtig ungemütlich. Sie erzählte der Presse tränenreich von meinen angeblichen Gewaltausbrüchen. Sie hat sogar ein Veilchen präsentiert. Wie das da hinkam …« Jaxon zuckt mit den Schultern. »Also entweder sie hat es sich showreif selbst zugefügt oder eine Maskenbildnerin zurate gezogen.«

»Schlampe«, zische ich böse. Jaxon lächelt und streicht mir eine verirrte rote Strähne hinters Ohr.

»Du siehst richtig niedlich aus, wenn du wütend bist. Noch besser gefällt es mir, wenn sich dein Zorn gegen jemand anderen richtet als mich.« Er spielt damit auf seine vorgeschobenen Schmerzen an. Grimmig verschränke ich die Arme vor der Brust.

»Glaub bloß nicht, dass deine rührende Viktoria-Kandinsky-Geschichte dich vor der Revanche rettet. Ich habe mir schon eine passende Strafe für dich ausgedacht.«

Jaxon sieht dabei so hinreißend unschuldig aus, dass ich fast dem Drang nachgebe, seine Strafe schlicht in die Beseitigung der Rührei-Schlacht abzumildern … aber nur fast.

»Na ja, jedenfalls ist die Kandinsky verantwortlich dafür, dass ich nicht gerne in der Öffentlichkeit gesehen werde. Deshalb war ich im Waschsalon … nachts … um drei Uhr.«

»Hast du keine Waschmaschine?«

»Nein. Ich hatte eine Haushälterin, die sich irgendwie um die Wäsche gekümmert hat. Aber die habe ich vergrault. Mit Schmerzen kann ich ein ziemlicher Kotzbrocken sein.«

Allmählich setzt sich das Puzzle um Jaxon Powers zusammen. Ein Skandal, das Problem mit seinen Händen – obwohl ich nach der Geschichte heute Morgen nicht einschätzen kann, wie groß sein Problem wirklich ist – und sein Bekanntheitsgrad haben ihn dazu bewogen, lieber unerkannt zu bleiben. Wenn seine Erkrankung bekannt werden würde, hätte das erneute mediale Aufmerksamkeit zur Folge. Was wiederum bedeuten würde, er könne – wenn er überhaupt für den Kampf zugelassen werden würde – auf verfälschte Wetten und nur halb so viele Einnahmen zurückgreifen. So viel habe ich nach Jaxons Erklärungen zur Funktionsweise des professionellen Boxsports gelernt. Mit einer Erkrankung wie dieser ist er als Gegner nicht mehr richtig ernst zu nehmen und demzufolge nur halb so viel wert. Mir entweicht ein Seufzen. Jaxon kann nicht glauben, dass seine Hände diesen Kampf auch nur annähernd unbeschadet überstehen werden. Selbst wenn er kämpfen kann – und im Augenblick sieht es fast danach aus – wird die mehrwöchige Trainingsphase nur so lange funktionieren, bis sich der nächste Schub ankündigt.

»Außerdem«, holt er mich aus meinen Gedanken, »bleibe ich mit dir lieber unerkannt. Medienrummel bekommt dir bestimmt noch viel weniger als mir.«

»Mit mir?«, frage ich verwirrt. »Was sollte ich denn mit deinem Medienrummel zu tun haben?«

»Oh, Enni«, erwidert er lächelnd und legt zärtlich seine Hand an meine Wange. »Du bist wirklich der größte Tagträumer, den ich kenne. Ich gestehe dir, wie viel du mir bedeutest und du bist an einem anderen Ort. Wo warst du gerade mit deinen Gedanken?«

Ich verziehe entschuldigend das Gesicht, lasse mich von dem Gefühl, dass seine Hand auf meiner Haut hinterlässt, nicht hinfort reißen. Es fällt mir schwer, mich zu konzentrieren. »Ich denke über den Stress nach, dem du in den nächsten Wochen ausgesetzt sein wirst. Stress ist Gift für deine Hände und könnte den nächsten Schub auslösen.«

Jaxons Daumen zeichnet zärtlich die Kontur meines Gesichts nach. Mein Körper reagiert darauf mit einer Welle wohliger Wärme, die sich von seiner Hand ausgehend über meinen ganzen Körper ausbreitet. »Und da kommst du ins Spiel. Als meine Freundin ist es deine Pflicht, mich vor dem Stress zu schützen.« Er grinst schelmisch.

»Ach? Ist es das? Ich dachte, das wäre die Aufgabe deiner Physiotherapeutin?«

Jaxon legt seine Hand in meinen Nacken und zieht mich an sich. »Die beiden dürfen sich diese Aufgabe gerne teilen.«

Mir entschlüpft ein entrüstetes Schnauben. »Was soll ich denn nun sein? Physiotherapeutin oder Freundin?«

Zärtlich streichelt er mit den Lippen die meinen. »In erster Line solltest du den Mund halten und mich küssen.« Ich hätte ihn an seine Aktion von heute Morgen erinnern sollen, daran, dass ihm keine Küsse zustehen, aber als er mich berührt, als ich die Härte seines Körpers gegen den meinen gepresst spüre, schmilzt mein Widerstand dahin. Er küsst mich sanft und ausdauernd, so als wolle er mich mit samtig weichen Berührungen nachgiebig machen. Nun, ich muss zugeben, dass diese Taktik durchaus Früchte trägt. Minuten später liege ich zufrieden an ihn gekuschelt mitten im Planten un Blomen, unter saftig grünen Bäumen, den Geruch satten Grases in der Nase und halb auf mir der aufregendste Typ aller Zeiten. Ich hatte schon fast vergessen, wie sich Glück anfühlt. Vielleicht ein ganz kleines Bisschen so.

Kapitel 12

An dem Spruch »man muss sich seinen Ängsten stellen, um sie zu überwinden«, ist durchaus etwas Wahres dran – das hat mir Jaxon vor Augen geführt. Während er die Sauerei seines vorgetäuschten Anfalls beseitigt, sinniere ich über das, was passiert ist, nach. Ich war so in meiner Angst gefangen, dass ich in allem, was sich vor meiner Haustür befindet, eine Gefahr gesehen habe. Schlimmer noch: Jeder Mensch war für mich ein potenzieller Täter. Mein Gehirn hat alle Menschen unter Generalverdacht gestellt. Zur Sicherheit.

Was Jaxon getan hat, war nicht nett. Ja, es war geradezu verabscheuungswürdig. Doch er hat damit erreicht, dass ich die Sorge um ihn über meine Ängste gestellt habe. Ich bin schier fassungslos, dass ich es tatsächlich geschafft habe, mehr noch, ich bin überwältigt davon, dass ich heute im Park gesessen, die Sonne genossen und … geknutscht habe wie ein pubertierender Teenager. Das Grinsen will gar nicht mehr aus meinem Gesicht verschwinden.

Zum ersten Mal seit Tagen fische ich in einem Anfall von Glückseligkeit und Übermut mein Handy aus der Tasche und hänge es ans Ladekabel. Jaxon ist derweil fertig und schlägt vor, einen Film zu schauen, während er laufen gehen will. Seine Hände kann er auf diese Weise schonen, doch er muss seine Ausdauer trainieren. »Zwölf Runden sind kein Zuckerschlecken und so wie bei Rocky läuft das sicher nicht – also so problemlos schnell fit werden.« Immer wieder schließt er die Hände zu Fäusten, doch die Bewegungen sind flüssig, weder krampfartig noch von Schmerzen begleitet. Er grinst mich breit an und demonstriert mir ihre

Beweglichkeit. Dieser Mistkerl und sein verdammtes Täuschungsmanöver. Während er sich umzieht und in den Fitnessraum geht – eine der vielen abzweigenden Türen im hinteren Gang –, verfolge ich mit wachsender Angst die nicht enden wollende Reihe an unbeantworteten Anrufen, ungelesenen SMS und nicht geöffneten WhatsApp-Nachrichten. Der letzte Anruf ist von Merry.

Mir ist völlig klar, dass ich die letzten Monate abgetaucht bin, mein soziales Leben auf Eis gelegt habe und von der Außenwelt abgeschottet habe, weil das Leben ja ach so grausam ist. Ich verziehe zynisch das Gesicht.

Doch manchmal braucht es eben auch etwas Grausamkeit, um zurückgeholt zu werden. Manchmal muss man sich mit seinen Ängsten konfrontieren und einfach ins kalte Wasser springen.

Ich weiß, warum Merry mich ständig anruft. Sie ist eben meine beste Freundin und ich habe sie einfach ausgesperrt. Weil ich hätte zugeben müssen, dass etwas mit mir nicht stimmt, wenn ich ihre Fürsorge zugelassen hätte. Jaxon hat mich nur mit seiner Beharrlichkeit und gemeinen Tricks gelockt. Und vielleicht lag es auch an seinem Lächeln, das mich ziemlich aus der Bahn geworfen hat.

Ich seufze tief und wähle Merrys Nummer. Natürlich habe ich nicht vor, eine Aussage zur Silvesternacht zu machen. Nichtsdestotrotz hat Merry mehr verdient. Ich will ihr zumindest sagen, dass es mir gut geht. Außerdem verspüre ich das dringende Bedürfnis, ihr von meinem Erfolg zu erzählen. Ich war draußen und ich will darüber reden. Wenn sie noch mit mir reden will.

Mit klopfendem Herzen lausche ich den Wähltönen. Mein Puls beschleunigt sich, je länger es dauert. Eine gefühlte Ewigkeit später klickt es. Schweigen schlägt mir entgegen. Eisiges, schmerzhaftes Schweigen. Nichts anderes habe ich verdient. Was habe ich denn erwartet, wenn ich aus heiterem Himmel anrufe? Dass sie freudig ins Telefon juchzt?

»Merry?«, wage ich einen kläglichen Versuch, wenigstens ein Gespräch zu starten. Ich weiß, dass sie am anderen Ende der Leitung ist, ich kann ihren Atem hören.

Nach einer weiteren Minute kühlen Schweigens seufzt sie. »Oh, Enni«, schluchzt sie leise. Tränen laufen mir über die Wangen und ich stimme in ihr Schluchzen ein.

»Tut mir leid«, japse ich und ziehe die Nase hoch. »Ich konnte nicht …«

Merry schnieft. »Ich weiß.« Ich lausche leisem Rascheln, gefolgt von einem kräftigen Tröten und muss lächeln. Merry putzt sich die Nase. Geduldig warte ich, bis sie fertig ist. »Wie geht es dir?«, fragt sie schließlich.

Ich schlucke den dicken Kloß herunter. »Besser.«

»Ich war bei dir Zuhause …«

Ich räuspere mich verlegen. »Ich weiß.«

Sie holt Luft. Ich kenne sie gut genug, um die Frage bereits erahnen zu können. Merry will wissen, warum ich ihr nicht aufgemacht habe. Doch statt die Worte laut auszusprechen, schluckt sie sie herunter. Die Frage steht unausgesprochen zwischen uns und ich fühle mich stark genug, diese Mauer einzureißen. »Ich konnte nicht. Der Brief … ich wollte nicht, dass du mich zu diesem Termin überredest. Ich …«

»Es war falsch«, lenkt Merry sofort ein. Überrascht heben sich meine Brauen. Das hätte ich nicht gedacht. »Ich dachte, wenn du dich dieser Nacht stellst und alles erzählst, würde es dir besser gehen. Aber ich habe nicht bedacht, dass du dazu vielleicht noch nicht bereit bist. Darf ich vorbeikommen? Ich würde dich gerne in den Arm nehmen.«

Tränen sammeln sich in meinen Augen. »Das geht nicht«, murmele ich erstickt und kämpfe gegen die Rührung an.

»Tut mir leid, ich werde in dieser Sache nie wieder etwas ohne deine Zustimmung machen.« Merry nimmt an, dass ich nach wie vor niemanden sehen kann, doch sie irrt sich.

»Du kannst mich nicht besuchen«, füge ich hinzu, »weil ich nicht Zuhause bin.«

Schweigen schlägt mir entgegen. »Du bist nicht Zuhause?«

»Nein.«

»Bist du bei deiner Mutter?«

Ich schnappe hörbar nach Luft. »Gott bewahre! Sie würde mich mit ihrer Zuneigung erdrücken!«

Merry lacht. »Enni … wo bist du dann?«

Keine Ahnung, ob ich ihr von Jaxon erzählen kann. Immerhin ist er ein wenig … speziell. »Ich habe jemanden kennengelernt«, sage ich trotzdem. Das Gespräch mit Merry fühlt sich so an, als ob die letzten Monate nicht existieren würden, als ob wir dort weitermachen würden, wo wir am Tag vor Silvester aufgehört hatten. Dieses Gefühl der Normalität lässt mich redselig werden.

»Du?«, antwortet Merry.

»Ja, ich. Keine Ahnung, wie das passiert ist. Aber er …«

»Ein ER?« Mit meiner Vergangenheit verwundert mich die Frage nicht.

»Ja, ein ER«, entgegne ich. »Was soll daran verwunderlich sein?«, locke ich sie.

Merry atmet hörbar ein. »Also … ich …«

»Ach, schon gut, Merry. Ich weiß ja selbst, wie unwahrscheinlich das klingt.« Und dann erzähle ich ihr von meinem ersten Treffen mit Jaxon im Waschsalon. Natürlich spare ich seinen Namen aus. Genauso halte ich mich vage bei seiner Beschreibung und was Jaxons Erkrankung angeht. Irgendwann werde ich ihr erzählen, wer er ist.

»Enni«, murmelt sie ergriffen, als ich geendet habe, »das ist unglaublich. Bist du etwa … bei ihm?«

Ich zucke mit den Schultern. »Ja, er gibt mir Halt und ich konnte untertauchen.«

»Junge Dame!«, ermahnt sie mich. »Erst meldest du dich ewig nicht und dann ziehst du einfach bei einem Wildfremden ein?«

»Na ja«, winde ich mich, »du hast mir keine Wahl gelassen.«

»Tut mir leid«, gibt Merry zerknirscht zu. »Ich wollte dich wirklich nicht bedrängen. Aber ich habe mir schreckliche Sorgen gemacht. Nachdem sogar deine Mutter angerufen hat …«

»Mom hat angerufen?«

»Ja, sie befürchtet, dass deine Küche abbrennen könnte.«

Das Lachen platzt einfach so aus mir heraus. Prustend halte

ich mir den Bauch, bis er wehtut. Verhalten stimmt Merry ein. Wir lachen so lange, bis Jaxon seinen Kopf aus dem Trainingszimmer steckt und mich verwundert mustert. Ich gebe ihm mit einem knappen Wink zu verstehen, dass er sich keine Sorgen machen braucht. Er verschwindet wieder und mein Lachen verklingt. »Dieser Kerl«, erkläre ich Merry, »schafft mich. Mittlerweile glaube ich, dass seine Tollpatschigkeit beim Kochen aufgesetzt war. Ich war drauf und dran, erneut wegzulaufen. Doch als er seine halbe Küche in Brand gesteckt hat, konnte ich ja nicht mehr so einfach abhauen.«

Merry kichert leise. »Klingt lustig.«

»Glaub mir, war es nicht. Die ganze Wohnung war total verräuchert und es hat Stunden gedauert, bis der Qualm sich verzogen hat. Aber ich bin geblieben. Er lenkt mich ab.«

»So so«, murmelt meine Freundin.

Ich gehe nicht drauf ein und fahre fort, Merry von meinem heutigen Erfolg zu berichten. »Ich war heute draußen, am helllichten Tag. Frühstücken … na ja, eher Mittagessen bei Planten en Blomen.«

Merry schnappt hörbar nach Luft. »Du warst was? Das ist ja unglaublich.«

Ich lächle verhalten. »Ja, es war wirklich schön.«

Merry schnaubt. »Wie hat er das denn geschafft? Hat er dich an den Haaren aus der Wohnung geschleift oder dich bedroht?« Ich schneide eine Grimasse. Die Wahrheit kann ich Merry nicht sagen, aber zumindest einen Teil.

»Er ist ziemlich gerissen und sehr einfallsreich. Merry, ich war draußen!« Meine beste Freundin lacht befreit auf.

»Enni, das ist wundervoll. Wie war das für dich? Ging es dir einigermaßen gut dabei?«

Ich zucke mit den Schultern. »Ich habe mich an Jax geklammert und er hat mich beruhigt. Es war, als würde er mich in Watte packen und alle Gefahren von mir abwenden, mich beschützen.« Im Märchen gibt es ihn, den Ritter auf dem weißen Pferd, den Helden, der die Prinzessin rettet. Doch wir sind nicht im Märchen und ich bin keine Prinzessin – und trotzdem ist da ein Held. Herrgott, ich bin eigentlich nicht romantisch veranlagt. Ich lese zwar viel, aber bestimmt keine Liebesromane, nicht diese Bücher, wo Frauen gerettet werden müssen. Nein, ich lese Thriller, Dystopien und am liebsten Zombieapokalypsen. Alles, was mich so herrlich von der Realität ablenkt. Und dann hat es mich voll erwischt: Ich bin doch eine dieser Frauen, die gerettet werden müssen. Weil ich zu schwach bin, mich selbst aus der Scheiße rauszuziehen. Meine gute Laune verfliegt. Ist das so? Bin ich wirklich zu schwach oder ist Jaxon nicht vielleicht eher der mutige Begleiter, der der Heldin den Weg weist? Ich lächle verhalten. Ja, das kommt schon eher hin, denn in diesem Szenario bin ich die Heldin … und nicht länger allein im Kampf gegen die Bestie.

»Er heißt Jax?«, holt mich Merry aus meinen Gedanken.

Oh verdammt, ich wollte nichts sagen. »Ein Spitzname«, rette ich mich.

»Cooler Name. Und was macht er so? Vielleicht können wir uns ja mal treffen?« Gequält schließe ich die Augen. Merry versucht so verzweifelt, zu mir zu gelangen, und ich würde ihrem Wunsch so gerne nachgeben, doch mit Jaxon ist das nicht ganz so einfach. »Ich habe dir doch erzählt, ich wohne jetzt hier. Wir könnten jederzeit … wenn du magst.«

»Ja, vielleicht«, weiche ich aus. »Jaxon verreist nächste Woche«, füge ich hinzu. Doch wohin, weiß ich nicht. Shit, wenn ich einen Reisepass brauche? Himmel, Flughafen! Das schaffe ich nicht. Abfertigungshallen sind keine Parks. Panik ergreift mich, doch nur kurz.

»Und? Dann können wir uns treffen«, schlägt Merry vor. Mir tut es in der Seele weh, als ich antworte.

»Ich werde ihn begleiten.«

Merry schweigt so laut, dass es mir in den Ohren dröhnt. Ich habe keine Ahnung, was ich ihr sagen könnte. Doch sie atmet tief aus und übernimmt das Antworten dann für mich.

»Da gehst du ein halbes Jahr lang nur nachts vor die Tür und willst dann gleich mit deinem neuen Typen Urlaub machen?«, schnappt sie. »Sag mal, tickst du noch ganz richtig? Musst du alles, was du meinst, verpasst zu haben, jetzt innerhalb von wenigen Wochen nachholen? Meinst du denn, dass dir das guttut?«

»Merry«, beginne ich langsam. »Jax muss verreisen und ich … muss ihn begleiten, weil …«

»Was, Süße? Bist du etwa verliebt?«

»Ich …«, sage ich und stocke mitten im Satz. Ich will es schon abstreiten, doch mir wollen die Worte einfach nicht über die Lippen. Weil es nämlich stimmen könnte. Ich fühle mich wie gelähmt, wenn ich daran denke, ohne Jaxon hierbleiben zu müssen. Ich brauche ihn wie die Luft zum Atmen, brauche seine Nähe, um überhaupt atmen zu können. Ich brauche seinen schützenden Kokon, in den er mich und meine Panik einhüllt. Er ist es, der die Angst in Schach hält. Jax mit seiner unerschütterlichen Fröhlichkeit. Er, der trotz Schmerzen – okay, die waren gelogen – versucht, mich aufzumuntern. Scheiße, wenn das Verliebtsein ist, bin ich so was von im Arsch.

»Vielleicht«, gebe ich zögerlich von mir.

Merry atmet tief durch. »Himmel, dich hat es ganz schön erwischt. Also gut, ich werde jetzt so tun, als sei es das Normalste der Welt, mit seinem Kerl zu verreisen …«

»Weil es das ist«, füge ich hinzu, aber Merry fährt unbeirrt fort.

»… nachdem man sechs Monate praktisch im Exil gelebt hat. Wenn es das ist, was du glaubst zu brauchen, denn bleibt mir nichts anderes, als dir eine gute Reise zu wünschen. Ich hoffe, du meldest dich hin und wieder. Mach's gut!« Verdammt, Merry ist sauer. Zurecht, denn sie hat ja keine Ahnung, wie sehr ich Jaxon brauche – und wie sehr er mich braucht. Okay, das könnte ich mir auch einreden, immerhin ist er ein erwachsener Mann. Aber Merrys letzte Bemerkung kann ich so nicht stehen lassen.

»Merry, bitte. Bist du sauer?«

»Ich?!«, schnappt sie. »Wie kommst du denn darauf? Ich habe nur das untrügliche Gefühl, dass du dir mit diesem Typen was vormachst … dass du versuchst, eine Lücke zu füllen. Scheiße,

Süße, ich habe Angst um dich. Ich bin genau deswegen nach Hamburg gezogen, damit ich auf dich Acht geben kann.«

Ich atme tief durch und schließe die Augen. Ja, genau das hat Merry getan. Sie ist mir hinterhergezogen, hat eine weitere Praxis hier eröffnet, nur um bei mir zu sein. Merry ist Physiotherapeutin, so wie ich. Sie betreibt eine eigene Praxis in Köln, wo wir gemeinsam gearbeitet haben. Sie wollte schon immer eine Zweigstelle eröffnen, dass es nun Hamburg geworden ist, ist meine Schuld. Irgendwie. Das alles hat sie für mich getan. Und ich habe sie trotzdem nicht an mich rangelassen, weil es mir einfach zu viel war. Himmel, sie ist mir hinterhergezogen! Wer sollte da nicht Panik kriegen! Ich wollte isoliert bleiben und Merry hat es dann doch respektiert – nun ja, zumindest so lange, sie konnte. Und da es mir jetzt besser geht, will ich Merry auch etwas zurückgeben und sie wieder in mein Leben lassen. Natürlich habe ich Angst, wie es sein wird, ob es genauso wird wie früher, aber das muss ich wohl riskieren, wenn ich meine Freundin wiederhaben möchte. Und dass ich Merry liebe, steht außer Frage.

Okay, ich will Merry sehen und sie muss Jaxon kennenlernen. Sie muss wissen, dass er okay ist, dass er mir guttut. »Ich weiß das zu schätzen. Weißt du was, komm vorbei. Ich bin immerhin noch in Hamburg. Heute Abend … du solltest ihn wirklich kennenlernen. Vielleicht glaubst du mir dann, wie gut er mir tut.«

»Ernsthaft? Ich soll vorbeikommen? Zu ihm?«

»Angst?«, frotzele ich.

Merry schnaubt entrüstet. »Im Leben nicht! Der Kerl, der mir Angst einjagt, muss erst noch geboren werden!«

Kapitel 13

»Ach übrigens, ich habe mich heute Abend mit meiner Freundin verabredet«, rufe ich Jax zu, als ich die Tür des Trainingsraumes knarzen höre. Auf meinem Schoss liegt eine Motorsport-Zeitschrift, die ich lustlos durchblättere, während ich auf ihn warte.

»Meinst du nicht, das waren genug Ausflüge in die Außenwelt für einen Tag?« Ich sehe auf und erstarre. Wortwörtlich. Wie könnte ich nicht? Der Anblick von Jaxons vor Schweiß glänzenden nackten Oberkörper lässt meinen Mund schlagartig austrocknen. Die Zunge bleibt mir am Gaumen kleben und ich muss schlucken. Ich muss! Wenn ich es nicht täte, würde ich stöhnen. Solch ein Anblick sollte verboten werden.

Zu Schweiß, feuchten Schläfen und nacktem Oberkörper trägt er eine kurze Trainingshose. Sie ist ihm etwas tiefer gerutscht, sodass ich einen Blick auf seine unteren Bauchmuskeln erhaschen kann. Wenn jemand für die Erfindung des Sixpack Model gestanden hätte, dann ist es Jaxon Powers. Er ist nicht übermäßig trainiert, nicht wie Arnold Schwarzenegger. Bodybuilder trainieren ja, um massige Muskelberge aufzubauen. Doch bei Jaxon ist es anders. Man sieht ihm förmlich an, dass er Kraft hat und dass er weiß, wie er sie richtig einsetzen muss. Zum Beispiel, um mich unter sich zu begraben und zu küssen.

Verdammt, dieser Kerl ist mein Untergang. Heute Morgen hat er nicht halb so verführerisch ausgesehen, nein, das muss am Schweiß liegen. Am leicht erschöpften Gesichtsausdruck und an dem spöttischen Funkeln seiner Augen.

»Sieh mich nicht so an!«, flüchte ich mich in einen Angriff. Wie soll ich das Trainingslager durchstehen, wenn er jeden Tag genau so rumläuft! Wie soll sich frau da auf ihre Arbeit – seine Hände – konzentrieren? Das geht so nicht.

Jaxon kommt zu mir und lässt sich neben mir auf die Couch plumpsen, beugt sich zu mir und reibt seine Nase in meiner Halsbeuge. »Wie sehe ich dich denn an?«

»Iehhhh! Du verteilst überall Schweiß!« Ich stoße ihn von mir und bereue sofort, dass ich ihn überhaupt angefasst habe. Er klebt und stinkt und … ich mag es. Ich liebe es, wie seine Haut glänzt und würde ihn am liebsten auf mich ziehen. Dort, wo er mich berührt, kribbelt es angenehm. »Du stinkst!«, wehre ich mich, klinge aber nicht sehr überzeugend. »Geh duschen! Dann darfst du zu mir kommen!«

Jaxon funkelt mich an. »Wirklich?«

Ich rolle mit den Augen. »Was denn jetzt? Du willst doch überhaupt nicht mit mir schlafen«, knurre ich und verschränke die Arme vor der Brust. Dann darf er auch nicht seinen Schweiß bei mir abladen, im Übrigen ist das ekelig!

Jaxon räuspert sich, seine Stimme klingt rauchig, während er seine Hand in meinen Nacken legt und zärtlich mit dem Daumen meinen Haaransatz nachzeichnet. »Das stimmt so nicht, ich will sehr gerne mit dir schlafen.«

Mein Kopf ruckt herum und ich starre ihn an, ängstlich und hoffnungsvoll zugleich. »Erst recht, wo du endlich alles weißt, wo du eingewilligt hast, mich zu begleiten, wo ich eine Ahnung habe, was passiert ist.«

»Du weißt es?«, stammle ich, unfähig mehr zu sagen. Er kann es nicht wissen, bis auf meine Reaktionen im Krankenhaus habe ich ihm keinerlei Anhaltspunkte geliefert.

Jaxon seufzt. »Ich ahne es.«

Erleichtert atme ich aus, doch ich kann nicht verhindern, dass mein Kinn zittert und ich die allgegenwärtige Beklemmung in meiner Brust spüre. Sie war weg, bis eben. Ich versuche irgendwie, nicht einzuknicken. Aber ich schaffe es nicht. Der Gedanke, dass Jaxon etwas ahnt, reißt meine Selbstbeherrschung ein. Wie wird er mich jetzt sehen? Schwach? Ängstlich? Bemitleidenswert?

Ich will vieles, aber ich will nicht bemitleidet werden! Tränen der Verzweiflung sammeln sich in meinen Augen und strömen mir in regelrechten Sturzbächen über die Wangen. Ich kann nichts dagegen tun, will sie aufhalten, doch es ist unmöglich. Man kann ja auch nicht die Niagarafälle aufhalten.

Jaxon zieht mich in seine Arme. Ich will mich wehren, will nicht getröstet werden, weil Trost die Erinnerung nicht auslöschen wird. Aber er ist unnachgiebig, erträgt meine hilflosen Schläge gegen seine Brust und drückt mich an sich. Er ist vollkommen durchgeschwitzt, nackt und riecht, aber das macht mir alles nichts aus. Meine Wange klebt an seiner Haut, sein Geruch steigt mir in die Nase und seine Arme hüllen mich in einen Kokon aus Trost und Liebe.

Ungehindert bahnt sich meine Verzweiflung einen Weg nach draußen und ich lasse los. Ich vertraue darauf, das Jaxon mich hält, also kann ich aufhören, festzuhalten. Es ist, als würde meine Seele sämtlichen Ballast abladen wollen und mit jeder Träne, die ich in Jaxons Armen weine, wird mir leichter ums Herz. Er fährt immer wieder über meinen Rücken, flüstert mir leise Worte ins Ohr, wiegt mich in seinen Armen und küsst meine Schläfen.

Irgendwann versiegen die Tränen. Als mich Jaxon von sich schiebt, um mir in die Augen sehen zu können, ist es bereits später Nachmittag. Zärtlich legt er seinen Knöchel unter mein Kinn, hebt es an und mustert mich.

»Und? Besser?«, fragt Jaxon behutsam.

»Ich weiß nicht«, murmele ich und zucke mit den Schultern. Vorsichtig richte ich meinen Blick nach innen, suche die allgegenwärtige Beklemmung in meinem Herzen, doch es fühlt sich ein wenig leichter an. »Vielleicht«, füge ich hinzu und ringe mir ein Lächeln ab. Jaxon nickt.

»Gut.« Sein Blick verharrt eine gefühlvolle Minute auf mir, während sein Daumen mein Kinn nachzeichnet. Dann geht ein Ruck durch ihn hindurch, er lässt mich los und springt von der Couch. »Also ich weiß ja nicht, wie es dir geht, aber ich habe wahnsinnigen Hunger!« Er dreht sich um und sieht mich fragend an. Ich hocke noch immer auf der Couch, mein Blick klebt an seinem nackten Oberkörper, der überhaupt nicht mehr glänzt. Oh, verdammt. Wie lange haben wir hier gesessen? Und Jaxon war die ganze Zeit halb nackt! Er muss doch frieren! Ich bin so selbstsüchtig!

»Entschuldige. Ich hocke hier und heule wie ein Schlosshund, während du total ausgepowert bist und hungern und frieren musst!« Beschämt verstecke ich mich hinter meinen Händen und stöhne auf. »Ich bin sonst eigentlich keine Heulsuse!«

Während ich mich selbst bemitleide, kommt Jaxon erneut zu mir und zieht mir zärtlich die Hände vom Gesicht. »Und genau das ist dein Problem. Du willst stark sein, deine Probleme in den Griff kriegen. Aber das kannst du nicht, wenn du den Schmerz nicht rauslässt. Weinen ist eine Art des Loslassens. Du gibst deiner Trauer und deinem Schmerz Raum. Das ist kein Versagen. Es ist eine Bewältigungsstrategie.« Er nimmt meine Hände in die seinen und drückt sie liebevoll. »Weine, schreie, tobe, tue, was immer dir hilft. Aber friss es nicht in dich hinein, okay?« Seine Mundwinkel zucken und bringen mich zum Lächeln.

»Okay.«

»Von mir aus kannst du sogar mit mir duschen!«

»Ah!« Hastig schlage ich Jaxons Hände weg. »Du bist unmöglich!«

Lachend springt er weg, aber nicht, bevor er mir noch einen Kuss gestohlen hat. »Es ist nur zu deinem Besten!«

Wie recht er hat, wird mir erst klar, als die Klingel geht. Fragend sieht mich Jaxon an und mir dämmert plötzlich, was ich ihm sagen wollte! Merry! Ich habe sie völlig vergessen. Und sie wäre nicht hier, wenn es Jaxon nicht gäbe. Ohne ihn würde ich noch in meiner Wohnung hocken, meine Freundin aussperren und irgendwann tatsächlich tot in meiner Küche liegen, weil ich anderen Menschen egal geworden bin.

»Ah, das wird Merry sein, ich habe dir doch gesagt, dass ich mich verabredet habe!«

Jaxon hebt eine Augenbraue. »Und du hast ihr meine Adresse genannt?« Ich ziehe leicht den Kopf zwischen den Schultern ein.

»Nicht okay?«

Jaxon seufzt und sieht an sich herab. »Doch, es ist okay. Ist ja nicht so, dass ich etwas gegen andere Menschen habe. So kann ich deiner Freundin jedenfalls nicht begegnen, was?« Er grinst mich entwaffnend an.

»Nee, zieh dir lieber was an.«

Jaxon nickt. »Aber erst lass ich deine Freundin rein.« Er geht zum Fahrstuhl und hebt das Telefon, das neben der Schalttafel hängt, ab. Ich vermute, dass es ihn direkt mit der Rezeption verbindet.

»Merry Bornemann?«, fragt er, nachdem er kurz gelauscht hat. Ich nicke begeistert. Mein Magen zieht sich in freudiger Erwartung zusammen. Ich springe regelrecht an seine Seite, so sehr freue ich mich, endlich Merry wiederzusehen. Jaxon hängt auf und nimmt mich in Augenschein. Er legt seine Hände auf meine Schultern und sieht mich ernst an.

»Wenn es dir zu viel wird, sag bitte rechtzeitig Bescheid, ja?« Warum sollte mir das zu viel werden? Ich kann es kaum erwarten, Merry wiederzusehen. »Hör zu«, fährt Jaxon fort, als er meinen verständnislosen Blick bemerkt. »Du hast heute eine Menge durchgemacht, ohne Frage, zwar viel erreicht, aber es hat dich bestimmt auch ziemlich erschöpft. Mir wäre es lieber gewesen, wenn deine Freundin ein anderes Mal zu Besuch gekommen wäre.«

»Aber …«, setze ich an, doch Jaxon schneidet mir das Wort ab.

»Bitte, Enni, ich freue mich, dass es dir besser geht. Aber genauso will ich nicht, dass du es gleich übertreibst. Sollte dir irgendetwas heute Abend zu viel werden, sag Bescheid, ja?«

Ich nicke, ohne wirklich zu wissen, worauf er hinaus will. Die letzten Monate habe ich isoliert gelebt und es ist doch ein gutes Zeichen, dass ich jetzt darauf brenne, Merry wiederzusehen, oder? Ich verstehe nicht …

Jaxon atmet tief durch. »Okay, geh es einfach langsam an, ja? Und ich gehe jetzt duschen, bevor deine Freundin umfällt, weil sie einen halb nackten Mann sieht!«

Bevor er in sein Schlafzimmer und in das daran angrenzende

Bad verschwindet, küsst er mich noch einmal auf die Stirn. »Bilde dir bloß nix ein, so toll siehst du nun auch wieder nicht aus.«

Lachend winkt Jaxon ab und schließt die Schlafzimmertür hinter sich. Aber ich habe unrecht, er sieht verdammt gut aus, so in Boxershorts und sonst nichts. Und er hat mich den ganzen Nachmittag im Arm gehalten. Ich habe noch seinen wundervollen Geruch nach Mann und Schweiß in der Nase, fühle noch seine straffen Muskeln unter meinen Fingern und weiß, dass ich ihn brauche, wie die Luft zum Atmen. Ach was, er IST mein Atem.

Als Merry mich sieht, schwimmen ihre Augen verräterisch. »Enni …«, seufzt sie, kommt zu mir und will mich umarmen. Doch sie hält inne, sieht mich fragend an. Eigentlich bin ich heute schon genug umarmt worden.

»Vorsicht, ich müffel«, entgegne ich auf Merrys unausgesprochene Frage.

»Mir egal«, murmelt sie erstickt. »Wenn es okay ist, würde ich dich trotz Geruch gerne in die Arme nehmen.« Ich lache kurz auf und gebe nickend mein Einverständnis. Was ist heute nur los? Erst Jaxon, dann Merry. Doch ihre Umarmung ist genau das, was ich brauche. Automatisch lege ich meine Arme um ihre Taille und gemeinsam stehen wir aneinander gedrückt da, ohne etwas zu sagen. Das braucht es auch nicht. Diesmal habe ich allerdings das Gefühl, dass nicht ich es bin, die gehalten werden muss. Merry hat so lange auf mich verzichten müssen, sie hat sich Sorgen gemacht und still mit mir gelitten. Ich kann nicht wiedergutmachen, was ich ihr mit meiner Zurückweisung angetan habe, aber ich kann zumindest versuchen, wieder ihre Freundin zu sein.

»Gott, du stinkst wirklich! Was hast du denn gemacht? Stundenlang im Fitnessstudio geschwitzt?« Ich muss lachen.

»Nicht ganz.« Der Nachmittag war körperlich vielleicht nicht anspruchsvoll gewesen, aber mindestens genauso anstrengend.

Merry löst sich von mir, hält mich etwas von sich und mustert mich kritisch. Doch dann wird ihr Blick weich und sie lächelt. »Du strahlst ja richtig!«

»Na ja, ich fühle mich auch besser.« Merry nickt.

»Das sieht man. Der Typ muss dir ja echt gut tun.« Ihr Blick wandert an mir vorbei und begutachtet die Wohnung. »Und Stil hat er auch noch. Ich meine, die Bude ist ja der Hammer.«

Ich zucke mit den Schultern und folge Merry, die ihren Weg direkt zur riesigen Fensterfront findet. »Wahnsinn«, stößt sie ehrfürchtig aus. »Der Ausblick ist absolut irre! Hat er dich damit eingefangen?«

Ich lache leise. »Nein, aber der Ausblick hat mich zumindest davon abgehalten, abzuhauen.«

Merry dreht sich zu mir. »Und seine Kochkünste?«

Ich nicke lachend.

»Und aus diesem Grund bestellen wir Pizza!« Jaxon steht in der Tür, ist frisch geduscht, hat sich einen *Man Bun* gebunden und ein frisches T-Shirt angezogen. Als er zu mir kommt und mir seinen Arm um meine Schultern legt, bemerke ich Merrys Blick aus dem Augenwinkel – sie starrt ihn mit offenem Mund an.

»Das ist Jax«, stelle ich ihn vor. »Jax, das ist meine Freundin Merry, Nervensäge vom Dienst und das verrückteste Huhn in dieser Stadt.«

Merrys Mund klappt noch etwas weiter auf. »Das stimmt doch überhaupt nicht!«, empört sie sich. »Wenn überhaupt bist du die größte Irre, die ich kenne.«

»Ja, genau! Seit Silvester, aber davor warst du es!«

Jaxon lacht leise. »Okay, man merkt, dass ihr Freundinnen seid. Also Pizza, ja? Ich sterbe vor Hunger und wenn du halb so verfressen bist wie Enni sollten wir wirklich bald was bestellen.«

»Hey«, empöre ich mich und schlage ihm scherzhaft gegen die Schulter. »Ich hätte weniger Hunger, wenn du nicht das ganze Rührei in der Wohnung verteilt hättest.«

Jaxon funkelt mich amüsiert an. »Das war nur zu deinem Besten.« Er drückt mir einen Kuss auf die Schläfe und löst sich von mir, um die Prospekte diverser Lieferdienste zu holen.

Fassungslos sieht Merry ihm dabei zu, wie er in Schubladen herumwühlt. »Du … das ist unmöglich, oder? Wie hat er es nur geschafft, dass du dich … anfassen lässt? Von …« Merry schließt die Augen und schüttelt den Kopf.

»Das liegt nur daran, dass er zu heiß ist, um abgewiesen zu werden«, flüstere ich.

»Ich kann dich hören!«, ruft Jaxon und gibt ein triumphierendes Geräusch von sich, als er das Gesuchte gefunden hat.

»Mir doch egal!«, gebe ich zurück und ernte von Merry ein freundschaftliches Knuffen.

»Habt ihr schon …?«, flüstert sie mir so leise zu, dass ich davon überzeugt bin, dass Jax uns diesmal nicht hören kann. Er sitzt mittlerweile am Esstisch und durchforstet die Prospekte, auf der Suche nach einer vegetarischen Alternative.

»Nein«, flüstere ich zurück. »Aber ich mag ihn sehr und ich möchte bei ihm sein.«

Merry nimmt lächelnd meine Hand. »Das freut mich wirklich für dich.«

Eine Stunde später sitzen wir gemütlich plaudernd bei einer Flasche Wein und Pizza am Esstisch. Jaxon trinkt nichts, wegen seiner Hände und des Trainings. Ich trinke verhalten. Ein Gläschen Wein ist okay. Noch vor zwei Wochen hätte ich den Wein nicht angerührt, selbst in Jaxons Gegenwart. Doch ich vertraue ihm so sehr, dass ich selbst diese Bedenken abgeworfen habe. Ja, ich denke nicht einmal darüber nach.

»Irgendwoher kenne ich dich«, murmelt Merry und zeigt mit ihrem Stück Pizza auf Jaxon. Er lächelt hintergründig, sagt aber nichts. »Dein Gesicht kommt mir bekannt vor. Enni, hilf mir? Woher kenne ich sein Gesicht?«

Ich ziehe einen imaginären Reißverschluss über meine Lippen. Merry stöhnt gequält auf. »Ein Tipp? Ich frage mich schon den ganzen Abend, woher ich dich kennen könnte, aber mir will es einfach nicht einfallen. Bitte Jax … ein Tipp!« Jaxon weicht ihrem Blick aus, indem er sein Glas nimmt und sich dahinter versteckt. Genüsslich lehnt er sich zurück und nippt an seinem Wasser.

»Enni, bitte? Beste Freundinnen müssen doch zusammenhalten. Ein Tipp?«

»Das ist nicht fair, du kannst nicht unsere Freundschaft einsetzen.« Jaxon hat kein Problem damit, wenn Merry erfährt, wer er ist. Es ist eher so, dass es mir unglaublichen Spaß macht, sie etwas zu ärgern.

»Wieso nicht? Wenn du meine Freundin wärst, würdest du es mir sagen, oder?« Ich lache leise und nehme mir ein weiteres Stück Pizza. Merry schnaubt entrüstet. »Jax, bitte. Hilf mir auf die Sprünge.«

Er grinst breit. »Musst du jeden Morgen, wenn du zur Arbeit fährst, über den Hauptbahnhof?«

Merry nickt. Ihre Stirn legt sich in Falten und sie denkt angestrengt nach. »War das jetzt der Tipp? Hauptbahnhof?«

Jaxon stellt das Glas ab und verschränkt die Arme vor der Brust. Dann setzt er einen ernsten Blick auf und stiert sie böse an. Merry zuckt zurück und Jaxon lacht.

»Okay, vielleicht hab ich für diesen Tipp eindeutig zu viel an.«

Ich verschlucke mich fast ein meiner Pizza. »Du willst hier jetzt aber nicht blankziehen, oder?«

»Angst?« Er funkelt mich amüsiert an.

»Nein, ich wollt nur in Ruhe essen und nicht … und Merry kann sowieso nicht mehr denken, wenn du dich jetzt hier ausziehst.«

Jaxon lacht. »Keine Sorge, das ist nur für dich und … für eine Million andere Leute.« Dann erhebt er sich, dreht sich leicht zur Seite und streckt Merry die Faust entgegen. Sie starrt erst ihn an, dann mich. Und dann dämmert es ihr.

»Oh mein Gott!«, macht sie und schlägt sich die Hände vors Gesicht. »Du bist der Typ von dem Boxplakat?!«

Jaxon nickt und setzt sich lachend wieder hin. »Im Oktober in der großen Freiheit auf dem Kiez, gegen Luis Armstrong.«

Merry klappt der Mund wenn möglich noch ein wenig mehr auf. »Aber auf dem Bild sieht man deine Haare gar nicht. Ich hätte dich sofort erkannt!«, wehrt sie sich.

Jaxon verzieht das Gesicht. »Ach Quatsch, ich trage da drauf die gleiche Frisur wie jetzt.«

»Das glaub ich nicht, Enni, dass du dir so einen heißen Typen geangelt hast. Und auch noch jemand, der berühmt ist. Gerade du! Schaffst du das denn?«

Ich schlucke den Rest Pizza, auf dem ich noch herumgekaut habe, herunter. »Ich arbeite daran.«

Merry lehnt sich mit ihrem Wein zurück und schüttelt fassungslos den Kopf. »Da versuche ich ein halbes Jahr lang, vorsichtig wieder zu dir durchzudringen. Und dann triffst du einen Irren im Waschsalon und der braucht nur mal sein Shirt lupfen, und du hast die drei Kerle fast vergessen.«

Mir bleibt der Bissen im Hals stecken. Merry, verdammt!

»Drei …«, Jaxon lässt sein Glas sinken und sieht mich an. Der Schock steht ihm regelrecht ins Gesicht geschrieben. »Es waren … drei?«

Mit voller Wucht kehrt die Panik zurück, schließt Klauen um meinen Verstand und lässt mich nicht mehr klar denken. Damit, dass Jaxon dachte, es wäre nur einer gewesen, kam ich klar. Aber das Verstehen, die Sorge und das Mitleid jetzt in seinen Augen zu sehen, ertrage ich nicht. Verzweifelt springe ich auf und werfe Merry einen wütenden Blick zu.

»Vielen Dank auch!«, fauche ich. Mein Stuhl kippt von meiner heftigen Bewegung um, als ich mich umdrehe. Ich will nur noch hier weg! Doch ich verfange mich bei meiner kopflosen Flucht in den Beinen des umgeworfen Stuhls und stürze darüber. Schmerz durchzuckt mich, mein Knie tut schrecklich weh und die Sitzfläche des Stuhls bohrt sich in meinen Bauch, während seine Lehne meine Schulter streift. Stöhnend und innerlich fluchend und über die Ungerechtigkeit des Universums schimpfend rutsche ich seitlich weg und bleibe liegen. Der Schmerz treibt mir die Tränen in die Augen und raubt mir für den Moment die Sinne. Irgendwo aus weiter Ferne höre ich jemanden meinen Namen rufen. Jaxon.

»Enni!«, ruft er und ist innerhalb von Sekunden bei mir. Immer wieder sagt er meinen Namen. Seine Stimme klingt näher und irgendwann, als ich langsam wieder zu mir komme, finde ich mich auf seinem Schoß wieder. Seine starken Arme halten mich und mein Kopf liegt an seiner Schulter. Zärtlich verstreicht er meine Tränen oder küsst sie sanft weg.

»Es tut mir so leid«, murmelt er zwischen den Küssen.

»Mir auch.« Merry, sie hockt mit einem Glas Wasser vor mir und reicht es mir. Ich nehme es entgegen und trinke einen Schluck. Meine Sinne wirbeln orientierungslos herum, doch nach kurzer Zeit kann ich mich fokussieren und noch einen Schluck nehmen. Diesmal bleibt der Schwindel aus.

Merry senkt bedrückt den Kopf. »Es tut mir wahnsinnig leid. Der Wein und ... ach, nein, keine Entschuldigung. Ich hätte nichts sagen sollen. Es tut mir leid.«

Ich atme tief durch, noch unfähig, etwas zu erwidern. Doch Jaxon ergreift das Wort und rettet mich. Wieder einmal. »Wir reden nicht darüber. Wenn Enni etwas erzählen möchte, kann sie es sagen. Aber ich frage nicht nach.« Hilflos sehe ich ihn an und mein Blick verschwimmt, als sich Tränen in meinen Augen sammeln.

»Nicht schon wieder!«, stöhne ich und bringe ihn damit zum Lachen.

»Keine Sorge, weine, so viel du willst.«

»Es ist gut, dass du da bist, Jax«, meint Merry und erhebt sich. »Ich glaube, ich gehe jetzt lieber.« Jaxon will mich von sich schieben, um ebenfalls aufzustehen, doch Merry winkt ab. »Ich finde schon alleine raus.« Sie beugt sich vor und streicht mir eine rote Strähne aus dem Gesicht, steckt sie hinter dem Ohr fest und lässt ihre Hand einen Augenblick länger an meiner Wange verharren. »Es ist gut, dass du Jax hast. Er wird dir dort helfen, wo ich wie ein Trampel alles zerstöre.«

»Merry ...« Ich will etwas sagen, aber der Sturz und der Schmerz haben mich so sehr mitgenommen, dass ich meine Gedanken nicht richtig sortieren kann.

»Du brauchst nichts zu sagen. Ich weiß jetzt, dass du bei Jax sicher bist und er wird sich gut um dich kümmern.« Sie erhebt sich und drückt Jaxons Schulter. »Pass gut auf meine Freundin auf. Ich komme euch nach eurem Urlaub besuchen und dann will ich keine Klagen von Enni hören, ja?«

Jaxon nickt und zieht mich fester an sich. »Keine Sorge, ich würde mein Leben für sie geben.«

Merry nickt, dann geht sie. Jaxon und ich sitzen noch lange auf dem Boden. Irgendwann habe ich mich so weit gesammelt, dass ich reden kann. »Jax?«, frage ich vorsichtig. Meine Stimme klingt rau und ungewohnt.

»Mh?«, macht er und fährt über meinen Rücken.

»Bist du sauer?« Er versteift sich kurz.

»Warum sollte ich das sein?«

Ich atme tief durch. »Weil ich dir nicht gesagt habe, dass es nicht nur einer war.« Ein Ruck geht durch seinen Körper und er presst mich noch fester an sich.

»Und wenn es Hunderte waren, es spielt keine Rolle für mich, was dir widerfahren ist. Ich will nur, dass es dir besser geht, ja? Ich will deinen Schmerz lindern. Was diese Typen getan haben, ist verabscheuungswürdig. Und dich trifft keine Schuld. Also gibt es auch nichts, für das du dich entschuldigen musst?«

Jetzt versteife ich mich. »Doch, es gibt da etwas.«

»Nein, Enni … das darfst du nicht denken …«

»Ich hätte mich wehren müssen«, unterbreche ich ihn. Wenn ich mich gewehrt hätte, hätten sie mich nicht vergewaltigt! Scheiße, verdammt! Selbst dieses Wort habe ich noch nie gedacht! Jax hat diese Wirkung auf mich. Stück für Stück gräbt er – ohne es wirklich zu wollen.

»Enni«, seufzt er und schließt mich mit seinen starken Armen ein, hält mich, gibt mir Kraft, die Wucht der Erinnerung auszuhalten. »Das darfst du nicht denken. Nur weil die Kerle etwas getan haben, darfst du dir nicht die Schuld geben. Sie waren zu dritt, verdammt. Und du bist alleine gewesen. Sie haben dir Schreckliches angetan. Niemand kann dich dafür verantwortlich machen, dass du dich nicht genug gewehrt hast. Himmel, das darfst du nicht einmal denken!« Wütend ballt er die Fäuste und gibt damit meinen Gefühle Ausdruck. »Dann kann ich mir auch die Schuld geben, dass ich nicht da war, um dich zu beschützen.«

»Aber«, entgegne ich leise, »du kanntest mich damals doch noch nicht und …«

»Eben«, murrt Jaxon. »Doch ich bin jetzt da und wenn ich könnte, würde ich sie zu Brei schlagen.«

Ich muss lachen. »Und damit deine Hände ruinieren? Dann kannst du deinen Kampf gleich vergessen.«

»Stimmt, aber für dich würde ich darauf verzichten.«

Mir stockt der Atem. »Echt? Du würdest hier bleiben und nicht ins Trainingslager gehen? Du würdest auf den Kampf verzichten, auch wenn das das Ende deiner Karriere wäre?«

Jaxon stockt. Ihm scheint zu dämmern, was er da gerade gesagt hat. »Ja … wenn du es willst, würde ich verzichten.«

Ich atme stöhnend aus. Genau das habe ich mir noch vor Tagen gewünscht. Doch kann ich so selbstsüchtig sein? Kann ich so etwas von Jaxon verlangen? Nein, das würde ich nicht wollen. Er ist der Grund, warum ich mich überhaupt meinen Ängsten stelle. »Nein, das kann ich nicht verlangen.«

»Nicht? Aber ist es nicht genau das, was du wolltest? Ich habe dir gerade die Möglichkeit eröffnet, nicht ins Trainingslager zu gehen, hier zu bleiben und … dich mit mir hier zu verkriechen …«

»Ja«, entgegne ich, »Aber ich will das nicht mehr. Du gibst mir so viel, dass ich dir gerne etwas zurückgebe. Und das wird sein, mit dir zusammen ins Trainingslager zu fahren, mit dir den Kampf durchzustehen und danach …«

»Willst du mit mir zusammenbleiben?«

Ich nicke heftig und kuschele mich noch enger an ihn. »Ja, das will ich.«

Jaxon zieht mich an sich und küsst immer wieder mein Haar. »Gemeinsam«, murmelt er und ich schniefe. Ja, gemeinsam mit ihm kann ich es schaffen.

»Jax?«, frage ich nach einer halben Ewigkeit. »Würdest du mich heute Nacht im Arm halten, während ich schlafe?«

»Alles, was du willst«, murmelt er und küsst mich.

Kapitel 14

Ich wusste nicht, dass man so schlafen kann. Jaxon ist überall. Er hat mich fest an seine Brust gezogen, die Nase in meinen Nacken vergraben und die Arme über meinem Bauch gekreuzt. Sein unteres Bein hat er zwischen meine Schenkel geschoben, während das andere quer über meiner Hüfte liegt. Mir ist warm, nicht nur körperlich, auch psychisch. Er hat mich mit seiner Nähe in einen Kokon aus Jaxon gehüllt und beschützt mich vor allem Bösen. So sicher habe ich mich seit dem Vorfall nicht mehr gefühlt. Ich seufze wohlig und kuschle mich noch etwas enger an ihn.

»War Merry dabei?«, fragt er irgendwann. Ich liege dem Fenster zugewandt und kann die ersten Strahlen der aufgehenden Sonne beobachten. Es ist noch früh, vielleicht fünf oder sechs Uhr morgens. Ich dachte, er würde schlafen. Seine Frage trifft mich unvermittelt. Doch dank seines Kokons wirft sie mich nicht aus der Bahn. Es ist, als würde er durch seine pure Nähe jedes schädliche Gefühl von mir fernhalten – und dazu gehört auch meine Angst, mich dieser verhängnisvollen Nacht zu stellen.

»Ich dachte, du wolltest nicht nach der Sache fragen …«, entgegne ich. Ich bin ihm nicht böse, nur überrascht.

»Wollte ich auch nicht«, murmelt er. Sein Atem kitzelt mich im Nacken und ich ziehe unwillkürlich den Kopf zwischen den Schultern ein. Normalerweise würde Jaxon sofort meine Reaktion ausnutzen, mich kitzeln oder irgendetwas total Jaxonhaftes machen, doch er ist nicht in Stimmung. Er wirkt sowieso total in sich gekehrt, seit er von Merry erfahren hat, dass es sich nicht nur um einen Angreifer handelte.

»Warum fragst du dann?« Die alte Enni stänkert gerne und die

Neue verschanzt sich lieber hinter einer Mauer aus Ablehnung und Schweigen, doch im Augenblick bin ich irgendetwas dazwischen. Weder alt, noch neu, noch die Enni von früher. Vielleicht werde ich gerade zu etwas ganz anderem.

»Weil sie wusste, dass es mehr als einer war und du dich fragst, ob du dich hättest wehren können. Wenn Merry also dabei gewesen wäre …«

»Nicht«, halte ich ihn auf und ziehe seine Hände hoch bis unters Kinn – um den Kokon noch enger um mich zu schließen und mich vor der Erinnerung an jene Nacht zu schützen. Jaxon holt tief Luft und lässt es geschehen. Doch irgendwie hat er mehr verdient, als meine Bitte zu schweigen. Ich atme tief durch, schöpfe aus seiner Nähe die nötige Kraft und fange endlich an zu reden. »Es waren drei, südländischer Typ. Und es war voll. So voll, dass man sich praktisch nicht mehr bewegen konnte. Männer waren überall. Merry und ich wurden getrennt. Anfangs noch nicht, erst später, als es wilder wurde. Wir haben getanzt und uns amüsiert. Wir waren jung und wollten feiern und haben den Punkt verpasst, wo wir es noch hätten beenden können.« Ich schlucke und ziehe ihn noch enger an mich. »Dann wurden wir getrennt und sie fingen an, mich anzufassen, zu berühren, überall.« Ich schluchze auf, merke, wie die alte Panik erneut Besitz von mir ergreifen will, aber Jaxon drückt mich fest an sich.

»Haben sie …?« Er spricht nicht weiter, ich weiß, auch ohne dass er es sagt, was er meint.

»Ja. Ich habe geschrien, geweint und gefleht. Aber es war so laut und wild und irgendwann hatte ich keine Stimme mehr, irgendwann hab ich nur noch gebetet, dass es aufhört.« Ich beiße mir auf die Unterlippe. Der Schmerz hilft, nicht abzudriften.

»Merry?«

»Hat mich später gefunden und ins Krankenhaus gebracht. Ich sollte eine Aussage machen, aber ich habe nichts sagen können und so hat sie mich nach Hause gebracht. Das Erste, was ich dort gemacht habe, war, meine Sachen zu packen und nach Hamburg zu ziehen. Ich konnte nicht länger in Köln bleiben, wo mich jeder

Pflasterstein an Silvester erinnerte.« Jaxon atmet aus und kitzelt mich erneut im Nacken. Diesmal muss ich nicht gegen das Kichern ankämpfen, es kommt erst gar nicht.

»Danke, Enni«, murmelt er und zieht mich enger an sich. Er verknotet irgendwie seine Beine mit meinen, sodass ich noch inniger mit ihm verbunden bin. »Danke, dass du es mir erzählt hast. Ich wage gar nicht zu fragen, aber hat deine Flucht etwas damit zu tun? Damit, dass du untertauchen willst? Damit, dass du nicht in deine Wohnung willst? Wenn irgendjemand dich bedroht oder dich gefunden oder … Oh mein Gott, die Kerle sind hier, oder? Sie bedrohen dich und deswegen willst du weg?«

Jetzt muss ich doch lachen. Jaxon klingt panisch. »Keine Angst, niemand bedroht mich. Du klingst wie eine Prinzessin in Nöten«, necke ich ihn.

Jaxon pustet mir in den Nacken. »Ich bin keine Prinzessin!«

»Doch!«, wehre ich mich und schiebe seine Hände weg. Hastig befreie ich mich aus seiner Umarmung, setzte mich auf und deute mit dem Finger auf ihn. »Dorn-Jaxon war ein schönes Kind!«, flöte ich.

»Noch ein Wort, und ich lege dich übers Knie!« Ich funkele ihn spöttisch an.

»Das wagst du nicht! Ich habe dir gerade meine größten Ängste offenbart und du Arsch willst mich übers Knie legen?«

Jaxon beißt sich auf die Unterlippe und kommt näher, so nah, dass ich seinen Atem auf meinen Lippen fühlen kann. »Arsch? Solltest du nicht etwas netter zu mir sein, wenn dir etwas an deinem Hintern liegt?«

Spöttisch strecke ich ihm die Zunge raus. Jax lacht. Blitzschnell packt er mich, setzt sich dabei hin und zieht mich über seinen Schoß. Keine Ahnung, wie er das gemacht hat. Noch während ich zu begreifen versuche, was gerade passiert, spüre ich schon seine Hände auf meiner Kehrseite.

»Jax!«, schimpfe ich zappelnd. »Lass mich sofort runter!«

Er lacht hämisch, platziert seine Hand zwischen meinen Schulterblättern und legt sein Bein über meine Kniekehlen. Was auch immer ich mache, er hat mich eingeklemmt und eine Hand frei. Das ist so unfair!

»Erst, wenn du dich entschuldigst. Und so lange du das nicht machst, genieße ich die Aussicht.« Er schiebt mit der freien Hand mein T-Shirt hoch und gräbt seine Finger in meine Pobacke.

»Jax!«, keuche ich, als er einen kurzen Hieb auf meinen Hintern setzt. Weh hat es nicht getan, es fühlt sich eher gut an … verboten gut. »Lass mich runter!«

»Mhhh, ich liebe deinen Hintern und kann es gar nicht erwarten, meine Handfläche da drauf zu sehen!«

»Jax, bitte«, flehe ich – nun doch leicht panisch. Aber nicht, weil ich vor ihm Angst hätte. Es ist eher die Furcht davor, dass mir gefällt, was er gerade tut – oder vorhat zu tun. Nein, ich will mich dem nicht hingeben, weil es unweigerlich in Sex enden könnte und das wollte er doch vermeiden. Ich meine, ich wollte mit ihm schlafen, doch nun, wo ich ihm alles erzählt habe, weiß ich es nicht mehr. Ich fühle mich ihm tief verbunden und habe Angst, dass Sex unsere Beziehung kaputt machen könnte – weil ich ihm vielleicht nicht geben kann, was er will. Oh mein Gott! Ich habe Angst vor Sex! Und noch vor zwei, drei Tagen wollte ich es so dringend, weil ich dachte, den Schmerz damit betäuben zu können. Was hatte ich Glück, dass Jaxon vernünftiger war als ich. Nur im Augenblick scheint er überhaupt nicht klar denken zu können.

Und plötzlich lässt er mich los, schiebt mich von seinem Schoß und sieht mich an.

»Enni, alles okay?« Panik schwingt in seiner Stimme mit und ich sehe nackte Angst darin. Hat er etwa geglaubt, ich hätte Angst vor ihm? Ein spöttisches Kichern dringt aus meiner Kehle nach außen und ich lasse mich lachend nach hinten fallen, vergessen ist mein blanker Hintern oder seine Handfläche, der Schmerz, den sie darauf hinterlassen hat.

»Ah, tut mir leid, Jax, aber du solltest mal dein Gesicht sehen!« Kichernd zeige ich auf ihn und lache ihn aus. Grimmig verzieht er das Gesicht und funkelt mich wütend an.

»Das ist nicht witzig, Enni Anderson! Ich habe mir echt Sorgen um dich gemacht! Nach allem, was du erlebt hast, sollte ich wirklich aufpassen, es tut mir leid.«

Ich schnaube belustigt. »Und warum willst du mir dann den Hintern versohlen, wenn du dir doch ach so viele Sorgen um meine Panikattacken machst? Solltest du mich da nicht eher zuvorkommend und liebevoll behandeln, damit meine seelischen Wunden nicht noch tiefer werden?« Ich hocke mich hin und spitze die Lippen, während Jaxon die Arme vor der Brust verschränkt und den Blick beleidigt abwendet. »Du könntest damit anfangen, mich zu küssen und um Verzeihung zu bitten?«

»Ich soll mich entschuldigen? Du hast mich doch Prinzessin genannt!«

Ich schürze die Lippen. »Weil du dich gerade echt wie eine weltfremde Prinzessin aufführst!« Mein Blick wird weich und ich berühre vorsichtig seine Wange. Jaxon wendet sich mir zu und sieht mich fragend an. »Du brauchst dir keine Sorgen machen, ich vertraue dir. Gerade vor dir habe ich keine Angst.« Beschämt sehe ich weg. »Selbst wenn du mich übers Knie legst.«

Jaxon holt tief Luft. »Nicht?«

Ich sehe auf und schüttele den Kopf. »Niemals.«

Jaxon lacht leise und kommt auf mich zu. In gespannter Erwartung weiche ich zurück und lasse zu, dass er sich über mich schiebt und schließlich langsam auf mich legt. »Nicht mal, wenn ich auf dir liege?«

Ich lasse ihn nicht aus den Augen, als ich den Kopf schüttele. Jaxon beißt sich auf die Lippen und fährt mir durch das Haar, zieht dabei leicht an meinem Kopf, sodass ich ihm meinen Hals präsentiere.

»Nicht mal, wenn ich dich necke und festhalte?«

Wieder schüttele ich den Kopf. »Wenn du so auf mir liegst oder dich um mich herum wickelst, fühle ich mich beschützt.«

Jaxon schließt die Augen und lächelt. »Ist das der Grund, warum du gestern Abend nicht in deine Wohnung zurückgekehrt bist?«

»Wieso sollte ich nach Hause gehen?«

»Na wenn dich die Angreifer nicht gefunden haben und bedrohen, du dich mit Merry ausgesöhnt hast und du mir auch alles erzählt hast, besteht für dich kein Grund, deine Wohnung zu meiden, oder? Gibt es noch einen anderen Grund, den ich nicht kenne?«

Den gibt es. Die Vorladung. Aber Merry hat zugegeben, dass sie mich nur bei der Polizei angeschwärzt hat, weil sie das Beste für mich wollte. Jetzt, da sie hier war, hätte ich auch nach Hause gehen können. Aber dort wäre ich alleine gewesen. Nicht, dass mich das früher gestört hätte – heute schon.

Ich schüttele langsam den Kopf und sehe tief in Jaxons warmherzige, blaue Augen. »Nur den einen: Du bist nicht dort.«

Jaxon starrt mich sekundenlang an. Dann verzieht er plötzlich das Gesicht und tut so, als ob er würgen müsste. »Bäh, wie schnulzig ist das denn! Das ist ja total widerlich!«

Ich schnaube empört und schiebe ihn hastig von mir. »Ich gestehe dir gerade, wie viel mir an dir liegt, und du verspottest mich? Das ist gemein!«

Jaxon lässt sich Würgegeräusche machend zur Seite fallen. »Nee, das ist unerträgliches Liebesgesäusel. Ich hab dich ja für Vieles gehalten, aber nicht für eine Romantikerin!«

Ich schiebe trotzig die Unterlippe hervor. »Ich bin keine Romantikerin. An mir ist absolut nichts Romantisches!«

Jaxon hält inne und mustert mich. »Was hältst du dann von … einem schrecklich trashigen Film. Vielleicht Moby Dick oder ein Hai-Schocker? MEG vielleicht? Um auf Nummer sicher zu gehen, dass du mich mit diesem Gesäusel nicht aus Versehen ansteckst?«

Ich runzele die Stirn. »Hast du Fieber? Es ist fünf Uhr morgens! Du kannst doch nicht schon vor dem Frühstück einen Trash-Film gucken?«

Jaxon knurrt. »Frühstück, da war ja was. Okay, erst Frühstück, dann Trashfilm. Besser?«

Ich lache auf. »Viel besser. Damit hättest du zumindest die Bedingung erfüllt, nicht VOR dem Frühstück einen Trashfilm zu gucken. Blut und abgerissene Gliedmaßen auf nüchternen Magen vertragen sich sowieso nicht.«

»Okay, dann machen wir das. Du Dusche, ich Frühstück, dann Film, und danach ...« Jaxon hält inne und hebt seine Hände. Er wackelt nacheinander mit den Fingern. »Arzttermin!«

Und so sitzen wir drei Stunden später angespannt bei Jaxons Arzt, Dr. Hauke. Gibt er Jaxon das Okay, kann er ins Trainingslager fahren und erst dann wird der Titelkampf am 10. Oktober bestätigt. Erst dann werden die Plakate gedruckt und erst dann startet der Ticketverkauf. Das Plakat, das von Jax am Hauptbahnhof hängt, welches Merry gesehen hat, stammt von seinem letzten Kampf. Der ist jetzt gut ein halbes Jahr her, war irgendwann vor Silvester letzten Jahres. Der Kampf, bei dem Jax ein schnelles technisches K.O. erzwungen und damit die Einnahmen des Promoters gefährdet hat. Doch seitdem – so hat er mir erzählt – gilt er als K.O.-Schläger und beim nächsten Kampf wird das sozusagen von ihm erwartet.

»Aber nicht vor der zehnten oder elften Runde. Noch passender wäre es, wenn ich ihn in Runde Zwölf ausknocke«, erklärt er im Wartezimmer. Mit Jaxon fühle ich mich sicher, doch ich bin ziemlich froh darüber, dass wir die einzigen Besucher sind. Auch so ein Promi-Ding. Dr. Hauke ist Sportmediziner und arbeitet ausschließlich für bekannte Fußballvereine und andere hoch bezahlte Sportler. Wir haben uns gerade erst gesetzt, als auch schon ein Mann im weißen Kittel das Wartezimmer betritt und Jaxon fröhlich grinsend begrüßt.

»Na, wie geht es meinem Lieblingsboxer?« Das muss Dr. Hauke sein, denn Jaxon erhebt sich und die beiden begrüßen sich wie gute Bekannte.

»Gut«, erwidert Jaxon mit Nachdruck, ohne auf die freundliche Begrüßung weiter einzugehen. Mittlerweile kenne ich ihn gut genug und weiß, wie nervös er ist. Sie schütteln sich kurz die Hände, bevor der Arzt Jaxons kräftigen Händedruck noch einmal fachmännisch überprüft.

»Sehr gut. Ihr Griff ist fest, ohne Zittern. Das fühlt sich vielversprechend an.« Dann blickt der Arzt über Jaxons Schulter und nimmt mich ins Visier. »Und diese junge Dame ist dafür verantwortlich, Herr Powers, dass Sie überhaupt hier sind?«

»Wie kommen Sie drauf?«, fragt Jaxon und blinzelt mich an.

»Vince erwähnte so etwas, dass Sie jetzt jemanden haben, der sich um Ihre Hände kümmert.« Irgendwie kommt es mir so vor, als würde Dr. Hauke mit seiner Bemerkung noch auf etwas anderes anspielen. Na toll, so was kann auch nur von Vince kommen. Der macht ja nur solche Anspielungen. Jaxon bemerkt meinen säuerlichen Blick und lacht.

»Tut sie. Das ist Enni Anderson, sie ist Physiotherapeutin.« Dr. Haukes Augen weiten sich, als er meine Hand ergreift und seine Linke über unsere verschränkten Hände legt. Es mag nur eine Geste sein, aber mich hat dieser doppelte Griff immer abgeschreckt, als wolle mich der Arzt festhalten und so verhindern, dass ich weglaufe. Vielleicht ist es Einbildung, aber genau dieses Gefühl lösen Ärzte bei mir aus, wenn sie mich auf diese Weise … anfassen. Unwillkürlich gehe ich in Abwehrhaltung.

»Wie schön, Sie kennenzulernen, Frau Anderson.« Hauke bemerkt die Veränderung in mir und mustert mich einen Augenblick kritisch. »Alles okay?«, fragt er nach.

Jaxon bemerkt ebenfalls, dass etwas mit mir nicht stimmt. Fürsorglich legt er einen Arm um meine Schultern und Dr. Hauke lässt meine Hand los. Ein Zittern durchläuft meinen Körper, doch dank Jaxons Nähe löst sich meine Panik sofort wieder auf. »Jetzt ja«, murmele ich, atme tief durch und versuche mich an einem Lächeln. Zur Sicherheit lasse ich meine Hände in den Taschen meiner Sweatjacke verschwinden. Dr. Hauke schaut Jaxon fragend an.

»Enni ist ein wenig kontaktscheu«, erklärt er mein Verhalten. Ich lache ungehalten auf.

»Das hast du aber nett umschrieben.«

Dr. Haukes Mundwinkel zucken amüsiert. »Sie können mit reinkommen, Frau Anderson, oder, wenn Sie möchten, lieber hier draußen warten.«

Jaxon drückt mich an sich. »Was möchtest du?«

Ich lasse meinen Blick kurz durch das Wartezimmer schweifen. Na toll, Vince hat mich bereits als die verschrobene Trulla angekündigt. Vielleicht ist das auch der Grund, warum hier keine anderen Patienten sind? Sollte ich mich über die Rücksichtnahme freuen oder angesäuert sein? Nein, das wäre nicht fair. Vince versucht, es mir so einfach wie möglich zu machen … natürlich tut er das nicht für mich. Er will seine Investition nicht gefährden – und das ist Jaxon. Trotzdem ist es irgendwie nett.

»Ich würde lieber bei dir bleiben«, murmele ich und könnte mich selbst für diese dusselige Aussage ohrfeigen. Himmel, ich bin doch nicht sein Anhängsel, ich bin seine Therapeutin und als solche sollte ich wissen, was der Arzt mit ihm bespricht, oder? »Vielleicht kann mir Dr. Hauke noch ein paar Tipps zu deinen Händen geben«, schiebe ich deshalb schnell hinterher.

Jaxons Mundwinkel zucken. »Alles klar.«

Der Arzt nickt und macht eine einladende Geste Richtung Behandlungszimmer. »Na dann lassen Sie uns anfangen.«

Ich kann es noch immer nicht fassen, aber Dr. Hauke hat Jaxon grünes Licht gegeben. »Es stehen zwar noch ein paar Blutuntersuchungen an, aber so, wie die Schwellungen an Ihren Knöcheln zurückgegangen sind, steht einem vorsichtigen Training nichts mehr im Wege.« Zwar hält er sich mit einer Kampffreigabe noch zurück – er möchte zunächst die Ergebnisse der Blutuntersuchungen abwarten und zudem Jaxon regelmäßig auch im Trainingslager untersuchen. Außerdem schärft er ihm ein, auf seinen Körper zu hören. Mir hat er während seiner Ansprache immer wieder Blicke geschenkt, als ob er mir die Verantwortung über Jaxons nachhaltiges Verhalten aufbürden möchte.

Verantwortung für mich selbst konnte ich in den letzten Monaten nicht übernehmen, doch für Jaxon fällt es mir leicht. Um ihn mache ich mir Sorgen und er ist mir wichtig – erschreckenderweise sogar wichtiger als ich mir selbst bin.

Bevor uns Dr. Hauke entlässt, baut er vor Jaxon ein riesiges

Sammelsurium aus Medikamenten auf. Auch wenn er aktuell beschwerdefrei ist, seien die unbedingt notwendig. Dabei spricht der Arzt eher mit mir als mit Jaxon. Er erklärt mir jedes einzelne Präparat. Als er damit fertig ist, stellt er drei wichtige Medikamente vor uns hin. »Das hier«, er deutet auf die erste Verpackung, »ist ein Rheumamedikament. Auch wenn Sie aktuell keine Beschwerden haben, möchte ich, dass Sie davon eine Tablette morgens einnehmen. Es wird die Entzündungen zurückdrängen und davon abhalten, wiederzukommen, sobald Sie anfangen, die Hände zu belasten.«

Jaxon begehrt bereits auf. »Davon krieg ich Magenschmerzen«, mault er rum.

Dr. Hauke nickt. »Deshalb nehmen Sie vor dem Frühstück eine davon.« Er deutet auf die zweite Schachtel. »Beide Medikamente zusammen sollten es erträglich machen. Das zweite Medikament ist gegen die Übelkeit. Das Sufasalazin«, er deutet wieder auf die erste Schachtel, »ist leichter verträglich als das, was wir davor hatten. Wir sollten es aber nicht länger als bis nach dem Kampf nehmen. Danach steigen wir auf etwas anderes um. Probieren Sie es aus. Wenn Sie die Knöchel belasten, könnten Sie schnell einen Schub erleiden und dann war's das mit dem Kampf. Also halten wir Sie auf einer niedrigen Cortisondosis, 0,2mg sollten reichen, damit es nicht zurückkommt.« Hauke setzt ein aufmunterndes Lächeln auf. »Und Sie, Frau Anderson, sorgen dafür, dass er es auch nimmt. Wenn er es nicht tut und nur rum mault, garantiere ich Ihnen beiden, dass der Kampf nicht stattfinden wird.« Er nickt Jaxon ernst zu, der daraufhin zerknirscht nachgibt und die Medikamente einsteckt.

»Das dritte Mittel ist ein Schmerzmittel, hoch dosiert. Sie können es nehmen, wenn ein Schub sich ankündigt. Rufen Sie mich dann sofort an und wir erhöhen das Sufasalazin oder steigen notfalls auf eine intravenöse Behandlung um. Okay?«

Jaxon starrt den Arzt grimmig an. »Ich will eigentlich gar keine …«

Zärtlich greife ich nach seiner Hand und drücke sie. Sein Blick huscht zu mir und ich nicke ihm zu, aufmunternd. Jaxon seufzt und nickt. »Okay.«

Hauke ist zufrieden. »Prima, so kann ich euch ins Trainingslager verabschieden. Ich werde Ende Juli, Anfang August für eine Woche kommen und mir Ihre Fortschritte ansehen. Seien Sie vorsichtig, Jax.«

Doch Jaxon will davon nichts hören. Er will nicht vorsichtig sein und er will keine Medikamente nehmen, doch er wird es tun, weil zu viel auf dem Spiel steht, um sich in Sturheiten zu flüchten. Noch bevor wir die Praxis richtig hinter uns gelassen haben, telefoniert er bereits mit Vince. Aus dem Gespräch kann ich entnehmen, dass man nur auf Dr. Haukes Ergebnisse gewartet hat. Der nächste Flug nach Barcelona ist bereits für uns gebucht. Morgen Abend.

»Freust du dich auf Spanien?«

»Ist Spanien um diese Jahreszeit nicht schon entsetzlich heiß? Wäre es da nicht sinnvoller, hier zu bleiben? Du kannst doch auch hier trainieren, oder?«

Jaxon nimmt meine Hand und gemeinsam schlendern wir an der Alster entlang, zurück zu seiner Wohnung in dem Apartmentkomplex. »Könnte ich, aber erstens wird mit meiner Kampffreigabe von Dr. Hauke eine ganze Werbemaschinerie in Gang gesetzt und ich könnte hier nicht mehr ungestört arbeiten.« Er deutet auf die schwarze Mütze auf seinem Kopf. »Ich konnte nach meinem Sieg im letzten Winter schon nicht unerkannt auf der Straße herumlaufen. Deshalb Spanien. Dort kennt mich niemand und ich werde in Ruhe gelassen.«

Spanien. Ich seufze. Dort wird es von Männern südländischen Typs nur so wimmeln. Mit Jaxon arbeite ich daran, mich in Hamburg wieder rauszuwagen. Aber einen Flug in ein fremdes Land? Er wird überhaupt keine Zeit für mich haben. Was wiederum bedeutet, dass ich sehr viel alleine sein werde … und …

»Erde an Enni?« Ich hebe den Kopf und sehe in Jaxons grinsendes Gesicht. Er wedelt mit einer Hand vor meinen Augen herum. Meine Mundwinkel zucken. »Du machst dir schon wieder Gedanken. Was geht dir durch den Kopf?«

Ich atme tief durch. »Spanien, dort laufen viele Männer rum, die genau dem …« Ich stocke. »Ach, vergiss es. Albernheiten.«

Jaxon hält an und dreht mich zu sich. Er nimmt mich bei den Schultern und hält mich so von sich, dass er mich ansehen kann. »Deine Ängste sind keine Albernheiten und ich nehme sie sehr ernst. Wenn ich möchte, dass du mich begleitest, sollst du dich dort auch sicher fühlen. Ich habe eine ganze Horde Bodyguards da unten, die auf dich aufpassen werden und selbst hier bin ich nie ungeschützt.«

Was? Nervös drehe ich mich automatisch um. »Heißt das …? Uns folgt jemand? Auch im Krankenhaus? Nachts im Waschsalon?«

Jaxon nickt. »Nachts nicht. Das möchte ich nicht. Sobald ich tagsüber rausgehe, ist mir jemand auf den Fersen. Vince hat das arrangiert, seit der Titelkampf gesetzt ist. Ich habe sie gebeten, Abstand zu halten, damit sie dich nicht verschreckt. Aber ich denke, mittlerweile kannst du damit klarkommen.«

Unsicher sehe ich mich um. »Wer?«

Jaxon zuckt mit den Schultern und deutet auf eine unscheinbar wirkende Frau, die zwanzig Meter von uns entfernt steht und zu uns herübersieht. Als Jaxon die Hand hebt und winkt, erwidert sie seinen Gruß. »Das ist Charlie, sie ist die Beste und gehört zum Sicherheitsteam von Vince. Sie wird uns auch nach Spanien begleiten.«

»Eine Frau?« Als Jaxon von »sie« redete, nahm ich an, dass es sich um mehrere Personen handelt und nicht um eine einzelne Frau. Wie kann sie jemanden wie Jaxon beschützen? Er ist ein Boxer, er weiß, wie er sich verteidigen muss. Wäre Charlie – und da kann sie noch so tough sein – da nicht hinderlich? »Ich traue dir eher zu, ungebetene Besucher in die Flucht zu schlagen, als ihr.«

Jaxon lächelt. »Mag sein, dass ich schnell bin und kräftig zuschlagen kann, aber ich habe keine Augen im Hinterkopf. Und dort, wo ich hinlange, entstehen mehr als nur blaue Flecken. Charlie ist darin geschult, einen Angreifer ohne Verletzungen außer Gefecht zu setzen.« Er gibt ihr mit einem Zeichen zu verstehen, dass sie zu uns kommen soll. »Außerdem dachte ich, du fühlst dich vielleicht weniger bedroht, wenn ich Vince um einen weiblichen Personenschützer bitte.«

Charlie kommt zu uns herüber und reicht mir lächelnd die Hand. Sie trägt Jeans und T-Shirt, darüber allerdings eine weite Windjacke. Unter der Jacke kann ich ein Schulterhalfter erkennen. Und ihre Schuhe sind ungewöhnlich für eine Frau an heißen Frühsommertagen. Sie trägt schwere Stiefel, mit denen man rennen kann, keine niedlichen Ballerinas wie ich. Ups. Und ich wette, in den Stiefeln verbergen sich Messer oder ein Fußhalfter mit einer zusätzlichen Waffe. Verdammt, ich habe viel zu viele Agentenfilme gesehen.

»Hi, ich bin Charlie«, begrüßt sie mich mit ausgestreckter Hand. Unter ihrem Basecap lugen ein paar strubbelige dunkle Haare hervor. Zögernd erwidere ich ihren Gruß. »Jax meint, du bist ein wenig schreckhaft. Aber du brauchst keine Angst zu haben, ich pass da unten schon auf dich auf.« Sie grinst mich breit an. »Und wenn dir ein Typ dumm kommt, leg ich ihn aufs Kreuz.«

Ich kann nicht anders, als zurückzulächeln. Die junge Frau hat ein einnehmendes und vor Energie sprühendes Wesen. So ansteckend, dass selbst eine eigenbrötlerische Person wie ich etwas auftaut. »Und wenn mir Jax blöd kommt?«

Charlies Lächeln gefriert. »Dann auch! Wobei ich bei Jax vorsichtiger wäre. Das könnte teuer für uns alle werden, wenn er sich das Kreuz bricht.«

»Hey!«, empört sich Jax und knufft mich in die Seite. »Ich bin hier!«

»Da! Siehst du, Charlie, er tut es schon wieder! Vermutlich bin ich grün und blau vor lauter Knufferei! Weißt du, dass er mich heute Morgen übers Knie gelegt hat?«

Die Personenschützerin lacht herzlich und streckt abwehrend die Hände vor sich. »Für Schlafzimmergeschichten bin ich nicht zuständig! Es sei denn, er wird handgreiflich.«

Ich schnaube belustigt. »Dazu sage ich nichts!« Charlie ahnt gar nicht, wie recht sie hat. Jaxon sieht mich bittend an und ich lasse ihn davonkommen. Aber nicht, ohne ihm mit dem Zeigefinger zu drohen. »Siehst du, Charlie beschützt meine Ehre. Also ... solltest du es dir in Zukunft genau überlegen, was du tust.« Ich grinse böse. »Wie schön, dass sie deine Idee war.«

Jax verschränkt die Arme vor der Brust. »So hatte ich mir das nicht vorgestellt.« Er nickt Charlie zu, nimmt meinen Arm und zieht mich weiter. Ich werfe einen Blick über die Schulter. Sie folgt in zwanzig Metern Abstand und lässt immer wieder ihren Blick kreisen.

»Danke«, murmele ich und schmiege mich an ihn.

Jaxon sieht kurz zu mir runter. »Kein Problem. Du solltest noch mit deiner Mom und mit Merry telefonieren, bevor wir abreisen. Sobald Vince die Tickets hat, geht es los.«

Kapitel 15

Flughäfen haben mir schon immer Angst gemacht. Ihre Größe ist so einschüchternd. Natürlich ist es fast wie auf einem Bahnhof, nur viel weitläufiger. Hier sind mir einfach zu viele Menschen. Für Jaxon scheint es normal zu sein. Er bewegt sich selbstsicher, weiß, wohin wir müssen. Ich fühle mich unsicher und komme mir vor, wie ein Kleinkind, das man an die Hand nehmen muss, damit es nicht aus Versehen verloren geht.

Die Eindrücke überwältigen mich. Es sind nicht nur die vielen Menschen. Auch die Größe der Halle, die vielen Werbeplakate, der Lärm. Meine Augen huschen unruhig hin und her, ich versuche, in jedes Gesicht zu sehen, mir immer wieder die markanten Züge der Angreifer ins Gedächtnis zu rufen und mit den Reisenden abzugleichen. Dieses Verhalten stresst mich so sehr, dass ich noch vor dem Abflug schreiend aus der Halle rennen könnte.

Jaxons Eltern begleiten uns. Wir haben sie am Schalter getroffen und sie unterhalten sich etwas abseits von uns mit ihrem Sohn. Ohne ihn fühle ich mich seltsam unwohl, doch ich möchte auch nicht in die Unterhaltung mit seinen Eltern hineinplatzen. Jax' Mutter sieht besorgt aus, tupft sich immer wieder mit einem Taschentuch die Augen ab, während sein Vater ihm stolz auf die Schulter klopft. Hastig wende ich mich ab und versuche, mich abzulenken. Seine Eltern verabschieden sich zügig, ohne dass ich ein Wort mit ihnen gesprochen habe. Jax erklärt, dass seine Mutter immer unruhig ist, wenn er ins Trainingslager fliegt und sie die Abschiede deshalb so knapp wie möglich halten.

Charlie ist bei mir. Sie beobachtet mein Verhalten mit wachsender Besorgnis. Um mich abzulenken, zieht sie mich zu einem

Kiosk und gibt vor, eine Zeitschrift zu kaufen. »Hör zu, Enni«, murmelt sie, während sie die Auslagen durchsieht. »Jax hat mir gegenüber angedeutet, was dir passiert ist.« Sie sieht auf und mustert mich besorgt. »Dass du ihn begleiten willst, finde ich toll, und ich werde dafür sorgen, dass du keine Angst haben musst. Aber wenn du dich wie ein verschrecktes Reh aufführst, kann ich meinen Job nicht machen. Ich muss mir eher Sorgen um dich machen.«

Ich zucke zusammen. Jaxon hat ihr gegenüber etwas gesagt? Wie viel weiß sie? Ich will nicht, dass er über die Sache mit anderen redet. Aber Charlie ist eigentlich auch nicht irgendjemand. Sie ist ja hier, damit gerade so etwas wie in der Silvesternacht nicht wieder passiert. »Ich kann nicht anders. Die vielen Menschen, das erinnert mich …«

Charlie greift meine Hand und drückt sie aufmunternd. Sie ist niemand, bei dem ich viel Mitgefühl vermutet hätte. Eher die ›Friss oder stirb!‹-Einstellung. Ihre Geste überrascht mich. »Du machst das toll. Aber du musst es noch ein kleines Bisschen besser machen, ja?« Wahllos nimmt sie eine Frauenzeitschrift vom Stapel und drückt sie mir in die Hand. »Als Ablenkung.«

Ich verziehe das Gesicht, als mich Helene Fischer breit vom Cover anlächelt. »Das lese ich nicht.«

Charlie lacht. »Ich auch nicht, willst du lieber eine von diesen Bauernzeitschriften? Mit Strickanleitungen?«

Heftig schüttele ich den Kopf.

Charlie runzelt die Stirn. »Krimi?«

»Nein, danke. Spannung mag ich grad gar nicht.«

»Okay, du bist schwierig. Hast du was zu lesen dabei?«

»Im Koffer.« Und der befindet sich bereits auf dem Gepäckband.

»Ich gebe auf«, stöhnt Charlie. »Was liest du denn so? Wir werden noch mindestens zwei Stunden hier rumhängen. Wenn du keinen Nervenzusammenbruch erleiden willst, musst du dich ablenken. Wie wäre es mit einem Sudoku?«

Ich kapiere diese Knobelaufgaben zwar, aber sie sind überhaupt nicht mein Ding. »Nein«, entgegne ich und greife nach einem Perry-Rhodan-Roman. »Das hier könnte helfen.«

Charlie hebt eine Augenbraue. »Verdammt, bist du ein Trekkie?«

Ich lache. »Nicht unbedingt, aber ich kenne mich aus.«

»Oh, wow. TNG oder TOS?«

»TNG, ich mag Kirk nicht! Aber Riker, auf den steh ich.« Und ab da ist das Eis gebrochen. Charlie ist der totale Nerd. Sie kennt sich mit allen Stark Trek-Serien aus. Der Perry Rhodan ist eigentlich völlig nutzlos, denn wir haben ein Gesprächsthema gefunden, dass mich völlig vereinnahmt. Trotzdem kaufe ich den Roman. Man weiß ja nie.

Als Jaxon von der Verabschiedung seiner Eltern zurückkommt, diskutieren wir lebhaft über den Gamma-Quadranten und wie sich die Voyager möglicherweise selbst daraus hätte befreien können, statt die lange Heimreise per Warpantrieb anzutreten. Ich hätte vieles bei Charlie vermutet, aber keinen Trekkie. Und Jaxon auch nicht. Er steht eher auf Trashfilme. Doch als er sich zu uns setzt, sagt er nichts. Er grinst nur vor sich hin, streckt die Beine von sich und gibt vor, zu schlafen. Doch ich kenne ihn mittlerweile zu gut, um nicht zu merken, dass er sehr zufrieden mit Charlie und mir ist.

Ich habe so viele Filme gesehen – ja, ich habe in den letzten Monaten verdammt viele Filme gesehen – wo Reisende am Flughafen abgeholt wurden. Ganz stilecht mit ihrem Namen auf einem Schild. Total klischeehaft mit schwarzer Schrift auf einem abgerissenen Stück Karton. Aber als Jaxon zielstrebig auf einen kleinen, etwas rundlichen Mann mit angegrautem Haarkranz und freundlich blitzenden Augen zugeht, bin ich fast ein wenig enttäuscht, dass er kein Pappschild in die Höhe gehalten hat.

Meine Enttäuschung legt sich erst, als Jaxon den Arm um die Schultern des Mannes legt und uns einander vorstellt. Willi, so sein Name, ist Jaxons Trainer und bereits vor ein paar Tagen nach Barcelona geflogen. Auf meinen fragenden Blick fügt er lächelnd hinzu: »Jax ist nicht mein einziger Schützling. Ich verbringe die Sommermonate immer in Spanien und wer mit mir trainieren will, kommt her.«

Ich runzele die Stirn. »Ach deshalb musste es Spanien sein?«

Jax beugt sich lachend zu mir. »Ja, und wegen der Strände, wegen dem tollen Essen und …«, er zwinkert Willi zu, »… der Mädchen!«

»Ich glaube nicht, dass du viele Mädchen bekommen wirst, Jax!« Willi erwidert sein Lachen, winkt ab und wendet sich zum Gehen.

»Was? Wieso? Keine Mädels?«, empört sich Jax und ich knuffe ihn böse in die Seite.

»Was willst du mit den Mädels? Ich dachte, du bist zum Trainieren hier! Und nicht um dich durchzuvögeln!«

Jax starrt mich entgeistert an. »Dieses Wort aus deinem Mund!«

Ich verziehe grimmig das Gesicht. »Für dich keine Mädels«, entgegne ich mit verschränkten Armen. »Training, Training und nochmals Training.«

»Du alter Spielverderber.«

Ich beiße mir angefressen auf die Unterlippe. »Du hättest ein Mädchen haben können, aber das willst du ja nicht!« Ich atme wütend auf und stapfe mit meinem Gepäck im Schlepptau Willi hinterher. Keine Ahnung, warum ich so bissig reagiere. Eigentlich bin ich fest davon überzeugt, dass Jax nur einen Scherz gemacht hat. Er kann nicht ernsthaft daran denken, durch Spaniens Bars zu tingeln, wenn ich hier bin! Oder Mädchen aufzureißen! Ich hätte ihn nie für den Aufreißer-Typen gehalten. Er war so zurückhaltend und einfühlsam und … Ah! Das darf doch alles nicht wahr sein! Mache ich mir ernsthaft Gedanken darüber, dass Jax etwas mit einer anderen haben könnte. Bin ich etwa …

»… eifersüchtig?« Jax taucht neben mir auf und funkelt mich amüsiert an. Ich schnaube empört.

»Dieses Wort kommt in meinem Sprachgebrauch nicht vor!«

Jax lacht leise. »Du bist eifersüchtig.« Er angelt nach meiner Hand und führt sie sich an die Lippen. »Keine Sorge, du hast keinen Grund, eifersüchtig zu sein. Ich werde durch keine Bar tingeln, keine Mädchen aufreißen und ich werde abends nur dir gehören!«

Entgeistert starre ich ihn an. Seine Worte bewirken, dass sich mein Herz vor Sehnsucht zusammenzieht. Nach ihm, verdammt. Boah, was ist nur mit mir los? Früher habe ich doch auch nicht auf dieses dusselige Gesäusel gestanden. Liebesfilme sind mir nach wie vor ein Graus. Aber wenn Jaxon solche Worte sagt, wird mir total warm und ich kann gar nicht anders, als mich in seinem Blick zu verlieren.

Abrupt wird mein Weg gestoppt und ich finde mich mit der Stirn gegen eine Betonsäule gedrückt wieder. »Ahhhh!«, ist das einzige Geräusch, zu dem ich fähig bin.

Unter dem belustigten Blick von Jax und Charlie schäle ich meine Gliedmaßen von der Säule und werfe beiden einen wütenden Blick zu. »Du!«, deute ich mit ausgestrecktem Zeigefinger auf Jaxon. »Das ist nur deine Schuld. Du und dein Gesäusel! Wie grässlich!«

Jaxon nimmt mich lächelnd in den Arm und streicht vorsichtig über meine Stirn. »Du sahst aus, als ob es dir gefallen hätte«, murmelt er leise. Charlie stöhnt genervt auf. Aus dem Augenwinkel sehe ich noch, wie sie nach unseren Koffern greift und sich auf den Weg Richtung Ausgang macht.

»Kommt nach, wenn ihr fertig geturtelt habt!«

Jaxons Mundwinkel zucken. »Bis später, Charlotte!«, flötet er ihr hinterher, ohne mich aus den Augen zu lassen.

»Charlotte?«, seufze ich und verliere mich erneut in seinem Blick.

»Charlotte Elisabeth Kramer«, erläutert er und fährt zärtlich die Kontur meiner Unterlippe nach. Ich berühre seine Fingerkuppe mit meiner Zungenspitze.

»Wie spießig«, schnaube ich.

Jaxon seufzt sehnsüchtig. »Total spießig.« Intensiv sieht er mich an. »Was dagegen, wenn ich dich küsse?«

Ich seufze. »Meinetwegen, so lange du das schwülstige Gesäusel lässt und ich nicht wieder gegen Betonpfeiler laufe.« Ich spüre das unverrückbare Ding in meinem Rücken und schlage mit der Faust dagegen. Mein Blick huscht zur Seite und ich erkenne eine altmodische Litfaßsäule, wie sie noch in manchen Großstädten zu finden sind. Die Säule ist mit unzähligen Plakaten zugekleistert. Mich würde tierisch interessieren, was in der Stadt so los ist. Gibt es Konzerte? Oh, mit Jax würde ich mich sogar auf ein Konzert trauen …

»Enni«, dringt Jax in meine Gedanken ein. »Sieh mich an.« Der Eindringlichkeit seiner Stimme ist es zu verdanken, dass ich mich tatsächlich von dem beklebten Beton löse und ihn ansehe. Jaxons Mundwinkel kräuseln sich zufrieden. »Und jetzt öffne leicht die Lippen, bitte?« Wieder gehorche ich. Jaxon nickt. »Und jetzt nicht denken, nicht reden. Schließ die Augen.« Ich gehorche prompt und spüre wenige Augenblicke später Jaxons weiche Lippen auf den meinen, fühle seine Hand an meinem Hinterkopf, seine andere liegt locker um meine Taille. Wie er mich hält und den Griff im Rhythmus seiner Lippen verstärkt. Oh, das fühlt sich so unglaublich gut an, dass mir ein leises Stöhnen entweicht.

Jaxon löst sich von mir, legt seine Stirn gegen die meine und haucht zärtlich: »Willkommen in Spanien!« Und ich bin mir sicher, dass ich mit einem Koffer voller wunderschöner Erinnerungen heimkehren werde.

Kapitel 16

Die Wohnung ist ein Traum. Hell, lichtdurchflutet, mit Blick aufs Meer. Von Flughafen aus sind wir in einen kleinen Ort gefahren, dessen Namen ich mir partout nicht merken kann. Zugegeben, meine Spanischkenntnisse sind praktisch nicht vorhanden. Also grüße ich die Vermieterin nur mit einem knappen Nicken. Jax hingegen unterhält sich fließend mit der kleinen und rundlichen Haushälterin, die er – wie sollte es auch anders sein – stilecht mit Señora Garcia anspricht. Da ich mich nicht an dem Gespräch beteiligen kann und ich nicht wie ein Anhängsel hinter Jax herumstehen will, erkunde ich die Wohnung. Sie ist riesig. Hinter jeder Tür befinden sich Schlafzimmer. Alles in allem zähle ich vier Schlafzimmer, eine große Wohnküche mit Aufenthaltsbereich und so etwas wie ein Wohnzimmer mit Kamin. Vor dem Kamin befindet sich eine U-förmige Sofalandschaft, die einfach im Boden versenkt wurde. Man geht über drei Treppenstufen rechts von der Kaminseite hinein und sitzt dann quasi auf einer etwas zu hohen Treppenstufe und benutzt die nächste Stufe als Rückenlehne. Die Polster sind einfach auf den nackten Beton gelegt oder als Lehne befestigt worden. Um das ganze Ungetüm aufzulockern, liegen überall auf den grauen Polstern farbige Kissen. Und in der Mitte der Sofalandschaft steht auf einem handgefertigten Teppich ein niedriger Tisch. Als hätte man aus einem riesigen Baumstamm einfach eine Scheibe herausgeschnitten, sie poliert, mit Beinen versehen und hier aufgestellt. Die Oberfläche ist glatt und lädt dazu ein, darüber zu streichen.

Durch die weiten und offenen Fenster flutet Licht den Raum und ich kann jeden einzelnen Jahresring erkennen. Ehrfürchtig fahre ich darüber.

»Hübsch, nicht wahr?« Willi betritt die Sofaecke und setzt sich mir gegenüber. Verunsichert sehe ich mich nach Jax um, doch der steht mit Señora Garcia in der Küche und zeigt ihr seine Hände. Sie hält sie und streicht über seine Handflächen. Offensichtlich ist sein Problem hier nicht unbekannt.

»Vince hat mir zwar gesagt, dass Sie Jaxons Therapeutin sind, aber ich glaube ihm nicht.« Willis Blick huscht zu Jax und der Haushälterin. »Er hat sich beim letzten Kampf so gequält, dass ich nicht erwartet hätte, ihn wieder hier zu sehen, noch dass er eine Herausforderung an Armstrong ausspricht. Mit Therapeutin sehe ich eine echte Chance. Sie allerdings … hinter Ihnen steckt mehr.« Willi beugt sich vor und sieht mich eindringlich an. »Daher und weil wir hier unter uns sind, möchte ich genau wissen, wer Sie sind und was Sie hier wollen. Keiner meiner Athleten bringt seine Therapeutin mit ins Trainingslager.« Willis Mundwinkel kräuseln sich. »Also … schätze ich, dass Sie mehr als das sind und dass Vince Sie als Therapeutin tarnt. Sollten Sie also Jax' Freundin sein, lassen Sie sich eines gesagt sein: Sex ist hier strengstens untersagt.«

Mir klappt der Mund auf. Dazu fällt mir erst einmal nichts ein. »Ich hatte nicht … Ich bin nicht …«

Willi winkt lachend ab. »Vince hat schon angedeutet, dass ihr zusammen seid. Also wenn Sie nichts dagegen haben, würde ich Ihnen gerne das Du anbieten.« Willi strahlt mich freundlich an, und ich erwidere seinen Blick. Zumindest versuche ich das. Ich weiß, dass Vince von Anfang an vermutet hat, dass wir zusammen sind. Nur damals waren wir das noch nicht … und jetzt sind wir es auch nicht. Oder doch? Verwirrt fahre ich mir durch die kurzen Haare. Himmel, ist das kompliziert. Ich kann Willi nicht einmal verübeln, dass er glaubt, dass wir zusammen sind. Obwohl wir es ja nicht sind. Ich bin – wie er so schön sagt – nur die Therapeutin.

»Jax kämpft um einen Weltmeistertitel eines international agierenden Verbandes. Ich denke, da kann er bei seiner Krankengeschichte durchaus eine persönliche Betreuerin in Anspruch nehmen, oder?«, stichele ich zurück, ohne auf Willis Angebot einzugehen. Die Mundwinkel des Trainers kräuseln sich.

»Gut gekontert. Laut Vince kümmerst du dich aber nicht nur um seine Hände. Er vermutet, dass du bei ihm wohnst.«

Ich atme tief durch und lasse meinen Blick zu Jax schweifen. Er sieht kurz auf und winkt mir fröhlich zu. Zögernd hebe ich die Hand und erwidere seinen Gruß. »Es ist kompliziert.«

Willi lacht herzlich. »Wann ist es das nicht? Also möchtest du mich duzen?«

Ich löse mich von Jax und lächle. »Gerne«, antworte ich und ergreife seine Hand. »Aber nur um das klarzustellen. Ich bin wirklich nicht mit Jax zusammen. Ich verdanke ihm nur sehr viel und deswegen möchte ich ihm helfen.«

Willi verzieht das Gesicht. »Mädchen, du kannst mir viel erzählen, die Tage sind hier sehr lang. Aber deine und seine Blicke sprechen Bände. Ihr beide habt definitiv eine Verbindung. Vielleicht ist sie euch noch nicht so klar, aber Außenstehende erkennen sie auf Anhieb. Ihr zwei gehört zusammen.«

Mein Mund klappt in Anbetracht dieser ehrlichen Aussage auf und ich starre Willi sekundenlang an. Was soll ich darauf auch erwidern? Versuchen, es Willi auszureden? Keine Chance. Er sieht mich mit unverrückbarer Miene an.

Als ich nicht antworte, nickt er zufrieden. Mein Schweigen ist ihm Zustimmung genug. »So«, fährt er fort, lehnt sich zurück und verschränkt die Arme vor der Brust. »Wo das jetzt geklärt ist, können wir zum wichtigen Teil übergehen.«

Irritiert erwidere ich seinen Blick. Willis Mundwinkel zucken. »Da ich hier so selten Mädchen habe, gelten ein paar Regeln.« Ich schlucke. Regeln?

»Kein Sex während des Trainings, keine anschmachtenden Blicke, die meinen Champ ablenken oder etwa zu besonders waghalsigen Aktionen verleiten. Er braucht seine ganze Konzentration, um sich nicht erneut zu verletzen. Das heißt, du hast absolutes Hallenverbot. Meinetwegen geht abends aus, genießt die spanische Küche, aber während des Trainings möchte ich dich nicht in der Nähe des Rings sehen. Wir sind hier zum Arbeiten. Das ist kein verfickter Sommerurlaub!«

»Verfickt?« Ich muss mich zwingen, nicht laut loszulachen. Vor ein paar Tagen noch habe ich ständig an Jax und Sex gedacht, aber mittlerweile ist mir das nicht mehr so wichtig. Nein, das ist falsch. Ich will schon in seiner Nähe sein und mit ihm schlafen, aber es ist anders geworden, seit er angefangen hat, neben mir zu schlafen. Seine Nähe tut mir gut und ich genieße es, in seinen Armen zu liegen. Sex ist auch wichtig und ich will nichts sehnlicher, als Jax endlich fühlen zu dürfen. Doch an seiner Brust gekuschelt zu dösen ist fast noch besser.

Willi runzelt die Stirn. »Ich traue dir und deinem verträumten Blick nicht über den Weg. Also hast du zumindest den Teil verstanden, wo du dich vom Ring fernhalten sollst?«

Ich presse säuerlich die Lippen aufeinander. Zu gerne würde ich Jax in Aktion sehen, doch ich gebe Willi recht. Jax muss sich konzentrieren. Wenn meine Nähe ihn ablenkt, werde ich mich ohne zu murren zurückziehen. »Natürlich, ich komme nicht zum Training.« Mir genügen die Nächte, und die kann mir Willi nicht nehmen.

»Gut«, nickt er zufrieden. »Kommen wir nun zur Zimmeraufteilung. Hier gibt es vier Schlafzimmer. Eines für jeden. Damit Jax genug Schlaf bekommt.«

Jax erscheint so plötzlich, dass mich sein Knurren erschreckt herumfahren lässt. »Ich schlafe bei Enni.«

»Ha!«, triumphiert Willi. »Ich wusste es doch, ihr seid zusammen. Obwohl die junge Dame es vehement abstreitet.«

»WAS?« Jax gibt ein empörtes Schnauben von sich. »Was glaubst du denn, was wir sind, wenn du seit Tagen in meinem Bett schläfst.«

»Nicht zusammen«, murre ich und verschränke die Arme vor der Brust. »Du hast mich weder gefragt, noch hatten wir ein Date.« Bin ich eigentlich völlig verrückt geworden? Wir teilen ein Bett! Welchen Beweis braucht es denn noch? Na ja, ich hatte noch nie ein Date und irgendwie gehört das doch dazu, oder? Und gefragt hat er mich auch nicht! *Willst du mit mir gehen? Ja? Nein? Vielleicht?* Natürlich würde ich ja sagen, aber ich will wenigstens gefragt werden! So wie es bei Jax klingt, hat er einfach beschlossen, dass wir eben jetzt zusammen sind. Und basta.

»Ein Date?«, gibt er verdattert von sich. Willi schlägt sich lachend auf die Schenkel, doch ich beachte ihn nicht.

»Natürlich! Du hast einfach über meinen Kopf hinweg entschieden, dass wir zusammen sind. Mag sein, dass wir das sind«, plappere ich. »Aber ich will wenigstens einmal ein richtiges Date haben, und Blumen und … ich will gefragt werden.« Beschämt wende ich den Blick ab. Ich weiß selbst, wie zickig das klingt. Doch für mich hat es etwas mit Respekt zu tun.

»Sie ist völlig verrückt. Wir schlafen zusammen. Zwar nicht miteinander, aber …«

»Jax!«, fauche ich. »Das geht nun wirklich niemanden etwas an.« Grinsend stellt er sich meinem Blick.

»Okay, du hast recht. Okay, ein Date. So richtig mit Essen und Tanzen? Ich kann nämlich überhaupt nicht tanzen … aber vielleicht könnten wir an den Strand gehen und Baden und …«

Meine verkrampfte Miene entspannt sich. »Ja, das wäre schön. Fragst du mich also um ein Date?«

Jax stöhnt. »Sie ist unmöglich! Ich weiß echt nicht, warum ich mich auf dieses störrische Weibsbild eingelassen habe!«

»Jax!«

»Ja, also gut. Liebste Enni, soll ich knien?«

»Nein!«

Er macht es trotzdem und ich ziehe hastig die Unterschenkel auf die Polster, schnappe mir ein Kissen und vergrabe mein Kinn darin. Das ist ja so peinlich! Aber ich habe es gewollt, also sollte ich seine Bemühungen auch respektieren. Nur Sekunden, nachdem ich mir das Kissen gegriffen habe, ändere ich abrupt meine Meinung, lege das Kissen weg, setze mich gerade hin und nicke Jax auffordernd zu. Er quittiert meine Bemühungen mit einem Kopfschütteln und fährt dann fort.

»Liebste Enni«, sagt er feierlich und greift nach meiner Hand. »Willst du mich heiraten?«

»Jax!« Ich greife wieder nach dem Kissen und hole drohend aus. Hastig zieht er den Kopf ein.

»Okay, okay. Das war zu früh. Ich nehm's zurück! Also, liebste Enni, willst du mit mir ausgehen?« Diesmal setzt er seinen Schlafzimmerblick ein, die Geheimwaffe, die mich immer zum Nachgeben bringt. Kein gutes Zeichen! Ist es fair, über so eine Waffe zu verfügen? Nein, aber ich gebe trotzdem nach, lächle, nicke, und ziehe ihm anschließend das Kissen über den Schädel.

Jax kippt getroffen zu Seite und hält sich die Brust. »Ah, sie hat mich direkt ins Herz getroffen! Amor hat mich getroffen! Ich sterbe!«

Ich schnaube belustigt. Willi kichert leise.

»Ihr seid mir vielleicht ein Pärchen. Also gut, ich gebe mich geschlagen. Wenn Enni einwilligt, sich von der Trainingshalle fernzuhalten, dürft ihr in einem Zimmer schlafen.«

Jax rappelt sich auf. »Nicht, dass ich dich um Erlaubnis fragen müsste, Wilhelm. Ich entscheide selbst, wo ich schlafe.«

Dieser Macho! Ich räuspere mich. »Okay«, fügt Jax mein Knie tätschelnd hinzu. »Enni und ich entscheiden, wo wir schlafen. Und ob wir es gemeinsam tun.«

»Ich, mein Freund, könnte dein Mädchen auch einfach in den nächsten Flieger nach Hause setzen!«

Nein! Das könnte er nicht tun. Mehrere Monate ohne Jax überlebe ich nicht. Panisch sehe ich zu ihm, doch er schüttelt liebevoll lächelnd den Kopf. Puhh, Willi macht nur Spaß. Aber er würde es tun, wenn er denkt, dass ich Jax zu sehr ablenke.

»Keine Sorge, ein gelöster und ausgeglichener Jax ist mir viel lieber, als einer, der unter Enni-Entzug leidet. Aber an den Regeln wird nicht verhandelt. Ist das klar?«

Jax und ich nicken einträchtig.

Willi verschränkt zufrieden die Hände. »Jetzt gibt es eigentlich nur noch eine Sache zu klären.«

»Welche?«, fragen Jax und ich unisono.

»Wann findet euer Date statt?

Was mir sehr viel später erst auffällt: Als Willi mit mir gesprochen hat, habe ich keine Angst verspürt. Immer wieder habe ich zu Jax geschielt, doch er hat mich nie angesehen. Dennoch hatte ich das Gefühl, dass er mich beobachtet. Aber er kam nicht zu mir. Er hat mich mit Willi alleine gelassen und wollte wohl meine Reaktion austesten. Dass ich mich so problemlos mit Willi unterhalten konnte, versetzt mich in Hochstimmung. Es ist Tag und ich bin draußen gewesen, habe mich unterhalten und keinerlei Angst verspürt. Es ist, als hätte ich alle Ängste, die Sorgen und Probleme in Hamburg gelassen. Mit dem Zeitpunkt, als meine Füße spanischen Boden berührten, ist alles anders. Ja, selbst meine Gefühle sind anders. Als würde ich auf einer Wolke schweben und niemand könnte mir etwas anhaben.

»Heute!«, begrüßt mich Jax, als er drei Tage nach unserer Anreise in die große Wohnküche kommt. Heute ist der erste richtige Trainingstag. Die letzten beiden Tage hat Willi Akklimatisierung angeordnet, was im Klartext »Nichtstun« bedeutet.

»Gewöhnt euch an das Wetter, geht spazieren, ruht euch aus. Lasst die Seele baumeln. Das gehört genauso zur Vorbereitung wie Kraftsport, Sparring, Belastungstraining und Ausdauer.« Also haben wir das getan, was der Trainer befohlen hat. Lange Spaziergänge am Strand, bei denen meine Erinnerungen an die Silvesternacht nur so aus mir herausgesprudelt sind. Der Strand, die Weite des Meeres und Jaxons Nähe haben alle Ketten, die ich mir nach jener verhängnisvollen Nacht auferlegt habe, gesprengt. Ich fühle, wie ich allmählich wieder zu der Frau werde, die ich vor der Sache gewesen bin.

»Ja, heute ist dein erster Trainingstag«, antworte ich, doch Jaxon schüttelt den Kopf.

»Nein, heute ist unser Date.« Er beugt sich vor, sodass seine feuchten Haare über meine nackte Haut streicheln.

»Was? Heute? Wieso?«

Jax lacht, nimmt sich einen Stuhl, dreht ihn herum und setzt sich rittlings darauf, sodass er mir den Rücken zugewandt hat.

Dann greift er nach einem Kamm und hält ihn mir auffordernd hin. »Was? Soll ich dir etwa die Haare machen, Prinzessin?«

Jax wirft mir über die Schulter hinweg einen spöttischen Blick zu. »Ja, bitte einmal fest binden.« Ich rolle ein wenig mit den Augen.

»Bin ich deine Zofe?«, will ich bissig fragen, doch eigentlich freut es mich tierisch, dass ich ihm die Haare machen soll. Ich stehe auf, nehme den Kamm und lasse ihn durch die schulterlangen Strähnen gleiten.

»Dann müsstest du mich auch ankleiden, aber irgendwie hast du da was missverstanden und ziehst mich dauernd nur aus.« Ich lache leise und erinnere mich an unsere Kabbelei vom gestrigen Abend. Das Ende vom Lied war, dass ich Jaxon bis auf die Unterhose auszogen hatte, nur um ihn für eine Bemerkung über einen Liebesfilm zu bestrafen. Er hat sich erstaunlich wenig gewehrt, doch vor der Unterhose hat er mich gewarnt, ich könne die Konsequenzen möglicherweise nicht ertragen.

»Das passt schon«, entgegne ich belustigt und entwirre einen Haarknoten nach dem anderen. »Ist das Boxen mit den Haaren nicht schrecklich unpraktisch? Die meisten Boxer, die ich gesehen habe, tragen kurze Stoppeln.«

Jaxon zuckt mit den Schultern. »Das hier ist so was wie mein Markenzeichen. Und wenn ich kämpfe, weiß ich, dass du mir den Zopf gemacht hast. So bist du auch im Ring ganz nah bei mir, auch wenn du nicht daneben stehst.«

Eine Welle warmer Zuneigung spült über mich hinweg und hinterlässt ein dümmliches Lächeln auf meinen Lippen. Bin ich froh, dass Jaxon es nicht sehen kann. »Das ist so spießig romantisch, lass das lieber, bevor ich schreiend davonlaufe.«

Jaxon greift neben seinen Kopf und zieht mich am Handgelenk zu sich herum. Automatisch hocke ich mich vor ihn hin und sehe zu ihm auf. Zärtlich legt er eine Hand an meine Wange und lächelt mich an. »Du musst nie wieder davonlaufen. Du kannst für alle Zeit bei mir bleiben.«

Jaxon verschwimmt vor meinen Augen, als sich Tränen der

Rührung darin sammeln. Sekundenlang sehen wir uns an. Nein, Jaxon sieht mich an, ich kann ihn ja dank der Heulerei nicht sehen. Hastig schniefe ich und richte mich wieder auf. »Du hast wohl gestern zu viel Sonne getankt, was?« Jaxon zieht mein Handgelenk zu sich und setzt einen Kuss darauf.

»Offensichtlich noch nicht genug, wenn ich tatsächlich mit dem Gedanken spiele, heute zu trainieren. Ich werde keinen gescheiten Punch landen, wenn ich die ganze Zeit an dich denken muss.«

Ich knuffe ihn scherzhaft gegen die Schulter. »Hey, konzentrier dich, sonst schickt Willi mich wieder nach Hause.« Säuerlich verzieht er das Gesicht.

»Okay, du hast gewonnen. Du gehst einkaufen, suchst dir ein hübsches Kleid und Schuhe aus, wie ihr Frauen das so vor einem Date macht. Und ich arbeite.«

»Ich und Schuhe? Jax, wenn du glaubst, dass ich mich wie eine gewöhnliche Frau verhalte, hast du die letzten Wochen ein völlig falsches Bild von mir gekriegt!«

Er will sich zu mir umdrehen, doch ich beginne gerade mit dem *Man Bun* und nehme die Haare fest an seinem Hinterkopf zusammen. »Stillhalten!«, befehle ich und er ist gezwungen, stur geradeaus zu sehen, wo Charlie steht und uns über ihre Kaffeetasse hinweg amüsierte Blicke zuwirft. »Charlie!«, begrüßt er sie, als hätte er sie gerade zum ersten Mal gesehen. »Du bist doch eine Frau! Kaufst du nicht auch manchmal Kleider und Schuhe und Handtaschen und Schmuck und …«

Charlie deutet vielsagend auf ihre schweren Boots. »Nicht wirklich. Schlepp mich in einen Baumarkt und ich bin dabei. Aber Kleider und Schuhe? Willst du mich verarschen?«

Jaxon gibt ein gequältes Seufzen von sich. »Okay, dann geht halt nicht einkaufen. Aber ich würde dich heute Abend gerne in einem Kleid sehen, Enni, bitte, ja?«, fleht er. »Als Entschädigung, dass ich den ganzen Tag auf deine blöden Witze verzichten musste?«

Ich lache leise und ziehe die Haare stramm. »Fest genug?«

»Darf ruhig noch etwas fester sein. Wenn eine Strähne lose ist, darf ich nicht in den Ring und Willi schickt mich zum Friseur.« Lachend arbeite ich weiter, bis schlussendlich seine Haare gebändigt sind.

Als ich fertig bin, steht er auf und zieht mich in seine Arme. Zärtlich nimmt er mein Kinn und beugt meinen Kopf etwas zur Seite. »Danke, Enni, und heute Abend erfülle ich dir deine sehnlichsten Wünsche.«

Kapitel 17

Ich laufe den ganzen Tag mit einem bescheuerten Grinsen im Gesicht herum. Was die Aufgabe, die mir Jaxon gestellt hat, nicht gerade einfacher macht. Vermutlich hat er mich nur ein Kleid kaufen geschickt, weil er mich irgendwie beschäftigen will. Aus Angst, ich könne ins Grübeln geraten und mich wieder einer Panikattacke hingeben. Immerhin bin ich seit über einer Woche wieder ein voll funktionstüchtiger Mensch, was im Klartext bedeutet: Ich gehe bei Tag raus und bewege mich unter Menschen, ohne gleich einen Anfall von Einsiedler-Sehnsucht zu bekommen.

Der nächste Schritt wäre, alleine unterwegs zu sein. Doch das kann ich noch nicht. Ich fühle nach wie vor eine große Unsicherheit. Es ist nicht nur das fremde Land und die fremde Stadt oder die ungewohnte Sprache. Es sind einfach die Menschen, die mich verunsichern. Starren sie mich an? Sehen sie mir an, dass ich nicht normal bin? Hin und wieder muss ich mich innerlich zur Ordnung rufen. Niemand sieht mir irgendetwas an. Es sind schlicht meine roten Haare und die helle Haut, die mich für die Menschen hier in Katalonien zu einem Exoten machen. Und vielleicht die Tatsache, dass ich mit einer Leibwächterin unterwegs bin, die es mit ihrem frostigen Starren sogar in dieser Sommerhitze schaffen würde, jemanden in einen Eisklotz zu verwandeln.

Dennoch bin ich dankbar für Charlies Begleitung. Ohne sie wäre ich an die Wohnung gefesselt. Nicht schlimm, dank Internetanschluss hätte ich genug Freizeitbeschäftigung und ich bin das Alleinsein gewöhnt, aber meine neu gewonnene Freiheit will ich doch irgendwie genießen. Und natürlich brauche ich eine Kleiderberatung.

»Nimm das, sieht brauchbar aus. Bisschen lang, um damit über Zäune zu klettern und du kannst nicht besonders hoch kicken, wenn du angegriffen wirst.« Charlie hat praktisch zu jedem Kleid einen passenden Kommentar auf Lager. Mal ist es die Kampftauglichkeit, mal ist ihr der Stoff zu dünn, dass ich Blicke auf mich ziehen könnte. Nach einer halben Ewigkeit gebe ich genervt auf und nehme ein weißes Kleid, mit dem ich weder über Zäune klettern, noch einen gescheiten Kick noch Blicke auf mich ziehen werde.

»Du bist unmöglich. Ich will niemandem in den Schritt kicken!«, entgegne ich an der Kasse. Charlie stellt sich neben mich und kichert leise.

»Na vielleicht Jaxon, heute Nacht?« Sie wackelt vielsagend mit den Augenbrauen.

»Mach mir keine Angst. Diese ganze Einkaufstour erfordert meine ganze Selbstbeherrschung. Warum kann ich nicht in Jeans und T-Shirt mit ihm Essen gehen. Es ist nur ein Essen!«

Charlie schüttelt den Kopf und zieht mich aus dem Laden, nachdem ich bezahlt habe. Schuhe kaufen wir keine, zu dem Kleid passen meine Riemchensandalen und noch mal tue ich mir diese Tortur mit Charlie nicht an. »Irrtum, es ist nicht einfach nur Essen im Sinne von Nahrungsaufnahme. Du, Süße, hast ein Date!«

Jetzt bekomme ich doch Angst und starre Charlie panisch an. Sie erwidert meinen Blick ohne mit der Wimper zu zucken. »Ein Date ist kein Essen. Ihr macht euch für den anderen hübsch, du kaufst ein Kleid und …«

»Jaxon wollte, dass ich ein Kleid kaufe!«, widerspreche ich. »Damit ich beschäftigt bin.«

Charlie hakt sich bei mir unter und lässt ihren Blick gewohnheitsmäßig über die Menschen schweifen. Es sind nicht viele unterwegs, die meisten halten um diese Tageszeit ihre Siesta. Nur die doofen Touristen stiefeln durch die Mittagshitze und holen sich vermutlich einen Sonnenbrand, wie die kleine Rothaarige, die ihren Strohhut vergessen hat. In Deutschland habe ich keinen gebraucht, weil ich ja das letzte Mal im Winter tagsüber die Wohnung verlassen habe. Jaxons erste Tat war mir einen Strohhut zu kaufen. Noch bevor wir den Flughafen richtig hinter uns gelassen hatten. Dass Charlie das Date mit Jaxon in ein bedeutungsvolles Licht rückt, macht mir Angst. Nicht die Art von Angst, die ich gewohnt bin. Es … verstört mich.

»Jetzt schau nicht so!«, fügt Charlie lachend hinzu. »Er ist total scharf auf dich und du bist absolut bezaubernd in dem Kleid. Also keine Panik. Genieß seine Aufmerksamkeiten.«

»Wer bist du?«, frage ich Charlie entsetzt. Dass ist nicht die Art von Antwort, die ich aus ihrem Mund erwartet hätte. Sie knufft mich grinsend in die Seite.

»Eine Frau, manchmal bin ich tatsächlich auch noch eine Frau.«

Jaxon kommt erst kurz vor 18 Uhr zurück. Ich liege in der großen Sofalandschaft und zappe mich durch die ausländischen Programme. Als ich die Tür höre, drehe ich mich und versuche, in den Eingangsbereich zu sehen, doch der große Esstisch versperrt mir die Sicht.

»Ich bin's nur«, ruft er, und seine Füße – denn nur die kann ich erkennen – biegen Richtung Schlafzimmer ab. Okay, dann sehe ich noch etwas fern. Ich habe direkt nach dem Einkaufen geduscht, das neue Kleid angezogen und verzweifelt versucht, mich abzulenken. Da nichts wirklich funktioniert hat, habe ich mich schließlich entnervt vor dem Fernseher platziert. Ich sehe sonst nur Filme und Serien und das spanische Nachmittagsprogramm zeigt mir auch, warum ich das tue. Fernsehen ist ätzend. Mal ganz abgesehen von der vielen Werbung, sind die Vorabendserien genau das, was ich nicht brauche.

Ich will mich gedanklich noch weiter über das Nachmittagsfernsehen auslassen, als mich feuchte Strähnen kitzeln. Ich fahre herum und stoße beinahe mit Jaxon zusammen. Er kniet hinter mir und tropft auf mich. »Hey!«, beschwere ich mich, doch sein Blick fährt mir dermaßen unter die Haut, dass sich meine Empörung sofort in Luft auflöst. Als er nichts sagt, sondern mich nur weiter unvermittelt anstarrt, winde ich mich unbehaglich. »Alles okay? Hab ich was im Gesicht kleben?«, hake ich schließlich nach, als er noch immer keine Anstalten macht, mir zu antworten.

Jaxon reicht mir seine Hand und hilft mir, über die Rückenlehne der konstruierten Sofalandschaft zu klettern. Als ich vor ihm stehe und meine Hände in seinem Nacken verschränkt habe, seufzt er zufrieden auf. »Du siehst wunderschön aus«, murmelt er, neigt den Kopf leicht zur Seite und beugt sich vor. Unwillkürlich weiche ich zurück.

»Was?«, mache ich und starre auf seine gespitzten Lippen.

»Ich will dich küssen. Darf ich das?« Ich lege einen Finger an die Lippen und runzle nachdenklich die Stirn, während Jaxon in genau der Position verharrt.

»Küsst man sich nicht nach dem Date? Ehrlich, Jax, du machst alles falsch! Wir schlafen bereits zusammen, bevor wir überhaupt ein Date hatten und jetzt willst du mich auch schon vorher küssen? Also nein, so geht das nicht!« Ich schüttele in gespielter Entrüstung den Kopf. Jaxon richtet sich wieder auf. Seine Mundwinkel kräuseln sich neckisch.

»Ich habe dich bereits geküsst!«

»Ja, aber das war doch vor der Dating-Nummer!«

»Enni!«, stößt er gequält aus. »Ich hatte einen echt anstrengenden Tag, bin hundemüde und würde dich am liebsten …« Er räuspert sich und wendet beschämt den Blick ab. »Verdammt, du siehst so heiß aus, dass ich am liebsten sofort zum angenehmen Teil übergehen würde. Und der beinhaltet nicht Essen gehen!«

»Essen ist angenehm!«, erwidere ich. Doch dann verunstalten nicht jugendfreie Gedanken meine friedvolle Vorstellung eines leckeren Abendessens. Neugierig lege ich den Kopf schief. »Was willst du tun?« Mein Herz klopft so laut, dass ich mir einbilde, die Schläge würden in meinen Ohren widerhallen. Will er …? Hat er etwa vor, mit mir …? Oh mein Gott, ich glaube, das halte ich nicht aus. Unwillkürlich kneife ich die Schenkel zusammen. Jaxon steht so dicht vor mir, dass er es natürlich bemerkt. Er stößt ein amüsiertes Lachen aus.

»Du hast es erfasst, Süße«, raunt er und drückt mir einen flüchtigen Kuss auf. »Ich will dir die schmalen Träger von den Schultern schieben, will sehen, wie das Kleid zu Boden fällt und dann will ich deine Brüste in meine Hände nehmen, zärtlich deine Knospen necken und dich ...«

»Ah, hört auf mit eurem Dirty Talk! Das hält ja kein normaler Mensch aus!« Charlie taucht im Eingangsbereich auf und verzieht angewidert das Gesicht. »Ehrlich, Powers, und lass dir was Besseres einfallen. Knospen sagt kein Mensch!«

Da Charlie hinter Jaxon steht und die Hände in die Hüften stemmt, kann er sie nicht sehen. Und sie kann sein Gesicht nicht sehen. Was besser für uns alle ist. Meine Mundwinkel heben sich und ich grinse ihn amüsiert an.

»Wenn ich dich kriege, Charlotte, bist du fällig! Da will man einen angenehmen Abend verbringen und wird blöd angemacht! Alte Zicke!« Jaxon knirscht wütend mit den Zähnen, wird knallrot und ich schätze, wenn ich ihn loslasse, stürmt er zu Charlie und legt eine extra Runde Sparring ein.

»Du hast jetzt nicht wirklich Zicke zu ihr gesagt, oder?«

Charlie schnaubt und lässt ihre Knöchel knacken. Ich will mit Jax alleine sein und lege keinen Wert auf eine verbale Schlammschlacht der beiden. Selbst wenn Charlie so tut, als würde sie Jax liebend gern verprügeln, würde sie ihm nicht ein Haar krümmen. Bei Jax sieht es genauso aus. Eine ungeschützte Bewegung mit seinen empfindlichen Knöcheln und er kann sich den Titelkampf aus dem Kopf schlagen. Die beiden geben lediglich heiße Luft von sich.

Um die Wogen zu glätten, verschränke ich meine Hände in Jaxons Nacken, ziehe ihn näher und gebe Charlie mit einer Handbewegung zu verstehen, dass sie verschwinden soll. Sie zuckt mit den Schultern, zeigt mir einen nach oben gerichteten Daumen und ruft: »Keine Lust, du bist viel zu fertig. Vielleicht ein anderes Mal bei Mario Cart.«

Jaxons Mundwinkel zucken. »Einverstanden.«

Ich beuge mich zu seinem Ohr und vergrabe meine Nasenspitze an der weichen Stelle unter dem Ohrläppchen. »Wenn du willst, darfst du mir als Entschädigung für Charlies Bemerkung an den Po fassen.«

Jaxon schnappt hörbar nach Luft. »Was? An den Po fassen? Das klingt so prüde und mädchenhaft, nein, das tue ich nicht.« Doch seine Hände wandern tiefer und ehe ich reagieren kann, gräbt er die Finger so fest in meinen Hintern, dass ich erschrocken quietsche.

»Jax!«, keuche ich.

»Viel besser«, murmelt er, beugt sich vor und schiebt seine Zunge frivol zwischen meine empört geöffneten Lippen. Himmel, das kann ja heiter werden heute Abend.

Wir haben es trotz aller Widrigkeiten – Charlies Sticheleien und Jaxons Grapscher – geschafft, doch noch aus der Wohnung zu kommen. Hand in Hand schlendern wir über die Promenade zu einem kleinen Strandlokal. Jeder, der uns sieht, nimmt nur ein verliebtes Pärchen wahr. Nicht die gestörte Person, die ich bin. Nicht den unter Erfolgsdruck stehenden Boxer mit den kranken Händen, der Jaxon ist. Wir haben alle unser Schicksal, doch heute Abend zählt nichts davon. Heute Abend sind wir nur Enni und Jax, die Essen gehen wollen. Oder es zumindest versuchen.

Jax hat nicht reserviert. Genauso planlos wie immer, ist er einfach davon ausgegangen, dass er schon einen Tisch in seinem Lieblingslokal kriegen wird. Kriegt er nicht. Der Kellner entschuldigt sich vielmals, doch alle Tische sind belegt und für den weiteren Abend stehen noch viele Reservierungen an. Er kann uns also auch keinen späteren Tisch garantieren. Das ist ernüchternd und ich habe Hunger.

»Currywurst?«, schlage ich scherzhaft vor. Jax verzieht das Gesicht. Mir macht Fast Food nichts aus, aber er achtet so akribisch auf seine Ernährung, dass er eher gar nichts essen würde, als zu diesem »Dreck« zu greifen. Eine Pommesbude kommt also auch nicht infrage. Tja, dann hätte er reservieren sollen.

»Tut mir wirklich leid, Enni«, murmelt er geknickt. »Vielleicht sollten wir einfach zurück gehen, uns 'ne Pizza reinziehen und dann Sex haben.«

Mir bleibt kurz das Herz stehen. Nein, ich bin viel zu nervös, jetzt mit ihm zurückzugehen. Dann denke ich die ganze Zeit nur an Sex und kriege Schluckauf. Aber der Vorschlag mit der Pizza ist nicht schlecht. Ich lehne mich gegen seinen muskulösen Arm und lege mein Kinn auf seine Schultern. Gott, mit niemand anderem würde ich schlafen wollen, als mit diesem wundervollen Menschen. »Vielleicht können wir eine Pizza von hier mitnehmen, setzen uns an den Strand und essen dort?«

Jaxon schielt zu mir herüber. »Das würdest du tun? Du würdest auf stilechtes Essen gehen zum ersten Date verzichten?«

Ich zucke mit den Schultern. »Am Strand ist es sowieso viel schöner.« Jaxon strahlt mich an, nickt und bestellt Pizza zum Mitnehmen, zwei Flaschen Wasser, Gläser und einen lieblichen Weißwein für mich.

Wenig später machen wir uns mit unserem Essen auf den Weg zum Strand. Ein kühler Wind frischt auf und wirbelt mir das Kleid um die Beine. Ich quietsche auf und versuche, den Rock runterzudrücken. Es gelingt mir nur mit Mühe. Als ich aufsehe, sieht mich Jaxon lächelnd an. »Das Kleid steht dir, der Abend steht dir und dein Lachen steht dir. Ich hätte nie für möglich gehalten, dass aus dem schreckhaften Wesen, welches ich vor einer halben Ewigkeit in einem Waschsalon kennengelernt habe, mal diese strahlende junge Frau wird, in die ich mich verliebt habe.«

Mein Herz macht erst einen Hüpfer, bevor es sich sehnsuchtsvoll zusammenzieht. »Du hast dich verliebt?«

Jaxon nimmt meine Hand und zieht mich zum Strand runter. Wir gehen ein paar Schritte, suchen einen geeigneten Platz, wo wir uns niederlassen können. Erst, als er unser Essen in den warmen Sand gestellt hat, antwortet er mir. »Von ersten Augenblick an, Enni, wollte ich hinter diese schüchternen und gehetzten Augen sehen. Ich wollte wissen, was dich so erschüttert hat, wollte dich kennenlernen. Dass du jetzt hier bist, mit mir, an einem völlig überfüllten Strand ...«, seine Augen zucken hin und her. Am

Strand zu Essen war vielleicht ein toller Einfall, aber den hatten andere auch. Mich stört es nicht.

»Mir egal«, raune ich, stelle mich auf die Zehenspitzen und küsse ihn zärtlich. Jaxon lächelt, als ich mich wieder von ihm löse.

»Ich weiß, und deshalb liebe ich dich auch. Weil du so herrlich unkompliziert bist.«

»Ich? Unkompliziert? Ich glaube, du bist so verliebt, dass du die Wahrheit über mich nicht erkennen kannst. Ich bin ja wohl das komplizierteste Wesen auf diesem Planeten.«

Jaxon schmunzelt. »Nicht so. Du hast etwas durchgemacht, was dich verändert hat. Aber in den wirklich wichtigen Dingen bist du herrlich unkompliziert. Du schaust mit mir schreckliche Filme, teilst dir mit mir Dosenfisch, ohne zu murren, oder machst aus einem misslungenen Abendessen etwas Romantisches.«

»Ich bin nicht romantisch«, wehre ich mich. Jaxon lächelt und setzt sich in den warmen Sand. Ich ziehe meine Sandalen aus und lasse mich neben ihn gleiten.

»Nein, es ist trotzdem schön, hier gemeinsam zu sitzen, Pizza zu essen und aufs Meer hinauszusehen.«

Und das machen wir dann auch. Die Pizza ist lecker, frisch und vollkommen vegetarisch. Den Wein verdünne ich mich Wasser, Jaxon verzichtet. Irgendwann sitze ich mit dem Rücken an ihn gelehnt da und sehe aufs Meer hinaus. Er hat die Hände über meinem Bauch gefaltet und das Kinn auf meinen Scheitel gelegt. Ich spüre die sanften Atemzüge in meinem Rücken, spüre seinen Herzschlag und fühle mich Zuhause. Wirkliche Sicherheit, das Gefühl, geliebt zu werden, ohne Zwang, ohne Druck.

Ja, ich glaube, ich habe mich auch in Jaxon verliebt. Nach der Sache hätte ich nicht geglaubt, dass mir je so etwas passieren könnte. Ich meine, ich hatte bereits vor Jaxon Beziehungen, zwei, drei unwichtige Flirts und das erste Mal war eine mittelschwere Katastrophe, die meine Lust auf Sex nicht gerade gefördert hat. Aber mit Jaxon ist das alles anders. Bei ihm habe ich tatsächlich das Gefühl, die andere Hälfte meiner Seele gefunden zu haben. Die Hälfte, die noch ganz ist und die meine kaputte Seite heilt.

Das klingt total kitschig und romantisch und nach überzogener Süßholzraspelei und ich würde mir eher auf die Zunge beißen, als diese Gedanken mit Jaxon zu teilen, aber genauso ist es. Ein *Ich liebe dich* ist einfach nicht stark genug, um die Gefühle, die ich für ihn empfinde, auch nur ansatzweise zu beschreiben.

Ich will ihm gerade einen sicheren Teil meiner Gedanken mitteilen, da reißt mich eine schrille Stimme aus meiner Konzentration. »Jaxon Powers?!« Schmerzvoll verziehe ich das Gesicht und blinzle verstört. Die untergehende Sonne wird von einer energisch die Hände in die Hüften stemmenden Frau verdeckt. Ich kneife die Lider zusammen und versuche, sie zu erkennen, doch sie thront nur als störender Schatten über uns.

Jaxon versteift sich hinter mir. »Viktoria?«, stammelt er. Ich kann das Entsetzen in seiner Stimme förmlich durch unseren engen Körperkontakt fühlen. »Was machst du denn hier?«

Ich glaube, sie schenkt mir einen angewiderten Blick und verzieht das Gesicht. »Urlaub machen, und was machst du hier? Hast du wieder dieses lächerliche Trainingslager? Ich habe gesehen, dass du im Oktober einen Kampf hast.«

Jaxon seufzt genervt auf. Bei dieser Stimme würde ich auch genervt sein. Warum ist sie hier? Ich glaube nicht an Zufälle. Nicht, wenn sie weiß, dass er vor einem Kampf diesen Ort aufsucht.

»Ja, vor einem Kampf macht man das so.«

»Und die Kleine? Darf sie dich etwa ins Trainingslager begleiten? Ich durfte dich nie begleiten.« Schmollt sie etwa? Okay, ich sollte mich mit den bissigen Gedanken zurückhalten. Reicht, wenn Viktoria durch ihr Erscheinen den Abend ruiniert. Ich muss nicht auch noch dazu beitragen.

»Hi«, klinke ich mich fröhlich ein und strecke ihr die Hand entgegen. Was ziemlich seltsam aussieht, da Viktoria noch immer steht und wir sitzen. Und da Jaxon keine Anstalten macht, sich zu erheben, tue ich es auch nicht. Könnte ich auch gar nicht. Er hat seinen Griff um meine Taille noch verstärkt und hält mich einfach fest. Fast kommt es mir so vor, als würde er mich als

Schutzschild benutzen. Jaxon versteckt sich vor Viktoria? Ernsthaft? Okay, dann muss ich ihn wohl beschützen, meinen großen, starken Boxer. »Hi«, wiederhole ich. »Ich bin Enni!«

Langsam gewöhnen sich meine Augen an die veränderten Lichtverhältnisse und ich kann Viktorias Gesicht erkennen. Sie ist schön, hat ein fein geschnittenes Gesicht und ist sehr schlank, fast schon mager. Ihre blonden Haare reichen ihr bis auf die Hüften. Sie trägt sie offen zu einem bunten Sommerkleid. Wäre da nicht der neidische Blick, mit dem sie mich bedenkt, würde sie vielleicht sogar recht freundlich wirken. Nein, bei genauerem Hinsehen eigentlich nicht. Sie strahlt mit jeder Bewegung Überheblichkeit und Arroganz aus.

»Mir ist vollkommen egal, wer du bist. Aber dass er dich mitgenommen hat, ist mir nicht egal.« Sie seufzt schwer. »Ich dachte wirklich, wir hätten etwas Besonderes, aber das hier –«, und sie zeigt auf uns, »beweist, dass da nie etwas zwischen uns war.«

Jaxon stöhnt. »Nein, zwischen uns war nie etwas wirklich besonders. Du hast nur einen berühmten Kerl gesucht, der dich in gehobene Kreise einführt. Und mich dann für deine miesen Machenschaften benutzt. Mir tut es absolut nicht leid, dass ich nicht dieser Kerl bin. Und jetzt geh mir aus den Augen, du störst!« So abweisend habe ich Jaxon noch nie erlebt und ich bin heilfroh, dass seine Worte nicht mir, sondern Viktoria gelten. Sie gibt ein wütendes Schnauben von sich und wendet sich Gott sei Dank endlich zum Gehen.

»Selbst ein hübscher Arsch bleibt ein Arsch«, mault sie und verzieht sich endlich. Jaxon seufzt, sagt aber nichts.

»Das war also Viktoria«, murmele ich schließlich. Meine Worte bringen Jaxon zum Lachen.

»Oh ja, das war Viktoria.«

»Die Ex.«

»In ihrem Weltbild vielleicht, in meinem gab es nie ein Viktoria und Jaxon.«

Wir lachen beide laut auf.

»Die hätten wir damit auch abgehakt.«

»Du bist nicht böse?«, fragt Jax vorsichtig nach.

»Warum sollte ich? Die Begegnung mit der Ex gehört doch irgendwie auch dazu, oder? Ein weiterer Punkt auf der Liste der Dinge, die zu einer Beziehung gehören, den wir als erledigt betrachten können.«

»Du führst eine Liste?«

Ich zucke mit den Schultern. »Nicht wirklich, aber ich bin ganz froh darüber, dass sie weiß, dass du mir gehörst.«

Jaxon versteift sich. »Siehst du das so? Dass ich dir gehöre? Heißt das …?« Habe ich das wirklich gesagt? Oh, Himmel, bin ich ihm gegenüber wirklich so besitzergreifend? Ja, ich will, dass er mir gehört. Und keiner anderen.

Ich drehe mich in seinen Armen um, damit ich ihn ansehen kann. »Ja, du bist mein, genauso wie ich dein bin.«

Jaxon betrachtet mich mit verklärtem Blick, der dazu führt, dass sich meine Eingeweide sehnsuchtsvoll zusammenziehen. »Zeit, den letzten Punkt auf der Liste abzuarbeiten.«

Ich wünsche mir nichts sehnlichster, als mit Jax zu schlafen, und doch fürchte ich mich davor, was passieren wird. Kann ich es? Kann ich mich ihm hingeben? Und was wird passieren, wenn ich es nicht kann? Verdammt. Ich beiße mir wütend auf die Unterlippe. Diese Sache darf keinen Keil zwischen uns treiben. Das lasse ich verdammt noch mal nicht zu! Ich will diese Geschichte endlich hinter mir lassen!

Jaxon deutet meinen Blick richtig. Zärtlich greift er nach meinem Kinn, beugt sich vor und küsst mich langsam und gründlich. Ich seufze auf und sehe erstaunt dabei zu, wie sich meine negativen Empfindungen in Luft auflösen. »Nichts, was du nicht willst, okay?«

Ich nicke zögerlich. »Und wenn ich nur schlafen will und nicht …?«

Jaxon streift liebkosend über meine Unterlippe. »Dann schlafen wir eben nur. Ich halte dich allerdings für bereit und werde nicht mehr Nein sagen, wenn du es tun möchtest.«

Mein Herz zieht sich sehnsuchtsvoll zusammen. »Oh, Jax«, seufze ich und werfe mich in seine Arme. »Womit habe ich dich nur verdient?«

»Ach«, murmelt er gegen meine Halsbeuge. »Genau das wollte ich auch sagen. Komm, Süße, lass uns gehen.«

Kapitel 18

Die Wohnung liegt im Dunkel. Obwohl es noch vor Mitternacht ist, regt sich hier niemand mehr. Es ist Freitagabend, vielleicht sind Willi und Charlie ausgegangen? Keine Ahnung. Mein Herz klopft mir bis zum Hals, als ich in die Mitte des Wohnbereichs trete und ratlos einfach stehen bleibe. Was soll ich tun? Soll ich gleich in Jaxons Schlafzimmer gehen? Oder in meines? Wir schlafen normalerweise bei mir, doch das Bett scheint mir ungeeignet, eben weil wir nur darin nebeneinander geschlafen haben und nicht … miteinander. Oh Gott, ich glaube, ich kann das nicht. Meine Innereien ziehen sich ängstlich zusammen. Wie im Traum sehe ich die Gesichter jener Kerle aus der Dunkelheit auftauchen, bedrohlich über mir schweben und …

Starke Hände legen sich auf meine Schultern, streichen meinen Hals entlang und liebkosen meinen Nacken. Jaxon schmiegt sich an mich, legt sein Kinn in meine Halsbeuge und beginnt mit den Lippen einen Streifzug über meine Haut. Ich erwarte, dass die Panik Besitz von mir ergreift. Gespannt horche ich in mich. Doch da ist nichts. Nur Jaxons Nähe, seine Wärme, die mich trotz der Julihitze durchdringt und die Kälte in meinem Herzen vertreibt.

»Okay?«, murmelt er fragend und stupst mit der Nasenspitze gegen die empfindliche Stelle hinter meinem Ohr. Es kitzelt und ich zucke zusammen.

»Hör auf damit, das kitzelt«, juchze ich und will davonspringen, doch seine Hände, die er zwischenzeitlich auf meinen Hüften platziert hat, halten mich fest.

»Kein Problem«, murmelt er. »Ich kann damit aufhören, dich zu kitzeln, wenn ich dir das Kleid ausziehen darf?«

Jetzt versteife ich mich. Jaxon bemerkt es und legt beruhigend seine Hände auf meine Schultern, dreht mich zu sich um und nimmt zärtlich mein Kinn, beugt es leicht, damit ich seinem Blick nicht ausweiche. »Enni, wenn du es nicht willst, lassen wir es, okay?«

Ich nicke. Jaxon erwidert meinen Blick und trotz der Dunkelheit sehe ich nichts als Zuneigung und Sicherheit. Ich vertraue ihm.

»Was möchtest du tun? Willst du …?«

»Vielleicht darf ich … dich ausziehen?«, frage ich vorsichtig. Peinlich berührt senke ich den Blick und kralle mich an seinem T-Shirt fest. Da will ich drunter sehen, will wissen, ob seine Muskeln sich genauso gut anfühlen, wie sie aussehen. Jaxon lacht leise, nimmt meine Hände und küsst meine Knöchel.

»So hatte ich mir das zwar nicht vorgestellt, aber du hast ja deutlich klar gemacht, dass ich dir gehöre. Also darfst du auch anfangen.« Er schenkt mir einen amüsierten Blick und zieht mich hinter sich her in mein Schlafzimmer. Okay, sicherer Boden. Hier können wir auch einfach nur schlafen.

Vor dem Bett bleibt er stehen und greift nach dem Saum seines T-Shirts. »Soll ich oder möchtest du?« Ich bleibe kurz an der Tür stehen. Gerne würde ich mich sofort auf ihn stürzen, ihm das Shirt vom Körper reißen, aber mich verlässt der Mut. Vielleicht ist es mit Licht besser.

Die kleinen Lampen links und rechts neben dem großen Doppelbett lassen sich auch von der Tür einschalten. Ich betätige den Schalter, bevor ich zu ihm gehe, meine Hände auf seine Brust liege und mich auf die Zehenspitzen stelle, um ihn zu küssen. Jaxon nimmt meinen Kuss mit solch hungriger Intensität auf, dass ich kurz zurückweiche.

»Sorry«, murmelt er und will seine Hände auf meine Hüften legen und mich erneut an sich ziehen, doch er verharrt mitten in der Bewegung. »Ah, das wird verdammt schwer«, gibt er zu und verzieht das Gesicht.

Meine Mundwinkel zucken und ich greife nach dem Saum seines Shirts. Ich habe ihn schon öfter oben ohne gesehen, also ist das kein Problem. Wir haben einander so oft geneckt, dass das hier nichts Neues ist. Brisant wird es erst, wenn wir weitergehen. Für mich war Jaxons Grenze immer sichtbar und ich kann noch nicht richtig damit umgehen, dass sie plötzlich nicht mehr da sein soll.

Jaxon beißt sich auf die Unterlippe, als ich sein T-Shirt anhebe und die Hände darunter gleiten lassen. Bebend schließt er die Augen und gräbt seine Zähne noch etwas mehr in seine Lippe. Ich lächle und genieße den Anblick, stelle mich auf die Zehenspitzen und knabbere zärtlich an seiner Unterlippe. Hastig öffnet er die Augen und starrt mich mit verzehrender Intensität an, aber er bewegt sich nicht. Erst, als ich ihm das Shirt über den Kopf ziehe, hebt er die Arme, hilft mir dabei und feuert es achtlos hinter sich.

Meine Hände gleiten über seine definierte Brust. Ich fahre jeden einzelnen Muskelstrang andächtig nach. »Du bist so schön.« Jaxon atmet hörbar ein, als ich die Finger in seinen Hosenbund einhake und ihn fragend ansehe. Das ist die Grenze, die wir nie überschritten haben. »Darf ich?«

»Bitte«, keucht er und zittert vor Anstrengung, sich nicht zu bewegen. Ich genieße seine Reaktion, fühle, wie er mir die Kontrolle übergibt und öffne seinen Hosenknopf, schiebe ihm die Jeans über den Po, gehe in die Hocke und schiebe sie bis über seine Knie nach unten. Dabei komme ich gefährlich nahe an seine empfindliche Stelle. Doch er bewegt sich nicht, erst, als ich wieder aufstehe und ihn ansehe, sehe ich die Anstrengung, die ihn seine Beherrschung kostet.

Gott, wie ich diesem Mann vertraue. Ich wage nicht, zu sprechen, um den Moment nicht zu zerstören. Also nehme ich seine Hände und lege sie auf meine Schulter, jede einzeln. Und dann gebe ich ihm mit einem Nicken zu verstehen, dass es okay ist.

Jaxon schließt kurz die Augen, sammelt sich und atmet tief durch. »Langsam, okay?« Ich nicke und er schiebt mir den rechten Träger von der Schulter. Ich neige leicht den Kopf, um ihm zu zeigen, dass er mich dort küssen darf. Jaxon nickt und beugt sich vor, knabbert vorsichtig an meiner Halsbeuge. Ich drehe den Kopf in seine Richtung. Er versteht und schiebt den anderen Träger von meiner Schulter.

Jaxon steigt aus der Jeans, tritt zurück. Das Kleid fällt zu Boden und ich stehe in nichts als einem halb durchsichtigen Slip vor ihm. Er setzt sich auf die Matratze, lehnt sich zurück und betrachtet mich eingehend.

»Du bist schön«, murmelt er, streckt die Hände nach mir aus und ich komme zu ihm. Ängste sind vergessen, Panik kommt nicht auf und ich weiß, dass diese Nacht das eindrucksvollste Erlebnis seit Silvester wird. Diese Nacht wird mich den Schmerz vergessen lassen und ihn mit intensiven, viel schöneren Erinnerungen ersetzen.

Kapitel 19

Die Tage in Spanien vergehen wie im Fluge. Ich kann es noch gar nicht glauben, dass wir bereits seit sechs Wochen hier sind. Es werden noch vier weitere Wochen folgen, bevor wir Anfang September nach Hamburg zurückkehren. Seit jener Nacht können Jaxon und ich kaum die Finger voneinander lassen. Willi merkt dies, aber er sagt nichts, weil Jaxon regelrecht aufblüht. In seiner Position als Trainer stört ihn das zwar, weil er der Meinung ist, dass sich Jaxon so kaum auf die Verbesserung seiner Technik konzentrieren kann, aber auf der anderen Seite schwärmt er von Jaxons Energie, von seinen praktisch nicht vorhanden Schmerzen. Selbst als Dr. Hauke uns besucht und Jaxons Hände untersucht, ist er sehr zufrieden. Die Blutwerte weisen nur eine leichte Erhöhung der Entzündungswerte auf. Aber da wir jeden Abend mit dem Sand arbeiten, eine kortisonhaltige Salbe auftragen und Jaxon eine geringe Dosis Sulfasalazin einnimmt, treten keinerlei Komplikationen auf. Ich war von Anfang an skeptisch, als er von dem Titelkampf erzählt hat. Ein Boxer mit rheumatischen Händen – denn nichts anderes sind die krampfartigen Verspannungen – will sich einem zehnwöchigen Intensivtraining stellen, um gegen einen Weltmeister anzutreten? Absolut verrückt, doch nach den Erfolgen der letzten Wochen halte ich es tatsächlich für möglich. Und ich bin so stolz auf Jaxon!

Die Trainingstage reihen sich wie eine endlose Kette Perlen aneinander. Fünf Tage Training gefolgt von zwei Tagen Pause, Ausdauertraining wechselt sich mit Sparring und Krafttraining ab. Zu meiner Freude wachsen nicht nur Jaxons Muskeln, auch seine Ausdauer kommt mir sehr zu gute. Ich grinse verschämt, wenn ich an seine Aktionen ihm Bett denke. Er ist unersättlich, will alles ausprobieren, was mir Spaß macht und überlässt mir häufig die Führung. Das und seine unendliche Geduld tun mir so gut, dass ich Spanien am liebsten nie wieder verlassen würde. Von mir aus könnte ich den Rest meines Lebens hier verbringen, mit genau dem gleichen Tagesablauf.

Dass das nicht so bleiben wird, beweist mir eine unscheinbare Zeitung, die ich Mitte August – zwei Wochen vor unserer Abreise – an einem Kiosk entdecke. Normalerweise meide ich Boulevardblätter dieser Art. Jaxon hat mich davor gewarnt, dass unser Aufenthalt hier nicht unbemerkt bleiben wird. Doch als ich eine vertraute Rückenansicht zwischen den sanften Wellen des Mittelmeers auf dem Titelblatt einer bekannten deutschen Tageszeitung entdecke, fällt mir das Eis aus der Hand. Ich war gerade mit Charlie einkaufen – Lebensmittel – um heute Abend für alle zu kochen, als mein Blick auf Jaxons Rücken fällt. Wie in Trance greife ich nach der Zeitung und lese die Überschrift.

»Na hat ja lang genug gedauert«, murmelt Charlie, die die Überschrift bei einem Blick über meine Schulter mitliest. »Du kannst dich glücklich schätzen, dass sie euch erst jetzt gefunden haben.«

Völlig gebannt überfliege ich den Artikel. *Jaxon Powers und seine Freundin wurden an der Mittelmeerküste in Sitges gesehen. Der beliebte Boxer im Halbschwergewicht wird am 10. Oktober als Herausforderer gegen den amtierenden WBO-Weltmeister Luis Armstrong antreten. Der 32-jährige Powers gewann seinen letzten Kampf am 22.12. in Hamburg in der 10. Runde im technischen K.O. gegen Michael Moore und gilt seitdem als unschlagbar. Der Titelkampf findet in der Hamburger O2-Arena statt.*

Die Informationen rattern wie am Laufband an mir vorbei, doch die Bildunterschrift ist das Einzige, was mich interessiert. *Wer ist die neue Frau an Powers Seite?* Man vermutet, dass es sich nicht um Viktoria handelt. Pah! Das Einzige, was mich etwas aufbaut, ist die Tatsache, dass man mich nur von hinten sieht, von Jaxon wurde noch eine Nahaufnahme gemacht. Zwar verwaschen, aber sein außergewöhnliches Profil ist gut erkennbar. Zudem der *Man Bun*.

Puhh, ich wusste, dass es irgendwann dazu kommen würde. Jaxon ist so markant, dass er praktisch überall auffällt. Und die Presse wäre dumm gewesen, nicht in diesem kleinen spanischen Ort nach ihm zu suchen. Die Bemerkung von Viktoria fällt mir wieder ein. Es ist Wochen her, doch ich habe sie nicht vergessen. Demnach sucht Jaxon für jede größere Kampfvorbereitung diesen Ort auf.

»Hey, Mädchen!« Erschrocken zucke ich zusammen und sehe den Kioskinhaber schüchtern an. »Kauf die Zeitung oder leg sie zurück!« Ich nicke eingeschüchtert und krame nach Kleingeld, um die Zeitung, deren Titelseite ich seit einigen Minuten anstarre, zu bezahlen.

Jaxon gibt sich nicht sonderlich verwundert, als ich ihm am Abend nach seiner Rückkehr die Zeitung vorlege. Während ich in der Küche werkele und Steaks für Willi und Charlie brate, überfliegt er die Titelseite. »Immerhin haben sie dein Gesicht noch nicht gesehen.«

Erschrocken zucke ich zusammen, als mir klar wird, dass das durchaus passieren könnte. Es sei denn, ich gehe nicht mehr raus. Wütend knirsche ich mit den Zähnen und werfe schwungvoll das Steak in der Pfanne herum. So etwas wird nie wieder vorkommen! Niemals mehr werde ich mir von ein paar Idioten diktieren lassen, wann ich rauszugehen habe und wann nicht.

»Hey, hey!« Jax taucht hinter mir auf und nimmt mir den Pfannenwender ab. »Willi und Charlie mögen ihre Steaks medium. Wenn du so weitermachst, können wir Riemchen an die Teile basteln und morgen mit denen an den Füßen zum Strand laufen.«

»Tschuldigung«, murmele ich und setze mich an die Theke. Nachdenklich stelle ich die Ellenbogen auf die Marmorplatte und stütze mein Kinn darauf. »Wird das jetzt immer so weitergehen? Wann immer ich mich mit dir sehen lasse, wird irgendjemand ein Foto schießen und ich kann mich drei Tage später in der BILD bewundern?«

Jaxon lässt die Steaks auf einen Teller gleiten, stellt die Pfanne neben den Herd auf einen Topflappen und schaltet die Platte aus. Als er sich zu mir umdreht, hat er eine nachdenkliche Miene aufgesetzt. »Das war erst der Anfang. Die Typen haben uns am Strand planschen sehen. Sie werden nicht eher Ruhe geben, bis sie wissen, wer du bist, wie du heißt, wie alt du bist und welche Körbchengröße du hast.« Er verzieht das Gesicht und formt die Hände so, als würde er sie unter meine Brüste halten.

»Ernsthaft? Körbchengröße?« Ich muss ein ziemlich entsetztes Gesicht gemacht haben, denn Jaxon prustet laut los und schüttelt den Kopf. »Nein, die nicht.« Er beugt sich über die Theke und gibt mir einen liebevollen Kuss. »Die geht nämlich nur mich etwas an.« Er vertieft den Kuss und ich schließe genüsslich die Augen, lasse die bohrenden Gedanken von seinen Lippen vertreiben.

»Und was, wenn ich das alles nicht will?«

Jaxon lehnt sich seufzend zurück. »Dann müsstest du dich auf der Stelle von mir trennen.«

»Auf keinen Fall!«, wehre ich heftig ab. Der Gedanke ist so schmerzhaft, dass meine Erwiderung einer stürmischen Kampfansage gleicht. Jaxons Mundwinkel kräuseln sich amüsiert.

»Dann, meine Liebe, musst du lernen, mit der Aufmerksamkeit umzugehen. Sie werden so lange nachbohren, bis sie herausgefunden haben, wer du bist. Das Beste wird sein, ich stelle dich der Presse offiziell vor.«

Meine Augen werden groß. »Wwwwaaasss?«, stammele ich entsetzt. Das geht mir nun doch etwas zu schnell. Noch vor ein paar Monaten habe ich es nicht geschafft, meine Wohnung ohne tagelange mentale Vorbereitung zu verlassen, und nun soll ich vor Journalisten treten? Wozu eigentlich? Mit wem Jaxon zusammen ist, geht sie reichlich wenig an! Trotzig schiebe ich meine Unterlippe vor und starre ihn finster an.

Jaxon lacht. »Du bist echt niedlich, wenn du kämpferisch aussehen willst.«

»Ich bin nicht niedlich!«, brumme ich finster. Jaxon beachtet meine schlechte Laune nicht weiter.

»Also, Vorschlag. In zwei Wochen fliegen wir zurück nach Deutschland. Dort beginnt dann ein einmonatiger Werbemarathon. Vorstellung der Kontrahenten, Pressekonferenzen, ein paar öffentliche Auftritte, ein Interview bei einer Fernsehshow und das offizielle Wiegen eine Woche vor dem Kampf. Du kannst mich bei all diesen Terminen begleiten.«

Meine schlechte Laune wird von purem Entsetzen abgelöst. »WAS?«

Jaxon nickt. »Du wirst sehen, die Presse ist weit weniger furchteinflößend, wenn man ihnen ein bisschen von seinem Privatleben abgibt. Außerdem hast du nichts anderes zu tun, als nett zu lächeln.« Ich verziehe störrisch das Gesicht.

»Und wenn ich nicht mitkommen will? Nicht bei einem einzigen dieser Termine?« Mich ängstigt die Rückkehr nach Deutschland so sehr, dass ich schon mit dem Gedanken gespielt habe, einfach in Spanien zu bleiben. Aber dann würde ich auf Jaxon verzichten müssen und er auf mich. Was wäre ich für eine miese Freundin, wenn ich ihn in der Zeit vor dem Kampf nicht unterstützen würde? Eben. Also muss ich ihn wohl oder übel begleiten.

»Enni.« Jaxon beugt sich erneut über die Theke, nimmt meine Hände und sieht mich ernst an. »Ich werde dich bestimmt nicht zwingen, mich bei den Terminen zu begleiten. Aber die Presse wird sich trotzdem nach dir erkundigen. Jeder wird wissen wollen«, er schielt mit einem süffisanten Blick auf die Zeitung, deren Titelblatt meine Rückansicht zeigt, »wen Jaxon Powers da nass spritzt. So, wie wir da durch die Wellen tollen, kommt kein Zweifel auf, dass wir zusammen sind. Jeder wird mich nach dir fragen. Ich werde sagen, was du möchtest. Das wir nur Freunde sind, meinetwegen auch, dass du meine kleine Schwester bist. Aber das wird die Meute nicht beruhigen. Sie werden die Lüge erkennen und nur noch drängender in ihren Nachforschungen.« Er seufzt und küsst meinen Handrücken. »Das Einfachste ist wirklich, es kurz und schmerzlos zu machen.«

Ich verziehe das Gesicht. »Soll ich wie ein Unfallopfer an deinem Arm hängen und dümmlich in die Kamera grinsen und flöten: ›Hi, ich bin Enni und ich schlafe mit Jax!‹« zur Bekräftigung meines Scherzes strecke ich noch die Zunge raus.

Jaxon verzieht das Gesicht. »Mach bloß nicht einen auf Viktoria, das steht dir nicht.« Ich grinse breit. »Es reicht, wenn du einfach du selbst bist. Gerne auch etwas nervös. Dann wirst du nämlich knallrot und eroberst die Herzen der Reporter im Sturm.«

»Ich werde überhaupt nicht knallrot!« Hastig greife ich nach einem Kochlöffel und hole nach ihm aus. Jaxons Augen werden groß.

»Oh, ein Duell! Warte, ich habe meine Waffe noch nicht gewählt!« Eilig sieht er sich in der Küche um und greift nach dem Pfannenwender.

»Idiot!«, rufe ich und gehe in Kampfstellung.

»Zimtzicke!« Und ab da habe ich keine Zeit mehr, mir über die Presse Gedanken zu machen, nein, ich muss dringend an meinen Duellierfähigkeiten arbeiten, denn nur wenig später finde ich mich auf dem Rücken liegend in Jaxons Bett wieder. Und was er da mit mir tut, entbehrt jeder Beschreibung. Nein, ich muss dringend mehr trainieren, damit ich diesem Muskelprotz gewachsen bin.

Kapitel 20

Ich fühle mich, als würde ich aus einem Traum erwachen. Aus meinem ganz persönlichen Wunschtraum. Manche träumen ihr Leben lang davon, Erfolg zu haben, oder ein eigenes Häuschen mit Gartenzaun, zwei Kinder und eine Golden Retriever. Vielleicht träumt der ein oder andere davon, berühmt zu sein oder einen Bestsellerroman zu schreiben. Aber ich nicht.

Vor einem halben Jahr wäre ich damit zufrieden gewesen, das Trauma der Silvesternacht hinter mir zu lassen. Wie ein ganz gewöhnlicher Mensch tagsüber rauszugehen, Erledigungen zu machen, arbeiten zu gehen. Eben ein ganz normales, langweiliges Leben leben zu dürfen. Mit kleinen Annehmlichkeiten wie ein Eis in der Sonne, mich mit Freundinnen zu treffen … oder eine Beziehung zu führen.

Allein diese simplen Vorstellungen eines gewöhnlichen Lebens waren für mich dank der Ereignisse, die die Silvesternacht in Gang gesetzt hat, in unerreichbare Ferne gerückt. Und doch habe ich meinen Traum gelebt, mit Jaxon, der mit seiner Geduld und seiner Fürsorge langsam zu mir durchgedrungen ist und mir die letzten Monate geschenkt hat. Was für die einen das Vorstadthäuschen ist, ist für mich ein verschlafenes Kaff unweit von Barcelona. Sitges ist für mich der Inbegriff des Himmels auf Erden. Nicht nur das fantastische Wetter hat mich aus der tristen Einsamkeit Hamburgs entführt. Ich durfte vom Paradies kosten und will wieder dorthin zurück.

Als ich mit Jax und Charlie an einem regnerischen Montagabend in Hamburg aus dem Terminal des Flughafens trete, fühle ich mich, als wäre ich zurück in meiner ganz privaten Hölle.

Hamburg ist zwar nicht Köln, wo sich der Vorfall ereignete, aber hier habe ich gelitten – und wieder gelernt zu lieben. Sehnsüchtig sehe ich zu Jax, der sich mit unseren Koffern auf einem Trolley abmüht. Er schiebt ihn bis an den Straßenrand und sieht sich um. Während Charlie für uns ein Taxi organisiert, parkt er den Kofferwagen, greift nach meiner Hand und zieht mich in seine Arme. Jax wäre nicht Jax, wenn er meine Grübeleien nicht bemerkt hätte. Seit ein paar Tagen fühle ich mich schlechter, lache weniger und falle zurück in die alte Lethargie. Jaxon versucht oft, mich mit einem Scherz oder einer gut gemeinten Aktion aufzumuntern. Doch seine Bemühungen haben nur geringen Erfolg. Mir tut es wahnsinnig leid, dass ich so mies drauf bin, aber Hamburg steht für mich sinnbildlich für die Enni, die alles verloren hat. Aber auch – und das darf ich bei all der Traurigkeit, die mich hier befällt, nicht vergessen – für die Enni, die sich mit Jaxon zurück gekämpft hat.

»Alles wird gut«, flüstert er mir zu und schiebt mir das Basecap tiefer ins Gesicht. Jaxon deutet meine Stimmung falsch. Er denkt, ich wäre so niedergeschlagen, weil ich Angst davor habe, an seiner Seite gesehen und mit der Presse konfrontiert zu werden. Das stimmt zwar auch, aber ich hatte es fast vergessen. Seine Reaktion erinnert mich daran und warum wir diese lächerlichen Mützen tragen. Während ich am Flughafen in Barcelona ein Cappy mit einem »I love Barcelona« erstanden haben, trägt Jaxon erneut seine grässliche schwarze Wollmütze. Den *Man Bun* hat er unter der Mütze versteckt. Um seine völlig absurde Maskerade zu vervollständigen, trägt er eine dunkle Sonnenbrille. Bei Regen. Am Abend.

Ich lächle ihn kopfschüttelnd an. Er sieht genauso aus wie damals, als wir uns das erste Mal im Waschsalon begegnet sind. Genauso bescheuert, und genauso einnehmend grinsend.

»Jaxon Powers?« Sein Lächeln verzieht sich zu einer windschiefen Grimasse, als eine Frauenstimme ihn von hinten anspricht. Natürlich könnte es eine alte Bekannte sein, eine Freundin aus der Schulzeit, was weiß ich. Doch instinktiv wissen wir, dass es sich bei der Person, die ihn so unverfroren anspricht, nur um eine Berufsgruppe handeln kann. Reporter. »Es war die Sonnenbrille, oder? Die hat mich verraten?«, murmelt er, ohne sich umzudrehen.

»Vermutlich«, gebe ich zurück und schiele über seine Schulter. Eine Frau mittleren Alters hat ihn erkannt und angesprochen. Ich stelle mich auf die Zehenspitzen und schiele über seine Schulter. Die Frau ist nicht allein. Sie hat einen Typen mit einer Handkamera dabei. Meine Augen weiten sich. Die beiden sehen aus, als würden sie aus einem Kriegsgebiet berichten. Nicht wie die herausgeputzten Journalisten, die vor öffentlichen Gebäuden stehen und von wichtigen politischen Entscheidungen erzählen. Nein, sie tragen Jeans und T-Shirt und sportliche Jacken. Ganz normale Menschen eben, die sich nur durch umgehängte Presseausweise von der normalen Bevölkerung unterscheiden.

Jaxon seufzt. »Reporter?«

Ich nicke einsilbig. Das »P«, welches auf dem in einer Plastikhülle steckenden Ausweis um ihren Hals baumelt, weißt sie als Journalisten aus.

»Verdammt«, flucht er und nimmt die Sonnenbrille ab. Dabei erspäht er etwas hinter mir und er verzieht das Gesicht. »Kein Wunder, dass ich erkannt werde.« Ich drehe mich um und folge seinem Blick. An der Gebäudefassade gegenüber dem Eingang des Terminals hängt ein riesiges Plakat, von dem uns Jaxons anstrahlt. Die Bildunterschrift weißt auf den Kampf am 10. Oktober hin. Per Fotomontage wurde sein Gegner neben ihm postiert. Ich weiß, dass es eine Montage sein muss, da Jaxon ja die letzten Wochen in Spanien war und keine Gelegenheit für ein professionelles Shooting mit Luis Armstrong hatte. Vielleicht wird es so ein Shooting auch gar nicht geben und es ist so üblich, die Werbeplakate per Fotomontage zusammenzubasteln. Was weiß ich schon? Die Boxbranche ist für mich ein Buch mit sieben Siegeln.

»'Ne Nummer kleiner hätte es auch getan«, murmelt er, nimmt

die Sonnenbrille ab und setzt sich ein Lächeln ins Gesicht. »Na dann, lasset die Spiele beginnen.«

Die Reporterin stellt sich als Lara Fürst vor. Sie berichtet für ein großes deutsches Boulevard-Magazin. Nicht die BILD, aber mit ähnlich gelagerter Klientel. So eine Frauenzeitschrift, wie sie zuhauf an diversen Kiosken ausliegen. Sie heißt Jaxon freundlich willkommen und stellt ein paar Fragen nach seinem Aufenthalt in Spanien. Sie scheint mir ganz nett. Aber ich will sie eigentlich gar nicht so genau betrachten, mir reicht es, das Gespräch zwischen ihr und Jaxon versteckt hinter seinem Rücken zu beobachten. Ich drehe mich seitlich weg und tue so, als würde ich nur zufällig neben ihm stehen. Ich atme durch und will mich schon darüber freuen, dass ich ihr entgangen bin, doch da erspäht sie mich. Ihr Blick bleibt für eine Sekunde an meinem Gesicht hängen und ich trete automatisch einen Schritt zurück, sodass ich hinter Jaxons breitem Rücken verschwinde.

Natürlich ist das völlig übertrieben, das weiß ich auch. Sie ist weder ein großer dunkler Unbekannter, noch richtet sie eine Waffe auf mich. Nein, sie hält nicht einmal ein Mikrofon in der Hand. Nur ein Diktiergerät. Und der Typ hinter ihr hat auch keine Handkamera, sondern nur einen Fotoapparat mit monströsem Teleobjektiv. Dennoch – Reporter sind nichts für mich. Ich will mich nicht mit ihr unterhalten, nein, ich will einfach nur unsichtbar sein.

»Und Sie müssen Enni sein.« Sie beugt sich vor und späht um Jaxon herum, ein übertrieben freundliches Lächeln auf den Lippen, das so dermaßen dienstlich wirkt, dass ich an ihm nichts Echtes finden kann. Meine erste Reaktion ist: Renn weg! Ich hätte dem Drang vermutlich auch nachgegeben, aber Jaxon greift meine Hand und drückt sie beruhigend. Seine Geste sagt deutlich: Augen zu und durch. Sie wird dich schon nicht beißen. Pah, ich habe keine Angst. Doch, habe ich. Nicht unsichtbar sein zu dürfen, im Fokus der Aufmerksamkeit zu stehen, das bereitet mir Probleme.

Ich nicke schüchtern. Nur das triumphale Grinsen der Reporterin deutet daraufhin, dass sie mein Nicken überhaupt wahrgenommen hat. Jaxon wirft mir über die Schulter hinweg einen Blick zu. »Ja, das ist Enni. Meine Freundin.« Er hebt meine Hand an seine Lippen und drückt mir einen Kuss auf die Haut. Er muss sich ziemlich anstrengen, denn ich habe keine Lust, der Reporterin zu viel über »uns« zu verraten. Doch für Jax stellt meine Gegenwehr kein Hindernis dar. Immerhin hat er die letzten Wochen nichts anderes gemacht, als so lange gegen meine Mauern zu rennen, bis sie eingestürzt sind. Das tun sie bei ihm immer.

Die Reporterin lächelt. »Kein Grund zur Sorge, ich will Sie auch gar nicht lange aufhalten. Nur eine Frage, Enni. Wie lange sind Sie und Jax schon zusammen?« Sie hält mir ihr Diktiergerät unter die Nase und ich schrecke zurück. Jaxon starrt das Aufnahmegerät wie einen Gegner im Ring an.

Fragend sehe ich zu ihm. Das Gerät hat mir ja nichts getan, es war lediglich die Bewegung, die mich nervös gemacht hat. Außerdem habe ich keine Ahnung, ob ich dieser Dame die Wahrheit sagen soll. Was erwartet er von mir? Soll ich auf Abstand gehen? Will er sein Privatleben geheim halten? Natürlich haben wir in Spanien über aufdringliche Reporter und ihre bohrenden Fragen gesprochen. Während ich auf Abstand gehen will, möchte Jax ihnen ein paar weniger spannende Informationen geben, um ihre Neugierde zu stillen … und sie von den wirklich packenden Themen abzulenken. Wie seine Erkrankung zum Beispiel. Oder mein gestörtes Sozialverhalten. Jaxon nickt, schiebt mich aber so hinter sich, dass die Reporterin sich ziemlich verrenken müsste, um an mich ranzukommen. Eine deutlichere Geste, dass das Aufnahmegerät nicht okay ist, braucht es nicht.

Lara Fürst seufzt und steckt das Gerät wieder weg. »Dann eben auf die altmodische Weise.« Sie fischt einen Notizblock und einen Bleistift aus ihrer Jackentasche und sieht mich fragend an.

»Ein paar Monate.« So wenig wie möglich.

Die Frau nickt und kritzelt auf ihren Block. »Und wie hat Ihnen Spanien gefallen? Waren Sie lange dort? Die Sonne dort wird Ihrem Teint sicherlich nicht gutgetan haben, oder? Rothaarige neigen doch zu Sonnenbrand, oder?« Sie fügt ein affektiert wirkendes Lachen hinzu. Der Versuch, Small Talk zu betreiben, scheitert kläglich. Allein das konfuse Aneinanderreihen von völlig zusammenhanglosen Fragen irritiert mich. Und treibt mich weiter in Verteidigungshaltung. »Ich habe einen Hut getragen.«

Jaxon dreht sich kurz zu mir und grinst mich an. Aber als er mein Gesicht sieht, verhärtet sich seine Miene. Er drückt erneut meine Hand und nickt. Genug für einen Tag. An die Fürst gewandt, fährt er fort: »Wenn Sie uns bitte entschuldigen, Frau Fürst. Der Flug war anstrengend und wir sind sehr müde.« Jaxon legt einen Arm um meine Schultern und schiebt mich Richtung Taxistand, wo Charlie bereits wartet. Während wir mit der Reporterin gesprochen haben, hat sie den Trolley entladen und unsere Koffer ins Taxi gehievt. Insgeheim bin ich froh, dass wir nur Charlie bei uns haben. Hätten wir einen Bodyguard dabeigehabt, der tatsächlich auch wie einer aussieht, hätte die Reporterin sich weitere Fragen bestimmt gespart. Charlie wirkt so unscheinbar normal, dass niemand sie wahrnimmt.

»Aber, Jax! Noch eine Frage!«

Charlie erspäht die Reporterin hinter uns und verzieht angewidert das Gesicht. »Aasgeier«, zischt sie leise, was mich grinsen lässt. Dennoch verschwindet das beklemmende Gefühl in meiner Brust nicht. Während Jax mich zum Taxi schiebt, wendet er sich noch einmal der Reporterin zu. »Eine Frage«, mault er gestresst. »Alles Weitere bitte bei den offiziellen Interviews.«

Die Tür des Taxis aufhaltend, warte ich auf die Frage der Reporterin. »Sagen Sie, werden Sie bei Armstrong wieder einen K.O.-Schlag versuchen? Oder können Sie es sich gesundheitlich diesmal leisten, über die ganze Distanz zu gehen?« Der Tonfall und der Wortlaut dieser Frage sind reine Provokation. Unsicher sehe ich zu Jaxon. Er schnaubt wütend, zeigt der Reporterin die kalte Schulter und schiebt mich hastig ins Wageninnere. Als ob er mich vor ihrer Frage beschützen will. Doch ich habe eher das Gefühl, als müsste ich Frau Fürst vor ihm beschützen. Ich habe Mühe, mit seinem Tempo mitzuhalten, und falle regelrecht auf die Polster. Eine Antwort gibt Jaxon nicht. Er lässt die Frau einfach stehen und klettert hinter mir in den Wagen, während Charlie »draußen« den Rest erledigt. Nur kurze Zeit später sitzt sie neben dem Taxifahrer und nennt ihm die Adresse von Jaxons Wohnung.

»Du beantwortest wohl nicht gerne Fragen nach dem letzten Kampf?«, wage ich mich nach ein paar Minuten unangenehmen Schweigens hervor.

Jaxon atmet tief aus. »Nein, ich war wirklich angeschlagen.« Er deutet mit einem Nicken zum Taxifahrer. Die Geste ist eindeutig. Auch wenn der Mann noch so unbeteiligt tut, so hört er doch zu und kann später die Informationen verkaufen. Jaxon drückt meine Hand.

»Später.«

»Ich hatte entsetzliche Schmerzen.« Nachdem uns Charlie abgesetzt hat, ist sie mit dem Taxi weiter zu ihrer Wohnung gefahren. Eine große Pizza und zwei Flaschen Wasser später liegen wir auf dem Sofa und sehen uns belangloses Free-TV an. So etwas tun wir normalerweise nicht, aber weder Jaxon noch mir ist nach einem Film zumute. Wir wollen einfach nur ausspannen und uns berieseln lassen. Ich hatte die ausstehende Erklärung für den K.O.-Schlag, den die Reporterin erwähnt hat, schon beinahe vergessen.

»Damals konnte ich die Schmerzen noch nicht einordnen. Ich wusste nur, dass die körperliche Reaktion auf jeden Punch, jeden Haken, nicht normal war. Der Schmerz begann in den Knöcheln und fraß sich bis zur Schulter hoch. Das Ganze wiederholte sich bei jedem Hieb ab Runde sieben.« Ich lehne mit dem Rücken an Jaxons Brust und kann so jedes Wort spüren. Er verkrampft sich unwillkürlich.

»Normalerweise wird ein Kampf über zwölf Runden gehen. Ab der Achten wird er zur Quälerei. Geht ein Kampf über die ganze Distanz, gewinnt derjenige, der die bessere Kondition hat. Wer auch unter Belastung noch aufmerksam ist, rechtzeitig ausweicht, ist einfach im Vorteil. Es braucht einen einzigen gut gezielten Treffer und der Gegner geht in die Knie.« Jaxon seufzt. »Als die Schmerzen anfingen, unerträglich zu werden, fürchtete ich, mein

Gegner könne diesen einen goldenen Treffer landen. Der Schmerz nagte an meiner Konstitution, jeden Treffer, dem ich auswich, folgte einer, dem ich nicht ausweichen konnte.« Jaxon schiebt seine Hand unter mein Shirt und lässt sie auf meinem Bauch liegen.

»Meine einzige Chance war es, ihn bald zu treffen, sonst wäre es aus. Zwölf Runden hätte ich niemals durchgestanden. Also setzte ich alles auf eine Karte und explodierte in Runde zehn in einem regelrechten Aufbäumen. Und ich hatte Glück. Moore war nicht halb so fit, wie ich geglaubt hatte. Ich traf ihn an der Schläfe und schickte ihn für ein paar Sekunden auf die Bretter. Das reichte.«

»Und was passierte dann?«

Jaxon lacht leise. »Ich war Sieger. An mehr kann ich mich nicht erinnern. Zehn Runden sind verdammt hart. Die erste halbe Stunde nach dem Kampf war ich wie in Trance. Ich ließ mich feiern und verschwand in der Kabine. An Interviews war nicht zu denken. Erst als Willi die Bandagen abnahm, sahen wir, wie schlimm es wirklich war. Ich spürte meine Hände kaum. Die Knöchel waren komplett steif und öffnen oder schließen war unmöglich. Die Schmerzen haben mir die Tränen in die Augen getrieben.«

Ich schnaube bitter. »Und du willst in fünf Wochen erneut in den Ring steigen? Meinst du wirklich, dass das geht?«

Jaxon versteift sich. »Es muss. Von diesem Kampf hängt so Vieles ab. Morgen unterschreibe ich einen Werbevertrag für eine Männerpflegeserie. Eine Biermarke hat Interesse bekundet und Vince hat sich mit einem Anbieter für Sportwetten in Verbindung gesetzt. Wenn ich den Kampf nicht bestreite, stehen die Werbeverträge auf der Kippe.« Er seufzt leise. »Ich muss zumindest antreten.«

»Ich …«

Jaxon dreht mich in seinen Armen um, sodass ich ihn ansehen kann. »Hör zu, ich krieg das hin. Das Training war gut, die Schmerzen sind fort und ich kann alles mit meinen Händen machen, was ich will.« Wie um seine Fähigkeiten unter Beweis zu stellen, greift er nach meinem Hintern und drückt so fest zu, dass ich erschrocken aufquieke.

»Okay, okay!«, wehre ich mich und versuche mit Hinternwackeln, seinen festen Griff abzuschütteln. Himmel, kann der fest zupacken. Doch das stachelt Jaxon nur noch mehr an.

»Mach weiter so und du liegst gleich unter mir und tust nichts mehr außer stöhnen!«

»Jaxon Powers! Ich bin nicht dein Punchingball. Lass gefälligst meinen Hintern los!«

Jax lacht lüstern und lockert seinen Griff etwas. »Glaubst du mir nun, dass ich kämpfen kann?«

Trotzig schiebe ich die Unterlippe vor. »Okay, aber jammere dann bloß nicht rum, wenn du einen Schub bekommst. Das Training ist vielleicht gut verlaufen, aber das heißt noch lange nicht, dass der Kampf es auch wird. Du kannst jederzeit einen Schub erleiden.«

Jaxon zuckt mit den Schultern. »Dann erhöhen wir kurzzeitig die Medikamente.«

»Bis du wieder kotzt.«

Jaxon verzieht das Gesicht. »Danke, diese Erinnerung hätte ich nicht gebraucht. Aber auch das wird funktionieren. Enni, es ist ein Kampf. Ich behalte den Titel und mache vielleicht noch den nächsten Kampf, dann trete ich entweder zurück oder lasse mich besiegen.«

Meine Augen werden groß. »Du lässt dich besiegen? Mit Absicht oder …?« Keine Ahnung, was ich davon halten soll. Heißt das, eine Niederlage wäre abgesprochen? Ist dann vielleicht auch ein Sieg abgesprochen? Läuft das so? Wenn ja, wäre das den Leuten, die Wetten abschließen gegenüber nicht total unfair?

Jaxon nickt. »Sag's bloß nicht weiter.«

Die folgenden Wochen sind hektisch und so vollgestopft mit Terminen, dass Jax kaum zum Luftholen kommt. Neben Arztbesuchen muss er sich nicht nur um die Werbeverträge und die diversen Interviews kümmern, nein, er hat sogar mehrere Fernsehauftritte! Ich glaube nicht, dass ich je Boxer in Talkshows gesehen habe, aber Vince hat für ihn einige Termine klargemacht. »Weil er so schön in die Kamera lächelt.« Toll, wirklich toll. Jax besteht zwar nicht explizit darauf, dass ich ihn begleite, aber er geht stark davon aus. Ich solle es als persönliches Training betrachten, wieder unter Menschen zu kommen. Das ja, aber als in einer Talkshow mit einer berühmten deutschen Moderatorin von mir erwartet wird, dass ich tatsächlich mit ihm auf der Bühne als die »neue Frau an der Seite von Jaxon Powers« platz nehme, steige ich aus. Das kann doch nicht deren Ernst sein?!

Doch, ist es. Himmel! Es ist Samstagabend, eine Woche vor dem Kampf, und Vince hat dem Sender – der Privatsender, der auch den Kampf überträgt – zugesichert, dass die kleine Rothaarige dabei sein wird.

»Und mich fragt wohl keiner, oder wie?«, fauche ich Jaxons Manager an. Ich habe die letzten Wochen schon geglaubt, dass die paar Fotos in verschiedenen Magazinen und Boulevardblättern alles sind, worauf ich mich gefasst machen muss, aber ein Auftritt in einer Fernsehshow? Niemals!

»Ich hab's dir gesagt, Vince. Sie macht es nicht«, murmelt Jax und sieht schuldbewusst zu Boden. »Du hättest sie vorher fragen müssen.« Mein Zorn richtet sich gegen meinen Freund.

»Du hast davon gewusst?« Ich vermisse die Leichtigkeit zwischen uns. Obwohl die Zeit in Spanien toll war, wird es nie wieder wie vorher sein. Ich mag Jaxon wirklich, ich glaube, ich liebe ihn sogar, obwohl ich es ihm noch nicht gesagt habe, aber ich vermisse die anfängliche Unbeschwertheit – als ich noch nicht wusste, wer er war, was es bedeutet, mit ihm zusammen zu sein. Ich schlucke heftig. Als ich noch nicht mit ihm geschlafen habe. Mir wird klar, dass es genau das ist, was ihn damals dazu bewogen hat, nicht mit mir zu schlafen. Unsere Beziehung zueinander ist tiefer und inniger geworden, aber wir haben auch etwas verloren.

Jaxon verzieht das Gesicht. Natürlich hat er Bescheid gewusst.

»Ich dachte, wir vertrauen einander. Du weißt genau, dass ich unmöglich dort oben sitzen kann, ohne vor Angst die Nerven zu verlieren!« Meine letzten Worte spreche ich so laut, dass sich mehrere Mitarbeiter des Senders nach mir umdrehen und ich beschämt den Kopf einziehe. »Du hättest es mir sagen müssen.« Mein Zorn richtet sich gegen Jax. »Und du hättest mir sagen müssen, dass Vince etwas in der Art plant.«

Vince verschränkt die Arme über seinem rundlichen Bauch. »Süße, du kannst nicht mit Jaxon Powers zusammen sein und dann nicht in der Öffentlichkeit stehen wollen. Jedes Mädel in diesem Land beneidet dich um diese Möglichkeit!«

Ich knirsche unwillig mit den Zähnen. »Ich habe mir das hier nicht ausgesucht!«, fauche ich.

Vince sieht erst mich ratlos an, dann zu Jaxon. Dieser zuckt mit den Schultern. »Sie hatte keine Ahnung.«

Vince schnauft gestresst. Er greift nach seinem Krawattenknoten und lockert ihn etwas. »Ernsthaft? Sie hatte keine Ahnung? Powers, verdammt, hast du das Mädel etwa ins offene Messer rennen lassen?«

Ich greife Vinces Bemerkung auf und setze noch einen drauf. »Ja, Powers, du hast mich ins offene Messer laufen lassen!«

»Nein, habe ich nicht.« Jaxon starrt mich grimmig an. »Bevor es ernst wurde, habe ich dir gesagt, wer ich bin. Ich habe dir so viele Gelegenheiten gegeben, mir den Rücken zuzukehren, in dein altes Leben zurückzukehren, aber du bist geblieben.«

Meine Augen füllen sich mit Tränen. Gottverdammt, ich bin doch keine Heulsuse! Nicht einmal damals habe ich geweint, doch meine Gefühle überwältigen mich. »Hatte ich denn eine Wahl?«, schluchze ich. »Selbst wenn ich gewollt hätte, hätte ich nicht gehen können, weil ...« Ich schlucke. Ja, warum wohl? Weil ich ihn verdammt noch mal liebe!

Jaxon sieht mich erstarrt an. Er räuspert sich erst, als Vince sich regt. »Okay«, murmelt der Manager. »So kann sie sowieso nicht vor die Kamera. Ich sag's dem Intendanten, dass die kleine Rothaarige das nicht hinkriegt.« Er gibt noch ein paar Bemerkungen von sich, die in Richtung meiner Undankbarkeit zielen, doch schlussendlich verzieht sich Vince und ich bin erleichtert, dass er nicht weiter versucht, mich zu überreden.

»Weil ...?«, hakt Jaxon schließlich nach und kommt einen

Schritt auf mich zu. Ich weiche nicht zurück. Niemals würde ich vor ihm davonlaufen oder … oder seinem Leben. Nicht mehr. Ich erinnere mich daran, dass es eine Zeit gab, da wäre ich liebend gerne davongerannt, nur hat er mich nicht gelassen. Und jetzt will ich nicht mehr fliehen. Ich habe mich für ihn entschieden ohne zu wissen, dass ich mich überhaupt entscheiden muss. Und jetzt bleibe ich – ob ich will oder nicht.

»Weil …?«, wiederholt Jaxon und kommt noch ein Stück näher. Unsere Arme berühren sich. Ich bin nicht fähig, ihn anzusehen, starre lieber auf unsere Arme oder wahlweise meine Schuhspitzen.

»Enni«, murmelt Jax, legt seinen Daumen an mein Kinn und hebt es sanft an, damit ich ihn endlich ansehe. Wie auf Knopfdruck füllen sich meine Augen mit Tränen. Genialer Trick, wenn man nicht hinsehen will. »Was wolltest du sagen?« Dieser Idiot! Er weiß genau, was ich sagen wollte. Er will es nur einmal hören.

»Weil …«, setze ich an und schniefe laut auf. Muss er mich wirklich zwingen? Er weiß genau, dass ich diese drei Worte niemals sagen kann. Ich fürchte mich einfach zu sehr vor den Konsequenzen. »Weil ich dich hasse!«

Jaxon lacht leise und zieht mich in seine Arme. »Das wolltest du nicht wirklich sagen, oder?«

Meine Tränen durchnässen sein Shirt, aber es ist ihm egal. Selbst wenn er mit meinen Tränen nachher vor die Kamera treten muss, so hat er wenigstens etwas von mir dabei. »Nein«, nuschele ich. Jaxon atmet tief durch und fährt mir durch die kurzen, roten Haare. Verdammt, ich war sogar wegen ihm beim Friseur!

»Willst du es noch mal probieren?«

Ich sehe abrupt auf und schüttele heftig den Kopf. Jaxons Mundwinkel zucken. »Okay, du musst es nicht sagen. Aber wie wäre es, wenn ich es sage? Würde es dich sehr verschrecken?«

Ich schlucke trocken und sehe ihn mit großen, verängstigt dreinblickenden Augen an. Jaxon lacht. »Guck nicht so, es ist kein großes Ding. Du weißt es und ich weiß es auch. Wir wissen es doch längst, oder? Also kann ich auch sagen, dass ich dich liebe. Ich liebe dich, Enni Anderson, du verrücktes, rotes Hühnchen.« Er greift nach meinem Kinn, damit ich ja nicht auf die Idee komme, mich seinen Worten zu entziehen. Seine Hand in meinem Rücken drückt mich noch enger gegen ihn. »Ich. Liebe. Dich.« Er beißt sich auf die Unterlippe und betrachtet mein tränenverschmiertes Gesicht. »Ich liebe dich und es wird niemals eine andere Frau geben. Und weißt du, warum ich nichts gesagt habe, als Vince vorschlug, du könntest bei Annelie Ross mit auf die Bühne?«

Ich schlucke. »Ich dachte, Frau Ross hat es selbst vorgeschlagen?«

Jaxon schmunzelt. »Hat sie auch. Also erstens wollte ich nicht, dass du davonrennst. Und zweitens will ich der ganzen Welt meine Liebe zu dir zeigen.«

Ich verziehe das Gesicht. »Pass bloß auf, dass du vor lauter Süßholz keinen Zuckerschock kriegst.«

»Enni«, ermahnt er mich liebevoll. »Ziehst du etwa mein Geständnis ins Lächerliche?«

Ich beeile mich hastig, den Kopf zu schütteln. »Nein, nein, ich wollte nicht ...« Bevor ich antworten kann, verschließen seine Lippen meinen Mund. Jax küsst mich lange und intensiv. Ich merke nur aus dem Augenwinkel, wie ein paar Leute um uns herum stehen bleiben und uns betrachten. Erst, als Jax sich von mir löst, mich verträumt anlächelt, und ich blinzle, bemerke ich viele freundliche Blicke. Meine Gesichtsfarbe kippt rapide ins Dunkelrot. Hastig verstecke ich mich in Jaxons Umarmung, doch er lacht nur und streichelt mir über den Rücken.

»Ah, da sind ja unsere Turteltauben.« Ich kenne diese fröhliche, niemals aufgesetzt wirkende Stimme. Sie gehört Annelie Ross höchstpersönlich, die Talkmasterin, die Jaxon gerne mit seiner kleinen Rothaarigen zusammen interviewt hätte. »Sie brauchen nicht so schüchtern zu sein, Frau Anderson, ich beiße nicht.« Sie lacht herzlich. Ich schiele an Jaxons Shirt vorbei und erkenne die berühmteste Talkmasterin Deutschlands. Sie wirkt nett, doch ich bin noch viel zu beschämt, als dass ich mich aus meinem Versteck raustraue. In Jaxons Umarmung fühle ich mich sicher, da draußen sind mir eindeutig zu viele Menschen, auch wenn sie noch so freundlich sind.

»Enni«, raunt Jaxon. »Komm raus, niemand will dir was Böses.« Jaxon zuckt mit den Schultern, um mein Verhalten zu entschuldigen. Man, das ist ja oberpeinlich. Ich schicke ihn vor, nur weil ich nicht den Mumm habe, mich Annelie Ross und den anderen Mitarbeitern des Senders zu stellen, die mich haben rumknutschen sehen? Mal ehrlich, jeder knutscht doch heutzutage. Aber nicht mit Jaxon Powers. Mir entweicht ein leises Kichern. Okay, vielleicht ist alle Welt ein wenig neidisch auf mich. Sollen sie ruhig. Mein Jaxon. Stolz zieht sich meine Brust zusammen. Dieser wundervolle, starke, freundliche Kerl ist mein. Er hat mir gesagt, dass er mich liebt und ich stehe hier in seinen Armen. Er hat unendlich viel auf sich genommen, um hinter meine Fassade zu blicken. Mein Jaxon.

Ich merke, wie ich selbstsicherer werde und schließlich doch den Kopf hebe und dem Blick der Talkmasterin begegne. Sie lächelt mich freundlich an.

»Entschuldigung«, murmele ich, löse mich von Jaxon. Er dreht mich so, dass er hinter mir steht. Ah, warum tut er das denn.

»Und jetzt schön die Hand geben«, raunt er an meinem Ohr. Irritiert sehe ich auf die ausgestreckte Hand von Annelie Ross. Sie zwinkert mir verschwörerisch zu, doch ich habe nur Jaxons Anweisung im Ohr. Was denkt der sich eigentlich? Ich bin ja wohl fähig, selbst auf meine guten Manieren zu achten. Unwillkürlich knuffe ich ihn in die Seite.

»Au!«, jault er auf, während ich die ausgestreckte Hand ergreife. »Entschuldigen Sie bitte«, wiederhole ich nochmals. »Ich bin diese Art von Aufmerksamkeit nicht gewohnt.«

Frau Ross zwinkert mir zu. »Sie sind ganz reizend. Ich entschuldige mich ebenfalls für das aufdringliche Verhalten meines Senders. Ich hätte persönlich auf Sie beide zukommen und mein Anliegen vortragen müssen. Leider ist man in meiner Branche zu verwöhnt. Jeder möchte auf dieses Sofa kommen. Ich bin es einfach nicht gewohnt, dass es durchaus Menschen gibt, die nicht gerne im Rampenlicht stehen.«

Oh mein Gott! Diese Frau ist der Wahnsinn. Sie sieht nicht nur toll aus, sie ist auch unglaublich freundlich. Mit ihrer herzlichen Art hat sie mich sofort für sich vereinnahmt. Während Jaxon noch seinen Arm reibt, ergreife ich ihre Hand und starre sie mit großen Augen an.

Frau Ross lacht. »Keine Scheu. Ich würde gerne Ihre Geschichte erzählen. Wie Sie sich kennengelernt haben. Ganz Deutschland brennt darauf zu erfahren, wer dieses schüchterne Wesen ist, das unseren künftigen Weltmeister verzaubert hat.«

»Hey, das bringt Unglück!«, wehrt Jaxon ab. Verwundert sehe ich zu ihm. »Na ich kann immer noch verlieren, ja?«

Annelie funkelt ihn amüsiert an. »Das wagen Sie nicht.«

Jaxon streckt abwehrend die Hände von sich. »Es liegt nicht in meiner Hand.«

»Da haben Sie wohl recht.« Annelie nimmt meine Hände und drückt sie freundlich. »Also, Enni, ich darf Sie doch Enni nennen?« Ich nicke automatisch. Die Frau ist bestimmt zwanzig Jahre älter als ich. Von ihr mit Nachnamen angesprochen zu werden fühlt sich eigenartig an. Mir ist es sowieso lieber, wenn man mich Enni nennt. Frau Anderson klingt eher nach der Akte X-Darstellerin und die ist wirklich deutlich älter als ich. »Also, Enni, ich würde gerne mit Ihnen und Ihrem Freund ein paar Minuten dort oben plaudern, total zwanglos. Die Sendung ist nicht live. Sie können sagen, was Sie wollen und falls Ihnen etwas nicht gefällt, schneiden wir es heraus.«

»Hey, ich dachte, es geht um mich.« Jaxon stemmt die Hände in die Hüften und gibt vor, wütend zu sein. Doch insgeheim weiß ich, dass er schrecklich erleichtert ist, dass die Talkmasterin sich so eingehend mit mir beschäftigt. Natürlich hofft er, dass ich doch noch mitmache, allein weil das seinen Bekanntheitsgrad steigert und ihn für weitere Werbeverträge attraktiver macht. Prinzipiell habe ich nichts gegen seine Werbeverträge. Es sind Einnahmen, die ihm ein gutes Einkommen sichern, und dazu beitragen, dass er nicht wieder in den Ring steigen muss. Aber ich habe nicht damit gerechnet, dass diese Werbung mich mit einschließt. Trotzdem, wenn es Jaxon hilft, will ich gerne meinen Teil dazu beitragen.

»Ach sei doch still«, maule ich in Jaxons Richtung. »Du weißt doch, wie schwer mir diese ganze Pressenummer fällt.« Ich gebe Annelie nickend mein Einverständnis. »Okay, ich mache mit.« Jaxon legt mir die Hände auf die Schultern und drückt mir einen Kuss auf den Scheitel.

»Du bist die Beste.«

Ich verziehe das Gesicht. »Glaub bloß nicht, dass du das umsonst bekommst. Eine Woche Abwasch …«

Jaxon versteift sich. »Ich muss mich auf einen schwierigen Kampf vorbereiten …«

Ich blinzle ihn an. »Okay, bis Donnerstagabend. Freitag hast du frei.«

Jaxon schneidet eine Grimasse. »Wie gnädig Ihr heute zu mir seid, Eure Hoheit.« Ich grinse. Na wenn ich meine Entscheidung, dem Interview doch noch zuzustimmen, nicht bereuen werde.

Und so kommt es, dass die schüchterne und kamerascheue Enni Anderson zwei Stunden später händchenhaltend mit Jaxon Powers auf der berühmtesten Talk-Couch des deutschen Fernsehens sitzt und sich immer noch fragt, was sie eigentlich hier macht.

»Du warst fantastisch«, lobt mich Jaxon, als wir an diesem Samstagabend wieder in seinem Apartment sind. Die letzten Stunden war ich wie in Trance. Immer wieder kreisen die Worte, die ich ihm nun sagen will, in meinem Kopf umher. Dass die Sendung nur eine Aufnahme sei, war eine glatte Lüge gewesen. Kopfschüttelnd habe ich sie hingenommen, als man mir zum Interview gratulierte und ein Glas Sekt in die Hand gedrückt hat. Erst da habe ich begriffen, dass Annelie mich belogen hat. Sie hat mich einfach belogen! Und sich bei der anschließenden Feier vielmals entschuldigt. Das macht es auch nicht besser.

Okay, ich gebe zu, wenn ich gewusst hätte, dass die Sendung live ist, hätte ich mir vor Angst in die Hose gemacht und nicht zugestimmt. Aber so dreist angelogen zu werden, nur um sich dann zu entschuldigen, also ehrlich, das ist auch nicht richtig.

Selbst Jaxon hat nichts gesagt, obwohl er es wusste. Ich hasse ihn dafür, wirklich.

Mittlerweile weiß ich nicht mehr, was ich von ihm halten soll. Ich erkenne den Mann, den ich vor ein paar Monaten an mich herangelassen habe, nicht mehr wieder. Er will diese Werbeverträge, die Publicity und den Erfolg so dringend, dass ich das Gefühl habe, nur noch eine untergeordnete Rolle zu spielen. Natürlich ist mir klar, dass er das nur tut, um eben nicht mehr in den Ring steigen zu müssen. Aber dass er dabei so rücksichtslos vorgeht, tut weh. Verdammt, ja, ich glaube, ich bin eifersüchtig. Auf seinen Job. Und ich komme mir dabei vor wie ein Teenager, der sich von seiner ersten großen Liebe versetzt fühlt. Obwohl das nicht stimmt. Oder doch? Ah, ich bin nicht gut in Beziehungskisten.

»Ich bin immer noch sauer«, grummle ich und lasse mich mit verschränkten Armen auf dem Sofa nieder. »Ich bin so sauer, dass ich von dir verlangen werde, heute Nacht auf der Couch zu schlafen!«

»Enni«, fleht Jaxon und fällt vor mir auf die Knie. »Es tut mir wahnsinnig leid. Aber du bist so störrisch, wenn du vor etwas davonläufst, dass ich mir nicht anders zu helfen wusste.« Wie mit dem Rührei. Wenn er glaubt, dass er das Richtige tut, lügt er ohne mit der Wimper zu zucken.

»Was?!«, entweicht es mir. »Hast du das etwa eingefädelt? Jax, sag mir die Wahrheit. Wenigstens einmal an diesem Wochenende. Warst du daran beteiligt?«

Er verzieht das Gesicht und sieht angestrengt auf seine Schuhe. »Du hättest niemals zugestimmt, wenn ich dich einfach gebeten hätte, oder?«

Fassungslos schüttele ich den Kopf. »Zum Mitschreiben, Jaxon Powers, damit mir auch nichts entgeht: Du hast Annelie Ross erlaubt, mich über die Sendung anzulügen? Mir zu sagen, dass es eine Aufnahme sei? Hast du etwa auch das Interview eingefädelt?«

Jaxon kratzt sich den Kopf. »Nein, der Sender ist von sich aus auf Vince zugekommen. Vince hat nur gemeint, dass es doch ganz nett wäre, dich dabeizuhaben. Und …«

»Du hast es ihnen nicht ausgeredet?« Jaxon schüttelt den Kopf.

»Ich kann das wirklich nicht glauben, Jax. Wenn jemand weiß, was ich durchgemacht habe, dann du. Aber dass du mich so dermaßen für deine Zwecke einspannst … das hätte ich dir nicht zugetraut.«

Jaxon atmet tief durch. Er will etwas sagen, doch dann scheint er es sich anders zu überlegen und schweigt lieber.

»Was?«, fahre ich ihn an. »Willst du nicht irgendeine Plattitüde abspulen? Einen hohlen Spruch? Eine flapsige Bemerkung?« Mittlerweile bin ich aufgesprungen und stoße ihm bei jeder Frage den Zeigefinger fest in die Brust. »Du hast mich belogen, mich ausgenutzt, mich …« Ich kann es gar nicht laut aussprechen. Das Wort ist so schrecklich. Niemals hätte ich es in Zusammenhang mit Jaxon gebracht. Niemals. Ich habe ihm vertraut, mich ihm geöffnet, und er hat mich … benutzt.

Jaxons Augen funkeln. »Was? Was habe ich getan? Sag es ruhig!«

»Missbraucht!«, stoße ich heftig aus. »Du hast mich missbraucht! Und damit ich schön brav mitmache, hast du mir vorher deine Liebe gestanden!« Ich habe mich so in Rage geredet, dass ich vor nichts mehr Halt mache. Ich weiß genau, dass ich die Worte später bitter bereuen werde, aber im Augenblick ist mir das scheißegal! Jaxon hat mich benutzt! Und das tut so schrecklich weh, dass ich ihm jetzt wehtun muss, um nicht an dem Schmerz zugrunde zu gehen. »War das etwa auch gelogen? Damit ich nachgiebig werde? Gib's zu!«

Jaxons Miene fällt wortwörtlich in sich zusammen. »Enni, das darfst du nicht mal denken. Ich liebe dich und alles, was ich im Studio gesagt habe, ist die Wahrheit. Ich … bitte verzeih mir!« Der Zorn macht mich blind. Ich sehe seine Verzweiflung nicht, nur mein Schmerz zählt. Die Lügen lasten so schwer auf meinem Herzen, dass ich nicht in der Lage bin, rational zu denken.

»Nein!«, entgegne ich kalt. Ich verschließe mein Herz, weil es bei diesem einen simplen Wort qualvoll aufheult. Ich würde gleich mitheulen, wenn ich die Gefühle zuließe. Aber das wird nicht mehr passieren. Nie wieder! »Weißt du was, ich glaube, es ist besser, wenn ich jetzt gehe. Ich muss mir erst einmal klar werden, was das zwischen uns eigentlich ist. Ich kann die Lügen nicht mehr von der Wahrheit unterscheiden.«

Ich stürme ins Schlafzimmer, wo ich hastig ein paar Kleidungsstücke in meinen Koffer werfe. Jax folgt mir nicht. Im Bad sammle ich Zahnbürste und ein paar Kosmetika ein. Meine Lieblingsbürste kann ich auf die Schnelle nicht finden, ist auch egal. Ich kaufe mir einfach eine neue Lieblingsbürste. Tränen brennen in meinen Augen. Ist vielleicht auch besser so. Mit dem Ding habe ich ständig seine Haare gekämmt. Und die will ich nie wieder sehen!

Wütend pfeffere ich all die kleinen unwichtigen Dinge, die mein Leben bei Jaxon so angenehm gemacht haben, in den Koffer, schließe unter Tränen den Deckel und zurre heftig den Reißverschluss zu. Der Koffer kann absolut nichts dafür, aber wenn ich meine Wut nicht irgendwie rauslasse, schwöre ich, ich platze.

Im Flur erwartet mich Jaxon und sieht mich bittend an. »Enni«, fleht er. »Bitte geh nicht. Ich brauche dich, ich liebe dich.«

Ich schnaube zornig. »Spar dir deine Floskeln für eine andere Gans auf, die dumm genug ist, auf deine Sprüche reinzufallen.« Mittlerweile frage ich mich, ob er das alles geplant hatte. Natürlich ist er medientauglicher, wenn er eine Freundin hat. Aber musste es ausgerechnet ich sein? Hat er mich deshalb aus dem Waschsalon in seine Wohnung gelockt? War ich so ein leichtes Opfer? Verdammt, nein, ich will nicht länger darüber nachdenken. Ich schulde Jaxon gar nichts.

Als ich den Rufknopf des Fahrstuhls betätige, taucht er neben mir auf und will nach meinem Arm greifen. Ich starre entsetzt auf seine Hand und er hält mitten in der Bewegung inne. »Willst du mich festhalten?«, frage ich gefährlich leise. Seine Berührungen waren mir niemals unangenehm, selbst als ich noch so »anders« war. Doch jetzt könnten sie gefährlich werden. Nicht, weil ich

Angst habe, dass er mich so umstimmen könnte, nein. Er hat mich missbraucht und will mich jetzt zurückhalten. Alles kommt wieder hoch, die Wut, der Zorn, die Verzweiflung. Wenn er mich jetzt anfasst, schwöre ich, schlage ich zurück!

Diese Enni ist nicht mehr die gleiche wie noch vor einem Jahr. Diese Enni ist stärker geworden und lässt sich nie wieder die Stimme rauben. Nie wieder. Dass es Jaxon ist, gegen den sich diese neue Enni richtet, tut mir gerade nicht leid. Selbst schuld!

Jaxon verzieht das Gesicht. Na offensichtlich ist noch ein Funken Verstand in seinem Gehirn vorhanden. »Nein«, murmelt er schuldbewusst und lässt die Hand wieder sinken. »Ich würde dich nie berühren, wenn du es nicht willst.«

»Gut«, nicke ich seine Geste ab. »Das ist vielleicht das einzig Ehrliche, was du heute gesagt hast.« Ein leises Pling kündigt die Ankunft des Fahrstuhls an. Kurz darauf öffnen sich die Türen. Ich hatte mir geschworen, mich nie wieder von einem männlichen Wesen so missbrauchen zu lassen und doch habe ich wochenlang mitgespielt. Ich habe ihm mein Herz geschenkt und er hat damit gemacht, was er wollte. Ich habe geglaubt, in Jax den Mann gefunden zu haben, der all meine Wunden heilen kann. Er sollte die andere Hälfte meiner Seele werden. Verdammt noch mal, er IST die andere Hälfte meiner Seele. Er hat meine Wunden geheilt – und unzählige neue gerissen.

Ich will nicht gehen, die Zeit bei ihm hat sich einfach zu gut angefühlt. Er hat geschafft, was keinem anderen vor ihm gelungen war. Nur er kann mich erneut so tief verwunden. Hastig schlucke ich die Tränen herunter. Nein, vor ihm werde ich nicht weinen.

»Gute Nacht, Jaxon!«, sage ich mit fester Stimme und trete in den Fahrstuhl, der mich vom Himmel direkt in die nächste Hölle befördert.

Kapitel 21

Ich weine nicht. Meine Augen brennen zwar vor Schmerz, aber ich habe die Gefühle so tief unter unzähligen Schichten Verzweiflung, Wut und Zorn vergraben, dass sie einfach nicht durchkommen. Diese Emotionen erschaffen einen dicken Panzer, der mich stur nach Hause laufen lässt. Jeder Schritt ist eine Qual, doch der Mensch, dem ich am meisten vertraut habe, hat mein Vertrauen schändlich missbraucht. Es ist erschreckend, ich fühle mich genauso wie damals in der Silvesternacht. Nur das diesmal nicht mein Körper benutzt wurde, nein, Jaxon hat meine Seele benutzt und das ist vielleicht noch schlimmer.

Vor den Kerlen konnte ich mich ganz tief in meinem Geist verstecken und sie mit meinem Körper machen lassen, was sie wollten. Okay, ein paar seelische Wunden sind geblieben. Ich wäre dumm, wenn ich das vergessen würde. Aber was Jaxon getan hat, war so viel schlimmer. Er hat mich dort getroffen, wo ich mich nicht mehr verstecken konnte.

Als ich Zuhause ankomme, warte ich auf den Zusammenbruch. Ich sitze stundenlang auf der Couch, starre in den schwarzen Fernseher und warte. Nichts passiert. Nicht einmal meine Gedanken kreisen. Ich sitze einfach da und warte.

Irgendwann muss ich doch eingeschlafen sein, denn ich schrecke hoch, als mein Handy klingelt. Merry. Ich lächle müde und nehme das Gespräch an.

»Du warst der Wahnsinn!«, jubelt meine Freundin. »So selbstsicher habe ich dich noch nie erlebt. Nicht seit … na du weißt schon … ich fand dich reizend, süß und einfach nur zum Dahinschmelzen. Ihr passt so wunderbar zusammen, ey, wenn ihr heimlich in Vegas heiratet und ich bin nicht eingeladen, kündige ich dir die Freundschaft.«

Ich lache hysterisch auf. »Das wird nicht passieren.«

»Gut«, entgegnet Merry. »Denn das würde ich dir nie verzeihen. Dieser Kerl ist einfach grandios. Wie er es geschafft hat, dich wieder zurückzuholen. Wirklich, lass ihn nie wieder gehen.«

»Zu spät«, murmele ich und könnte mir für den Kommentar auf die Zunge beißen. Am anderen Ende der Leitung schlägt mir Schweigen entgegen. Ich meine, ich höre Merry zwar tief einatmen, und Schweigen kann man nicht spüren, doch ich fühle es. Wie eine massive Mauer aus Fassungslosigkeit. Unmöglich, sie in Worte zu kleiden.

»Wie bitte?«, sagt Merry dann doch. Ihre Stimme klingt rau und kratzig und reißt die Wunden noch ein Stück tiefer.

»Wir haben uns getrennt.«

Merry atmet hörbar ein. »Sag, dass das nicht wahr ist.«

»Jax hat mich belogen.« Und dann erzähle ich ihr alles. Angefangen von dem Rühreidesaster bis hin zu Annelie Ross. Ich rede und rede und höre mir selbst dabei kaum zu. Die Worte sprudeln ohne Zusammenhang aus mir heraus, und Merry macht gar nicht erst den Versuch, diesen Wirrwarr aus aufgestauten Gefühlen, Wut und unterdrücktem Zorn zu ordnen. Sie hört es sich einfach an. Je länger ich rede, desto größer wird meine Verzweiflung. Als würde jedes Wort eine Schutzschicht dieses Gefühlspanzers wegnehmen und zurück bleibt eine zerstörte Person, die den Menschen, den sie am meisten auf der Welt liebt, hasst.

»Das …«, beginnt Merry, doch sie findet keine Worte. »Okay, ich weiß nicht, was ich sagen soll.« Und diesen Samstag sollte man als bundeseinheitlichen Feiertag festhalten. Merry Bornemann findet keine Worte. »Aber ich weiß, was wir tun. Du gehst doch noch raus oder fängst du jetzt wieder an, dich in dein Schneckenhaus zurückzuziehen?« Ich könnte, Grund genug hätte ich. Aber das werde ich nicht machen. Wenn ich eines aus der Beziehung zu Jaxon Powers mitgenommen habe, dann ist es die Fähigkeit, mich meinen Ängsten zu stellen. Vor dem Leben da draußen habe ich keine Angst mehr. Scheiße. Ich brauche mir ja nicht selbst etwas vormachen. Ich liebe Jaxon und ich weiß nicht, wie ich es ohne ihn schaffen soll. Mit Merry rauszugehen ist ein guter Anfang und dann mache ich einfach einen Schritt nach dem anderen.

Merry lädt mich zu einem opulenten Sonntagsbrunch ein, danach gehen wir in den Park, anschließend in ein Café, stopfen uns mit köstlichen Torten voll und danach gehen wir tanzen. Das komplette »Beziehungsaus-Verwöhnprogramm« mit der besten Freundin. Genau das ist es, was ich brauche. Es tut so gut, dass ich am Sonntagabend lächelnd in mein Bett falle und erst da wieder an Jax denke. Mein Blick fällt auf mein Handy. Unzählige Nachrichten und Anrufe von ihm, ich lese keine einzige. Ich weiß auch so, was darin steht. Er beteuert seine Liebe, sagt, wie leid es ihm tut, und dann wird er betteln. Ich kann ihn und seine wunderschönen, blauen Augen bereits vor mir sehen, wie er mich leidend ansieht und … ich schlussendlich nachgebe.

Doch die Bettelei bleibt aus. Pah! Irgendwie bin ich enttäuscht. Er ist wohl doch zu stolz dafür. Dann eben nicht. Spätestens Sonntagabend habe ich wirklich mit persönlich vorbei gebrachten roten Rosen gerechnet und ich vermisse ihn so sehr, dass ich meine Reaktion auf seine »Notlüge« bereits gedanklich kleinrede. Bin ich wirklich schon so tief gesunken? Nein, die Lügen waren das Schlimmste, was er mir antun konnte. Oder waren sie es doch nicht und ich fühle mich nur so tief verletzt, weil er weiß, wie er mich manipulieren kann? Ist das nicht auch schrecklich? Erneut baut sich Wut in mir auf, weil er eben nicht zu Kreuze kriecht, weil sein Nichterscheinen bedeutet, dass er mich bereits abgehakt hat.

Panik steigt in mir auf, die schlagartig in Trotz umschwenkt. Dann eben nicht! Bitte, dann werde ich dem Schmerz eben allein begegnen und mich der Welt da draußen ohne ihn stellen! Ich krieg das schon hin.

Gott, ich werde ihn vermissen. Ihn und seine Kochkünste, seinen schrägen Humor, seine Filmesammlung. Tränen treten mir nun doch in die Augen. Wir wollten noch so viele Filme sehen. Sharknado haben wir erst dreimal geschaut. Und dann wollte er mir die Star Wars-Filme zeigen, wir wollten uns den drei Hobbitfilmen widmen und … ich glaubte, wir hätten ein ganzes Leben Zeit. Und nicht nur ein paar Monate.

Ach scheiß drauf. Am Montag werde ich beginnen, mein neues Leben auf die Reihe zu kriegen. Ich werde mich aufraffen und wieder arbeiten gehen. Merry hat mir angeboten, wieder in ihrer Praxis einzusteigen und genau das haben wir am Sonntag zwischen zwei Martinis beschlossen. Erst einmal langsam, mit zwei, drei Patienten.

Seit ungefähr einem halben Jahr läuft die Hamburger Praxis und sie kann es sich leisten, mich stundenweise anzustellen.

Als ich am Montagabend nach Hause komme, fühle ich mich geerdet. Jaxons Verlust nagt nach wie vor an mir und ich wurde zweimal auf mein Interview bei Annelie Ross angesprochen, aber alles in allem, war es ein herrlicher Tag. Und das habe ich Jaxon zu verdanken. Nun ja, nicht der Tatsache, dass wir uns getrennt haben. Okay, der auch. Aber in erster Linie ist meine zurückgewonnene Unbeschwertheit sein Verdienst. Ich merke, wie ich erneut anfange zu zittern. Sein Verlust macht mir doch mehr zu schaffen, als ich mir eingestehen möchte. Werde ich auch nicht. Es mir eingestehen. Er hat sich wie ein selbstsüchtiges Arschloch verhalten und mich benutzt. Das geht nicht. Und trotzdem tut es weh. Jetzt, wo meine Wut nicht mehr alle Gefühle betäubt, reflektiere ich unser Verhalten.

Doch das nützt alles nichts. So leicht komme ich über seinen Vertrauensmissbrauch nicht hinweg. Seufzend steige ich die Treppen zu meinem Apartment hoch. Ich habe bereits die Schlüssel in der Hand, als die Wohnungstür meines Nachbars sich öffnet. Herr Wagenbrink nimmt immer meine Post an, erst, als ich noch nicht in der Lage war, die Tür zu öffnen und es selbst zu machen, später weil ich ständig bei Jax rumgehangen habe.

»Sind Sie jetzt wieder öfter hier, Enni?«, fragt er zurückhaltend. Ich nicke.

»Ja, Herr Wagenbrink, ab jetzt wohne ich wieder hier. Und mir geht es sehr viel besser, sodass ich meine Post jetzt selbst entgegen nehmen kann.« Ein Lächeln stielt sich in mein Gesicht. »Es sei denn, ich gehe arbeiten.«

Nun öffnet Herr Wagenbrink seine Wohnungstür doch etwas weiter. »Sie arbeiten wieder?«

»Seit heute.« Ich kann nicht verhindern, dass ich ein wenig stolz klinge. Darf ich ja auch sein. Immerhin glich mein Leben monatelang dem eines Einsiedlers.

»Das ist gut. Junge Menschen wie Sie sollten sich nicht hinter ihrer Wohnungstür verschanzen. Sie sollten rausgehen und das Leben genießen.« Von genießen kann keine Rede sein. Selbst der strahlendste Sonnenschein kommt mir vor wie wochenlanges tristes Grau. Aber auch das wird sich ändern, sobald ich über Jax hinweggekommen bin. Und wenn ich das nie tue? Ja, selbst dann werde ich lernen müssen, die Sonnenstrahlen wieder als das zu betrachten, was sie sind. Und nicht als das Licht, dass das Lächeln eines Mannes in mein Leben gebracht hat. Verdammt.

Ich verwünsche mich innerlich, bedanke mich bei Herrn Wagenbrink für die Hilfe der vergangenen Monate und verspreche, mich bald zu revanchieren. Er winkt ab, als er die Tür schließt und ich steige die letzten Stufen zu meiner Wohnung hinauf. Das Licht im Hausflur ist inzwischen ausgegangen, doch da mich nur noch zwei Treppen von meiner Tür trennen und ich drei Treppen runterlaufen müsste, um das Licht im Treppenhaus des Altbaus wieder einzuschalten, verzichte ich. Das wenige, reinfallende Tageslicht vom Oberlicht reicht aus, damit ich meine Wohnungstür finde.

Doch noch ehe ich mein Stockwerk erreicht habe, verlangsamen sich meine Schritte. Irgendetwas stimmt nicht. Eine innere Furcht lässt meine Nackenhaare automatisch aufrichten und ich bleibe wie angewurzelt stehen, noch bevor ich die schweren Stiefel auf der obersten Treppenstufe entdecke.

»Ah, da ist sie ja!« Diese Stimme! Das Wiedererkennen ergreift von mir Besitz und lähmt mich. Ich bin unfähig mich zu bewegen und bleibe auf der vorletzten Treppenstufe stehen. Der gleiche verächtliche Klang, der mich vor gut zehn Monaten in Schockstarre versetzt hat, verfehlt auch jetzt seine Wirkung nicht. Lauf weg!, schreit mein Unterbewusstsein, doch es ist, als hätte diese Stimme die Kontrolle über die Funktionalität meiner Beine übernommen, ach quatsch, über meinen ganzen, verdammten Körper.

»Na, na, nicht so schüchtern!« Ein eisiges Schauern jagt mir über den Rücken. »Sieh mich an!« Als hätte es nur seinen direkten Befehl gebraucht, hebe ich den Kopf und starre in zwei dunkle, eiskalte Augen. Damals waren sie zu dritt gewesen. Ob sie ...?

Rechts und links neben ihm tauchen zwei weitere Männer aus der Dunkelheit auf, die verächtlich auf mich herabsehen. Sind sie. Verdammt.

»Braves Mädchen. Vielleicht bist du diesmal genauso artig wie damals? Dann können wir uns einige Unannehmlichkeiten ersparen.« Seine Stimme trieft nur so vor Verachtung. Damals war ich nicht fähig zu sprechen, ein paar Schreie, mehr war nicht drin. Doch die Enni von heute hat nichts mehr mit der von damals gemeinsam. Diese Enni hat sich zurückgekämpft und ist stärker geworden, fähig, zu sprechen.

»Wie habt ihr mich gefunden?« Meine Stimme klingt wie ein brüchiges Piepsen, aber hey, immerhin habe ich einen Ton herausgekriegt.

Er schnaubt verächtlich. »Ich hab dich im Fernsehen gesehen, mit diesem Boxer. Den Rest haben ein paar Kontakte erledigt. Schon erstaunlich, was ein paar hundert Euro und ein Name alles erreichen können.«

Ich schlucke meine Angst herunter und weiche zwei Schritte die Treppe hinunter. »Was wollt ihr von mir?«

Der Typ betrachtet mich amüsiert, wie ein Wolf, der die sinnlosen Fluchtversuche seiner Beute beobachtet und doch genau weiß, dass er sie so oder so zur Strecke bringen wird. Er lässt es nur zu, weil er Gefallen an der Jagd findet. Ich erschauere, will nicht die Beute sein. »Ist das nicht offensichtlich? Zunächst will ich dich daran erinnern, dass ich weiß, wo du wohnst, dass ich jederzeit wiederkommen kann, sollten meine Freunde und ich unangenehmen Besuch von den Bullen kriegen.«

Ok, ok, ok, sie wollen mein Schweigen. Mehr nicht. Oder doch? Meine Gedanken rasen, fieberhaft versuche ich einen kühlen Kopf zu bewahren und meine Fluchtmöglichkeiten zu prüfen. Ich kann mich auf dem Absatz umdrehen und die Treppe hinunter sprinten. Ich könnte um Hilfe rufen und hoffen, dass Herr Wagenbrink sich noch nicht allzu weit von seiner Wohnungstür entfernt hat. Doch er ist über sechzig und herzkrank. Mein Nachbar mag sich für die Konfrontation mit dem Postboten eignen, aber nicht mit drei Schlägertypen.

»Und zweitens, will ich dich noch mal. Ich will das Miststück vögeln, dass der Boxer gehabt hat.« Das war's. Heftig hämmert mein Puls. Auch wenn er nicht Jaxon erwähnt hätte, hätte ich spätestens jetzt die Flucht ergriffen. Ich habe niemals mit dem Gedanken gespielt, meine Erlebnisse der Silvesternacht in die breite Öffentlichkeit zu tragen oder zur Polizei zu gehen. Doch als der Typ mich im Fernsehen wiedererkannt hat, muss er es mit der Angst zu tun bekommen haben. Davor, dass ich meine Geschichte der Welt erzähle und ihn und seine Kumpels irgendwann identifiziere.

Und plötzlich geht das Licht im Hausflur an und wir starren uns in absoluter Helligkeit an.

Der Moment scheint ewig zu dauern, obwohl es nur ein paar Millisekunden sind. Hastig präge ich mir die markanten Gesichtszüge genauestens ein und nutze meine Chance. Das Licht stiftet die nötige Verwirrung. Hektisch wirbele ich auf dem Absatz herum und stürme – immer zwei Stufen auf einmal nehmend – die gebogene Altbautreppe hinunter.

»Hey!«, schreit er. »Lauf nicht weg!« Doch er kling nicht verärgert, eher … belustigt. Der Gedanke veranlasst mein Herz jetzt doch, in Panik zu geraten und Unmengen von Adrenalin in meinen Kreislauf zu pumpen. Auf das ich nicht zusammenklappe und die Flucht meistern kann. Holzstufen, die bei jedem Schritt knarzen. Jetzt donnern sie, aber nicht nur von meinen Schritten. Nein, die Typen sind mir auf den Fersen.

Ich bin klein, leicht und flink und hoffe inständig, dass mir das nicht zum Nachteil wird. So lange die Typen mich nicht kriegen, sollte das kein Problem sein. Damals habe ich nicht fliehen können. Der Platz vor dem Hauptbahnhof war schrecklich überfüllt und schon unter normalen Umständen – wenn niemand zudringlich geworden wäre – hätte man Platzangst bekommen. Heute jedoch verhält es sich anders und ich renne um mein Leben. Adrenalin schießt durch meine Adern, die Angst treibt mich vor sich her und lässt mich die Treppe regelrecht hinuntersegeln. Ich schmiede bereits Pläne, wohin ich mich wenden soll, wenn ich die Haustür erreicht habe, als ich mit Jaxon zusammenpralle. Ich habe keine Zeit mich über seine Anwesenheit zu wundern und will ihn mit mir mitziehen. Er jedoch steht wie ein Fels, muss er in seiner Eigenschaft als Boxer wohl auch, aber das ist in diesem Augenblick absolut unpassend.

»Jaxon!«, schreie ich. »Komm, schnell!« Doch er bewegt sich nicht. Von den gut ausgeprägten Reflexen, von denen bei Boxern immer gesprochen wird, ist nichts zu merken. Er starrt mich dümmlich an, nein, er hält mich sogar noch fest.

»Was ist hier los?«, stammelt er langsam und sieht mich an. Er erkennt die nackte Angst in meinem Blick und bemerkt dann das Donnern der Stiefel meiner Verfolger auf der Treppe. Sein Blick wendet sich dem oberen Stockwerk zu und verhärtet sich, geht in Angriffsstellung. Oh Gott, bitte nicht!

Ich habe Jaxon noch nie kämpfen gesehen. Beim Sparring war ich ja nicht erwünscht, weil ich ihn ablenken könnte. Jetzt weiß ich auch, warum. Sein Blick verwandelt sich, als würde er alles um sich herum ausblenden und seine ganze Konzentration auf den Gegner richten. Ihn jetzt hier wegzubekommen, ist unmöglich. Jaxon hebt die Fäuste und ich kriege Angst. *Verdammter Idiot!*, will ich ihm zurufen. Du hast in sechs Tagen einen Weltmeisterschaftskampf. Bitte gib dich nicht mit meinen Problemen ab. Aber der Moment verstreicht, meine Peiniger sind da und ich gehe ängstlich hinter Jaxon in Deckung. Ich könnte weglaufen, aber würde ich Jaxon alleine lassen? Selbst wenn wir noch zusammen wären? Nein.

Meine Verfolger begreifen zu spät, dass sich ihnen ein Felsklotz in den Weg gestellt hat. Jaxon holt mit der Linken aus und trifft den ersten – den großen, dunkelhaarigen Typen – direkt am Kinn. Wie in Zeitlupe sehe ich seinen Kopf zurückkippen, während seine Beine an Jaxon vorbeilaufen. Er verdreht die Augen, schlägt der Länge nach hin und kullert an mir vorbei die Treppe hinunter. Dabei überschlägt er sich mehrfach. Entsetzt beobachte ich, wie er die Treppe bis zum Erdgeschoss hinunterfällt und schließlich regungslos liegenbleibt.

Mir bleibt keine Zeit, mich um den Gesundheitszustand des Typen zu kümmern. Jaxon drängt mich zurück. Mit den anderen Typen hat er nicht so leichtes Spiel. Der eine Kerl trägt einen Baseballschläger und schwingt ihn freudig. »Na das ist doch mal ein interessanter Gegner«, lacht er und holt nach Jaxon aus. Ein verdammter Baseballschläger!

»Das ist unfair!«, fauche ich und gehe instinktiv in Deckung, als Jaxon sich unter dem Schläger wegduckt.

Der Typ lacht höhnisch. Doch Jaxon ist absolut fokussiert und spätestens jetzt weiß ich, warum er so gut ist. Seine Reflexe sind atemberaubend. Während ich nur zusehen kann, reagiert er. Jax pflückt den Baseballschläger mühelos aus der Luft, zieht den perplex dreinschauenden Typen daran ein Paar Stufen auf sich zu, lässt den Schläger in genau dem richtigen Moment los und der Typ läuft in seinen linken Haken.

»Sag Gute Nacht!«, raunt er und schmettert ihm die Linke unters Kinn. Das Knirschen eines Kieferknochens klingt grässlich, doch ich habe keine Zeit, mir darüber Sorgen zu machen. Der andere Kerl hat nicht träge darauf gewartet, das Jax sich ihm widmet. Nein, er nutzt die Sekunden, in denen er beschäftigt ist und attackiert Jaxons rechte Seite. Mein Herz bleibt für ein paar Sekunden stehen, als ich eine Klinge im fahlen Licht der Flutbeleuchtung aufblitzen sehe. Scheiße, der Typ hat ein Messer!

Jaxon hat das Messer ebenfalls gesehen. Automatisch drängt er mich hinter sich, hat aber dadurch keine Hand mehr frei. Mein Herz bleibt für eine winzige Sekunde stehen. Das Messer hoch erhoben, zielt der Typ auf Jaxons Brust und vergeudet keine Zeit. Sein Blick ist starr auf sein Ziel gerichtet – Jaxons Herz. Himmel! Der Blick eines eiskalten Killers.

Doch wenn der Typ ein Killer gewesen wäre, hätte er gewusst, dass man nicht einfach so aufs Herz zielt. Rippen und Brustbein sind ein schier unüberwindliches Hindernis. Man braucht entweder extrem viel Kraft oder den richtigen Winkel. Der Typ hat keines davon. Und Jaxon die nötigen Reflexe. Er bewegt den rechten Arm so schnell, dass er die Hand des Angreifers wegschlägt. Doch der Winkel des Messers ist ungünstig und der Typ treibt die Klinge tief in Jaxons Unterarm. Jaxon versteift sich, aber er reagiert nicht auf den Schmerz, der ihn zweifelsohne durchzuckt. Stattdessen holt er mit der Linken aus und schlägt auch diesen Typen zu Boden.

Die ganze Aktion hat vielleicht zwei Minuten gedauert, doch ich fühle mich, als hätte ich einen Marathon hinter mich gebracht. Jaxon keucht. »Alles okay?« Er wirft mir einen besorgten Blick über die Schulter zu.

Ich nicke und dann fällt mein Blick auf das Blut, das sich zu seinen Füßen sammelt. »Jax!«, schnappe ich, dränge mich hinter seinem Rücken hervor – er presst mich noch immer gegen die Wand – und will nach dem Messer greifen, doch Jax schüttelt den Kopf. Sein Gesicht ist kreidebleich und das Blut läuft ihm den Arm hinunter. Langsam sinkt er mit dem Rücken an der Wand zu Boden.

»Ich glaube«, murmelt er, es wäre besser, wenn du die Polizei rufst. Eh die Typen noch aufwachen.« Er verzieht schmerzhaft das Gesicht. »Ich fürchte, noch eine Runde schaffe ich nicht.«

Kapitel 22

Ich gerate nicht in Panik, aber ich stehe unter Schock. Das Geräusch in meinen Ohren erinnert an Meeresrauschen, mein Kopf fühlt sich seltsam dumpf an und jede Bewegung erscheint mir so, als würde ich mich durch Watte kämpfen müssen. Meine Muskeln zittern vor Anspannung und fallen schließlich in sich zusammen. Schlussendlich zittere ich vor Erschöpfung. Aber – ich gerate nicht in Panik. Nein, ich drücke Jaxons Schulter und kämpfe mich auf die Beine, hämmere gegen die Tür eines Nachbarn, der sich daraufhin um Polizei und Notarzt kümmert. Dann stolpere ich zurück zu Jaxon und sinke neben ihm zusammen. Viel mehr Kraft hätte ich auch nicht aufgebracht.

»Du hättest nicht herkommen dürfen«, seufze ich und schlinge das Handtuch, das mir der Nachbar bei einem Blick auf Jaxon in die Hand gedrückt hat, bevor er die Nummer des Notrufs wählte, um seinen Arm. Das Messer steckt bis zum Anschlag in seinem Unterarm. Ich wage nicht, es herauszuziehen. Es reicht, dass ich das Bild, welches sich vor meinem inneren Auge formt, nie wieder loswerde. Jaxons Arm in einer stetig größer werdenden Blutlache und ich kann die Blutung nicht stillen, das Handtuch ist bereits durchtränkt und … Nein, ich gerate nicht in Panik. Das spielt sich alles nur vor meinem geistigen Auge ab. Wir lassen das Messer artig dort, wo es ist, und warten auf den Notarzt.

Oh Gott, wie ein geistiger Vorschlaghammer drischt die Erkenntnis in mein Bewusstsein: Mit dieser Verletzung wird er auf gar keinen Fall am Samstag kämpfen können.

»Es ist alles meine Schuld«, bricht es aus mir heraus. Wenn ich nicht wegen so einer blöden Lüge ausgerastet wäre, wäre ich nicht hier gewesen und Jaxon hätte nicht kommen müssen.

»Red keinen Scheiß«, mault Jaxon kurz angebunden. Seine Stimme schwankt. »Wenn überhaupt bin ich schuld. Ich hätte dich niemals zu dieser Fernsehshow überreden dürfen. Im Übrigen war alles Vince' Idee. Also ist es seine Schuld.«

Ich lache auf. »Na toll. Das macht es nicht wirklich besser.«

»Nein«, fährt Jaxon flach atmend fort. »Die Interviews, dich im Fernsehen auftreten zu lassen, das war alles eine beschissene Idee. Als ich sagte, ich will nur den Titelkampf machen, wollte er den Kampf ausschlachten, so gut es geht. Er dachte, wenn ich das Maximum an Publicity herausholen kann, könnte ich mir leisten, aufzuhören. Der eine Kampf würde reichen. Doch so wie es aussieht, wird der wohl nicht stattfinden.« Er hebt stöhnend den Arm. »Wenn der nicht stattfindet, sind alle Verträge hinfällig.«

Oh mein Gott. Ich spüre förmlich, wie mir der Boden unter den Füßen weggezogen wird. Alles, wofür Jaxon so verbissen gekämpft hat, ist verloren. Kein Kampf, keine Werbeverträge, kein … wir? Nein, nein, nein.

»Warum bist du eigentlich hergekommen?«, lenke ich mich ab.

Jaxon zuckt mit den Schultern. »Wollte dich sehen. Mit dir reden. Mich entschuldigen. Auf die Knie fallen, zu Kreuze kriechen und meine jämmerliche Existenz bedauern.«

Meine Mundwinkel zucken. »So schlimm?«

Er verzieht das Gesicht. »Ich vermisse dich und mir tut schrecklich leid, was ich getan habe. Ich will, dass du bei mir bleibst, und wenn mich dieser Scheiß hier den Kampf kostet, dann ist das eben so.«

»Jax …«, raune ich ergriffen. Wie kann er so etwas sagen? Der Kampf bedeutet ihm alles – und ich offenbar noch ein kleines Bisschen mehr. Angezogen von einer Bewegung und einem gedämpften Stöhnen, fällt mein Blick die Treppe hinunter. Der erste Typ beginnt, sich langsam zu regen. Verdammt. Doch Herr Arndt, der Nachbar, der die Polizei gerufen und mir ein Handtuch für Jax gegeben hat, kommt aus seiner Wohnung und wirft uns einen sorgenvollen Blick zu. »Sie sind gleich da«, beruhigt er uns und deutet auf die Typen. »Du hast alle drei niedergemacht?«

Jax grinst. »Bin Profi.«

Herr Arndts Augen werden groß, als er Jax erkennt. Dann fällt sein Blick auf mich und er nickt. »Zum Glück waren Sie hier. Die Polizei kommt.« Unwillkürlich wechselt er vom persönlichen Du zum Sie. Jax ist wirklich kein Typ, der auf eine formelle Ansprache besteht. Doch sein Bekanntheitsgrad verleitet die Leute dazu, ihn einfach mit Respekt zu behandeln. Herr Arndt hält einen Besen in der Hand und geht die Treppe runter, zu dem ersten Typen. Er hockt sich zu ihm und droht ihm mit dem Stiel. »Eine falsche Bewegung, Freundchen, und du wirst sehen, was ich aus Karate Kid mitgenommen habe.«

»Karate Kid?« Jaxons Augenbraue zuckt.

»Den haben wir noch nicht gesehen«, antworte ich lapidar und greife nach seiner zerschundenen Hand. Die Knöchel sind aufgesprungen und das Blut verkrustet bereits. Das ist die Hand, mit der er dreimal zugeschlagen hat. Er hat nur ein paar Kiefer getroffen und die Hand sieht so aus, als hätte er sie gegen Beton gedonnert. Man, in der Haut der Typen will ich nicht stecken, wenn die wach werden. Die Kopfschmerzen müssen mörderisch sein. »Muss ziemlich alt sein«, murmele ich und betaste sorgenvoll die aufgeplatzten Stellen. Herr Arndt hat bereits graue Schläfen, lenke ich mich weiter ab, um nicht über den auf der Kippe stehenden Titelkampf nachdenken zu müssen. »Können wir am Sonntag gucken.« Nach dem Kampf. Vielleicht hat Jax ja auch am Samstag Zeit. Ich seufze tief.

Jaxon versteift sich. »Du bist nicht mehr böse?«

Ich schüttele den Kopf, dann nicke ich doch. »Stinksauer«, sage ich matt. Kann ich ihm noch böse sein, obwohl er hier ist und mich gerettet hat? Das geht doch nicht. Er hat alles für mich riskiert. »Du bist hergekommen.« Und hast mich gerettet. Aber das sage ich nicht, weil es abgedroschen klingt und ich ja nicht das Mädchen sein will, das gerettet wird. Fühlt sich trotzdem gut an.

»Und ich vermisse dich«, flüchte ich mich in eine weniger beschämende Formulierung. Vermissen darf ich ihn. Tut er ja auch.

Jaxon seufzt und lässt den Kopf gegen die Wand sinken. »Danke, Enni.«

»Wofür? Für diese kleine Schlägerei?«

»Nee«, macht er, als die Türen des Gebäudes aufgestoßen werden und mehrere Polizisten in den Hausflur stürmen. Blaulicht fällt rein. »Für alles, für kein Mädchen würde ich mich lieber prügeln als für dich.«

»Selbst wenn es dich den Kampf kostet?«

Jax sieht mich blinzelnd an, beugt sich zu mir und küsst mich flüchtig. »Selbst dann.«

Als ich das letzte Mal mit Jaxon im Krankenhaus war, hat er mich verarscht. Ich wünschte, es wäre wieder so. Aber das Messer in seinem Arm ragt mahnend hervor, sodass ich nicht auf andere Gedanken komme. Jax verzieht keine Miene, als ein junger Arzt das Handtuch von seinem Arm wickelt und die Einstichstelle begutachtet. Jax muss den Arm heben, weil das Messer ihn von unten in den Ellenbogen getrieben wurde. Hastig wende ich den Blick ab.

»Hey, nicht umkippen!«, flappst Jaxon und ich wende mich wieder ihm zu.

»Keine Sorge, das bisschen Blut tangiert mich nicht.«

»Gut zu wissen«, nimmt der Arzt meine Bemerkung auf. »Dann halten Sie mal den Arm Ihres Freundes. Ich ziehe jetzt das Messer heraus und dann werden wir sehen, ob's blutet.«

Irritiert drehe ich mich um und mache, was er mir aufgetragen hat. Ich greife nach Jaxons Arm und halte ihm mit seiner Unterstützung hoch, während der Arzt den Griff des Messers umschließt.

»Wollen Sie nicht in den OP oder so?«

Der Arzt runzelt konzentriert die Stirn. »Nicht nötig, die Klinge ist nicht mal halb ausgefahren. Sehen Sie?« Er drückt an der Einstichstelle herum. »Das Messer steckt, wenn überhaupt, höchstes zwei Zentimeter drin. Da nur mäßig Blut austritt, gehe ich davon aus, dass keine größeren Gefäße verletzt wurden. So, und jetzt schön stillhalten. Wenn alles gut geht, seid ihr nach ein paar Stichen wieder zu Hause.«

Ehe ich nachfragen kann, ob er vorhat, Jax noch weitere Stichverletzungen beizubringen, hat er auch schon das Messer rausgezogen. Jaxon atmet schnaufend aus und ich halte den Atem an. Der wirklich kurzen Klinge folgt ein kleiner Schwall Blut, das der Arzt zielsicher mit einer Kompresse auffängt. »Schön hochhalten«, weist er mich an und betupft die Stelle. Er lächelt zufrieden.

»Na bitte, wie ich gesagt habe.« Während er die Kompresse auf die Wunde drückt, hält er mir eine Metallschale mit dem Messer unter die Nase. Die Klinge ist wirklich erstaunlich kurz. Als hätte das Springmesser geklemmt. »Sie hatten wahnsinniges Glück, aber bevor Sie das nächste Mal den Helden spielen, verständigen Sie bitte die Polizei!«, maßregelt er Jaxon. Mir bleibt vor lauter Fassungslosigkeit der Mund offen stehen. Ja, klar, im Nachgang hat der Arzt recht. Und mir wäre es auch lieber gewesen, wenn Jax sich nicht eingemischt hätte. Aber was sollte er denn machen? Die Typen haben ihn ja praktisch angegriffen.

Ich will gerade den Mund aufmachen und dem Arzt die Meinung sagen, doch Jax schüttelt den Kopf. »Nicht jetzt«, murmelt er und sieht dabei ziemlich müde aus. Sein Blick sagt eindeutig, dass ich mich nicht auf einen Streit einlassen soll. Der Arzt ist nicht schuld daran, dass die Typen Jax angegriffen haben.

Während wir schweigend die Prozedur über uns ergehen lassen, tauchen zwei Polizeibeamte auf. Ich habe das untrügliche Gefühl, dass sie zu uns wollen, ich sehe nämlich keine weiteren Patienten in der Notaufnahme, die sich eine Stichverletzung und aufgeplatzte Knöchel versorgen lassen müssen.

Als der Arzt Jaxons Wunde genäht, den Arm bandagiert und die aufgeplatzten Knöchel versorgt hat, treten die Polizisten an seine Liege heran und mustern uns beide. »Enni Anderson?«, spricht mich der eine Beamte direkt an. Ich heb den Kopf und nicke schluckend. Er kennt meinen Namen, bringt mich vermutlich gleich mit der Silvesternacht in Köln in Verbindung und … Ja, du, dumme Nuss, weil die Angreifer dir vor deiner Wohnung aufgelauert haben, gibt meine innere Stimmung eine Erklärung ab. Klingt logisch. Deshalb weiß er auch meinen Namen. Ich atme tief durch und zwinge mich zur Ruhe. Alles, ich sage alles, bitte sprecht mich nur nicht auf die Silvesternacht an. Das halte ich heute nicht mehr aus.

Plötzlich spüre ich eine Berührung. Jaxon nimmt meine Hand und drückt sie aufmunternd. Er sieht schrecklich aus, erschöpft, müde und abgekämpft, aber er ringt sich ein aufmunterndes Lächeln ab, zieht meine Hand an seine Lippen und küsst meine Knöchel. Dann wendet er sich an die Polizisten und nickt. »Ja, das ist Enni Anderson.«

Mit klopfendem Herzen sehe ich die Beamten mit großen Augen an. Der jüngere der beiden mustert mich kritisch. »Sie brauchen keine Angst zu haben, wir sind nur hier, um die Vorfälle zu besprechen und uns nach Ihrem Befinden zu erkundigen.«

»Und das hat nicht bis morgen Zeit?«, fragt Jaxon. »Wir sind beide wirklich müde und würden gerne nach Hause gehen.«

Der Beamte wirft uns einen kritischen Blick zu. »Nicht, bevor wir nicht Ihre Personalien aufgenommen haben. Sie waren vor Ort und haben die Kerle so übel zugerichtet?«

Jaxon verzieht das Gesicht. »Sind mir in den linken Haken gelaufen.«

Die Mundwinkel des Beamten zucken. »Was für ein Pech. Und Sie sind?«

Jetzt wird Jaxons Miene noch verkniffener. »Jaxon Powers«, nuschelt er undeutlich.

Die Augen des Beamten weiten sich. »Der …?«, beginnt er.

Jaxon winkt ab und verzieht dabei das Gesicht, weil ihm die Bewegung Schmerzen bereitet. »Genau der.«

»Oh«, macht der Beamte und deutet auf die Verletzungen. »Was wird aus dem Kampf?«

»Ist das Ihre einzige Sorge?«, blaffe ich ungeduldig. Meine Nerven sind etwas angegriffen. Ich will nur noch nach Hause, in eine heiße Badewanne und nie wieder mit irgendwem über den Vorfall reden.

»Schon okay«, beruhigt mich der Beamte, zieht sich einen Stuhl ran und zückt einen Notizblock. Ich schätze, um unsere Namen zu notieren. »Wir müssen auf jeden Fall kurz über den Vorfall sprechen. Im Laufe der Woche müssten Sie allerdings aufs Präsidium kommen, und Ihre Aussage zu Protokoll geben.«

»Ist das wirklich nötig?«, maule ich. »Jaxon braucht Ruhe und …« Ich auch, will ich hinzufügen, aber das sieht man mir hoffentlich an.

»Vielleicht wäre es einfacher, jetzt eine Aussage zu machen, Enni. Immerhin hast du noch etwas mehr zu beichten, als nur den Vorfall im Treppenhaus«, schaltet sich Jax ein. Ich fahre herum und funkele ihn an.

»Jax, das steht dir nicht zu!«, blaffe ich, doch er zuckt nur mit den Schultern und hebt seine bandagierte Hand hoch. Sein Blick ist deutlich. *Du kannst mir gar nichts. Ich bin verletzt.* Na toll. Ich knirsche mit den Zähnen und lasse seine andere Hand los. Soll er sich jemand anderen suchen, der ihn bemuttert.

»Der andere Vorfall?«, hakt der Beamte nach und sieht mich forschend an.

»Braucht man für so was nicht einen Anwalt?«, knurre ich.

Der Beamte schmunzelt. »Sie können gerne Ihren Anwalt mitbringen, aber das ist eigentlich völlig unnötig. Was liegt Ihnen auf dem Herzen, junge Dame?«

»Silvester, Enni. Sag es einfach«, raunt Jax. Ich fahre herum und funkele ihn wütend an.

»Okay«, seufzt er und ignoriert meine Blicke. »Die Typen aus dem Treppenhaus waren ihr nicht unbekannt.«

»Jax«, fauche ich. Ihm jetzt den Mund zuhalten zu wollen, würde lächerlich wirken, oder?

»Enni, entweder du sagst es, oder ich.«

»Du missbrauchst schon wieder mein Vertrauen!« Nimm das!

Seine Mundwinkel zucken. »Mach nachher mit mir, was du willst, aber ich werde das jetzt sagen. Die Gelegenheit könnte nicht günstiger sein. Und was, glaubst du, kriegen die Kerle aufgebrummt, wenn sie dir nur im Treppenhaus aufgelauert haben?« Abwartend sieht er zu dem Beamten, der prompt auf Jaxons Frage einsteigt.

»Sechs Monate vielleicht.« Ich verziehe das Gesicht. Sechs Monate Gefängnis klingt doch gar nicht schlecht. Zeit genug für mich, nach Kanada auszuwandern. »Gemeinnützige Arbeit«, fügt der Beamte auf meinen zufriedenen Blick hin zu. Okay, das klingt weniger gut. Nicht einmal Gefängnis.

»Und«, redet der Beamte weiter, »sie könnten Anzeige gegen Herrn Powers erstatten. Weil er sie angegriffen hat.«

»Was? Er hat gesagt, sie sind ihm in die Faust gelaufen!«

Der Beamte lächelt. »Ja, klar. Ihr Freund ist Profi-Boxer. Mit seiner Ausbildung gilt eine Prügelei nicht mehr nur als einfache Klopperei unter Männern. Herr Powers ist eine Waffe und als solche werden seine Schläge auch betrachtet. Also, wenn Sie wollen, dass seine Angriffe als Notwehr durchgehen, sollten Sie mir alles erzählen, was es zu diesem Vorfall zu wissen gibt. Inklusive der Vorgeschichte.«

Ich schlucke hart. Jaxon hat so viel für mich getan. Ihn jetzt eine Anklage ausfechten zu lassen, wäre falsch. Er soll nicht wegen mir leiden. Mein Blick fällt auf seine Verletzungen. Okay, für Scham ist es definitiv zu spät. Er hat Schmerzen, eine Stichverletzung und aufgeplatzte Knöchel. Aber er ist am Leben und die Typen hoffentlich auch. Der Treppensturz sah schon ziemlich gefährlich aus. Wenn ich jetzt die Wahrheit sagen muss, nur damit Jax nichts passiert, dann ist das doch ein ziemlich kleines Opfer, oder? Ich schließe die Augen und greife nach Jaxons Hand. Auch wenn ich sie nicht sehen kann, so weiß ich doch, wo sie liegt. Und er erwidert meinen Händedruck fest. Ich bin nicht allein, ich habe ihn.

Als ich zu erzählen beginne, klammere ich mich an seiner Hand fest und lasse mich von ihm durch die Ereignisse jener schrecklichen Nacht vor fast einem Jahr führen.

Kapitel 23

Ich hätte an diesem schicksalsträchtigen Montagabend einfach nach Hause gehen können, nachdem ich Jax mit dem Taxi vor seiner Wohnung abgeliefert habe. Aber das konnte ich nicht, nicht nach all dem, was geschehen war.

Die Beamten waren nett, sie haben nicht mehr von mir verlangt, mit aufs Präsidium zu kommen. Sie haben sich mitten in der turbulenten Notaufnahme meine Geschichte angehört – weil ich mich unter Menschen auf einmal viel sicherer gefühlt habe als auf einem Polizeirevier. Seltsam, oder? Sie haben sogar angeboten, uns nach Hause zu bringen. Aber ich wollte nicht mit einem Polizeiauto gefahren werden. Macken halt.

»Du bleibst?« Jaxon sieht mich aus müden Augen an und auch wenn die Worte wie eine Frage formuliert sind, ist es keine. Natürlich bleibe ich. Ich wüsste gar nicht, wie ich es in meiner Wohnung aushalten sollte. Auch wenn die Kerle mir im Treppenhaus aufgelauert haben, so war es doch vor meiner Wohnung. Bin ich bei Jax, kann ich mir wenigstens sicher sein, dass mich hier niemand findet. Dank seines Prominentenstatus ist seine Adresse sowieso unbekannt und der Pförtner lässt garantiert niemanden ins Gebäude, der da nicht hingehört.

»Du hast eine Badewanne.« Und ich nicht. Ich friere so entsetzlich, dass ich das jetzt brauche. Natürlich. Doch Jax weiß, dass das nur eine fade Ausrede ist. Erstens ist er nicht blöd und zweitens stellt er meine Antwort nicht infrage. Er streckt lediglich die Hand nach mir aus und führt mich zum Fahrstuhl.

»Du hast keine Sachen mehr hier«, erinnert er mich unnötigerweise.

»Brauche ich denn welche?«

Jaxon schmunzelt. »Du kannst mein Iron Maiden-Shirt haben.« Und damit ist die Angelegenheit erledigt. Wir reden weder über meine Sachen, noch über die Typen. Nein, wir wollen einfach nur noch die Nähe des anderen spüren und zur Ruhe kommen.

Vincent tobt. Wild gestikulierend stürmt er in Jaxons Wohnzimmer auf und ab, während ich frisch gebadet in Jaxons Unterhosen und seinem Lieblingsshirt auf der Couch kauere. Der Superstar liegt neben mir und blinzelt träge. Es ist weit nach Mitternacht, trotzdem hat Jax ihn angerufen und Vince ist sofort hergekommen.

»Wie konntest du dich so verletzen lassen!«, schimpft er und deutet auf Jax, der nicht einmal mehr den Kopf hebt, um Vincent anzufunkeln.

»Vince, ich hab das bestimmt nicht mit Absicht gemacht, und Enni auch nicht.«

»Und was wird jetzt aus dem Kampf? Was soll ich dem Promoter sagen? Du wirst dich nicht innerhalb von ein paar Tagen erholen, um dann einen so schwierigen Kampf angehen können. Und das offizielle Wiegen am Donnerstag! Himmel, dein Arm!«

Vince deutet auf die dicke Mullbinde. Jax winkt lässig ab. »Halb so wild, die Klinge war nicht einmal zwei Zentimeter lang. Hab Glück gehabt. Und jetzt hör auf so zu toben, Enni und ich schlafen jetzt zwei Tage und am Donnerstag sind wir wieder fit, klar?«

»Du willst kämpfen?«, frage ich entsetzt und Vince sieht mich so an, als ob ich seine Gedanken laut ausgesprochen hätte.

»Jax?«, hakt sein Manager nach.

Jax lacht. »Natürlich kämpfe ich. Egal was kommt.«

Und damit ist für ihn das Gespräch erledigt. Er schließt die Augen und rührt sich nicht mehr. Vince erkennt schließlich, dass es keinen Sinn mehr macht, noch weiter auf Jax einzureden und verabschiedet sich mit den Worten: »Ich finde selbst raus.«

Und ich versuche erst gar nicht, Jax von der Couch ins Bett zu bugsieren. Ich krabbele neben ihn und kuschele mich an seinen Rücken. Jax murrt kurz, aber er dreht sich nicht um. Normalerweise schlafe ich an seine Brust gekuschelt, diesmal kuschelt er sich an mich, als ob er mich braucht. Dann ist das halt so. Ich vergrabe die Nase in seinem Nacken, schiebe meine Hand über seinen Bauch und döse mit dem Gefühl ein, Zuhause zu sein.

Als ich am Morgen die Augen öffne, begegne ich Jaxons blauen Iriden und lächle verpeilt, obwohl mir alles wehtut. Nicht, weil seine Couch so schmal ist, nein. Jax hat sein Bein über meine Hüfte geschoben und spielt mit dem Steg meines Höschens. Dem zwischen meinen Schenkeln. Ich brauche ein paar Sekunden, bis ich begreife, was er da tut. Schlagartig bin ich wach, als seine Finger unter den Stoff schlüpfen.

»Bist du irre«, keuche ich und winde mich aus seinem Griff. Jaxon lacht, hält mich fest und rollt sich irgendwie auf mich. Ehe ich meine Gliedmaßen überhaupt auffordern kann, sich zu erheben, liegt er bereits auf meinem Rücken und schnurrt.

»Keine Belohnung drin für den Retter in der Not?«

Ich schnaube erbost.

»Erstens bist du sauschwer, zweitens hatten wir einen wirklich anstrengenden Abend und drittens muss dir doch nach der Anstrengung alles wehtun!« Ich versuche, mich hochzudrücken, aber fünfundachtzig Kilo Muskeln sind für mich nicht zu schaffen. Jaxon beugt sich vor und küsst meinen Nacken.

»Mir tut nur eines weh.«

Ich drücke den Hintern hoch und weiß genau, dass ich es bereuen werde. Aber ich kann es nicht lassen. Jaxon stöhnt, setzt sich auf meine Unterschenkel und zieht mir das Höschen aus. »Und jetzt das Ganze noch mal, bitte.«

Vierzig Minuten später mache ich Frühstück. Jaxon habe ich unter Androhung von Sex-Entzug an den Küchentisch verbannt, ihm die Fernbedienung gegeben und wütend angefunkelt. »Wehe, du rührst dich!«

Doch das habe ich mir einfacher vorgestellt. Also ihn zum Nichtstun zu verdonnern. Kaum habe ich angefangen, in der Küche zu werkeln, wirft er mit Ratschlägen um sich. Nicht, dass ich unfähig wäre, Kaffee zu kochen oder Frühstück zu machen. Nein, es ist nur so, das Essen zuzubereiten Jaxons Ding ist. Ich habe mich die letzten Monate von ihm verwöhnen lassen und möchte gar nicht wissen, wie viel ich in der Zeit zugenommen habe.

Schlussendlich steht er genervt neben mir und will zumindest die Kaffeetassen aus dem Schrank nehmen und sie zum Tisch tragen. Ich kämpfe derweil mit dem Toast. Doch als ich Scheppern und sein Fluchen höre, werde ich unwirsch an das Rühreidesaster erinnert. Ja klar, darauf falle ich rein. Doch irgendetwas sagt mir, dass das diesmal kein Scherz ist. Ich lasse den Toaster mit seiner kohlenden Fracht alleine und erstarre. Jaxon sitzt verbissen mit den Zähnen knirschend am Tisch und krampft. Nein, das ist definitiv kein Scherz.

»Was?«, frage ich giftig. Ich muss mich einfach einen verbalen Angriff flüchten, weil ich nicht weiß, wie ich mit der Furcht vor einem echten Anfall umgehen soll. Jaxon verzieht das Gesicht.

»Kein Scherz?«, frage ich unsicher und setze mich neben ihn.

Er schüttelt verbissen den Kopf und gibt mir die Linke, die für unschöne Kopfschmerzen bei den drei Typen gesorgt hat. Die lädierten Knöchel sind mittlerweile violett, die Wunden beginnen sich zu schließen. In ein paar Tagen wird von den Abschürfungen nichts mehr zu sehen sein. Doch das Rheuma, die Krankheit, die man ihm nicht ansieht, sorgt dafür, dass er die Hand nicht öffnen kann.

Vorsichtig fahre ich die Handfläche nach, taste die Knöchel ab und spüre die Verspannungen. Ich beginne eine sanfte Massage, während Jaxon gegen den Schmerz stöhnt. Den Kampf versuche ich bewusst auszublenden, doch ich schaffe es nicht. Immer wieder blitzen die Schuldgefühle vor mir auf. Wegen mir kann er nicht kämpfen. Ich bin schuld.

»Enni!« Zärtlich hebt Jax meinen Kopf an, den ich verbissen auf seine Hand gerichtet habe. »Toast!«

Toast? Was? Was soll mit dem Toast sein …? Der beißende Geruch nach verbranntem Brot steigt mir in die Nase. Toast! Ja, verdammt! Jaxons Toaster hat eine Macke. Deswegen bleibt man gewöhnlich auch neben dem Teil stehen und beobachtet argwöhnisch, was er tut. Oder nicht tut. Nämlich NICHT seine Fracht nach draußen befördern.

Hastig springe ich auf, stoße den Stuhl weg und sprinte in die Küche. Das Gerät beschwert sich beleidigt qualmend, denkt aber im Traum nicht daran, seinen Job zu machen. Vermutlich ist das Ding genauso vergesslich wie ich.

»Zieh den Stecker und dann auf den Balkon damit!«, kommt Jaxons Vorschlag.

»Ich glaub das jetzt echt nicht«, quieke ich, während ich an dem Stecker ziehe, den Toaster schnappe und ihn mit seiner qualmenden Fracht ins Exil befördere. Aber auf eine lustige Feuermelder-Übung habe ich noch viel weniger Lust.

Als ich an den Esstisch zurückkehre, sitzt Jaxon noch genauso da, wie ich ihn verlassen habe. »Und nun?«, frage ich und stelle eine mit Kaffee gefüllte Tasse vor ihm ab. »Du zwingst mich jetzt aber nicht, mit Vince zu telefonieren und ihm beizubringen, dass er den Kampf absagen muss, oder?«

Jaxon nimmt die Tasse mit der Rechten und trinkt einen großen Schluck. »Nein«, knurrt er. »Du rufst ihn an, um ihm zu sagen, dass der Kampf stattfindet.«

Ich mache große Augen. »Was? Wie …?«

»Und dann«, fährt Jax ungerührt fort, »rufst du Dr. Hauke an. Er muss mir ein paar Schmerzmittel verschreiben.«

»Jax«, beginne ich. »Das ist …«

»Doch«, brummt er tief und reicht mir seine Hand. »Mein voller Ernst. Ich bin Rechtsausleger. Dass ich die Typen alle mit der Linken getroffen habe, war Zufall. Also werde ich eben vermehrt die Rechte einsetzen und du wirst dafür sorgen, dass meine Linke halbwegs brauchbar ist. Und jetzt mach den Mund zu, sonst komme ich auf dumme Gedanken.« Er grinst mich schief an.

»Jax Powers«, schimpfe ich und ziehe seine Hand am Handgelenk zu mir. »Wenn du noch einen versauten Gedanken hast, schwöre ich dir, wird es dir leid tun.«

Jax lacht leise. »Na ich kann mir grad jedenfalls keinen runterholen und da du …«

Weiter kommt er nicht. Seine Worte bleiben ihm im Hals stecken, als ich damit beginne, die Verspannungen kräftig auszumassieren.

»Wolltest du etwas sagen?«, flöte ich. Natürlich könnte ich sehr viel sanfter sein. Aber dann würde er nur noch mehr lüsterne Gedanken haben, um die ich mich nicht auch noch kümmern will. Um ihn einigermaßen fit zu bekommen, muss ich alle Register meiner bisherigen Ausbildung ziehen. Und das wird nicht schmerzfrei funktionieren.

Jax kann nicht raus. Die Schmerzen hebeln ihn komplett aus. Nachdem Dr. Hauke ihn untersucht hat, stellt er mehrere Rezepte für Schmerzmittel in unterschiedlichen Dosen aus. Von seiner Idee, am Samstagabend trotzdem zu kämpfen, will ihm Jaxon eigentlich nichts erzählen. Aber so, wie er mir bei den Beamten einen reingewürgt hat, verschweige ich dem freundlichen Arzt ebenfalls nicht, was Jaxon vorhat.

»Mit den Händen kämpfst du überhaupt nicht. Mal ganz abgesehen von der Stichverletzung.« In Spanien sind sie bei Wein und alkoholfreiem Bier zum Du übergegangen.

»Ach die«, stöhnt Jax und sinkt zurück auf die Couch. »Du weißt schon, dass den Veranstalter reichlich wenig interessiert, ob du mir das OK gibst oder nicht. Für das Trainingslager war es vielleicht noch interessant, aber mittlerweile haben eine Menge Leute sehr viel Geld in die Veranstaltung und Promotion gesteckt. Die werden so schnell keinen Ersatz für mich kriegen und absagen kommt aufgrund der horrenden Strafen nicht infrage. Also werde ich kämpfen. Ich müsste schon überfahren werden, um nicht in den Ring zu steigen.«

Hauke prustet. »Das ließe sich einrichten.« Erst da lässt sich Jaxon zu einem müden Heben der Augenbraue hinreißen.

»Lass es, du weißt, wie wichtig mir der Kampf ist. Deine einzige Aufgabe ist es, dafür zu sorgen, dass ich mir keinen Scheiß reinziehe und noch halbwegs klar denken kann.«

Der Arzt verzieht das Gesicht, notiert aber kräftig weiter. Er stellt nicht nur Rezepte aus, sondern verpasst mir eine ewig lange Liste an Medikationsanweisungen. »Kann ich mich darauf verlassen, dass du darauf achtest, dass er nicht zu viel davon einwirft? Das hemmt die Reaktionsgeschwindigkeit.« Dann deutet er auf ein weiteres Medikament. »Das hier ist noch besser, aber davon kotzt er.« Ich schmunzle.

»Wenn ich ein paar Stunden vorher nichts esse, muss ich auch nicht kotzen!«, tönt es von der Couch. »Wenn ich nicht antrete, kann ich mir sowieso nichts zu essen mehr leisten, also kann ich das Zeug auch einwerfen.«

»Idiot«, brummt der Arzt und erhebt sich. »Ich lass euch jetzt allein. Wenn noch was sein sollte, ruft mich an. Ansonsten … viel Spaß beim Sterben!«

Ich mag den Humor des Arztes. Und ich bin unglaublich froh, dass ich Besorgungen machen kann, ohne auf die Dunkelheit zu warten. Wir haben keine Zeit für meine Macken. Während ich einkaufe, die Apotheken abklappere, telefoniere ich mit Merry. Es ist mir peinlich, so kurz nach meinem Einstieg bei ihr gleich um Urlaub zu bitten. Doch nachdem ich ihr erzählt habe, was passiert ist und dass ich mit der Polizei gesprochen habe, freut sie sich und gibt mir so lange frei, wie ich brauche. Davon, dass Jax mich verbal praktisch verprügelt hat, damit ich die Beichte ablege, erzähle ich nichts. Doch, irgendwie hat sich das Gespräch mit den Beamten tatsächlich wie eine Beichte angefühlt. Und es hat die gleichen Nachwirkungen. Ich fühle mich erleichtert. Die Last der Ereignisse liegt mir zwar noch immer schwer auf den Schultern, aber es ist, als hätte ich Jax und die beiden Polizisten bei mir, die sie gemeinsam mit mir schultern. Und das fühlt sich verdammt gut an.

Zwei Tage später steht das offizielle Wiegen an. Der letzte Pressetermin vor dem Kampf. Jax hat mich zwar nicht darum gebeten, aber ich begleite ihn trotzdem. Ich fühle mich auf eine verquere Weise verantwortlich für seine Verletzungen. Es ist nicht etwa so, dass ich plötzlich Gefallen an medialer Aufmerksamkeit gefunden habe, ich will nur bei ihm sein. Mit Sicherheit wird es Fragen geben. Glücklicherweise konnte der Verband am Arm verschwinden. Er hat nur noch ein kleines Pflaster unter dem Ellenbogen. Die Knöchel sind weitestgehend verheilt. Seinen Händen geht es etwas besser. So lange er sich mit Schmerzmitteln vollpumpt, funktioniert er irgendwie. Nur die Hand sollte man ihm nicht schütteln wollen. Okay, ist ja auch die Linke. Da Jax Rechtshänder ist und ich mich zudem dekorativ an seine linke Seite stelle, kommt niemand auf die Idee, einen zu genauen Blick auf seine verkrampften Finger zu werfen. Er kann sie kaum bewegen und trotzdem hält dieser Sturkopf an der wahnwitzigen Idee mit dem Kampf fest.

»Kein Wort«, raunt er mir gefährlich leise zu, weil er Angst hat, ich könnte vor der versammelten Presse herausposaunen, dass er gesundheitlich absolut nicht in der Lage ist, den Kampf gegen Armstrong zu bestreiten. Seine Knöchel hat er wie zur Kampfvorbereitung bereits mit Bandagen umwickelt. Erstens sieht man dadurch nicht die heilenden Abschürfungen und zweitens fällt die Verkrampfung seiner Finger so kaum auf.

Zu der Freude der anwesenden Damen findet das Wiegen in Unterhosen statt. Nicht dass ich etwas dagegen habe, das Jax blankzieht, aber es fühlt sich seltsam an. Beim Kampf tragen die Kontrahenten ja wenigstens längere Hosen, aber die knappen Shorts verdecken nun wirklich gar nichts und lassen kaum Spielraum für Fantasien. Himmel, so verkniffen, wie sich mein Gesicht anfühlt, als Jax darauf wartet, dass er auf die Waage steigen kann, gebe ich das Bild einer eifersüchtigen Freundin ab. Meine Mundwinkel zucken, als der dunkelhäutige Titelverteidiger die Arme hochreißt und seine Muskeln spielen lässt.

Vor der Waage ist es so eng, dass kaum ein Reporter Fotos machen kann, doch von überallher stürmt das Blitzlicht auf ihn ein und der Weltmeister grinst siegessicher und zeigt Jax spielerisch die Faust. Jax winkt ab, fletscht aber seinerseits die Zähne und steigt auf die Waage. Nur im knappen Höschen. Was hab ich heute Morgen gemeckert. Aber offensichtlich ist das so Sitte. Die Unterhosen selbst sind sogar von einem Sponsor. Augenrollend sehe ich weg. Himmel, so lang er das Ding nicht im Bett anzieht, soll es mir egal sein. Aber dann muss ich doch schmunzeln, als ich in die begeisterten Gesichter der weiblichen Reporter sehe. Das Glühen in ihren Augen gilt meinem Jax. Meinem, und nicht ihrem. Ich fühle eine Woge Stolz und genieße das Gefühl vielleicht ein wenig zu sehr. Aber hey, wir haben lange dafür gekämpft, hier stehen zu können. Da darf ich mich auch ein wenig stolz fühlen.

Den Trubel nehme ich nur gedämpft wahr. Hier sind mir eindeutig zu viele Menschen und ich habe mich absichtlich in die hinterste Ecke des kleinen Wiegeraums zurückgezogen. Zudem sind überall Kameras aufgebaut und gefühlt zweihundert Reporter haben sich in den Raum gequetscht. Vor der Sponsorenwand ist die Waage aufgebaut, die im Vorfeld medientauglich geeicht wurde. Damit auch alles seine Richtigkeit hat.

Während Jax still auf der Waage steht, lässt er seinen Blick zu mir schweifen und wackelt demonstrativ mit den Augenbrauen. Ich schüttele grinsend den Kopf, weil ich genau weiß, was er vorhat. Im Anschluss an das Wiegen ist ein Foto geplant. Und er möchte, dass ich mich dazugeselle. Nicht für das offizielle Pressefoto, das morgen früh die Tageszeitungen ziert, nein, die Manager wollten ein Bild für die Boulevardzeitungen mit den Partnerinnen der Boxer, um sie nahbar zu machen. Was für ein Quatsch. Man merkt deutlich, dass ich keinen Sinn für Öffentlichkeitsarbeit habe.

Nachdem Jax von der Waage gestiegen ist, nimmt er mit Armstrong eine Kampfpose ein. Sie grinsen zwar immer wieder, aber für genau einen Moment, funkeln sie sich wütend an, fletschen gespielt die Zähne und schlagen die Fäuste gegeneinander. Unbewusst halte ich den Atem an, als sich die Knöchel der Kontrahenten berühren. Wenn Jax jetzt schmerzerfüllt zusammenzuckt, gibt das bestimmt kein gutes Bild ab und wirft Fragen auf, die er nicht beantworten will. *Haben Sie Schmerzen, Jax? Sind Sie überhaupt kampftauglich? Sollte ein Gegner des Weltmeisters so wehleidig sein?* Oh nein, weder Jax noch Vince wird eine solche Frage beantworten.

Ich kämpfe noch mit meinen Gedanken, als besagter Manager neben mir auftaucht und mich mit einem Arm um meine Taille grinsend zu Jax dirigiert. »Nein, Vince, lass das!«, maule ich, doch erstens ist Vince einen guten Kopf größer als ich und zweitens hat er mich überrumpelt.

»Stell dich nicht so an, Schätzchen. Unser Weltmeister will dich an seiner Seite, also tun wir bis Samstagabend nach dem Kampf genau das, was er will. Danach kannst du mich vollschreien und anmeckern, so viel du willst, aber jetzt lächle!« Ich fletsche die Zähne zu einem verbissenen Lächeln, als sich Jax zu mir herumdreht und mich mit ausgebreiteten Armen begrüßt.

»Enni, Liebes«, ruft er, nimmt mich quasi von Vince entgegen und schließt mich in seine Umarmung. Blitzlicht zuckt.

»Ich hasse dich!«, maule ich und Jax tätschelt mir daraufhin den Rücken.

»Ich weiß, ich dich auch, du kleine Sadistin. Das ist nur die Rache für deine fürsorgliche Behandlung.« Die Art, wie er das Wort fürsorglich betont, zeigt deutlich, dass er es ganz und gar nicht so meint. Stimmt, ich habe ihn nicht bemuttert, ich war die letzten zwei Tage sehr effizient.

»Wir stehen hier, oder?«

Jax räuspert sich. »Rache ist süß. Und jetzt umdrehen, Lächeln und …«

»… Arschloch denken, ich weiß.« Ich fletsche die Zähne und

grinse in die Kamera, hebe leicht den Arm und winke, während Jax' Arm auf meiner Schulter ruht. Den Rechten hat er um Armstrongs Taille gelegt, der auf der anderen Seite seine Freundin im Arm hält.

»Hast 'n süßes rotes Kätzchen, Powers«, raunt der Schwarze.

Jax knurrt. »Sie hat scharfe Krallen.«

Armstrong lacht kehlig, sodass mir ein wohliger Schauer über den Rücken rinnt. »Davon bin ich überzeugt. Sie kann am Samstagabend deine Wunden lecken.«

Meine Augenbrauen wandern amüsiert nach oben. »Oder du deine«, gibt Jax zurück. Hat er das grad wirklich gesagt? Natürlich will ich, dass er gewinnt, aber ich …

»Nee, lass mal, das ist nicht nötig. Wir wissen beide, wer hier die besseren Karten hat. Und das bist nicht du.«

»Wir werden sehen«, raunt Jaxon, löst sich von Armstrong und verabschiedet sich mit einem Nicken von den Reportern.

Der Abend des Kampfes rückt immer näher und ich werde immer nervöser – während Jax die Ruhe in Person ist. Ja, es scheint fast so, dass er immer ausgelassener wird, je näher der Abend rückt. Gegen zwanzig Uhr ertönt das Klingeln des Haustelefons. Irritiert sehe ich auf.

»Erwartest du jemanden?« Jax zuckt mit den Schultern, erhebt sich von der Couch und schlurft zum Fahrstuhl. Ich zappe weiter durch die Kanäle. Wir konnten uns vor lauter Nervosität auf keinen Film einigen, also beschlossen wir uns sinnlos berieseln zu lassen. Ich höre nur mit halbem Ohr zu, doch als Jax wieder zu mir kommt, zeigt er eine deutlich verknitterte Miene.

»Du darfst nicht böse sein«, murmelt er und zieht den Kopf ein. Misstrauisch hebe ich eine Augenbraue. »Aber … ich wusste wirklich nichts davon. Normalerweise machen sie so was nicht und …«

»Was ist denn los?«, frage ich überrascht. Ich dachte, über die Halbwahrheiten seien wir längst hinaus.

Jaxon stößt einen langen Seufzer aus. »Meine Eltern …« Alarmiert weiten sich meine Augen und ich werfe einen panischen

Blick zum Fahrstuhl. Eltern … verdammt. Natürlich wusste ich von ihnen, ich hatte sie ja bereits am Flughafen gesehen, aber ich hatte wirklich nicht damit gerechnet, dass sie bei ihm auftauchen. So völlig unangekündigt.

»Hallo, Schatz!«, flötet eine Frau und durchquert Jax' Wohnzimmer. »Tut uns wirklich leid, dass wir einfach reinplatzen, aber wir werden uns morgen beim Kampf ja sowieso sehen und …« Jax' Mutter umarmt ihn gerade als ihr Blick auf mich fällt. Ich kann förmlich sehen, wie es hinter ihrer Stirn arbeitet. Hastig erhebe ich mich. Meine Erfahrung mit der Mutter meines Freundes tendiert gegen Null. Ich hatte noch nie das Vergnügen, also habe ich keine Ahnung, was sie erwartet. Aber zumindest weiß ich, was sich gehört. Nämlich aufstehen, Hand geben und lächeln. Ich schaffe es gerade noch, ihr die Hand hinzustrecken, da befinde ich mich auch schon in einer herzlichen Umarmung.

»Und Sie müssen Enni sein!«, sagt sie gegen mein rotes Haar und tätschelt mir liebevoll den Rücken. »Als ich Sie im Fernsehen gesehen habe, war ich drauf und dran herzukommen und meinem Sohn die Leviten zu lesen. Er hat Sie mit keinem Wort erwähnt.«

»Du hast nicht gefragt«, gibt Jax grummelnd zu. Jax' Mom löst sich wieder von mir und nimmt mich bei den Schultern.

»Natürlich nicht. So etwas fragt man ja nicht als Mutter.« Frau Kraft lächelt mich breit an.

»Nicht?«, frage ich automatisch.

Sie lächelt. »Nein, die Freundin ist bei Jax ein ganz wundes Thema. Seit …« Verschwörerisch senkt sie die Stimme und blickt mich vielsagend an. Ich nicke verstehend.

»Seit Viktoria.«

Jax' Mutter nickt.

»Junge, wo soll die Pizza hin?« Automatisch drehen wir drei uns zu einem mit drei großen Pizzakartons beladenen älteren Herrn um. Das muss Jax' Vater sein. Seine Mutter hat mich so vereinnahmt, dass ich ihn völlig vergessen hatte.

»Auf den Tisch, Paps!«, sagt Jax und geht erleichtert zu seinem Vater, um ihm die Kartons abzunehmen.

Als sein Vater die Kartons abgeladen hat, dreht er sich zu seinem Sohn und wirft ihm einen vielsagenden Blick zu. »So, und jetzt stellst du uns bitte vernünftig vor.« Sein Vater blinzelt mich amüsiert an, als Jax genervt aufstöhnt.

»Ich wusste schon, warum ich euch nichts von Enni erzählt habe«, murrt er, kommt dem Wunsch seines Vaters aber nach.

Wenig später sitzen wir mit Marie und Peter Kraft am Esstisch und lassen uns die Pizza schmecken. Jax' Eltern behandeln mich, als würden wir uns bereits ewig kennen. Marie bemerkt am Rande, dass sie mich doch auch schon am Flughafen gesehen hat und tadelt ihren Sohn liebevoll, warum er uns da nicht bereits vorgestellt hat.

Jax räuspert sich verlegen und wirft mir einen fragenden Blick zu. Ich nicke unmerklich, gebe ihm somit zu verstehen, dass er meine Macken erwähnen darf. »Enni ist sehr kontaktscheu. Deshalb.«

»Oh«, macht Marie. »Und ich habe dich einfach so in die Arme genommen. Das tut mir entsetzlich leid.« Ich winke ab.

»Langsam wird es besser. Dank Jax.« Ich lächle ihn an und strecke mich nach ihm aus. Er nimmt meine Hand und tätschelt sie behutsam.

»Was ist das denn?« Jax' Vater deutet auf die aufgeplatzten Knöchel. Jetzt ist es an Jax, mich vielsagend anzusehen. Er hält meinen Blick fest, als er antwortet.

»Trainingsverletzung.« Ich will den Mund öffnen, doch ich tue es nicht. Jax hat seine Geheimnisse und ich die meinen. Seinen Eltern jetzt die Wahrheit zu erzählen, wäre zu viel. Selbst wenn sie es wüssten, würde sich sowieso nichts ändern. Jax wird kämpfen, egal was sie zu seinen Verletzungen zu sagen haben. Lange Diskussionen darüber würden ihn nur stressen. Also sage ich nichts, sondern nicke nur vielsagend. Natürlich haben Marie und Peter gemerkt, dass wir uns stumm verständigt haben, aber sie sehen sich nur lächelnd an, bevor Marie das Gespräch auf ein unverfängliches Thema lenkt.

Gegen zehn verabschieden sie sich und lassen uns allein.

Am Samstagmorgen taucht Merry bei uns auf, mit Brötchen.

»Ich dachte, du brauchst Ruhe?«, frage ich, als wir gemeinsam den Frühstückstisch decken. Gerade nach dem Besuch seiner Eltern dachte ich, Jax hätte genug Gesellschaft gehabt.

Jaxon lacht und setzt eine neue Kanne Espresso auf. Die kleine Metallkanne reicht nur für uns beide. Bekommen wir Besuch, muss zweimal gekocht werden. »Die brauche ich auch, deshalb habe ich dir jemanden besorgt, der dich ablenkt.«

»Na vielen Dank auch. Bin ich so ein Nervenbündel?« Jax stellt die Tassen auf den Tisch und gibt mir einen Kuss. Dass er auch mit der Linken zugreifen kann, ist ein gutes Zeichen. Ich verliere mich kurz in der Berührung seiner Lippen, aber ganz kann ich meine Sorgen doch nicht abschalten. Spätestens heute Nacht wird er unglaubliche Schmerzen haben. Normalerweise hätte er auch in der letzten Woche vor dem Kampf noch trainiert. Nicht mehr so ausdauernd wie in Spanien, aber ein leichtes Sparring hätte sein müssen. Jax hat auf alles verzichtet und seine Hände so gut es geht geschont. Wenn das mal klappt.

Willi hat mir erklärt, dass es bei einem guten Boxkampf nicht in erster Linie auf die kämpferischen Fähigkeiten ankommt. Mentale Stärke ist wichtig. Die Fähigkeiten hat Jax, aber was er braucht ist … mich. Ich habe den Trainer nur verständnislos angestarrt, woraufhin Willi verschwörerisch gelächelt hat. »Tu alles, was ihm guttut.« Und dann hat er vielsagend mit den Augenbrauen gewackelt. Wie bitte? Ob das eine versteckte Anspielung auf reichlich Sex sein sollte, will ich gar nicht wissen. Nein, will ich nicht! Ich will nicht einmal daran denken, dass Willi denken könnte, wie wir miteinander …

»Enni, du wirst ja ganz rot!«, holt mich Merry kichernd aus den Gedanken. »Das war doch nur ein Kuss, kein Grund, gleich zur Tomate zu werden.« Das ist das Problem mit Rothaarigen. Man sieht mir jede Gefühlsregung an der Nasenspitze an.

Ich schnaube und wechsle hastig das Thema. »Und was ist für heute geplant, mal abgesehen von dem Fight heute Abend?«

Jax lässt sich uns gegenüber nieder und greift nach seiner Kaffeetasse. »Ihr zwei geht mir aus den Augen«, beginnt er grinsend. »Dann werde ich schlafen, etwas essen, lesen. Und um 17 Uhr treffen wir uns in der Arena. Willi wird da sein und euch eure Plätze zeigen. Merry hat direkt einen Platz am Ring, aber Enni will ich da nicht sehen.«

Ich stutze. »Und wo soll ich so lange bleiben? Auf dem Klo?« Jax lacht.

»Nein, du wartest in der Kabine. Dort gibt es einen Fernseher, von wo aus du alles ansehen kannst. Wenn du willst. Du kannst den aber auch ausmachen und einfach nur warten.«

Ich nicke. Nicht dass ich wirklich neben dem Ring stehen wollte. Wer kann schon ertragen, wie sein Freund verprügelt wird. Oh Gott, bitte lass es gut gehen.

»Genau deshalb«, murrt Jaxon und starrt mich an. »Du guckst jetzt schon so panisch, dass ich mir mehr Sorgen um dich machen würde, als mich auf den Kampf zu konzentrieren. Ich liebe dich wirklich, Enni Anderson, aber du bist das reinste Nervenbündel und deine Nervosität lenkt mich ab. Deshalb, frühstücken und dann geht shoppen oder was auch immer.«

Ich verziehe das Gesicht, füge mich aber. »Du bist der Boss.« Ich grinse hinterhältig und lasse Jaxon damit wissen, dass das nicht immer so sein wird. »Für heute.«

Kapitel 24

Wir waren nicht shoppen. Sondern in meiner Wohnung und haben mir ein paar Sachen gepackt, geredet und anschließend waren wir auf dem Polizeirevier um meine Aussage zu unterschreiben. Es gibt ein paar Dinge, die eben erledigt werden müssen. Und wenn dieser schreckliche Kampf vorbei ist, will ich mich nur noch auf Jax konzentrieren. Auf meine neue Arbeit, und auf das, was er für sich in Zukunft plant. Zum einen sind da die Werbeverträge, aber er möchte auch … studieren. Die Musik hat von Anfang an eine wichtige Rolle in seinem Leben gespielt und er will genau dort ansetzen. Ob er in Hamburg oder in einer anderen Stadt studieren möchte, weiß er noch nicht. *Mal sehen*, war seine einsilbige Antwort.

Als wir die Sachen in Jax' Wohnung bringen, ist er bereits weg. Wir haben beide jeweils ein kleines Schwarzes mitgebracht und machen uns fertig. Zwischendurch ruft Willi an und teilt uns mit, wo er uns in die Halle lässt.

Als es mit dem Taxi dann Richtung Arena geht, klammere ich mich panisch zitternd an Merry. Sie hält meine Hand und sagt nichts. Vor den Versorgungseingängen der Arena erwartet uns ein junger Mann. Ich glaube, ich habe das Gesicht schon in Spanien gesehen, kann mich aber an seinen Namen nicht erinnern. Ich weiß nur noch, dass er in dem gleichen Trainingslager wie Jax war. Muss also einer von Willis anderen Schützlingen sein.

»Hi, ich bin Stevie. Du erinnerst dich nicht, oder?«, fragt er mich und grinst frech. Ich schüttele den Kopf.

»Meine Güte, Süße, du siehst aus, als bräuchtest du Valium.« Er zieht mich durch die Tür einen langen, dunklen Gang entlang. Unwillkürlich will ich stehen bleiben, doch Merry schiebt mich weiter. Wenige Schritte später flammt kaltes Neonlicht auf und lässt den Gang in klinischem Licht erstrahlen. »Keine Sorge«, plappert Stevie weiter. »Jax ist unglaublich. Er ist schnell, sein Haken kräftig und außerdem ist er dermaßen fokussiert, dass ihn nichts aus der Ruhe bringen kann.« Der Junge wirft mir einen anzüglichen Blick zu. »Außer dein Anblick. Vielleicht sollte ich dich nicht in der Kabine abliefern, sondern mit deiner Freundin auf den Ehrenplätzen.«

»Ehrenplätze?«, keucht Merry und bleibt schlagartig stehen. Stevie bemerkt ihre Reaktion und dreht sich um.

»Klar, Jax hat darauf bestanden, dass zumindest du dort sitzt. Seine Eltern sind schon da. Aber Enni wollte er noch mal sehen.« Mir ist schlecht. Stevie bemerkt meinen Blick und lacht.

»Reiß dich zusammen, Süße. Es ist nur ein Kampf. Jax hat das so oft gemacht, dass ich bereits aufgehört habe zu zählen.«

»Im Ring gegen Armstrong gekämpft?«, zwinge ich mich, ihn zu fragen.

Stevie schüttelt den Kopf. »Nein, das nicht. Er trifft heute das erste Mal auf Armstrong. Aber professionell geboxt. Das ist heute seit 28. Kampf. Er hat noch keinen einzigen in seiner Karriere als Profi verloren.« Stevie sieht mich prüfend an, als er eine schwere Stahltür für uns öffnet. »Wusstest du das nicht?«

Doch, natürlich wusste ich es. Ich … habe einfach nicht darüber nachgedacht. Für mich ist er kein Boxer, kein Profi, kein Star. Für mich wird er immer nur Jax sein, der Enni im Waschsalon getroffen und sie aus ihrer Lethargie geholt hat.

Stevie zuckt mit den Schultern, als ob er nicht wüsste, was er darauf antworten soll. Doch dann sagt er doch etwas. » Viktoria hat das alles gewusst.«

Dieser Name … Ich bin wirklich kein impulsiver Mensch, aber dieser Name lässt mich tatsächlich zusammenzucken. » Viktoria ist heute nicht hier«, murmele ich knapp. Stevie lacht.

»Stimmt, Viktoria war nie hier hinten. Sie durfte immer nur am Ring sitzen.« Stevies Worte erzeugen ein seltsames Gefühl im meiner Brust. Auf der einen Seite bin ich verstimmt, weil er Viktoria erwähnt hat. Natürlich gibt es keinen Grund dafür. Jax ist mit mir zusammen und seine Ex-Freundin spielt absolut keine Rolle mehr in seinem Leben. Und auf der anderen Seite fühle ich mich fast wie geadelt. Jax will mich sehen, kurz vor dem Kampf, obwohl ich so ein Nervenbündel bin, dass ich wohl kaum zu seiner Beruhigung beitragen kann.

Stevie bleibt vor einer Tür stehen und nickt mir auffordernd zu. »Los, geh rein. Verdreh ihm aber nicht zu sehr den Kopf. Ich bring deine Freundin zur Tribüne.« Der junge Mann grinst mir frech zu, greift nach Merrys Hand und zieht sie ungefragt hinter sich her. Während ich ihnen nachsehe, höre ich ihn aus der Ferne fragen, ob sie schon mal bei einem Boxkampf war. Merry verneint.

»Keine Angst, ich pass auf dich auf, wenn das Blut spritzt.«

Blut? Mir wird schon wieder ganz anders. Aber vermutlich ist das so, oder? Die zwei prügeln sich zwar mit Watte gefüllten Handschuhen, aber die Wucht des Schlages kriegt der Gegner ja doch ab. Und wie effektiv Jax zuschlagen kann, habe ich gesehen. Die Handschuhe taugen nur minimal zur Reduktion von Verletzungen. Ich schlucke trocken und hebe die Hand, um zaghaft gegen die Tür zu klopfen. Keine Ahnung, ob ich richtig bin. Da steht nichts von Jaxon Powers oder irgendein Hinweis, dass das seine Umkleide ist.

Ach, keine Ahnung, was ich hier mache. Ich sollte mich umdrehen, nach Hause gehen und mir den Kampf im Fernsehen ansehen. Ah, nein, das geht auch nicht. Ich glaube, ich würde sterben und …

Die Tür wird vor meiner Nase aufgerissen und ich bekomme gerade noch den Fetzen eines Gesprächs mit. »… keine Ahnung, wo sie steckt. Ich guck mal, wo Stevie, die alte Sumpftüte, abgeblieben ist. Vermutlich hat er die Mädchen direkt am Ring geparkt, weil er wieder mal nur die Hälfte von dem mitgekriegt hat, was ich ihm aufgetragen habe …« Willi rennt beinahe in mich hinein. Mit Schwung dreht er sich um und starrt mich einen

Atemzug lang perplex an. »Oh, da ist sie ja. Hi, Enni!« Grinsend hebt er die Hand zur Begrüßung, wie ich dachte. Aber statt sie mir zu schütteln, greift er nach meiner Schulter und zieht mich in den Raum.

»Was stehst du denn hier draußen rum? Hat dich jemand gesehen?« Willi beugt sich an mir vorbei und späht in den Gang. Aber links und rechts von der Tür ist niemand zu sehen. Man hört zwar die gedämpften Geräusche der vielen Menschen in der Halle, aber in dem Gang ist es ruhig. Offenbar hat man Jax so weit vom Geschehen untergebracht, dass er seine Ruhe hat. Ist offensichtlich auch nötig. Als ich mich in der großzügigen Umkleidekabine umsehe, kann ich Jax auf den ersten Blick gar nicht finden. Doch dann sehe ich seinen blonden Schopf in der hintersten Ecke. Er hockt auf dem Boden, hat die Knie angezogen und die Hände darauf gelegt, bereits bandagiert und leicht verschränkt. Als er mich sieht, grinst er verschlagen.

»Na, verlaufen?«, begrüßt er mich mit einen amüsierten Funkeln in den Augen. Ich erwidere seinen Blick, lege meine Tasche auf einen Tisch und komme zu ihm.

»Offensichtlich. Ihr seid echt nicht zu finden.« Ich hocke mich neben ihn und lehne mich an seine Schulter. Jax seufzt schwermütig.

»Ist so gedacht. Wir sind mal kurz vor dem Kampf in eine Horde Reporter geraten, die sich an der Security vorbei geschmuggelt haben. Sehr unangenehm. Seitdem besteht Willi auf eine so weit abgelegene Kabine, dass wir völlig ungestört sind.« Jax versucht sich an einem spitzbübischen Grinsen, aber es misslingt. Er kann die Anspannung nicht verheimlichen. Ich nicke.

»Was macht das Sorgenkind?« Unsicher schiele ich zu Willi. Keine Ahnung, ob Jax seinen Trainer eingeweiht hat. Besser wäre es, aber es steht mir nicht zu, jetzt damit anzufangen. Nicht kurz vor dem Kampf. Ändern kann Willi eh nichts mehr.

Jax hebt die Hand und wackelt mit den Fingern. »Ganz gut. Hast du die Medikamente dabei?«

Natürlich. Jax wollte, dass ich die Schmerzmittel mitbringe.

»Was für Medikamente?«, beginnt Willi und zieht sich einen Stuhl ran.

»Schmerzmittel, Willi, nichts Dramatisches.« Jax, du verdammter Idiot. Er hat seinen Trainer nicht eingeweiht. Ich schließe tief durchatmend die Augen. Okay, sein Kampf, sein Trainer. Ich habe weder das Recht noch die Pflicht, Willi aufzuklären. Das sollte Jax tun. Ich sehe ihn vielsagend an, bevor ich mich erhebe und meine Tasche hole, mit deren Inhalt man vermutlich einen Elefanten betäuben könnte.

»Ich …«, beginnt Jax leise, »hatte eine kleine Auseinandersetzung mit … ein paar alten Bekannten von Enni.«

»Jax«, brummt Willi. Der unterschwellige Zorn ist nicht zu überhören. »Das da an deinem Ellenbogen rührt also nicht von einer misslungen Rasieraktion?«

Jax schüttelt den Kopf. »Hab einen winzigen Schub.«

»Scheiße, Jax, in deinem Fall gibt es keine winzigen Schübe. Und du bist gerade drauf und dran, die Chance deines Lebens zu versauen, weil …«

»Wer nicht kämpft, hat schon verloren, oder?«, zischt Jax und nimmt die Pillen von mir entgegen. Die, von denen er kotzen muss. Ich hoffe, er hat in der letzten Stunde nichts zu sich genommen. Das könnte im Ring unschön werden.

»Aber …«, stammelt Willi. Er setzt mehrfach an, doch jedes Mal hält er inne, als ob er erkennt, dass seine Erklärungen nur unweigerlich wieder dazu führen würden, dass Jax doch kämpfen muss.

»Glaube mir, Willi«, murmelt Jax, als er die erste Pille geschluckt hat, »Enni und ich sind jedes Szenario durchgegangen. Wenn ich nicht kämpfe, verliere ich. Verschieben wir den Kampf, verliere ich. Wer weiß denn schon, ob ich erstens, jemals wieder so eine Chance bekomme, und zweitens …« Er lässt die Worte in der Luft verklingen. Willi nickt, er hat ihn auch so verstanden.

»Ob du jemals wieder kämpfen kannst. Okay. Also hast du eigenmächtig entschieden, dich zu betäuben und in den Ring zu steigen?«

Jax nickt und schluckt eine weitere Pille, die gegen die Übelkeit wirkt. Ich habe noch weitere, doch Jax verneint. »Nur noch Ibu, die 800er«, murmelt er. Die greifen den Magen ja noch mehr an. Ich hebe vielsagend eine Augenbraue, doch Jax schüttelt den Kopf.

»Wenn ich schon die Magendinger runterwürgen muss, kann ich auch noch weitere Schmerzmittel reinklopfen, oder?«

»Du bist irre«, murmele ich und gebe ihm das Verlangte. Jax schluckt auch diese Pillen. Dann reicht Jax mir Bürste und Haargummi und ich schreite zur Tat. In der nächsten halben Stunde sprechen wir nicht viel, ich kämme und Jax beschränkt sich aufs Atmen. Dieses Werk – ein perfekter *Man Bun* – wird Jax in den Ring begleiten. Auch wenn er mich nicht dabei haben will, so werde ich doch irgendwie bei ihm sein. Der Gedanke gibt mir Kraft.

»Noch zehn Minuten!« Irgendwann steckt ein Mitarbeiter der Halle den Kopf in die Kabine, blickt sich verwirrt um, als er Jax nicht sofort entdecken kann, und raunt die Anweisung dann Willi zu, der sie cool abnickt.

»Okay.« Jax atmet tief durch und erhebt sich. »Lässt du uns kurz alleine, Willi?« Da Vince sowieso gerade die Kabine betritt, nickt er und zieht sich mit dem Manager, der uns nur mit einem knappen Nicken begrüßt, in die andere Ecke des Raumes zurück.

Jax atmet tief durch und sieht mich so durchdringend an, dass ich unwillkürlich zurückweiche.

»Was?«, frage ich irritiert. Doch Jax antwortet nicht, er greift nach meinem Nacken und zieht mich an sich. Stürmisch presst er seine Lippen auf die meinen, teilt sie mit der Kraft der Verzweiflung und küsst mich so heftig, als würde sein Leben davon abhängen. Ich habe Mühe, seinen Kuss zu erwidern, aber ich versuche es, so gut es geht. Jax wird gleich da rausgehen und ich werde hier drinnen auf ihn warten. Ganz egal, was passiert, ich werde hier sein.

»Alles okay?«, frage ich atemlos, als er mich freigibt und seine Stirn gegen meine legt.

Jax' Mundwinkel zucken. »Nee, mir ist jetzt schon schlecht

und ich schiebe Panik. Aber das ist immer so. Wenn ich da rausgehe, wird es besser. Dann kommt der Tunnelblick, ich bin fokussiert und muss nur noch loslegen.«

»Dann ist ja gut. Ich warte hier, ja?«

Jax atmet tief durch und nickt schwerfällig. »Wenn es dir nichts ausmacht.«

Ich verneine kopfschüttelnd. »Du bist der Boss, es ist dein Kampf und wenn ich dich am Ring ablenke, bleibe ich hier. Ich könnte es im Übrigen auch gar nicht ertragen, wenn …«

Jax grinst. »Einmal reicht, was?« Er spielt damit auf den Kampf im Treppenhaus an.

»Das war doch kein Kampf«, widerspreche ich. »Du hast die Typen einfach K.O. geschlagen. Ich wette, die haben noch heute Kopfschmerzen.«

»Du bist süß«, murmelt er. »Also los, auf in den Kampf, sonst sitzen wir morgen noch hier.« Jax nimmt noch einmal meine Hände, als ich ihm gegenüberstehe, dann blinzelt er und sieht an mir herunter.

»Wow, das Kleid ist niedlich. Nachher, wenn ich zurück bin«, murmelt er, als er mich in seine Arme zieht und sein Kinn auf meinen Scheitel legt, »schiebe ich dir das Kleid hoch, beuge dich über irgendein Sitzmöbel und dann …«

»Hey, lass deine schmutzigen Gedanken hier in der Kabine. Beule in der Hose mögen die Sponsoren nicht. Auch wenn die bestimmt begeistert sind, wenn die Kamera ständig auf deinen Schritt zoomt«, feixt Vince und tritt zu uns.

Jax kichert leise, berührt mit seinen Lippen mein Ohrläppchen und knabbert kurz daran. »Ich muss daran denken, was ich nachher mit dir tun werde, auch wenn ich nur noch einen hochkriege, weil der Rest schmerzen hat.«

Ich erschauere wohlig. »Kein Problem, ich weiß, was ich zu tun habe.«

Jaxon brummt tief, bevor er sich mit einem Ruck von mir löst und sich von Willi die gepolsterten Boxhandschuhe anlegen lässt. Vince hilft ihn in einen dunkelblauen Mantel, so ein glänzendes, über und über mit Logos bedrucktes Teil. Kein Bademantel, die sollten wärmen, das Ding dient nur zum Schaulaufen und dass man Jax nackten Oberkörper nicht sofort sieht.

Als Willi fertig ist, schlägt Jax kampflustig die Handschuhe gegeneinander. »Okay?«, frage ich unsicher.

Er nickt, zwinkert mir zu und dreht mir dann den Rücken zu. Bis er abgeholt wird, dauert es noch ein paar Minuten. Aber als die Tür zur Kabine geöffnet und ich vom Licht einer eingeschalteten Kamera geblendet werde, weiche ich unwillkürlich zurück. Obwohl es hier von Menschen plötzlich nur so wimmelt, sagt kaum einer was. Wenn dann halten sie sich bewusst zurück. Jax geht etwas nervös umher, sieht zu Boden und scheint gänzlich in seiner Konzentration versunken zu sein. Nicht mal der Typ, der mit einem Mikrofon, das das Zeichen eines Privatsenders zeigt, ausgerüstet ist, wagt sich an ihn heran. Er spricht leise und wendet sich immer wieder einem Kameramann zu, der im Flur steht und von dem ich nur das Objektiv der Kamera sehe.

Ich hätte nicht gedacht, dass Reporter auch mal so zurückhaltend sein können. Keine aufdringlichen Fragen, als ob es ein ungeschriebenes Gesetz sei, Boxer kurz vor dem Kampf nicht anzusprechen.

Ein Typ wie ein Baum taucht in der Tür auf und gibt Willi mit einem Zeichen zu verstehen, dass es losgeht. Der Trainer berührt Jax vorsichtig an der Schulter und schiebt ihn aus der Umkleide. Vince flankiert seine andere Seite und dann ist es plötzlich ruhig. Mucksmäuschenstill. Und ich bin allein. Ich hätte mich nicht einmal gewundert, wenn jemand das Licht ausgemacht hätte. Jax ist fort und mir bleibt nichts anderes übrig, als zu warten.

Ich stehe mehrere Minuten stocksteif im Raum, halte meine Tasche wie ein Schutzschild fest und starre die Tür an.

»Das ist doch bescheuert«, murmele ich und lasse mich dann doch auf einen Stuhl sinken. Was zur Hölle tue ich hier eigentlich? Warten, ja toll. Ich sollte Jax irgendwie unterstützen, aber wenn meine mentale Unterstützung so aussieht, dass ich hier warte, sexuell angeheizt und mir ausmale, in was für einem katastrophalen Zustand ich ihn wiederbekomme, wird mir anders.

Auf dem Tisch liegt eine Fernbedienung, über den Bänken ist ein Fernseher angebracht. Wenn ich den einschalte, habe ich höchstwahrscheinlich ein Livebild des Kampfes, der in der Halle stattfindet. Oh Gott, die Verlockung ist groß, andererseits kann ich mir unmöglich ansehen, was Jax gerade durchmacht. Hat er Schmerzen? Ist er überhaupt in der Lage, zu kämpfen? Wird Armstrong ihn fertig machen?

Wie lange wird es dauern? Willi sagte etwas von knapp einer Stunde. Je nachdem. Und von Jax weiß ich, dass er einen K.O. Sieg in der elften oder zwölften Runde plant, und wenn es nicht geht, wird er früher versuchen, schlusszumachen. Fünfzig Minuten dauert so ein Kampf durchschnittlich. Zwölf Runden, á 3 Minuten, plus dreißig Sekunden Pause, plus der Weg durch die Gänge, plus … ah, ich werde noch irre.

Ich starre ernüchtert auf mein Smartphone. Der Kampf hat noch nicht einmal begonnen. Toll, wirklich toll. Das werden die härtesten eineinhalb Stunden meines Lebens.

Kapitel 25

Will sagte, dass sie mich eventuell holen werden, wenn Jax gewinnt, oder? Als die Tür zur Kabine nach zweiundvierzig Minuten aufgestoßen wird, erstarre ich. Ja, ich habe auf die Uhr gestarrt, ich habe mir jede verdammte Sekunde ausgemalt, was gerade mit Jax passiert, wo er getroffen wird, wo Blut spritzt – *vielen Dank, Stevie!* – und wie er zu Boden geht.

K.O.-Sieg ist mein erster Gedanke, doch als ich Vinces Gesicht sehe, wird mir schlagartig klar, dass wir verlieren.

»Er braucht dich«, knurrt Vince, packt mich am Oberarm und zieht mich – ohne auf meine Proteste zu achten – aus der Kabine.

»Hey, Vince, was ist denn los?«, frage ich unnötigerweise. Mir ist auch so klar, was los ist. Er braucht dich, klingt nicht nach *Wir haben gewonnen und brauchen dich als hübsche Deko.* Nein, es klingt nach verdammt viel Scheiße.

»Er hat Schmerzen, steht wie der Schiefe Turm von Pisa und denkt nicht mehr gerade. Willi hofft, wenn er dich sieht, kriegt er sich ein und hält die letzten drei Runde noch durch. Punktemäßig wird es zwar ebenfalls knapp, aber Jax hat immer gute Treffer gelandet, sodass ihm die ersten drei, vier Runden gehören. Aber dann hat sein Arm schlappgemacht.« Vince ist sichtlich nervös. So redselig habe ich ihn noch nie erlebt. Er versucht sich an einem Lachen, dass mich entspannen soll, aber es gelingt kläglich und bewirkt damit das genaue Gegenteil. Vince merkt es selbst und wird ernst.

»Die Linke kann er gar nicht mehr einsetzen. Er hat einen guten Haken gesetzt, aber seitdem ist der Arm unbrauchbar. Ich hatte gehofft, der *Upper Cut* knockt Armstrong soweit aus, das Jax nachsetzen kann. Aber er hatte so starke Schmerzen, dass der Ringrichter kurz davor war, den Kampf abzubrechen. Aktuell hält sich Jax nur über Wasser, weil er in die Defensive gegangen ist und mehr ausweicht als zu kontern. Technisches K.O. hat uns gerade noch gefehlt. Das wäre ein Desaster!« Ich stolpere hastig hinter Vince her, während er sich in Rage redet. Alles, was zu mir durchdringt ist: Jax hat Probleme und es war keine gute Idee, mit einer rheumatischen Hand zu kämpfen. Das wird definitiv sein letzter Kampf sein. Shit.

»Und was soll ich deiner Meinung nach machen? Zaubern war kein Fach während meiner Ausbildung zur Physiotherapeutin.«

Vince stößt ein Geräusch aus, das wie ein Lachen klingen soll. »Das erwarte ich auch nicht. Mir ist lieber, der Kerl denkt daran, wie er es dir besorgt, anstatt über Armstrongs nächsten Haken nachzugrübeln. Er denkt zu viel, funktioniert nicht richtig. Auf defensiv zu gehen ist okay, so lange er hin und wieder einen guten Haken setzt. Aber er kommt nicht in den Fluss, weil die Schmerzen ihn ablenken. Er will so verbissen gewinnen und dabei seine Hand schonen. Dazu die Schmerzen, ehrlich, Enni, wenn nicht ein Wunder passiert, verliert er.«

Ich habe Vince immer für einen leicht aufbrausenden Kerl gehalten, jemand, der für alles und jeden in Begeisterung ausbricht, wenn nur die Rechnung am Ende des Tages stimmt. Ihn so nüchtern zu sehen, versetzt mir einen Stich. Es muss wirklich schlimm um Jax stehen.

Jubel brandet mir entgegen, als ich von Vince in die Halle gezogen werde. Und dann passiert etwas, womit ich im Leben nicht mehr gerechnet habe. Klauenartige Krallen legen sich um meine Brust, schnüren mir den Atem ab und lassen mich anhalten. Ich stemme unwillkürlich die Hacken in den Beton. Obwohl ich genau weiß, dass dort draußen Jaxon auf mich wartet und meine Hilfe braucht, weigert sich mein Körper, sich zu bewegen. Panik breitet sich in mir aus. Was ist das? Verwirrung gesellt sich zu der Panik, bis mir klar wird, dass das, was ich gerade fühle, genau das ist, was ich eigentlich überwunden zu haben glaubte. Ich habe mich so entsetzlich getäuscht.

Ich kann da nicht rausgehen! Da sind so viele Menschen! Würden sie einfach nur stumm dastehen, würde sich mein Körper vielleicht überreden lassen, aber die Stimmung ähnelt der auf dem Vorplatz des Kölner Hauptbahnhofs vor knapp einem Jahr. Sie stehen dicht an dicht, jubeln, schreien, buhen. Je nachdem, für welchen Boxer ihr Herz schlägt. Emotionen, überall. Und das ist die Stimmung, vor der ich mich am meisten fürchte. Menschen, die fühlen, denken nicht. Sie lassen sich von ihren Gefühlen treiben, schwimmen in der großen Masse mit und vereinen sich mit anderen Menschen zu einem unkontrollierbaren Mob. Das ist der reinste Hexenkessel! Ich kann da nicht raus, das schaffe ich nicht.

Hastig zwinge ich mich, ein paar ruhige Atemzüge zu nehmen und mich auf die Fakten zu konzentrieren. *Denk rational, Enni!* Okay, ich war schon mit Jax draußen in einer Fußgängerzone, mit Charlie Shoppen, mit Merry in meiner Wohnung, tagsüber. All das ist kein Problem. Aber diese Halle, diese Veranstaltung, diese vielen Menschen sind ein Problem! Ich hätte Jax begleitet, wenn er mich drum geben hätte, dann … aber ich hätte niemals da rausgehen können. Spätestens in dem Aufgang zum Ring wäre mir klar geworden, dass ich meine Ängste noch lange nicht im Griff habe. Ich habe gerade erst angefangen, sie zu verarbeiten und vor mir liegt noch ein langer Weg.

Jax hat dafür allerdings keine Zeit. Vince sagt, dass er mich jetzt braucht, und nicht erst in ein paar Monaten.

»Was?«, raunt Vince ungeduldig und zieht an meinem Arm.

»Ich kann das nicht!«, stammle ich. »Ich kann da nicht raus!« Die Panik lässt mich ungeahnte Kräfte entwickeln. Vince zerrt vergeblich an meinem Arm. Ich rühre mich keinen Zentimeter.

»Red keinen Scheiß, Mädchen! Dein Kerl braucht deine Hilfe, also reiß dich am Riemen und geh da mit mir jetzt raus! Sonst werfe ich dich über meine Schulter und schmeiße dich in den Ring!« Vince ist so wütend, dass ich eingeschüchtert den Kopf einziehe. Spinnt der?

»Das wagst du nicht!«, fauche ich zornig zurück. So darf er nicht mit mir reden! Darüber vergesse ich, dass ich eigentlich Angst haben sollte – weil ich in einer Menschenmenge immer Angst habe.

Vinces Mundwinkel zucken. »Vielleicht nicht, aber jetzt hast du genug Wut im Bauch, um deine Angst zu vergessen.« Er tritt hinter mich und schiebt mich nach vorne. »Mir ist lieber, du bist sauer auf mich, als dass du eine Panikattacke bekommst!«

»Ich kriege keine …« Doch dann wird mir bewusst, was ich gerade sagen wollte. Und wie ich mich gefühlt habe, als ich die vielen Menschen gesehen habe. Es ist eine Panikattacke und … sie ist noch nicht vorbei. Wie eine Mauer schiebt sich die Angst in mein Bewusstsein, ich höre die Menschen schreien und sehe in ihre Gesichter. Verzerrte Fratzen, die mich anstarren, die nach mir greifen und mich wegzerren wollen, um mir irgendetwas in einer dunklen Ecke anzutun. Ich spüre Vinces Hände auf meinen Schultern, nur dieses Gefühl erdet mich, sodass ich Schritt für Schritt vorwärtsgehen kann.

Je weiter wir gehen, desto mehr sehe ich vom Gang, der sich zwischen den Tribünen befindet. Kaum zwei Meter breit und durch die Menschen fast völlig unsichtbar. Aber er ist da und gar nicht so schmal. Zwei Meter breit. Vince schiebt mich durch den Aufgang und ich sehe nur noch den Ring, sehe die beiden Kontrahenten, einer schwarz, einer weiß, wie sie sich gegenüberstehen, und um Atem ringen. Blut strömt über Armstrongs Gesicht. Scheint so, als ob Jax ihm eine Platzwunde beigebracht hat. Die Wunde muss von dem Schlag her rühren, den Vince erwähnt hat. Armstrong blinzelt immer wieder, weil ihm das Blut über das Auge rinnt und ihm so die Sicht nimmt.

Mein Blick schweift zu Jax. Er lässt die linke Schulter seltsam tief hängen, so als ob er bereits keine Kraft mehr hätte, dafür ist die Rechte stark. Gerade macht er einen Schritt nach vorne, holt aus und schlägt nach Armstrongs Kinn. Träge weicht sein Gegner zurück, hebt die Linke und verpasst Jax einen Punch gegen das Kinn. Sie drehen sich einmal umeinander, belauern sich, schöpfen Kraft für den nächsten Schlagabtausch. Und dann fällt Jax' Blick auf mich. Seine Augen haben mich nicht gesucht, und doch gefunden. Die Menschen treten in den Hintergrund, ihr Geschrei wird leiser, so als hätte jemand in meinen Ohren den Lautstärkeregler runtergedreht. Dann lächelt er und ich lächle zurück. Jax nickt, so als würde er mir gratulieren. Ich bin hier, habe meine Angst besiegt und er honoriert meine Leistung mit einem anerkennenden Funkeln in den Augen.

Den Schlag sieht er nicht kommen. Er reißt ihm das Kinn zur Seite. Der Mundschutz fliegt, Jax' Kopf wirbelt herum – ich kann die Schweißtropfen in der Luft sehen – und Jax fällt um. Wie ein nasser Sack Zement. Ich nehme jedes noch so winzige Detail wahr, weil derjenige, der die Lautstärke runtergeregelt hat, jetzt auch Slowmotion kann. Ich sehe alles so langsam vor mir, als hätte jemand einen Filter aus Matrix verwendet. Erst, als Jax mit einem scheußlichen Geräusch auf dem Boden des Rings aufschlägt, läuft die Realität wieder in Normalgeschwindigkeit.

»Jax!«, schreie ich, so laut ich kann. Noch während er vom Aufprall etwas hochgeschleudert wird, lasse ich meine Tasche fallen und stürme zum Ring. Ich spüre die Berührung einer Hand an der Schulter, wie jemand nach mir greifen will, mich zurückhalten will, aber sie kriegen mich nicht. Hastig weiche ich aus, tauche unter dem Arm eines Security-Mannes hinweg. Sein finsteres Starren nehme ich nur aus dem Augenwinkel wahr. Für mich zählt nur Jax, ich muss zu ihm!

Wie in Trance krieche ich unter den Absperrungen des Rings hindurch und sinke neben ihm zu Boden. Der Ringrichter kniet auf seiner anderen Seite und zählt ihn bereits an. Doch das höre ich kaum. Die Geräusche, selbst das Grölen der Zuschauer, nehme ich kaum wahr. Irgendwann brandet Jubel auf, so richtiger, ohrenbetäubender Jubel.

»Freundinnen haben im Ring nichts verloren«, knurrt der Ringrichter, als er sich erhebt. »Aber ich will mal nicht so sein. Der arme Kerl hat schon genug einstecken müssen.« Meine Finger wandern über Jax' Körper. Er liegt auf dem Bauch, der Mundschutz irgendwo im Ring, die Wange breit gedrückt vom Gewicht seines Kopfes. Er blinzelt träge, doch er bewegt sich nicht. Als der Ringrichter aufsteht, berührt er mich fürsorglich an der Schulter. »Keine Sorge, er erholt sich gleich wieder. Die Jungs sind hart im Nehmen.«

Menschen stürmen den Ring, während Jax langsam wieder zu sich kommt. Vorsichtig hebe ich eine Hand und streiche ihm schweißnasse, sich aus seinem Zopf gelöste Strähnen aus der Stirn. Er reagiert mit einem verwirrten Blinzeln. »Enni?«, lallt er benommen.

Willi taucht auf seiner anderen Seite. »Alles okay, Kumpel, oder brauchst du 'nen Krankenwagen?« Willi versucht, scherzhaft zu klingen, aber er kann die Sorge in seiner Stimme nicht ganz verbergen.

»Quatsch, der Einzige, der hier 'nen Krankenwagen braucht, wirst du sein, wenn du Enni vor mir beschützen musst!« Er knurrt zornig. »Helft mir hoch!«

»Wie bitte?« Ich will maulig klingen, aber die Erleichterung darüber, dass es ihm so gut geht, dass er schon wieder schimpfen kann, klingt durch. Gemeinsam mit Willi helfen wir ihm, sich aufzusetzen. Jax starrt auf seine Fäuste und schlägt sie so fest auf den Boden, dass ich die Vibrationen seines Schlags in meinen Schenkeln spüre. »Scheiße«, flucht Jax und starrt auf seine Hände.

Dann hebt er den Kopf und starrt mich wütend an. »Was suchst du denn hier? Ich habe dir gesagt, dass ich dich nicht am Ring will! Damit genau so etwas nicht passiert!«

»Ähm«, stammle ich.

»Vince hat sie geholt. Er meinte, du brauchst mentale Unterstützung.«

Jax knurrt, schlägt sich mit dem Handschuh gegen die Stirn und deutet auf Armstrong, der in Siegerpose durch den Ring läuft. »Wenn ich noch ein paar Minuten durchgehalten hätte, stünde ich jetzt da und würde mich feiern lassen.«

Willi schnaubt. »Ernsthaft? Glaubst du wirklich noch immer, dass du den Kampf für dich entscheiden könntest? Du hättest keine zwei Minuten mehr durchgehalten. Du warst nicht fokussiert genug. Die Schmerzen haben dich abgelenkt und der Ringrichter war mehrfach kurz davor, den Kampf abzubrechen. Wir schauen uns die Aufzeichnungen an, dann wirst du verstehen, was ich meine.« Willi schlägt ihm auf die Schulter. »Los, hoch mit dir, sonst verbringen wir die Nacht im Krankenhaus.« Willi greift nach Jax Handgelenken und zieht ihn auf die Beine. Er schwankt gegen mich und ich schlinge den Arm um seine Taille, um ihn zu stabilisieren.

»Hey, schöne Frau«, murmelt er, als ob er betrunken wäre. Jax lehnt seinen Körper gegen mich und ich schwanke bedrohlich.

»Ist er betrunken?«

Willi lacht. »So in etwa. Auch wenn er es nicht zugeben wird, er ist durch. Ist halt auch was anderes, mit einer verletzten Hand gegen einen Weltmeister anzutreten, als so 'nen kleinen Nachwuchsboxer als Punchingball zu verwenden.«

»Ich hätte es geschafft«, murrt Jax müde und ich habe alle Mühe, ihn irgendwie aufrecht zu halten. Willi steht neben ihm und hilft mir, Jax auf einen Klapphocker zu setzen, den Vince ihm von außerhalb des Rings reicht. Jax sitzt noch keine zwei Sekunden, da taucht Armstrong vor ihm auf, den dekorativen Gürtel des Weltmeisters um den Hüften geschlungen.

»Du warst unglaublich, Powers. Selten einen so harten rechten Haken kassiert«, grinst er und klopft Jax auf die Schulter. Der hebt träge den Kopf und blinzelt Armstrong benommen an. »Oh je, ich hab dich ganz schön erwischt, was?«

Jax grinst angeschlagen. »Ich seh noch immer Sternchen.«

Armstrong beugt sich zu mir und legt mir seinen verschwitzten Arm um die Schulter. »Keine Sorge, Süße, heute Nacht ist er wieder fit. Vielleicht nicht dafür, aber ich versichere dir, er wird keine bleibenden Schäden davontragen. Ich war sanft!«

Jax lacht. »Ja klar! Gratuliere, Armstrong. Nächstes Mal mach ich dich fertig!«

Armstrong grinst. »Los, hoch mit dir, Foto für die Presse und dann ab unter die Dusche!«

Jax stöhnt, als er sich mühsam hochkämpft. Ich mustere ihn besorgt, mache bereits einen Schritt auf ihn zu, um ihm zu helfen, doch Armstrong winkt ab, schlingt einen Arm um Jax' Taille und zieht ihn mit sich in die Mitte des Rings, wo Reporter und Fotografen, Kameramänner und irgendwelche anderen wichtigen Leute warten. Zusammen wanken sie auf einen Reporter zu, der nur darauf wartet, sie beide zu interviewen. Dass Armstrong Jax mit sich zieht und sie gemeinsam vor der Kamera stehen, ist eine tolle Geste. Ich hätte erwartet, dass er sich als Sieger feiern lässt, was ihm natürlich auch zusteht, aber er würdigt Jaxons Leistung und versucht auf diese Weise, seine Niederlage erträglicher zu machen. Ich kann meine Gefühle gerade nicht einordnen, aber für mich macht das Luis Armstrong unglaublich sympathisch.

Die Stimmung in der Halle kocht über, als Armstrong nach dem Interview einen letzte Rundgang durch den Ring macht, sich auf die Seile stellt, die Arme hochreißt und sich feiern lässt. Als er dann aber auch Jaxon auf die Seile holt und sie sich gemeinsam feiern lassen, flippen die Menschen regelrecht aus. Die Menge ist sichtlich erleichtert, dass es Jax gut geht und er wieder aufrecht steht. Kein Buhen, nur grandioser Jubel, der sogar mich erfasst. Ich habe nicht das Gefühl, dass Jaxon heute verloren hat, nein, ich habe das Gefühl, er hat gewonnen, weil er sich trotz Schmerzen, trotz seiner Verletzung, in den Ring gewagt hat und den Menschen eine grandiose Show geliefert hat.

»Obwohl K.O. geschlagen und mit der ersten Niederlage seiner Karriere gestraft, gilt auch Jaxon Powers als Sieger dieses grandiosen Kampfes. Luis Armstrong besiegte den zweiunddreißigjährigen Star des berühmten Boxstalls von Wilhelm Steinbach in der zehnten Runde durch K.O. Powers schlug sich gegen den erfahrenen Weltmeister und gewann durch seine Leistung die Herzen der Zuschauer. Selten hat sich ein Boxer mit so viel Herzblut nach ein paar heftigen Niederschlägen in Runde drei zurückgekämpft. Schlussendlich siegte Armstrong durch einen Glückstreffer, als Powers kurz orientierungslos wirkte. Nicht ungewöhnlich für einen Zwölf-Runden-Kampf.« Ich lege das Hamburger Tagesblatt beiseite und suche Jaxons Blick. Er lümmelt auf der Couch, die Linke in meinem Magischen Sand, wie er ihn getauft hat, vergraben, die Rechte hält die Fernbedienung. Er zappt sich durch eine enorme Sammlung an Trashfilmen, die er auf Maxdome entdeckt hat.

»Sharknado oder lieber Blob?«, fragt er an mich gewandt, ohne den Zeitungsartikel eines Blickes zu würdigen.

»Mir egal«, entgegne ich. »Ich find den Artikel toll. Sie sehen dich trotzdem als Sieger.«

Jax verzieht das Gesicht. »Mir wäre es lieber, wenn ich den Gürtel jetzt überm Kamin hätte, anstatt ein Hirschgeweih.«

»… du hast gar keinen Kamin«, kontere ich lahm, nachdem ich meinen Blick kurz durch die Wohnung habe schweifen lassen. Jax lacht auf.

»Erwischt!«, triumphiert er und legt die Fernbedienung weg.

Ich verziehe das Gesicht. »Du bist nicht böse?«

Jax zieht die Hand aus dem Sand und klettert auf die Couch. Ich sitze am anderen Ende, weiche aber bei seinem raubtierhaften Blick unwillkürlich zurück. Jaxon knurrt. »Unglaublich böse. Stinksauer.«

Ich schlucke hart, als er weiter auf mich zukommt. »Es tut mir leid … Vince hat so eindringlich von mir verlangt, dass ich mit ihm komme … ich hatte …« Ich könnte aufspringen, aber Jaxons Blick nagelt mich in die Polster. Er greift nach meinen Fußgelenken und zieht mich mit einem kräftigen Ruck zu sich. Hastig schnappe ich nach Luft und bleibe regungslos liegen, verharre bis er über mich geklettert ist.

»Ich bin so sauer, dass ich dich nachher übers Knie legen werde.« Er verzieht das Gesicht, als ob er Schmerzen hätte. »Okay, ich lege dich morgen übers Knie, wenn meine Linke wieder in Ordnung ist. Aber glaub bloß nicht, dass du die Schuld auf Vince abwälzen kannst.«

Ich blinzele verstört. »Was wird das hier?«

Jax legt sich der Länge nach auf mich. »Rache, Enni, süße Rache«, haucht er an meinem Ohr und gräbt die Zähne in mein Ohrläppchen. Ich keuche überrascht auf.

»Und der Artikel? Gefällt er dir wenigstens? Ich finde ihn eigentlich ganz gut«, versuche ich erfolglos, ihn von mir abzulenken.

»Ja, ganz brauchbar«, murmelt er und knabbert sich an meinem Hals entlang.

»Ehrlich, Jax, ich wollte nicht ... kommen, aber ...«

»Kommen ist ein gutes Stichwort. Genau da kannst du mit deiner Wiedergutmachung anfangen.« Er schiebt seine Hand in meine Hose und knetet meinen Po. Ich schnappe nach Luft.

»Ah, bist du nicht viel zu fertig und überhaupt ...«

»Keine Sorge, Enni, mir geht es gut. Verlieren gehört zum Geschäft dazu und ich wäre ein wirklich schlechter Boxer, wenn ich nicht damit gerechnet hätte. Dreh dich um.« Jax lässt mir etwas Raum und ich drehe mich unter ihm auf den Bauch, damit er sich auf mich legen kann. Ich stütze mich etwas ab und beuge den Hals. Jaxon knurrt und wandert mit den Lippen über meinen Nacken. »Viel wichtiger sind die Werbeverträge. Und das Image, dass Armstrong uns beiden ermöglicht hat. Gemeinsam durch den Ring zu ziehen und sich feiern zu lassen, ist so viel mehr wert, als auf den Verlierer zu spucken.« Jaxon vergräbt die Finger in meinem Haar und beugt meinen Kopf nach vorne. »Er hat mich zwar besiegt, aber mit einer fairen, sportlichen Geste geantwortet. Das ist klasse.«

Ich atme tief ein, als Jax meinen Nacken liebkost. »Und was jetzt?«

»Mh?«, raunt er unwillig.

»Was hast du jetzt vor?«

Jaxon bläst über meinen Nacken, als er lacht. »Also ich werde dich jetzt langsam ausziehen und sehr ausdauernd mit dir schlafen. Danach gehen wir duschen. Wenn ich noch kann, werde ich dich gegen die Fliesen drücken und erneut nehmen ... und dann gehen wir ins Bett. Nackt.«

»Jax!«, empöre ich mich. »Ich meine natürlich, ob du weitermachen willst? Boxen oder ...«

Jaxon lacht. »Keine Ahnung, ehrlich. Wir werden sehen, was sich ergibt, wie sich meine Hand erholt und was dann passiert.«

»Wirst du wieder boxen?«

Jax atmet tief durch. »Nein, ich glaube nicht. Der Kampf war meine Chance.« Er rollt von mir herunter und greift in ein Fach, das sich unter dem Couchtisch befindet. Er zieht einen Stapel Unterlagen hervor. Ich beuge mich interessiert vor, kann aber nur ein paar Worte entziffern. Doch das, was ich lesen kann, verschlägt mir die Sprache. Immatrikulation.

»Was ist das?«, raune ich, als ich meine Stimme wiedergefunden habe. Jax lacht und setzt sich auf.

»Das, meine Süße, sind die Zulassungsunterlagen einer Uni.«

»Du hast dich eingeschrieben? Für welche Fächer?«

»Ganz schnöde, Sportwissenschaften und … Musik.« Er lacht. »Außerdem habe ich einen Antrag auf eine Trainerlizenz gemacht.«

»Was?«, stammle ich. »Wann hast du das denn alles gemacht?«

»Letzten Montag, deshalb wollte ich zu dir. Ich hätte dir das alles bereits erzählt, aber wir wurden ja … unterbrochen.«

»Wow, Jax, das ist … toll.« Ich bin überwältigt, dass er bereits einen Plan für nach dem Kampf hatte, dass er nicht vorhatte, weiterzumachen, dass er nicht planlos in den Ring gestiegen ist, nein, dass er … vorgesorgt hat.

»Ich musste, sonst hätte ich die Fristen verpeilt.«

»Wann geht es los?«

Jax nimmt mir den Stapel Unterlagen ab, die ich gerade interessiert durchsehen wollte.

»Nicht heute, nicht morgen.« Sanft drückt er mich auf die Polster und beginnt, mir die Hose auszuziehen. »Genug Zeit für uns beide.«

Ich wölbe ihm meine Mitte entgegen, schließe die Augen und verliere mich in dem Gefühl, das Jax nie wieder kämpfen muss. Ja, es wird weitere Schlachten geben, aber sie werden nicht im Ring ausgetragen. Die Zukunft wird hart für ihn werden, ganz egal, wie sich seine Krankheit verhält. Aber ich weiß, dass wir sie gemeinsam beschreiten werden und das macht alles andere nebensächlich.

ENDE

Danksagung

Romane mit viel Herzschmerz und Gefühl sind mein heimliche Leidenschaft. Ich liebe es, über Menschen zu schreiben, die sich trotz widriger Umstände zurück ins Leben kämpfen. Menschen, die im Angesicht ihres größten Gegners – sich selbst – Unglaubliches leisten.

Enni und Jax sind alle schon stark, aber gemeinsam sind sie unschlagbar. Mit diesem Roman möchte ich all jenen Mut zusprechen, die sich durch schwierige Lebenslagen kämpfen und nie aufgeben – eben wie Enni und Jax. Auch wenn das Leben es manchmal nicht gut mit uns meint, das Licht am Ende des Tunnels wird irgendwann in greifbare Nähe rücken.

Dieses Buch ist für all jene Menschen, die sich in genau einer solchen Situation befinden und ich möchte so vielen danken.

Die Idee für Jax' Erkrankung kommt nicht von ungefähr. Rheuma in dieser Form habe ich mir nicht ausgedacht, mein privates Umfeld hat tagtäglich damit zu kämpfen, genauso mit einer schweren Angststörung. Dass ich ein Buch mit diesen beiden Themen veröffentlichen darf, macht mich unglaublich dankbar und ich hoffe, dass es vielen Menschen Hoffnung gibt. Auch wenn man – wie in Jax' Fall – einen Kampf verliert, bedeutet das nicht, dass es das war. Eine Niederlage schärft manchmal nur den Blick für die Alternativen.